Unicorn

独角兽书系

渡鸦之影

A Raven's Shadow: Tower Lord

卷二 北塔之主

下册

[英]安东尼·瑞恩/著
露可小溪/译

重庆出版集团 重庆出版社

第三部

如有学生认为，诵经圣者的角色古已有之，代表库姆布莱敬神传统的原始形态，是依照先知的要求，以凡胎肉身承载世界之父的意志与权力的神圣代言人，这也是情有可原的。然而，《十经》里不曾提及这样的人物，至于教会现行的权力架构，由于其矛盾之处纷繁复杂，我们难以理清辨明。

最早有关任命诵经圣者的记录仅在三百年前，当时也只是将其作为一种荣誉称号，授予特别虔诚的牧师。教会中由一个人掌握无可争议的绝对权力，这种制度也是两百年后传到库姆布莱所在地才得以确立，并且遭到了强烈的反对。

——邓得里什·亨德拉尔宗老，《谬论与教义》

敬神本源，第三宗档案

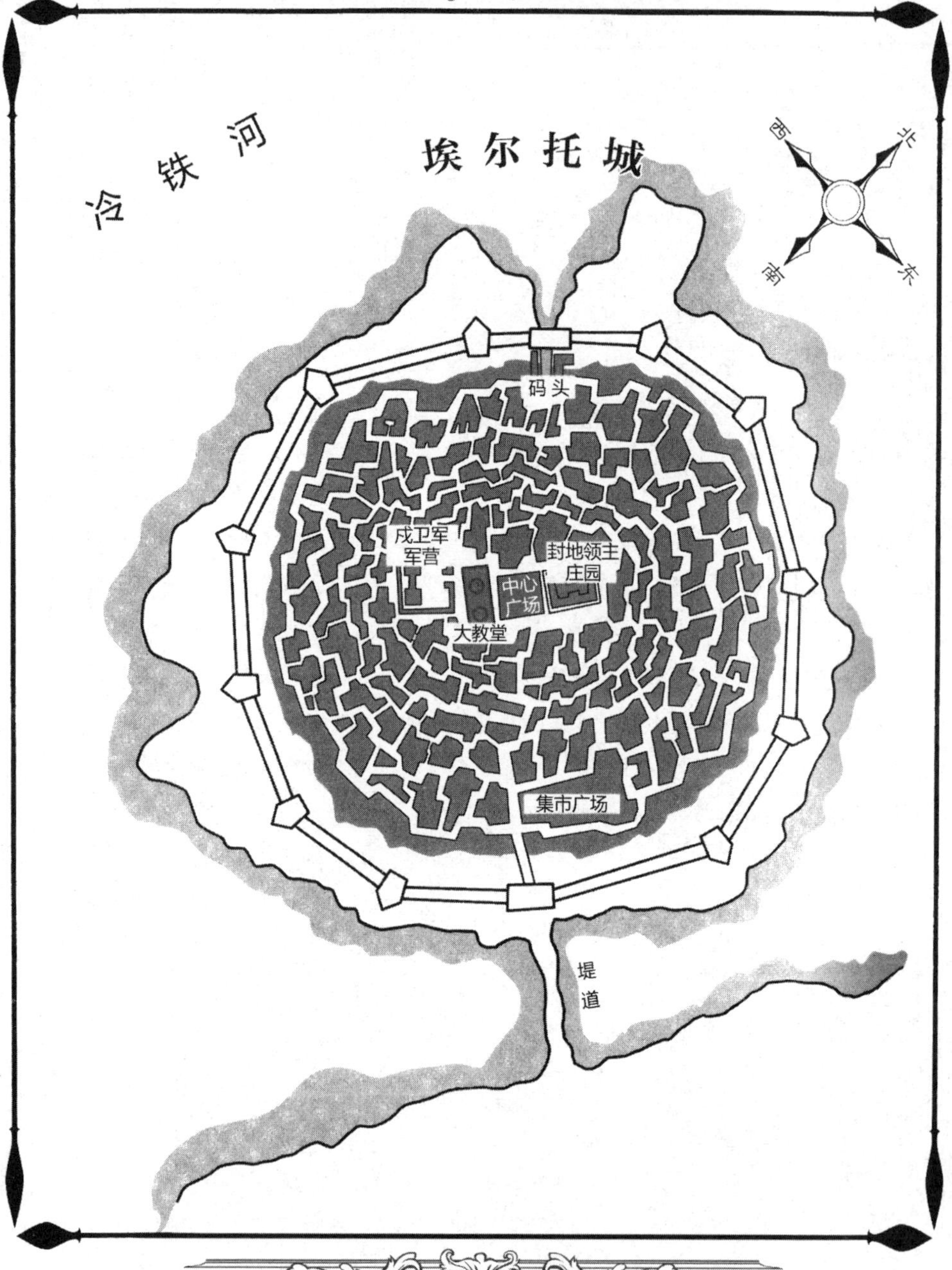
埃尔托城
冷铁河
北
东
南
西
码头
戍卫军
军营
封地领主
庄园
中心
广场
大教堂
集市广场
堤
道

佛尼尔斯的记述

当曙光刺破城市上空的滚滚浓烟，将军妻子终于命我退下。早前，双方交战的声响已然减弱，但截至目前，仍没有信使带来胜利的消息，而城墙豁口处不断有倭拉伤兵蹒跚退却，说明这场战斗远未到最后一刻。伤兵全是自由剑士，那些奴隶士兵当然只能在哪儿倒下，就在哪儿等死。

将军在底舱玩弄床奴的时候，我以浓烟滚滚的埃尔托城为陪衬，向将军妻子讲述了我所认识的艾尔·索纳，知无不言，足足花了好几个钟头。她好奇心极盛，提了不少问题，但就我感觉，她似是刻意描绘想象中的希望杀手。

“这么说，对于你们所传闻的那些神力，你根本没有亲眼见他施展过？”她问，当时我正讲到艾尔·索纳在帝国期间的一些传说。

“他不过是个凡人，女主人。”我回答，“武艺极高，老奸巨猾，这倒不假。他拥有敏锐的洞察力，很多人可能误以为那是什么魔法，但我没看到可信的证据，证明他能够读心、与野兽或是死灵交流。”

“当他面对我亲爱的夫君时，你觉得他会展现出老奸巨猾的一面吗？为了挽救埃尔托城，要点什么小聪明。”

她语气轻快，暗含讽刺，我由此确信，这个女人有根深蒂固的宿命论，仿佛这儿发生的一切无甚新鲜可言，结局也早已注定，不可逆转，而且极其乏味。“我认为是的，女主人。”我回答。

“算他擅长谋略吧。”她笑了笑，“这种人我见过不少。有个家伙自以为天纵奇才，派出五万人，结果全在浸满油的沼泽里烧死了。你说，如果艾尔·索纳统率疆国禁卫军对抗我丈夫，会不会是同样的下场呢？”

她肯定知道，这么敏感的问题，如何回答关系到我的身家性命。“这种事无法推断，女主人。”

“噢，我觉得完全可以，尤其是对于精通历史、知悉古今战役之人，比如说你。”

如此咄咄逼人，我非回答不可，然而我也知道，若是一味奉承她丈夫，她不但听得出来，而且绝对不会受用。“战争大臣过于自负，”我说，“另外，遭到盟友背叛是意料之外的事。艾尔·索纳不会这么容易受骗。”

“而且他寡不敌众。你说过，这是决定性的因素。”

“在莱伦绿洲，艾尔·索纳只带了几百人，就改变了一整支帝国精兵的行军路线。如果有什么办法可以打胜这一仗，他肯定能想到。”见将军妻子扬起眉毛，我才回过神来，赶紧补了句“女主人”。我吓得心脏怦怦乱跳，额头渗出冷汗。

“我还奇怪呢，以为你得意忘形了。”她说。

“请原谅，女主人……”我语无伦次地道歉，但她挥手打断，望向浓烟弥漫的埃尔托城。“佛尼尔斯大人，你是不是有妻子？”沉默片刻，她问道：“有家人在阿尔比拉等你回去？”

这个问题无需思考，我多次回答过。“我耗费全部的精力著书立说，无暇分心，女主人。”

“分心？”她回头看我，面带微笑，“爱情也算分心？”

“我……不知道，女主人。”

“你撒谎。你爱过一个人，却失去了她。到底是谁呢？是一个勤奋好学的姑娘，令我们伟大的学者也心生敬佩？她写诗吗？”她假装懊恼地噘起嘴。若不是怕得要命，那一刻我怒火中烧，恨不得一把将她掀到海里去，兴高采烈地看她淹死。

我选择了最安全的做法——撒谎。“她死了，女主人。死于战乱。”

“噢。”她神色一凛，扭过头去，“真可怜。你应该休息了。等到明日，我亲爱的夫君还有很多血腥的细节要你记录，这是毫无疑问的。”

“谢谢，女主人。”我鞠躬道别，然后克制住逃跑的欲望，快步走下通向舱房的梯子。将军生性残忍，令人害怕，但我终于意识到，在这艘船上，最该害怕的是他的妻子。

我睡了大约两个钟头，又做起了鲜血淋漓的噩梦，疆国禁卫军败北的壮烈场面再度来袭。当他们转而攻击己方侧翼，战争大臣脸上的表情……凯涅斯兄弟试图集结起逃窜的士兵……

醒来后，我强行喝掉了放在门口的稀粥，又花几个钟头修改前一天的记述，以求合理合情地解释倭拉大军在进攻中的费解之处，并确保在行文中表现出将军深谋远虑，早已为城内的持久战做好了精心准备。

不久，我接到传唤，来到甲板上。他召开了作战会议，地图桌周围站满高级将官，一名校尉正在汇报战况。“我们采用纵火的方式把他们逼出来，起到了一定的效果，将军大人。”那人满脸都是烟熏火燎的痕迹，声音异常疲惫，“但他们反应很快，在街道之间设立障碍，阻止火势蔓延。还有，这座城大多是石头建筑，不易燃烧。还有我们的士兵……水火无情，我们损失的人手也不比他们少。士气……很低落。”

“如果你的士兵这么容易尿裤子，”将军回答，“我们有经验丰富的督头，最擅长用鞭子把那些不听话的家伙治得服服帖帖。”他目光一转，望向旁边的倒霉蛋，那是自由剑士的指挥官，脸被熏黑了，面颊上还有一道刚刚缝合的刀伤。“你呢？昨天动了鞭子没？”

“抽了四个人，将军大人。”此人声音嘶哑地回答。

“那今天就抽六个。”他扫视了一圈，搜索下一个猎物。“你！”他用指头点了点一个机械师打扮的人，那人负责弩车和投石机。“我说的拿俘虏吓唬人的小把戏，你们试了没有？”

“试了，将军大人。”对方回答，“遵照您的吩咐，扔过去了五十颗人头。”

“然后呢？”

那人支支吾吾说不出什么，校尉开口了：“敌方也俘虏了我们的人，将军大人。他们从街垒那边给我们扔回来了五十颗人头。”

“女巫干的好事。”一名瓦利泰的营尉轻声咕哝道。

将军双眼冒火地瞪着他，手指犹如长枪，直直地戳了过去。“此人即刻革职，贬为普通士兵。给我拉走，今日安排他第一批冲锋。”

罪人被带走了，他则盯着地图不动。“既不合情理，也不合历史。”他喃喃道，“城墙失守，城池必然沦陷，胜者肆意抢掠财物和俘虏。向来如此。”他抬起头，目光投向我：“难道不是这样吗，我学识渊博的奴隶？”

可能是陷阱，抑或真是无知。无论怎样，我没有时间精心编造谎言。“恕我冒昧，主人，并非如此。眼下的……困境，历史上也有参照。”

“参照。”他轻声复述道，然后直起身子，哈哈一笑，将官们也松了口气，纷纷附和。将军张开双臂，眉毛一扬：“那就教教我们这些愚昧无知的倭拉蠢货吧，伟大的佛尼尔斯。你所说的参照发生于何时何地？”

“是锻造年代，主人。大约是八百年前，打造倭拉帝国的一系列战争。”

“我知道锻造年代，你这个阿尔比兰贱货。”他恶狠狠地瞪着我，明显克制着没有发作。我确信，我这条小命之所以能保住，很大程度上归功于他妻子的影响。“接着说。”等怒火平息了，将军没好气地命令道。

“克希亚城，”我说，“如今埃斯克希亚省的名字正是由此而来。它是最后一座被帝国大军征服的城池，坚持了大半年后，城墙失守，但战斗仍未结束。克希亚城的国王是威名在外的战士，根据传说，他还是强大的施法者，给人民提供了超乎想象的耐力。每间房屋都成了堡垒，每条街道都成了战场。据说，绝望和恐惧的情绪弥漫在帝国军队中，因为对面的那座城永不沦陷。”

“结果还是沦陷了，”将军说，“我亲自到克希亚的废墟上走了一遭。”

“是的，主人。”我说，“议会指派了新的将军，形势发生逆转。瓦特克将军，史称‘矛尖’，因为他永远亲自带兵参战，从来都是第一个冲锋陷阵。有他的英勇无畏作榜样，士兵们消除了恐惧。经过好几周的激战，克希亚城沦陷了，所有男人都被杀死，妇女和孩子成了奴隶。”

现场鸦雀无声，将军冷冷地瞪着我。我尽量纹丝不动地站在那儿，面无表情。读者应当理解，我说这番话并非出于勇敢，也无意含沙射影，借古讽今。我不过是服从主人的命令，道出了史实，至少史书是这样记载的。

“夫君大人。”佛奈娜出现在甲板上，一袭素净的白布长袍，搭着一条红绸披肩。她走到丈夫身旁，搁了一杯酒在他手边。“再喝一杯吧，亲爱的。我那昂贵的奴隶净说些陈谷子烂芝麻的野史，你不必听进去。”

将军慢慢地端起酒杯，喝酒的同时，他始终盯着我，时间之久，足以考虑清楚有关惩罚的种种事项。“我们在该省抓了多少奴隶？”他扭头看着校尉。

“不如别的地方多，将军大人。可能有三千。”

“那么明天扔五百颗脑袋过去。”将军命令机械师，“挖掉眼珠子。砍头之前先用酷刑，刑场就设在街垒附近，要俘虏们喊自己的家人。要是他们也砍了我们的人作为回应，不必介怀。只有懦夫才会沦为俘虏。如果明天他们还要顽抗，那就送一千颗人头过去。”他喝光了酒，把杯子甩到一边，朝我咧嘴笑道：“奴隶，听到没有？我也知道怎么作榜样呢。”

第一章 瑞瓦

“我不穿那种玩意儿。”

韦丽丝小姐笑了。她手里拿着一条淡蓝色的裙子，瑞瓦连连后退。“可是很衬你的头发啊，”她说，“至少试试看嘛。”

“我自己的衣服呢?”瑞瓦问。

“烧了，我希望是烧了。那种破衣服不适合封地领主的侄女。”

“那我就不换衣服了。”她此时穿的是送早餐的女仆留下的便装。昨天晚上，伯父的侍卫带她进了这间房。当时庄园上下乱成一锅粥，按照韦丽丝的命令，侍卫们彻查所有房间，连壁橱也不放过。瑞瓦却没什么感觉，她满心绝望和悲痛，头晕目眩，浑身无力，仅仅是听从指令，跌跌撞撞亦步亦趋，对别人的提问充耳不闻。杀了她。牧师当时说。杀了她……

房里有一张大床，她一进去就立刻瘫倒在上面，缩起身子，抱住膝盖。她不愿意哭，可泪水忽然涌出眼眶，滑过脸颊。杀了她……睡意袭来，一夜无梦。当她醒来，发现自己赤身裸体地盖着被子，一个女仆正将早餐托盘搁在梳妆台上，门口还有一名侍卫。她没想到自己竟有如此疏于防范的时候，被人脱光了衣服也没惊醒。

韦丽丝放肆地打量她，满眼羡慕之情。“我也想啊。可我觉得你伯父还是喜欢小孩子打扮得体面一点。”她把裙子扔到床上，仍旧目不转睛地盯着瑞瓦，丰满的嘴唇掠过一丝笑意。

“你太不礼貌了。”瑞瓦抱怨着，拿起了裙子。

韦丽丝笑了，转身走向门外。“等你换好了，有侍卫送你下去。”

花园的灌木丛当中摆了一张小圆桌，伯父坐在桌边，一瓶酒已经喝掉大半，可瑞瓦推断现在才九点多钟。酒瓶边搁着她昨晚偷来的长剑。韦丽丝小姐正在附近读一份卷轴。

“我勇敢的侄女！”封地领主起身招呼她，笑容温暖灿烂。瑞瓦接受了他的拥抱，没想到伯父又亲了亲脸颊，酒臭扑鼻而来，熏得她皱紧了眉头。

“您怎么知道我的名字？”等伯父放开手，她问道。

“啊，看来你的外祖父母真的用她的名字给你起名了。”他回到桌边，示意瑞瓦也就座，“我很高兴。”

“外祖父母？”她站在原地，环顾花园四周。好多侍卫。

“是啊。”伯父有些茫然，“不是他们抚养你长大的吗？”

那一刻，瑞瓦放弃了一切逃跑的念头。她走到空椅子边，坐了下来。“我的外祖父母死了，”她说，“我母亲也死了。我父亲……”她沉默片刻。父亲的遭遇，无需多言。“您怎么不让他们杀了我呢？”

他笑了，又往杯子里倒酒：“那我成什么伯父了？”

“您认识我母亲？”

“认识。当然不如对你父亲那么熟悉，可我记得很清楚。”他红通通的双眼端详着瑞瓦，“真是漂亮啊，还特别活泼。汉提斯爱上她一点儿也不意外。我看见你的时候，还以为是她的鬼魂回来救我了。你和你母亲是一个模子刻出来的，除了眼睛。你有汉提斯的眼睛。”

爱上她？对于父母之间的关系，牧师没留给她任何想象空间。*你母亲是妓女*。他直截了当地说。*是圣父为真刃降下神谕之前的诸多诱惑之一。如今你有机会赎清她的罪孽，为你私生女的空洞人生赋予意义*。

“如果她不是女仆，他们可能就结婚了，”伯父接着说，“你祖父得知你即将出生，当时气得呀，那场面可有看头了。当然了，那些年还有别的姑娘，有几个私生子，可他一个都不想要。你祖父给了瑞瓦一大笔钱，送回她父母的农场，汉提斯也被派到尼塞尔边界，对付一帮极其凶残的匪徒。当你母亲难产而死的噩耗传到他耳朵里，我认为，他若不是悲伤过度，不可能做出那般鲁莽的举动。老汉提斯绝不会冲向三十英尺开外的弓手。”

“‘虽然背负罪孽，但即将成为真刃的人永不逃避责任，’”她背诵起经文，“‘他为民效命，却被法外之徒的一支箭射中，身负重伤。他丧失一切意识，在痛苦之中躺卧数日，最后圣父神谕唤醒了他，将新的使命交付于他。’”

“这么说你知道《第十一经》?”

“了如指掌。”那是打出来的，打到我比他还要熟悉经书。

“昨晚那人，”封地领主说，“你认识他，对吗?”

她点点头，一时哑然，说不出“牧师”这两个字。

“那你知道他的名字，”韦丽丝的目光离开卷轴，投向瑞瓦，“他的同伙，就是被你砍残废了的那人，什么都不肯告诉我们。”

“他不大可能知道。圣子们很少使用真名，彼此之间也不会提起。”

“圣子。”伯父叹着气，又喝了一口酒，“当然是他们咯。还会是谁？老是天杀的圣子。”

“不过，”韦丽丝又肆无忌惮地打量起瑞瓦，和先前一样兴致盎然，“现在我们有了圣女。”

“侄女，”封地领主淡淡地说，“是我的侄女，参事。”

“别误会，大人。毕竟，和您一样，这位有趣的姑娘于我有救命之恩。我别无他想，只希望讨她欢心……”

“那个残废，”伯父打断她的话，“还说了什么有用的消息吗?”

“全在这儿。”韦丽丝把卷轴扔到桌上，“净是毫无新意的胡说八道，什么为世界之父光复封地，结束异教徒统治之类的。费了点事儿，他才合作。”

穆斯托尔大人拿起卷轴，眯着眼睛读起来。“是女仆吗？”他问，“他们就是这样进来的。”

“看来她很有同情心，不料得到的回报却是被割了喉咙。以后雇人，我要更加严格审查才是。我正派人搜查她的房间，不过怕是搜不出什么来。”她神情严肃地望向瑞瓦。“名字。”她说。

“我从来不知道，”瑞瓦回答，“牧师从不说出圣父赐给他们的名字。”

韦丽丝和穆斯托尔交换了眼色，她脸上掠过胜利的喜悦。“什么也说明不了。”伯父提醒道。

“也许只是时候未到。”韦丽丝轻轻一弹手腕，离开了小圆桌。“不过很有启发，对付我们的俘虏，我又想到了新的路子。请允许我告退，大人。”她又向瑞瓦鞠躬，“小姐。”韦丽丝走了几步，经过瑞瓦身边时，伸手搭在她肩上。“对了，我给你准备了一份礼物。可以算作我对你表达的敬意。一会儿就到。”她眨了眨眼，然后顺着砾石小道，大步流星地走向主楼，看上去干劲十足。

“她会折磨那残废吗？”瑞瓦问。

“没那么粗俗，”他回答，“除非真有这个必要。韦丽丝小姐擅长调配某种草药，可以松弛人的舌头，还有意识，审问起来可就完全不一样了。我这位参事的言行偶尔有点……不大含蓄。但她忠于封地，也忠于我。这是毫无疑问的。”

“我不喜欢她看我的眼神。”

穆斯托尔大人笑了，他把剩余的酒全倒进了杯子。“只当是恭维吧。她这人很挑剔。”

瑞瓦不愿再就这一话题探讨下去，她伸手摸了摸剑柄。“您保住了它，”她说，“还收藏起来。我应该为此感谢您。”

他皱起眉头，不解地说："你曾祖父的剑一直挂在练功房，打我记事起就没动过。我特别好奇的是，你干吗千里迢迢而来，就为偷这把剑？"

"曾祖父？"她呻吟了一声，抽回手，"我以为……"我跑了这么远，结果一无所获。

"你以为这是汉提斯的？"他眉毛一扬，明白了，"真刃之剑。确实是伟大而神圣的遗物。我也希望我拿到了。"

"您没拿到？"

"他死的时候遗失在凌绝堡了。等我想起来去找，已经无迹可寻。我当时应该要求艾尔·索纳，逼迫他兵团里的地牢鼠辈们交出来，可惜那时候我人微言轻。"

"全都白费了，"瑞瓦轻声叹道，"我走了那么远的路，一路上撒谎、伤人、杀戮，却是为了找一样根本找不到的东西。"

"牧师。是他派你来的吗？"

"他派我去送死，我现在明白了。艾尔·索纳说得对。我的任务就是成为又一个殉道者，他们好以此为号召，重组真刃之子。这就是牧师的计划，从我蹒跚学步开始，他养育我的目的就是要我死。"

"你一点儿也不记得从前的事了吗，不记得你的外祖父母吗？"

"有一点……印象，在认识牧师之前，还有些面孔很熟悉，很慈祥。但他们就像一个梦。可牧师如此真实，他的字字句句都是圣父的真理。只不过他本人是骗子。伯父，这是什么意思呢？圣父之爱又算什么呢？"说着说着，眼泪又涌了出来，她只好用那条滑稽裙子的花边袖口抹去。

伯父喝干了杯里的酒，拿起空杯子晃了晃，仆人赶紧一路小跑去取酒了。"我告诉你一个秘密，我的好侄女。"他凑近了，压低嗓门耳语道："世人或许认为我是不敬神的罪人，可我从不怀疑，圣父始终注视着我。我每天都能感觉到，圣父的目光满满的……全是失望。"

她没忍住，破涕为笑。

“不过还有，”他接着说，“除了圣父，还能有谁会给我送来如此大礼？一个救星，一个侄女，恰好就在刺客来杀我的那一晚。你要说圣父没有插手这件事，我可不信。”

他听见大门打开的声响，便转过身去。“啊，看来参事的礼物送到了。”

一群人走进门来，瑞瓦立刻警惕地站起身，只见四名侍卫正推搡着一个肩宽体壮的少年。他们站住了，瑞瓦跑上前去，发现阿肯眼底有一处青紫色的瘀伤。“你们对他做了什么？”

“抱歉，大人。”见穆斯托尔慢悠悠地踱了过来，带队的军士说，“这小子看见我们来了，就跳出了酒馆的窗户，怎么也不肯听我们解释。”

瑞瓦摸了摸阿肯脸上的瘀伤，皱眉道：“我说了叫你别等。”

他不好意思地做了个鬼脸：“不想一个人去北疆。”

封地领主心照不宣地干咳了一声。“到头来，”瑞瓦说，“我们真要跟我伯父一起住了。”

他们给瑞瓦安排了一个女仆，此人沉默寡言，鲜少提问，但目光敏锐，她怀疑女仆主要的职责是向韦丽丝小姐打报告。她有了不少衣服，还有几间房，就在伯父及其参事的楼下。阿肯则住到了隔开的侧楼里，不知道这样的安排有没有什么特殊的意味。

“他只是我的朋友。”次日清晨吃早餐时，面对封地领主的提问，瑞瓦斩钉截铁地回答。

“阿斯莱朋友。”伯父一语点破。

“和韦丽丝小姐一样。”她应道。

“所以为了应对那些封地独立分子的冷嘲热讽，我有了丰富的经验。如果你希望我正式承认你是我的侄女，你可要……慎重考虑才是。”

一个臭名远扬的嫖客，竟然大言不惭地说什么慎重考虑，实在是讽刺。但瑞瓦决定不拿这个说事儿。“承认？”

“是。你不希望吗？”

“我……不知道。”其实她完全不知道接下来怎么办。牧师是骗子，剑又无处可寻，而圣父之爱……“我想我也许会去北疆。我有朋友在那儿。”

“艾尔·索纳，你所谓的朋友。”伯父的语气酸酸的，终于有人没那么敬畏她的剑术教练了，“我不太喜欢我的侄女接近那个男人。麻烦事太容易找上他了。”

“这么说，我现在是您的囚犯了？只能留在这儿听您的命令。”

“你想去哪儿都行。可你不愿意稍作停留，陪陪你孤独寂寞的老伯父吗？”

瑞瓦正苦苦思索如何回答，韦丽丝来了。他们通常在大餐厅里用早餐，这儿的墙壁都挂满了肖像画。韦丽丝和封地领主的习惯特别古怪，两人分坐长桌两端，讲话要靠喊。

“有没有搞到新的情报，参事？”穆斯托尔问道。韦丽丝已经就座，面前的盘子里有熏肉、鸡蛋和蘑菇。

“很遗憾，我们的俘虏在审问期间断气了。”她一边打开餐巾，一边大声喊，“药里的鼓草放多了。费了老大的劲儿，只榨出来一些不着边际的胡话，说什么强有力的盟友，足以匹敌维持异教徒统治的黑暗力量。”她摇了摇头。“狂信徒越来越不可理喻了。”她犀利的目光投向瑞瓦：“你必须换身衣服，亲爱的。穿得正式一点，喜庆一点。今天是圣父日，我们需要出席一个仪式。”

“仪式？”

“是埃尔托城建立三周之后，第一个预言到来的纪念日。”伯父说，“每到圣父日，诵经者亲自在大教堂主持仪式，这一传统延续至今。”

“仪式是对《十经》的曲解。”瑞瓦无意反驳，只是回想起来，“经书里并未提及仪式的必要性。真正的爱众不需要腐败教会举行的空洞仪式。”

“这是牧师教你的？”伯父问。

她点点头：“远不止这些。”

“看来圣子们尽管心智错乱，却也有一点洞察力。不管仪式对错，你若是愿意出席，我感激不尽。我想，诵经者会发现你很有趣。”

她接连试了四条裙子，才算找到了韦丽丝满意的。这是一条黑色束腰长裙，高领，袖口带蕾丝边。“好痒。”在大门前列队的时候，瑞瓦忍不住抱怨道。他们左右各有一队侍卫，众人沉默无言地走出庄园，来到前面的广场。

“力量是有代价的，亲爱的。”韦丽丝一边满脸堆笑地面对广场上的人群，一边从牙齿缝里挤出话来。

“什么力量？”

“一切力量。统治的力量，杀戮的力量。这个美好的早晨，我们即将见到一头老山羊，而你拥有激起他欲望的力量。”

“欲望？我没兴趣激起谁的欲望。”

韦丽丝扭头看着她，神色古怪，笑容忽然变得真诚了：“恐怕你要失望一辈子了。”

大教堂内部堪称壮观，拱顶和窗户极其高大，透过彩绘玻璃的阳光也染上了各种颜色，穿梭于石柱之间。空气中弥漫着焚香的浓郁气味。他们来到了位于西墙的包厢，居高临下，视野极好。大教堂的正中央有一方讲台，周围环绕了十个诵经台。

过了许久，所有人才全部到位。最前排的是锦衣华服的贵族和商人，穷人在后排，最穷的只能贴着墙边。瑞瓦从来没见过这么多人聚集于一地，在无数好奇的目光中，她只觉得浑身不自在。“全城人都来了吗?”她小声问伯父。

“远远没有。或许来了十分之一吧。城里还有别的教堂，只有最虔诚的和最富裕的才来这儿。”

钟声敲响，窃窃私语的人群安静下来。片刻之后，白袍诵经者出现了，走在他前面的仍是五位手持经书的主教。他们分别走向诵经台，满怀敬畏地将经书搁在台上，接着退后一步，双手交握于前，低眉颔首，等待诵经者走上讲台。他面带一丝笑意，俯视着台下的众人，然后抬头望向包厢，朝封地领主和韦丽丝小姐微笑致意。看到瑞瓦的时候，他的脸色微微泛白，笑意瞬间溜走，松弛的嘴唇挂在那张老脸上，活像两条湿漉漉的蛞蝓。

瑞瓦判断，这绝非好色之徒的表情。

诵经者似乎很快恢复了镇定，他转过身，翻开一本经书，用铿锵有力的声音朗读起来：“‘恨有两种，分别来自熟悉你的人和畏惧你的人。示其以爱，两种恨都将不再有。’”

《第十经》，瑞瓦听出来了。《智慧经》。

“恨。”诵经者复述道，他抬起双眼，望向众人，“你们或许以为，世界之父的爱足以驱散人们心中所有的恨。然而事情并非如此。并非所有的人都能敞开心扉接受这样的爱。并非所有的人都愿意聆听《十经》里的箴言，很多人只是装模作样。并非所有的人都有勇气背弃旧的道路，驱逐内心的罪恶，在圣父的注视下过上新的生活。圣父所求如此之少，而他赠予我们的是大爱。圣父之爱，必将永保你们的灵魂……”

他就这般唠唠叨叨地说了下去，瑞瓦觉得无聊了，而且领子那儿越来越痒，但她只能忍着，定定地坐在原处不动。我为什么要来这儿？她心想。为了表现对伯父的尊重和顺从？可我根本不熟悉他。还有他的妓女。

瑞瓦心里冒出了一个念头，她很想直接站起来走出去。伯父说过，她是自由的，想去哪儿都行，而她现在只想远远地离开这个废话连篇的老头。但她又想起了诵经者看到她时的表情。那不是欲望，而是恐惧。诵经者深深地畏惧她，她忽然很想知道其中的原因。

诵经者讲了大约一个钟头，瑞瓦感觉过了足有一百年。他偶尔停顿片刻，朗读起另一本经书的某个段落，然后又开始絮絮叨叨，大谈圣父之爱和罪的本源。孩提时代，她少有的欢乐时光，就是牧师教她学习《十经》，并大义凛然地逐段朗读，她情不自禁地沉醉于那些激情澎湃的词句。不过，时间总是非常短暂，因为牧师朗读完了就要考她，一旦她背诵时稍有不畅，那根山核桃木手杖随时会抽过来。

在这座由大理石和彩绘玻璃组成的巨大洞穴里，她找不到牧师当年的激情，只有老人空洞乏味的教条。不可能全是谎言，她按捺住越来越强烈的绝望感。即便是森提斯伯父，也感知到了圣父之爱。这儿仍有真理存在。

诵经者的长篇大论收尾的时候，瑞瓦还沉浸在回忆中，与艾罗妮丝相处的日子是那么快乐，真希望还能看她画画。这时，诵经者终于闭上嘴，走下讲台，众人纷纷离席，垂首致意。尽管有的主教年纪与诵经者差不多大，但他们全程肃立听讲，结束后，主教们才拿起摆在诵经台上的经书，庄严而沉默地跟随诵经者离开。钟声再次敲响，大教堂内变得空荡荡的。有些贵族和商人等候在包厢的台阶下，企图找机会与封地领主说上几句，但都被侍卫赶走了。

“好了，”等众人全部散去，森提斯伯父站起身，向瑞瓦伸出手来，“我们去看看那老混蛋打算说点什么。”

“是您的侄女，大人?”诵经者刻意调整过语气，平静的口吻里掺杂了足够多的惊讶之情。先前，一个态度冷淡却也毕恭毕敬的牧师把他们带到了诵经者的房间里，此人赤裸裸地表达了对韦丽丝的鄙视，还满脸不屑地向瑞瓦施以冷笑。她决定出去的时候揍这家伙一顿。

“正是，诵经圣者。”森提斯伯父回答，“是我的侄女，很快会得到正式承认。如果您愿意作证担保，我必将深感荣幸，也免得民众胡猜乱想。我已经备好了文书。”

韦丽丝小姐把卷轴放到诵经者的书桌上，展开后又用墨水瓶压住。“我已经做了记号，劳您费神，诵经圣者。”

诵经者看也没看一眼，显然很难从瑞瓦身上挪开视线，看样子也没那么害怕了。他还是有欲望的，瑞瓦心想。“孩子，你多大了?”他问。

不知为何，她非常确信诵经者早已知悉她的年龄，很有可能连具体日子都清楚。“今年夏天满十八岁，诵经圣者。”她回答。

“十八岁。”老人摇着头说，“时间一晃，我都这把年纪了。感觉就像是一周之前，你父亲来找我，寻求指点。他特别想娶你母亲为妻，我建议他娶过来，不必顾及他父亲的反对——我真不愿意当着你伯父的面说这样的话。‘心灵的结合是喜悦的。’”

“‘唯有罪之人才会斩断爱的结合。’”瑞瓦替他说完。《第二经》，即《祝福经》。

诵经者笑了笑，满意地叹道：“我看见圣父之爱在你体内明亮地燃烧，孩子。”他拿起一支鹅毛笔，伸进墨水瓶里蘸了蘸，在文书上签名。于是，瑞瓦正式成为瑞瓦·穆斯托尔小姐，库姆布莱封地领主森提斯·穆斯托尔的侄女。韦丽丝拿起卷轴，回到封地领主身边，轻轻地吹干墨迹。

“我真不愿意再麻烦您，诵经圣者，”封地领主说，“我有重大消息要告诉您。”

老人神色淡然地点点头。“疆国禁卫军又向我们的边界开进。这消息实在可怕。我们只能寄希望于仁慈的圣父，拯救我们免遭巧取豪夺。”

“疆国禁卫军需要一个月甚至更久的时间，在深山老林里搜捕刺杀南塔大臣的狂信徒。等他们一无所获，自然就回去了。这是我们必须向阿斯莱人民作出的姿态。我接到了国王的命令。”伯父的红眼睛头一次那么清澈明亮，仔细审视着诵经者的表情，“但不是这件事，我要告诉您的消息严重得多。您看，我侄女不仅熟读《十经》，而且剑术高超，甚至比我过世的弟弟还要出色。”

“是吗？”诵经者好奇地望向瑞瓦，“如此看来，圣父的祝福相当慷慨。”

“非同一般的慷慨。”森提斯伯父说，“圣父将我侄女送到庄园里的那一晚，有三名刺客前来杀我。如果不是她，我现在不可能站在这儿。”

瑞瓦看得出来，诵经者的惊讶是发自真心的，那张皮肉松弛的老脸不断抖动，眉头也因为愕然无措而微微皱起——人在惊惶之时正是这样的表情。“感谢圣父，您没有受伤，大人。”他倒吸一口凉气，“那些刺客还活着吗？”

“很遗憾，没有。一个被我的好侄女杀了，一个死于家族侍卫之手。”他顿了顿，目光须臾不离诵经者的脸，“但还有一个跑了。我侄女坚持认为，那人是教会的牧师。”

诵经者的惊慌同样发自真心，但没有先前那般讶异。*他知道*。瑞瓦心想。*他知道牧师的身份*。看见老人面露哀伤，故作沉思状，瑞瓦不由自主地捏紧了拳头。

“遗憾的是，成为牧师也避免不了误入歧途，”他说，“这是您弟弟的原话。他们虽是异端，却有很多自愿献身的追随者，其中也有牧师。当然，我一定会动用教会的一切资源，把这个恶徒抓回来审判。如果您能提供详细的描述……”

韦丽丝又拿出一个稍小的卷轴，放在他的书桌上。“啊，您办事还是那么麻利，小姐。”诵经者说，“我这就派人复写多份，尽快送到各个教堂。教会绝不庇护此等恶徒，我向您保证。”

瑞瓦的拳头早就捏痛了，忍不住向诵经者走近了一步，伯父却温柔而强硬地拉住了她的胳膊。

“感谢您费心，诵经圣者。”伯父说，“今天我们太打扰您了。”

“请随时来找我，大人。”对方面带微笑地看着瑞瓦，“尤其是像今天这样，带来了如此赏心悦目的客人。”

伯父扯了扯瑞瓦的胳膊，走向门口，但她没有动。“‘欺骗，’”她对诵经者说，“‘是最难察觉的罪，因为很多谎言出自善意，很多真相本质残酷。’”

诵经者面色如常，眼里却有一道光转瞬即逝，那是愤怒。“极是，亲爱的。极是。”

“瑞瓦。”森提斯伯父站在门口喊她。

瑞瓦向诵经者鞠躬道别，跟着伯父走了出去。那个面带冷笑的牧师站在走廊里，依然满脸不屑地打量她。

“请原谅。”瑞瓦站住了。对方个子很高，她只能仰起头说话，但并未高到够不着。“你的鼻子好像流血了。”

他眉头一皱，摸了摸鼻子，什么也没摸到。“我没有……”

话未说完，他脸上挨了一拳，脑袋往后仰去，这样的力道不足以要他的命，但鼻梁应声而断。他趔趄着退了几步，撞上了墙壁，然后瘫倒在地，满脸是血。

“不好意思，”瑞瓦向前走去，“现在流了。”

“这种做法太不得体了。”森提斯伯父责备她。他们已经返回庄园，来到了藏书室，已有满满一瓶酒候在那儿。韦丽丝小姐则是一副想笑又不敢笑的模样。

瑞瓦一屁股坐进椅子里，解开讨厌的领子，狠狠地挠着痒。“那老头是骗子。”她说。

“再明显不过了。”伯父拔出软木塞，凑到瓶口嗅了嗅，“安布林谷，五年份。很好。”

“那就这样算了？”瑞瓦问，“他当着您的面撒谎，您却什么都不做？”

封地领主只是笑笑，拿起瓶子倒酒。

“我们给出了警告。”坐在书桌边的韦丽丝抬起头说道。她的书桌正是瑞瓦寻剑途中看到过的。韦丽丝还在研读那本讲财富和葡萄酒酿造的书，桌上的笔记堆得老高。“我们伟大的伪君子要转攻为守了。”

“我希望他永远那样，”森提斯伯父接过话茬，“你那爱吹牛的祖父从来没办到过。”

“他知道，”瑞瓦说，“知道牧师是谁，也知道在哪儿。我看出来了。”

“你想报仇吗，亲爱的？”韦丽丝问，“他对你就那么坏吗？”

为圣父所不齿的肮脏的罪人……瑞瓦起身离座，走向门口。“我去换衣服。”

“如果我们知道的多一点，找到他的可能性就大一些。”听到韦丽丝的话，她站住了。“比如他是怎么养育你的。你们住在哪里？是城堡呢，还是山洞？”

“谷仓。”她低声答道，走出房间。

她回到自己的房里，急匆匆地脱掉裙子，粗野的动作导致好几处开了线，她随手扔到角落。她换回了最喜欢的骑马裤和宽松的衬衫，那是她不顾韦丽丝的反对强行要来的。我要自己找到他，她束紧靴子时下定决心。今晚就溜进大教堂，逼那个老头子说出实话……

忽然传来轻柔的叩门声，持续不断。她打开门，发现是伯父，表情和蔼而坚定。“谷仓？”他问。

她叹了口气，走回床边坐下。伯父走进来关好门，坐到她身边。意外的是，他竟然没有拿酒瓶。他们无言地坐了一会儿，瑞瓦酝酿着语句，琢磨怎么说伯父才能听懂。“那个谷仓，”她终于开口了，“很大。里面没有畜生，没有铁犁，只有我和他，还有大堆的稻草。我最早的记忆就是顺着房梁爬上爬下。如果我掉下来了，他就打我。”

“他打得多吗？”

“多到数不清。他很会用杖子打人，不留伤疤，除了这个。”她撩开头发，露出右耳上方的疤痕，是牧师打晕她那次的见证。

“这个谷仓，你知道在哪里吗？”

“周围是广阔的田地，草很深，人迹罕至，来的都是凶巴巴的男人，看我的表情很古怪。他称他们为兄弟，他们称他为真牧师。不过有一个人和他们不一样。那人一年只来一两次，每次来的时候，牧师就叫我躲在暗处。我听不清他们说了什么，唯一确定的是，牧师称他‘大人’。”

“你能描述他的样子吗？”

“肩膀很宽，不是特别高。秃头，黑胡子。”

从伯父的眼神可以看出，他认识这个人。瑞瓦等他说出名字，他却说：“接着讲。你还记得什么？”

“等我长大了些，他就带我一起去村子，那是他补充物资的地方。我完全没有跟人打交道的经验，也不知道应该有什么样的举止，第一次去的时候，我兴奋地大喊大叫，指指点点，结果换来了一顿打。

‘一定不能引起别人的注意，’他说，‘你必须进入他们的生活，却又不留一丝痕迹。’不久，他让我晚上独自去村子，要么是偷东西，要么是想办法偷听别人谈话。我认为，这是为我履行神圣的使命做准备。很快，我熟悉了那些村民，通过他们的闲聊，我得以窥探他们的生活。面包师的妻子与补锅匠有染，他每两周来一次。车轮匠的一个儿子死在了绿水滩。村子里的牧师对麦酒的喜好远超常人。某天晚上，我偶然从一扇打开的窗户望进去……”我只知道她是木匠的女儿。她站在水盆前，正用毛巾擦洗身体。在提灯的光芒中，她的皮肤闪闪发亮，秀发犹如金子……

“瑞瓦?”森提斯伯父催促她。

她摇了摇头。“牧师一直跟着我，夜夜如此，我却不知道。我在那扇窗户底下逗留了太久，第二天他给我留了个纪念。”她摸了摸头上的伤疤。

“村子叫什么名儿?”

“科恩米尔。”

这个名字似乎印证了伯父的怀疑，他点了点头。“我很遗憾，瑞瓦。”伯父搭住她的肩膀，把她搂了过来，“我或许不是最好的封地领主，但我决定当最好的伯父。作为给侄女的见面礼，我要找到这个牧师，亲眼看你给他开膛破肚。你喜欢吗?”

她眨眨眼，挤掉泪水，抱紧了伯父，低声说：“喜欢，伯父。我好喜欢。”

接下来的日子，她逐渐养成了在庄园里的作息习惯：早上和阿肯在练功房练剑，中午与韦丽丝和封地领主一起用餐，紧接着的一个钟头甚至更久，她坐在角落里，列席他们或其中某人与商人或贵族的会谈，这些人都是有求而来。傍晚可以随意和阿肯出去骑马，伯父把响鼻和驼背安顿在了庄园的马厩里。他们可以骑马出城，天黑再回来，有机会甚至可以打猎。阿肯不知道从哪儿弄到一把长弓，他拉得开，瑞瓦不行，但他射箭的准头远远不如使用榆木弓的瑞瓦。每到费迪安日，她必须全程出席，坐在那里听完请愿，等所有的请愿者都唠唠叨叨地说完了，韦丽丝还要她评价其中的是非曲直。

“我不知道。”她叹了口气。韦丽丝提起一桩有关赠地的争议案，问她有何看法。瑞瓦的祖父早年将一块土地赐给了以前的一名家族侍卫，如今侍卫的长子和次子为此争吵不休。“平分成两半吧。”

“土地的肥沃程度不一样。”韦丽丝解释。她似乎有无穷的耐心，而瑞瓦满脸倦色，兴味索然。“肥沃的牧场连着岩石遍地的沼泽，就像不同布料拼起来的衣服。这种土地难以分割。”

“那就让他们卖掉地，平分收入。”

“哥哥肯定愿意，可弟弟和家里的妻儿都住在那里，他们不想搬走。”

“‘世间一切土地为圣父所赐，’”瑞瓦引用了一段经文，强忍着没打哈欠，“‘唯在土地上劳作之人有权占有。’《第七经》，埃尔托对贪婪地主的判决。”

“那就把土地划给弟弟，不管会不会激怒哥哥吗？”

“他是个大人物吗？”

“算不上，不过他很喜欢招待一些小贵族。”

“那他生气也不碍事。我们说完了吧？”

那天下午她又去纠缠伯父，打听牧师的消息，这几乎成了每日的惯例。她走进房间，看见伯父正在扣衬衫纽扣，一个身穿灰袍的壮汉站在窗前，手拿小瓶子，迎着光摇晃。

“瑞瓦，”封地领主招呼她，“你认识哈宁兄弟吗？”

灰袍壮汉回身向她鞠躬：“这位就是你大名鼎鼎的侄女？依我看，跟汉提斯完全不像。太漂亮了。”

“是的，她很幸运，继承了母亲的容貌。”

眼前的壮汉令瑞瓦疑虑重重：“你是医师？”

“正是，小姐。我以前是第五宗的骨学宗师，宗老派我来照料你伯父……”

“以及所有经我允许住在城内的异教信徒。”森提斯伯父打断他的话，“别忘了他们。”他语气冰冷，哈宁兄弟不由扬了扬眉毛，他什么也没说，把小瓶子递给封地领主。

“剂量和往常一样吗？”伯父问。

“最好加点。每天四次……”

“加在清水里，我知道。”

哈宁兄弟拿起皮包，挎在肩上。“下周我再来。”他走到门口，又回身向瑞瓦鞠躬，然后出去了。

“他没有对您使用敬称。”瑞瓦说。

“因为我要他别说。跟一个用手指捅你屁股的人讲究礼节，实在是有点蠢。”

她对着瓶子点点头：“这是什么？”

“一点儿补药。”伯父搁到了桌上，“喝了好睡觉。你又来问牧师的事情。”

“让我去找他，”她说，“派我去，一个月内，我就绑他回来受审。我发誓。”

“现在还不是时候，疆国禁卫军在我们的边界游荡，民心不稳。事关诵经者，如果此时揭穿他们的阴谋，只会打草惊蛇。”

“您知道那人是谁，就是牧师称呼为大人的那个。我看得出来。”

“我不知道，我只是怀疑。我不能仅凭怀疑，就去打破长久维持的和平局面。我们一定会采取行动，瑞瓦，我向你保证。但我们要悄悄地、慢慢地行动，那老混蛋才不会察觉到我们来了。”

“我可以做到神不知鬼不觉。”瑞瓦不肯松口。您不知道我有多么擅长……

伯父摇头道："我不怀疑你的能力，可我需要你留在这里。民众要习惯于看到你在我身边。"

她吞下失望的苦涩滋味。"为什么？您已经承认了我。他们为什么还需要看见我？"

伯父一愣，继而眉毛挤成一堆，似乎恍然大悟。"原来你不知道？你是真的一点儿概念也没有。"

"对什么没概念？"

"瑞瓦，你应该注意到了，庄园里没有孩子，也不可能有了。我没有继承人，在我之后，没人坐上封地领主的宝座。但是现在，我有了你。"

似乎有只冰冷的手攫住了她的胸口。"什么？"她轻轻地吐出一口气。

"这些年来，我没少见过你父亲当年……造的孽。有的希望得到承认，只能失望而归。大多只是要点好处，或是一笔钱。我很开心地把他们都打发走了。直到你出现，瑞瓦。牧师把你从外祖父母身边带走的时候，你有多大，记得吗？"

"我知道当时多大，他告诉了我。我六岁。"

"你父亲差不多是九年前死的。也就是说，在汉提斯刺杀父亲，导致我们封地燃起战火的三年前，他抓走了你。汉提斯有那么多孩子，他唯独找到了你。他看见的，和我看见的一样。"

瑞瓦困惑地摇了摇头："您看见什么了？"

"登上封地领主宝座的下一代穆斯托尔，"伯父走过来，携起她的手，又亲了亲脸颊，"是圣父亲自送来的，他一定听见了我的祷告。"

“姑娘家不能叫封地领主。”阿肯说。那天傍晚，他们出去骑马，沿着河堤一路向北，奔向林木茂密的山丘。

“封地小姐。”瑞瓦的胸口寒意未消。她的语气不带一丝感情，因为伯父的话重逾千钧，压得她没有了表达情绪的余地。

“听起来怪怪的，”阿肯说，“你应该想个更好的称号，比如女伯爵。”

“尼塞尔人才有女伯爵。”她一扯缰绳，响鼻站住了。她在鞍上呆坐了许久，寒意逐渐消退，心脏却惊惧地狂跳起来。“我不能留在这儿，”她断然说道，声音却在发抖，“我根本就不该留下来。”

“你伯父对你很好，对我们都很好。”

“因为他想要继承人。”

“不仅如此。他爱你，我看得出来。”

或许爱的是记忆中的弟弟，他成不了的那个人。瑞瓦伸出颤抖的手，抚着前额。“北疆，”她说，“我们可以去那里。你说你愿意。”

“那是我们无路可走的时候……”

“我们现在就可以去。我们有马，有武器和盘缠……”

“瑞瓦……”

“我做不到！我是为圣父所不齿的肮脏的罪人！你不明白吗？”

她一夹马腹，响鼻奋蹄飞奔，冲向树林。跑到半路，她忽然停了下来——前方的山丘上出现了一匹马。马儿步伐不稳，口吐白沫，显然已累得筋疲力尽，骑手趴在马背上，仅能勉强稳住身子。久经考验的直觉告诉她：出事了。

她看着一人一马缓缓行来，胯下的响鼻躁动不安，急切地想要跑开，它的鼻孔一张一合，因为闻到了同类濒临死亡的恶臭。北疆，瑞瓦心想。艾尔·索纳会欢迎你的。

她策马迎了过去，与对方的距离越来越近。骑手累得根本没有注意到瑞瓦，她手一伸，拉住缰绳，对方的坐骑停下了脚步。从装束可以看出，此人是疆国禁卫军，胸甲上有棕红的污渍，鞍上只有一把空荡荡的刀鞘。“你的军刀呢？”她问。

那人吓了一跳，猛地抬起头，脸上满是汗水和干涸的血迹。他惊恐地打量了瑞瓦一番，又眨巴着眼睛四处张望。“是埃尔托吗？”他沙哑地问道。

“是，”瑞瓦回答，“是埃尔托，你怎么了？”

“我怎么了？”男人露出一口牙齿，吃吃傻笑，眸子闪着奇异的光，“他们杀了我，丫头。他们杀了我们所有人。”他忽然纵声大笑，笑得喘不过气，猛地咳嗽起来，然后身子一软，从鞍上跌落。瑞瓦下了马，从响鼻的鞍袋里取出水囊，递到禁卫军士兵的嘴边。他又咳了几声，但很快就大口吞咽起来。

“我……要见封地领主。”他灌饱了水，喘着气说。

瑞瓦回望埃尔托城，无数烟囱吐出的炊烟氤氲不散，依稀可见庄园的轮廓，里面的仆人们正忙忙碌碌地准备晚餐，而那一对雄伟的塔尖，是一个位高权重的老骗子的家。“我带你去见他，”她说，“他是我伯父。”

第二章 维林

“倭拉帝国大军主要有三种士兵，”哈力克兄弟骑着矮种马，随着马背起起伏伏，他说话的声音也忽高忽低，“征召的市民，称为自由剑士；数量居多的奴隶士兵，称为瓦利泰；柯利泰则是经过特训的奴隶精英，武艺高强，令人闻风丧胆。五百年来差不多都是这样。”

返回高塔的路上，他应维林的要求，连续不断地讲了几个钟头，倾吐出他所知道的关于倭拉帝国的一切。“单个士兵组成营，营组成师，满员为八千人。一个典型的倭拉师包括自由剑士和瓦利泰，以及配属的机械师和柯利泰。三个以上的师组成军团，由将军统率……”

前一夜，可怕的幻象将维林击倒在沙滩上，但他很快恢复过来，并坚持立即动身返回。幻象虽来势汹汹，但持续时间极短，而且尚未散尽的寒意也没有以前那般锥心彻骨。不过，幻象消失后，他产生了前所未有的不适感，结论是肯定的：有极其恶劣的事情已经发生了。

他与诺塔和瑟拉匆匆道别，因为感觉到他们惶恐不安，临走前只好违心地说了谎话。“可能没什么，”他说，“只是我年纪大了，容易紧张过头。”

“烧了！”他走向门口时，小萝伦兴奋地蹦蹦跳跳，像唱歌一样喊道，“房子烧了！人烧了！坏人把什么都烧了！叔叔要去杀他们！”

维林叫醒了奥文队长。不出意料的是，队长慌慌张张地穿靴子时，他的帐篷里探出了俄尔赫女人的脑袋。“战斗号令，”维林对他说，“两翼设斥候。人手一根火把。再派一队人马去沙滩，到那儿的小屋子里找一个人。他跟我们一起走。如果他拒绝，就捆在马上带来。”

“将军这个级别一般提拔自人数少但家资巨万的统治阶级，”哈力克说，“他们是倭拉社会当中仅有的红衣阶层。尽管特权地位赋予了他们统率千军的机会，但也只有领军经验丰富的人才能担任将军……”

“他们为什么而来？”维林插嘴，“他们要什么？”

哈力克思索了片刻，可能是在酝酿一个长篇大论的答复，但看见维林的表情，他立刻言简意赅地答道：“我认为，他们什么都要。”

他又开始介绍倭拉帝国议会的运作，维林却摆摆手：“暂时说到这里。”

达瑞娜小姐始终沉默地骑在马上，听着哈力克的讲述，掩饰不住满眼的忧虑。“我知道这种反应也许有点过度……”维林还没说完，她摇了摇头。

“我相信大人的……判断。”

“很抱歉，我必须请求你……”

“今晚，”她说，“等我们回到塔里再说。”

“是不是太远了？”

“确实不近，但我以前做到过，那还是在宗老大屠杀之后，频繁发生暴乱的时期。父亲担心疆国四分五裂。”

“感谢小姐。”

“等我带回了平安无事的消息，再感谢我吧。”

“我真心希望如此。”*你尽可抱有希望。*盘绕在脑海中的疑虑嘲笑他。*你知道她会带来什么消息。*

天空已然破晓，马蹄声在砾石路面上清脆回响，北塔院门大开，迎接他们归来。维林翻身下了赤焰的马鞍，强打精神，召唤阿达尔队长。

“大人。”队长简短地打了声招呼，他神色严峻，显然仍为维林可能解除他的职务而难过。

“发出集结号令，”维林拾阶而上，走进高塔内，“全体北疆戍卫军立刻在此报到。另外送信去俄尔赫和瑟奥达，守塔大臣要求他们尽可能多地派兵过来。”

“大人……”

“快执行命令，拜托了，阿达尔。”达瑞娜经过队长身边，匆匆走上楼梯，“我需要几个钟头的时间。”她对维林说了一声，便消失在拐角。

维林疲倦不堪，颓然坐进领主的椅子里稍事休息，阿达尔四处走动，高声下令，吵得他不胜其烦。我还能再来一次吗？他心想。搁在膝上的帆布包越发沉重。

“维林？”艾罗妮丝裹着披肩站在他面前，因为石头地板寒冷刺骨，还趿了一双拖鞋。她疑惑地瞪大眼睛，频频望向人喊马嘶的塔外。维林看到她的手指上沾了不少干结的颜料。

他向妹妹伸出手来，艾罗妮丝走上前，伏在他膝上。“出什么事了？”她小声问。

“看来我母亲确实是非常睿智的女人，一再言中。”他笑着说。艾罗妮丝抬眼望他，眉头紧皱。他撩开挡在妹妹眼前的发丝。“总会有战争的。”

“王宫已成废墟。”达瑞娜面色苍白，双眼通红，泪痕未干。不过，她报告情况时咬字清晰，声音平稳。“街上的尸体堆积如山。倭拉战船挤满港口。几百人在码头上排队，个个披枷带锁。”

维林在楼上的房间里召集会议。阿达尔队长抱着胳膊，站在窗边。凯兰兄弟——达瑞娜坚持邀请他与会——坐在她身边，神色忧虑。在场的还有维林请来的第四宗的霍伦兄弟，他抱着一堆卷轴，瞪着达瑞娜，毫不掩饰眼里的恐惧。维林建议过她，在尚不清楚内情的人面前，尽量不要暴露天赋，但她不听。“我看过那么可怕的景象，保密也不起作用了。况且，我早就怀疑，很多人已经知道了。”

坐在角落的是哈力克兄弟。身为北塔的案卷管理员，他没有记录会议内容，但维林知道他记得住每一个人说的每一句话，稍后自会抄写在案。艾罗妮丝坐在维林身边，从昨晚开始，她的双手就抖个不停，此时她十指紧扣，借以掩藏内心的恐惧。她为艾卢修斯担心，维林心想。还有本瑞宗师。

“疆国禁卫军呢?”他问达瑞娜。

“我没看见他们，大人。某些地方有都城戍卫军进行了抵抗，但毫无用处。”

“国王呢? 莱娜公主呢?”

“我尽量在王宫内多查看了一阵子，只能看到尸体和焦黑的残骸。”

维林点点头。达瑞娜疲惫不堪地坐了下去，悲伤地垂着头，凯兰兄弟握住了她的手。“队长,”维林说，“我们的兵力有多少?”

“目前响应号令的有两千多人，大人。余下的将在七天内到达。我手头的北疆戍卫军有三千，要等外派出去的队伍回来报到才能满员。考虑到路程，可能需要两周时间。”

“兵力不够,”达瑞娜说，“我看到的敌军数量肯定有我们的六七倍，即便算上瑟奥达和俄尔赫的战士也不够。”

“征召范围还要扩大,”维林对阿达尔说，“凡达到参战年龄的，包括矿工和渔民，一律响应集结号令。”

阿达尔缓缓地点头。“遵命，大人。”他紧咬牙关，犹犹豫豫地说。

“有问题吗，队长?”维林问他。

“队伍里已经有些怨言了，大人。”

“什么怨言？”

“他们不想去。”见阿达尔沉吟半晌，凯兰兄弟替他回答，“半数士兵出生在这里，一辈子没去过国内。而另一半人也不愿意再回去。他们的疑问不无道理：为那片土地而战的理由何在？当我们面对部落的进攻，他们也没有出兵救援。这场战争与他们无关。”

“等倭拉人来了，战争就与他们有关了。”不等维林发火，达瑞娜抢先说道，“我看透了他们的灵魂，那是贪婪和欲望的光。他们绝不仅仅满足于征服瓦林斯堡，或是库姆布莱，或是尼塞尔。他们一定会来，夺走我们的一切，苟全性命的人全都沦为奴隶。”

维林深吸一口气，控制住情绪。“也许你可以对他们说说，小姐，”他说，“我觉得你的话很有分量。”

她点头应承：“当然，大人。”

维林扭头对队长说：“再有怨言，必须严加惩处。本人治理北疆，是奉国王的命令，不需要经过他们许可。这场战争与他们有无关系，我说了算。”

“人数的问题仍需要考虑，大人。”霍伦兄弟在羊皮纸上写了一串数字，递到维林面前。

“直接说。”维林命令这位胖乎乎的兄弟。

“征召范围扩大后，我估计兵力可达两万，俄尔赫和瑟奥达人已经算在内。我们的港口仅有一艘战船，商船的数量也就是六十出头，其中有半数已经出海。运送这么多人马到疆国内，外加武器和补给，至少需要四个来回。”

“而且不能遇上风暴。”阿达尔队长补充道。

“不必，”维林说，“我们不坐船，我们步行。”

达瑞娜慢慢抬起头：“从北疆到国内只有一条陆路。”

早先他在查看地图时，目光掠过代表北大森的大片黑块，血歌忽然清晰地奏响。这个调子唤醒了沉睡的记忆：那是一个遥远的夏日，一位盲眼的女人，一处林间空地。“我知道。”

他们在镇子外面建起军营，用来接纳日渐壮大的军队，征召来的士兵很容易就被分配到指定的队伍。前守塔大臣艾尔·默纳坚持每年全军集结四次，确保军队的纪律不松懈。新兵来源复杂，有工匠、矿工和劳工，由于生计中断，很多人公开表示不满，不过阿达尔队长行动迅速，掐灭了不少暴乱的苗头。而每到一批士兵，达瑞娜就重复做一次演讲，减轻他们对于此次集结远征的疑虑。“你们当中有很多人会问，‘如果守塔大臣艾尔·默纳还在，他会怎么做？’”她说，“作为他的女儿，我告诉各位，他一定会采取同样的行动。我们必须战斗！”

训练新兵的任务，阿达尔交给了北疆戍卫军，他挑选出一批在对抗部落的战斗中表现出众的士兵，晋升为军士或小队长。尽管北塔的所有铁匠、裁缝和鞋匠已经夜以继日地生产军队所需的武器、盔甲和靴子，但装备匮乏仍是个问题。维林非常清楚，他们必须争分夺秒地增强军队的战斗力，可远征的必要性一天强过一天。瓦林斯堡一日之内就沦陷了，敌军接下来会攻打哪里？达瑞娜提议，如有必要，她可以每天探查疆国内的情形，但自从上一次使用过天赋后，她元气大伤，维林认为最好还是养精蓄锐。“等我们穿过森林后，”他说，“那时你再飞。”

“您就这么自信，他们一定会允许我们通过吗？”达瑞娜问。他们正在视察营地，维林希望尽可能多地出现在士兵面前。“我父亲是唯一有权进去的疆国人，即便如此，他也不能携带武器，还有同伴。”

他只是点点头，脚步不停，目光投向了两个手持木剑对打的人，许多人围在旁边看热闹。个子较高的那人击飞了对手的木条，然后起腿横扫，将对手掀翻在地，一整套动作流畅自如。高个子把落败的新兵拉起来，张开双臂，咧嘴大笑。他身材健壮，一头长发扎在脑后，垂落至背心处，裸露在外的皮肤汗津津滑溜溜的，结实的肌肉微微闪光。“四个了！还有谁来？”

此人武艺高超，年纪却不大，维林估计也就二十岁左右，正是年少轻狂的时候。“一帮胆小鬼！”见无人应战，他哈哈一笑，冲围观的士兵嚷道：“来吧！打败我就赏三枚银币！”他说完又纵声大笑，发现维林后，立刻收敛了狂态。他微微咧嘴，眯起眼睛，血歌透露出令人不快的真相。

“不如您来试试，大人？”年轻人持剑致敬，继而喊道：“愿不愿意给我这个普通船工一点面子，咱们点到为止？”

“改天吧。”维林说着转身走开。

“来嘛，大人！”年轻人又喊了起来，语气微变，“可别让周围这些好汉误以为您害怕了。好多人都在猜测，不知道您为什么不佩剑。”

一名北疆戍卫军士兵上前一步，正要斥责那人，维林摆摆手，让他退下。“你叫什么名字，先生？”他走进人群中，脱去斗篷。

“回大人，我叫达文。”那人鞠了一躬，答道。

“船工是吗？”维林把斗篷递给达瑞娜，弯腰捡起一根木条，“你的武艺可不是砍木头砍出来的。”

“工作之余，人总有爱好嘛，您不觉得吗？”

“没错。”维林站在他面前，与他四目相对。达文藏得很深，但维林看到了——那压在心头的仇恨。

达文一眨眼，只见维林手里的木条向上一挑，似要攻向头部，忽又避开他的格挡，猛地刺中了空门大开的胸口。达文连连后退，双臂乱舞，企图保持平衡，最后还是一屁股坐在地上，众人顿时乐开了花。笑声中，有硬币叮当作响，那是人们在瓜分赌注。

“别看对手的眼睛，”维林说着，向达文伸出手，“我的宗师给我上的第一课。”

达文没理会维林的手，自己挣扎着站起来，脸上的笑容消失得无影无踪。“再来一次。说不定我也给您上一课。”

“不必了。”维林把木条扔给那名戍卫军士兵，“他可以当军士。让他教兄弟们练剑。”

“随时恭候您，大人！”达文在他身后高喊。维林从达瑞娜手里接过斗篷，走开了。

“当心那小子，”达瑞娜告诫他，“我认为他有伤害您的意思。”

“情有可原。”维林喃喃应道。

例行巡视完毕后，他看见艾罗妮丝正在他的帐篷外面。维林和士兵们住在一起，在营地边缘搭了一座帐篷。妹妹手拿画笔，正对着画架涂抹。她从塔里的木匠那儿借来一套工具，发明了一种可以活动的三脚画架，很容易就能收起来，变成不到一码长的木块。她成了营地里的常客，每天肩上挎着一包画笔，胳膊下夹着画架，走来走去，看到什么感兴趣的就停下来画。她最近画的是营地的全景，每一座帐篷和每一处围场都表现在画布上，其细节之精准，至今仍令维林惊骇莫名。“你怎么做到的？”他好奇地站在妹妹背后张望。

“跟你做别的事情一样。”艾罗妮丝转过身，用蘸了酒的软布清洗刷子。维林走过去，坐在旁边的凳子上。“我们什么时候出发？”

我们？他扬起眉毛，但终究还是没说什么。他们为此已经争论过太多次。“还要一周，甚至更久。”

“穿过森林，进入疆国。我们到了之后怎么做，你应该有计划了吧。”

“是的。我打算打败倭拉人，然后回家。”

“家？你已经把这里当家了吗？”

“你没有吗?”他抬头遥望，营地的尽头是绵延的镇子和高耸的北塔，映衬在黑色的海水中，“我一到这儿就感觉到了。”

“我喜欢这里是没错，”艾罗妮丝回答，“我没料到这么有趣，五彩斑斓。但这里不是我的家，我的家是瓦林斯堡的那栋房子。如果达瑞娜小姐没说错，如今可能已经烧空了。”她别过脸，强忍住担忧的泪水。须臾，当她再次开口，神色异常坚定，说的仍是重复了好多天的话。“我不要留在这里。就算是把我捆起来，关进地牢，我也要想办法跟你们走。”

“为什么?”他问，“你以为除了危险、死亡和苦难，你能在那里找到什么? 这是战争，艾罗妮丝。或许你拥有一双发现美的眼睛，但战争没有美好可言，再者，我也不希望让你看到。”

“艾卢修斯，”她说，“本瑞宗师……瑞瓦。我要知道他们的情况。”

瑞瓦……维林想过她很多次，血歌次次奏起熟悉的曲调，与杀手行刺埃雷拉宗老那晚的曲调一样，也是催促他钻进马蒂舍森林追击黑箭的曲调，还是穿行于凌绝堡寻找汉提斯·穆斯托尔时的曲调，其含义从未更改。*找到她*。维林克制住用歌声寻找她的冲动，担心幻象再度来袭，担心这一次永远也醒不过来。

“我也一样，”他说，“明早去找凯兰兄弟报到，我相信他很乐意有人帮忙。”

艾罗妮丝微笑着走过来，亲了亲他的额头。“谢谢哥哥。”

他每晚召集队长开会，监督招募和训练新兵的进展。七天过去，军队已有一万两千余人，但只有一半可以作为士兵使用。

“我们一边行军一边训练。”维林否决了阿达尔延迟一个月出发的请求，“每耽搁一天，疆国就有人丧命。霍伦兄弟报告说，全员的武器装备五天左右就能准备完毕。那个商人相当有魄力，竟囤积了满满一仓库的斧枪和盔甲，只等时机来临大赚一笔。全军装备完毕后，我们就出发。”

没过多久，他解散了会议，达瑞娜抱着一堆文件等在旁边。

“请愿书？”他问。

达瑞娜抱歉地笑了笑：“一天比一天多。”

“你把需要由我签字的文件留下，其余的我很愿意交给你裁决。”

“这些就是需要您签字的。”

她把那堆文件放在地图桌上，维林哀叹道：“你父亲真的亲力亲为？”

“他要亲自读过每一份请愿书。后来他眼睛不大好了，就让我读给他听。”达瑞娜翻动着文件，“我……也可以读给您听。”

维林叹了口气，迎上她的目光。“我不识字，小姐。我们第一次见面时，你应该就看出来了。”

“我不是为难您，只是想帮忙。”

他拿起最上面的卷轴，展开来，显露出一堆杂乱无章的符文。“母亲教过我，可我当时闲不住，没办法安安静静地坐在椅子上，连吃东西的时候也一样。她逼迫我学习，但我就是搞不清楚这些字是什么意思。在她看来是诗歌，是历史，在我看来就是乱涂乱画，那些字好像在纸上跳来跳去。她坚持了一阵子，直到我终于学会写自己的名字，后来病魔带走了她，宗会带走了我。宗会里没有识字的必要。”

“我在书中读到过，有类似您这样读写存在障碍的人。”达瑞娜说，“我相信这是可以克服的，只要付出足够的努力。我很愿意帮忙。”

如今哪有听课的时间，他本想一口回绝，但还是忍住了，因为达瑞娜的语气特别诚恳。*我已经赢得了她的尊重*。维林察觉到了。*她怎么看我？是父亲的影子？还是过世的瑟奥达丈夫的影子？可她看到的*

并不是全部。他的目光移向帐篷角落里的帆布包，发生了这么多不幸的事，包裹却仍未解开。每当他摸到束口的绳子，内心便涌起强烈的反感。她还没见过我杀人。

“也许每晚可以抽一个钟头，”他说，“你来指导我。只当是每日行军过后的消遣。”

达瑞娜微笑着点点头，从他手里接过卷轴。“‘光荣的纺织行会，’”她读道，“‘请求守塔大臣知悉，西海岸的农民肆意提价，为了维持羊毛供给……’”

无论行军还是打仗，每到晚上，所有的军营都是一个样。不管是在沙漠、森林还是深山，那场景、气味和声音从未改变。音乐声回荡在帐篷搭建的城里，因为每支军队都配有乐师，而当人们聚在一起赌博时，又有了一阵阵笑声和骂声。到处都有亲密的朋友三五成群，悄悄地谈论家乡、思念爱人。这种熟悉的环境，令维林深感慰藉，特别安心。他们慢慢地变成了一支军队，他一边想，一边独自走在营地边缘，远离了熊熊燃烧的篝火。他们会齐心协力地战斗吗？

没过多久，他忽然站住了，扭过头，观察着近处参差不齐的林木线。功夫不错，带剑，但是脚步不够轻，他正想着，血歌奏响了警告的调子。“你有事找我商量吗，达文教头？”他向黑漆漆的林间喊道。

须臾，有人含混不清地咒骂了一句。片刻过后，船工达文从暗处走了出来。他腰间佩剑，一手紧握剑柄。维林见他上唇汗水闪亮，开口时声音却平静如常。“我看见您走来走去，还是没有带武器，大人。”

维林没有理会他的话：“你是不是早就预演过这一刻？”

达文镇定的神情似有动摇。“我不懂您的意思……”

“你打算告诉我，你父亲是个好人。我杀了他，也毁掉了你母亲的生活。对了，她还好吗？”

达文的嘴唇抖动着，强忍住咆哮的冲动。时间一分一秒过去，维林感觉到，对方决定不再伪装了。“对你的仇恨让她受尽煎熬，直到死去，”船工终于开口，“我十二岁的时候，她投海了。”

他心里一沉，那时的记忆闪回脑海。瓢泼而下的冰冷雨水，染血的沙地，还有一个垂死之人的低语，“我的妻子……”

“我不知道这事，”他对达文说，“我很遗憾……”

“我不是来要你道歉的！”年轻人咆哮着，逼近了一步。

“那你是来干什么的？”维林问，“用我的血洗刷掉所有的悲伤？让痛苦的生活重新变好？你真以为能够遂了那些心愿，而不是深陷其中无法自拔？”

“我来讨个公道……”达文慢慢逼近，同时按住剑鞘，准备拔剑。听见维林大笑一声，他停止了动作。

“公道？”维林收敛笑意，“有一次，我找到一个诡计多端的老头子，为的也是讨个公道。他给了我公道，而我付出的回报是我的灵魂。我那样做是为了你和你母亲。艾林没告诉你们吗？”

“母亲说他撒谎。”达文的语气有点不大确定，但吼起来仍是那么凶狠，与此同时，警告的调子越升越高。多少年的仇恨，仅凭几句话是不可能化解的。

“艾林希望用谎言熄灭她的怒火，”达文接着说，“改变我的志向，而我的要求是公平合理的。”

“那你现在就应该杀了我，了结这件事。”维林摊开双手，“既然你的要求是公平合理的。”

“你的剑呢？”达文问，“去拿剑来，我们再决斗。”

“我的剑不是用来对付你这种人的。”

“去你妈的！拿你的——”

林间传来轻微的脆响，恰似树枝折断的声音。

维林突然冲向达文，搂住他的腰，两人翻滚倒地，此时他的剑刚刚拔出一半。在他们头上一英尺处，似有一物呼啸而过。

达文扑腾着，双脚乱蹬，维林迅速滚开。林间又传来几声脆响。“往右边滚！”他朝船工喊着，自己往左边滚去，转眼间，至少有十支箭扎进了他们周围的泥土。

“怎么回事？”达文茫然无措，企图站起身来。

“趴下！”维林嘶声命令道，“我们遭到袭击了。”

又一声脆响，达文立刻趴下，箭矢在昏暗的天空中划过一道黑线。

不是他，维林盯着空无一人的树林，这才明白。歌声的警告并不是针对他的。

“快跑回营地，”维林对达文说着，解下了斗篷，“去发警报。”

“我……”达文趴在地上，疯狂地四处张望，“是谁？”

“长弓手，若要我判断的话。”维林一甩手，把斗篷扔到半空中，只见乱箭飞射，斗篷狂舞，“快跑回营地！”

他猛地爬起来，奔进树林，数到三便趴在地上，一阵箭雨呼啸着掠过头顶。然后他起身接着冲刺，左右腾挪，最后终于看见了一个对手。那人头戴兜帽，于十英尺开外的草丛里站起身来，半拉开弓。维林冲过去，就地翻滚，箭矢疾射而至，偏了寸余。他迅速起身，一记猛拳正中弓手的下颌，当即将其击倒。另一人从左侧杀过来，弃弓不用，手持一把长刃小刀。维林捡起先前那人的长弓，抡圆了胳膊，弓臂硬生生地撞上对方脑袋。那人顿失平衡，连连后退，同时挥刀乱砍。维林静立在原地，一次心跳过后，突然沉身闪开，一支箭擦了过去，扎进对面那人的胸膛。

接着他向右侧跑去，前方又有一个弓手站起身，弓已拉满。十五英尺，维林迅速估算。太远了，来不及靠近。这时，弓手背后出现了一个影子，银光闪过，那人颓然倒地。达文来不及喘息，一个头戴兜帽的人影高举弯刃斧，猛扑过来。他闪身避开，一剑横扫过去，然而对方并非善茬，操起斧柄封住剑招，紧接着反手一击，达文应声翻倒。

眼看那人举起斧头，即将砍死达文，维林发足狂奔。还是太远了，他心想。

黑暗中响起野兽的咆哮，维林面前突然闪过一个巨大的黑影，挥舞斧头的人消失了。继而马蹄声如鼓点传来，一人一马冲出暗处，骑手所持的长棍上下翻飞，又一个头戴兜帽的人栽倒在地。咆哮声再起，伴随着惊恐的尖叫和混乱的脚步……然后是五声惨号，一声接一声，干脆利落，戛然而止。

“兄弟，”诺塔扯住缰绳，停在身边，满眼忧虑地望着他，一头金发在风中飞舞，“萝伦做梦了。”

次日清晨，维林来到医疗帐篷，达文正好钻出来，鼻子上缠了厚厚的绷带，周围有大片瘀青。

“断了吗？”维林问。

达文瞪着他，不回答。

“我欠你一声感谢，”维林接着说，“或者，你昨晚救我，是为了亲手杀我？”

“啥嘛刚变无鸟。”达文说。

“什么？”

达文面红耳赤地舔了舔嘴唇，放慢语速。

“什么都改变不了。”

“啊。”维林点点头，走过他身边，“很好。还有士兵等你去训练，军士。”

走进帐篷，维林看到妹妹正往一个束发的壮汉脸上抹药膏。比起此人下颌所受的伤，达文的断鼻子也不算什么了。壮汉戴着脚镣手铐，坐在凳子上，左右是阿达尔队长和一名戍卫军士兵。他满脸仇恨地瞪着维林，拼命向前挣扎，镣铐叮当作响，他嘴里骂骂咧咧，唾沫四溅。艾罗妮丝吓了一跳，赶紧退了一步。

“他下巴断了，”帐篷另一头，凯兰兄弟一边捣药一边说，“谁知道老师这么有力气?”

“我知道。”维林走到艾罗妮丝身边，抚着她的胳膊，“你吓坏我妹妹了，先生。”他对镣铐缠身的壮汉说。

那人冲着他咕哝了一句，唾沫飞溅而出，有一滴沾在了维林脸上。“闭嘴!”阿达尔大吼，一巴掌扇在壮汉的后脑勺上。

“够了!”凯兰说，“我的帐篷里不许虐待人。”

“兄弟，这叫虐待?”阿达尔戏谑道，然后弯腰在壮汉耳边低语，“那我就等他先治好伤。结束得太快可没什么意思。”

“把他绑在柱子上，然后你们先出去。”维林说。阿达尔不情不愿地点点头，遵照命令用绳子将壮汉绑起，带着手下走了。“你也是，兄弟。”维林对凯兰说。

“我说了不许虐待。”年迈的兄弟强调。

“走吧，兄弟。”艾罗妮丝走过去，把他往帐篷外拉，“大人才不屑做这种事情呢。”她扬起眉毛，询问的目光投向维林。见哥哥点头，她冷冷一笑，走了出去。

“只有你活下来了。”维林拿了一张凳子放在壮汉面前，坐下来说道，“我打倒的那人本来也不至于丢掉性命，可我兄弟的战猫不大听话。”

那人只是恶狠狠地瞪着他。憎恨居多，也有恐惧，维林通过歌声推测。

“十个库姆布莱人，三周前乘船至此，”他说，“职业是猎人，因此携带长弓。来北疆是为了猎熊，熊皮和熊掌在疆国内越来越罕见，可以卖出高价。故事编得挺圆满。”

恐惧和憎恨依然没变，还凭空添了一丝兴味。

“那么，”维林接着说，“是为金子还是为神？”

恐惧之中，稍有动摇。壮汉皱起眉头，情绪一时间混乱不堪，继而稳定为轻蔑。

“那就是神了，”维林推断，“世界之父的仆人到北疆来，为了求取杀死黑刃的荣耀。”

困惑加深，恐惧增多……还有，那是回声……不，是气味，若有若无，却极其污秽刺鼻，而且非常熟悉，就深埋在此人的记忆之中，深到他自己都不知道。

“他在哪里？”维林凑近了，盯着弓手的眼睛逼问，“女巫的私生子在哪里？”

困惑，还有蔑视。他以为我疯了，但内心也……有所怀疑，那是一段令人不快的记忆。

“一个不是人类的男人，”维林柔声说道，“一个以他人的躯壳为面具的怪物。我从你身上闻到他的气味了。”

恐惧忽然波动，其中有承认。

“你知道他。你见过他。他现在是什么样子？也和你一样是弓手吗？”

只有恐惧。

“是士兵吗？”

只有恐惧。

“牧师吗？”

惊骇，犹如火上浇油，突然炸开……那就是牧师了……不，血歌没有确认。不是牧师。可他知道牧师，他听命于一个牧师。

“是牧师派你来的。你肯定知道，他是派你来送死。你和你的兄弟们都回不去。”

愤怒，却也有承认。他们知道。

维林叹了口气，站起身。“想必你不会觉得奇怪，我不大熟悉《十经》。但我有个朋友，可以一字不漏地背出来。听听我背的对不对。”他闭上眼睛，复述瑞瓦常常引用的一句话：“‘黑巫术与爱众水火不容。圣父与黑巫术不可能同时知晓。知晓黑巫术之人，亦抛弃灵魂。’”

他低头盯着披枷带锁的壮汉，感觉到了意料之中的情绪。羞耻。

“你看着他的眼睛，看到的却是陌生人，”维林说，“他以前是什么人？”

那人扭开头，双眼无神，情绪慢慢地冷静下来。羞耻，承认。他哼哼着，摆了摆头，拼命从受伤的嘴里吐出一个含糊不清的词，而且反反复复，只见唾沫飞溅。维林最初听不懂，几次过后就明白了。“老爷。”

“找一艘开往北海岸居住地的驳船，带他上去。”维林出了医疗帐篷，命令阿达尔，“扔到森林深处，给他一把弓和一袋子箭，放了他。”

“为什么？”阿达尔大惑不解。

维林走向自己的帐篷：“他是猎人，兴许能找到一头熊。”

等他钻进帐篷，看到了诺塔和雪舞，还有艾罗妮丝。妹妹正抚摸着雪舞腹部厚厚的毛，巨大的战猫发出满足的咕噜声。“真漂亮。”

“是啊，”诺塔同意，“可惜没有公猫，不然可以生出漂亮的小崽。”

“一定在哪儿有，”艾罗妮丝说，“她应该是从野生种群驯化过来的。”

“那肯定在比冰原还远的地方。”维林说着，接过诺塔递来的一杯水。

“他说了什么吗?”兄弟问。

“比他希望的多，比我想要的少。”他看了一眼诺塔带来的包裹，有一把剑靠在上头。

“达瑞娜小姐的礼物，”诺塔解释，“是我要来的。既然要上战场，应该有件武器才是。”

“战争已经不是你该管的事了，兄弟。我没有到奈因角招兵是有原因的。你有家人。”

“我妻子认为，唯有我们提供帮助，我的家人才能安全。”

“你们?”

“来。”诺塔拍了拍他的肩膀，“你应该认识一下他们。”

他领着维林走向候在营地外的四个人，其中一人维林早已认识。韦弗低着脑袋，盯着地面，他通常面色冷淡却也和善可亲，此时烦躁不安，垂在两侧的双手不断地抽搐着。“你为什么带他来?”维林问诺塔，“他不适合打仗。”

“不是我带他来。他非要来，我求他回家，他死活不听。他想要些麻布或是麻绳。只要是能编东西的材料就行。”

“交给我了。”

“这位是卡拉。”诺塔介绍韦弗身边的女孩。她约莫十六岁，体形纤瘦，眸子乌黑，维林回忆起在失落之城里，那个躲在父亲斗篷后面盯着他看的小丫头。

“见过大人。”女孩小声说，眼睛始终望着营地。尽管女孩很羞怯，血歌却奏出强劲的调子向她致意。不知道她的天赋是什么，维林心想，总之非常强大。

“洛坎。”诺塔示意旁边的年轻人，听口气有些勉强。他比女孩大上几岁，同样体形细瘦，却没有那般沉默寡言。

“非常荣幸见到您，大人!”他深深地鞠了一躬，向维林致意，笑容极其灿烂，“真没想到，我这样卑微的人，居然有机会成为伟大的维林·艾尔·索纳的战友。啊，我最亲爱的母亲一定会骄傲地流下泪水……”

“好了，”诺塔打断了他，“话太多，但他很有用。”

维林走到最后一个人的前面，此人虎背熊腰，威风凛凛，胡须浓密，头发灰白。

“在下马肯，见过大人。”大汉自我介绍，说话带有尼塞尔口音。

“他也许能帮忙，”诺塔说，“搞到你想要的情报。”

所有尸体都摆在营地边的一座帐篷里，搜刮到的财物则分给了那些愿意按库姆布莱传统埋葬死者的士兵，毕竟是件瘆人的活儿。马肯走到最近的尸体旁边，此人矮壮结实——弓手通常如此。死者临终前可怖的表情凝固在半边脸上，另外半边被战猫的爪子扒掉了，场面如此血腥，马肯却丝毫不为所动。他跪下来，手掌搁在尸体的额头上，刚一闭眼就睁开了。“乱糟糟的，早在雪舞杀他之前，这家伙就半疯了。”

他往前走去，依次摸着一具具尸体，在第四具尸体旁停下脚步。根据脸上的皱纹判断，此人是其中年龄最大的。“这个好些，”他说，“有点儿红，迷迷蒙蒙的，但神志还算正常，勉强可用。”他抬头看着维林：“大人有没有特别感兴趣的方面？我好有个谱儿。”

“一个牧师，”维林说，“一个贵族老爷。”

马肯点点头，双手放在死者头上，闭上眼睛。他保持着这种姿势，一动不动，呼吸轻柔，面容平静。就这样过了一会儿，维林怀疑他已经灵魂脱壳了，也许和达瑞娜一样，可以飞出去，只不过他是钻进尸体的意识里，而不是飞上天。

大汉痛苦地呻吟了一声，终于睁开眼睛，从尸体旁退开。他回过头，责备的目光投向维林：“大人应该事先提醒我那儿有邪门的东西。”

“抱歉，”维林回答，“这么说你找到了？”

“他两鬓的头发还要厚一些，”马肯对艾罗妮丝说着，在画像上指指点点，“嘴没这那么大。”

艾罗妮丝挥动炭笔，熟练地添了几下，又蘸湿手指，晕染了部分线条。“这样呢？”

“对，”马肯的浓密胡须分开来，露出一口白牙，“小姐真有天赋。”

“这就是他？”维林接过艾罗妮丝画的肖像，问道。画布上的男人脸盘宽大，小眯眼，秃头，蓄须。不知道艾罗妮丝是不是沾染了本瑞宗师的喜好，为了增加艺术感，给画中人的嘴角添了一抹残酷的意味。

“和我记忆中的很相像了，大人。”马肯说，“那东西的面具就是这副模样。”

“你在死人的记忆中看到它的时候，你感觉到了？”

“我看见它了，藏在面具底下。我们所看见的世界总有未知的事物，然后深深地印在这里。”他伸出短粗的手指，戳了戳脑袋，“尤其是当我们看到不理解的事物。”

“你知道面具的名字吗？”

马肯满怀歉意地做了个鬼脸，浓密的胡子挤成一堆。“我的天赋仅限于他们看见的，大人。至于他们听见的，我力不能及。”

维林把画像摆在艾罗妮丝完成的另一幅旁边，另一位画中人年纪较轻，容貌俊朗，但在妹妹的笔下，他的鼻子和下巴尖得有点不正常。“这就是牧师？”

“不敢说一定是，但死者和某些人都听从这人的命令。他最鲜活的记忆，除了被雪舞扑倒，就是这人说话的场景。他们当时在一个码头上，准备登船。”

维林盯着两幅画看了许久，希望血歌有所提示，可惜什么也没有听到。

“我们是不是该带马肯师傅去餐食帐篷了？”艾罗妮丝打断了他。

“那是当然。”维林望向马肯，露出感激的笑容，“多谢了，先生。”

“我们就是来帮忙的，大人。”大汉站起来时呻吟了一声，揉了揉背部，“话说回来，我真希望这场战争是早些年发生的啊。”

靶场设在河岸，维林在那儿找到了诺塔。他自己带了弓，是俄尔赫人造的，与过去在宗会使用的强弓类似。看来他的弓术比起以前打仗时又有精进，一支支箭矢快若流星，精准无比地飞向靶子，周围的弓手纷纷放下弓，引颈张望。

“你吸引了不少目光。”维林说。

诺塔环视一圈，然后一箭射中靶心。“不多。军队人少，弓手更少。”

“大多都是从居住地征召的猎人，还有一些疆国禁卫军的老兵。”维林表示同意，“你愿意当他们的队长吗？也许可以再从新兵里挑一些出来。”

“谨遵大人命令。”

“我不想对你下什么命令，兄弟。我最想做的就是送你回家。”

诺塔脸色一沉，竖起长弓，双手搭在弓梢上。“做梦的不光是萝伦，兄弟。她只梦到你和好多使弓的人作战，还觉得挺激动人心。可是瑟拉……瑟拉梦到她看见我们都死了。我、萝伦、阿提斯和尚未出生的双胞胎。我们全都被抓走了，受尽折磨，当着她的面惨死，整个奈因角燃起了大火。你要是听到了她的尖叫，就知道她为何叫我来，以及我为何要来了，尽管我并不喜欢我们即将去做的事情。”

“你还……”维林欲言又止，最终还是说了出来，“你觉得你还能杀人吗?”

诺塔扬起眉毛，忽然之间，胡须满面的老师不见了，变成了言语刻薄的年轻人。“你呢？我有一把亮闪闪的新剑呢。你的剑才是成天包着吧，从来不叫人看见。”

我所担心的是，一旦长剑出鞘，释放出来的东西，或许比侵略疆国的军队还要可怕。维林没有说出真实的想法，而是换了话题。“你带来的那些同伴当中，我知道韦弗的本事，也见识了马肯的能力，还有两个人呢?”

“卡拉可以召来雨水，不过你在请她使用天赋之前，一定要考虑清楚。效果确实……壮观，但后果难以预料。”

“男孩呢?”

“洛坎可以隐身。”

维林皱起眉头：“我看得见他啊。”

诺塔笑了笑：“这个……不好解释。反正在这场战争结束之前，他有很多大展身手的机会。”

“没错。”维林握住兄弟的手，感到诺塔的手掌温暖而有力，“我很高兴你来了，兄弟。抓紧时间挑选人手，明天我们就向疆国进军。”

第三章　莱娜

水……滴答作响……缓慢而有节奏地落下，溅起回音阵阵。我在山洞里吗？她后来意识到，这是她脑袋里冒出来的第一个念头。第二个念头，现在她是联合疆国的女王了。而随之涌起的是撕心裂肺的绝望，她不禁剧烈地扭动身子，发出惊恐的尖叫……从倭拉女人掌心喷出的火焰，麦西乌斯、欧德菈、雅努斯和小德娜，还有她的皮肤和头发燃烧时的恶臭……尖叫声却生生堵在喉咙里。她嘴里似乎有一样硬邦邦的东西，牢牢地卡在牙齿之间。她想取出来，却发现双手无法动弹，竟被缚住了。她这才想到，应该睁眼看看。

四周昏暗，只有一道微弱的亮光，依稀可见模糊的人影蜷缩在里面。真是洞穴。但为何如此摇晃？怎么还有吊在顶上的锁链？

有个人影忽然抽搐了一下，吸引了她的目光，继而有响亮的呕吐声传进耳朵里，污物四溅。然后又安静下来，只有微弱的呜咽声，偶尔响起铁器相撞的叮当声，还有木头受到挤压发出的嘎吱声。

不是洞穴。是船。

“啊，”左侧的阴影中，有人粗声粗气地说话，“尖叫鬼又醒了。”

她眯起眼睛张望，企图看清对方的面容，却只能隐约见那人脑袋方正，须发皆无，在头顶的光线中微微发亮。方脑袋一歪，咕哝道：“好像没发疯了。真可惜，你很快就会知道，还不如疯了好呢。”

她想说话，却一个字也吐不出来，那东西仍堵在嘴里，还用皮带紧紧绑在脑后。再低头一看，只见手腕上有锈铁反射的微光。她用力一拉，链子哗啦作响，有镣铐擦过皮肤的痛感。

“督头嫌你累赘，”那人说，“要把你扔下去。主人不同意。我不大懂倭拉语，但他好像提到了什么种畜。”

对方似乎并没有恶意，只是述说实情。疼痛再次来袭，莱娜面容扭曲，双目紧闭，泪水奔涌，一波又一波的疼痛掀动她的头皮，席卷她的面庞。她的皮肤和头发都在燃烧……

她悲痛难忍，禁不住低声啜泣，继而瘫倒在潮湿的木板上浑身战栗，涎水顺着堵口物流出来。不知道过了多久，或许过了数日，她疲惫不堪，失去了意识。沉沉的睡眠没有噩梦侵扰，令她深为感激。

她忽然惊醒，似有什么在拉扯堵口物，她的脖子被迫伸直，整个人跪坐起来。她仰着头，看到一个身穿黑色皮衣的彪形大汉。那人弯腰凑近，仔细看了看她的眼睛，满意地哼了一声，把她脑后的皮带解开，取下堵口物。莱娜咳了起来，干呕不止，喘不过气，彪形大汉却一把捂住她的口鼻，憋得莱娜无法呼吸，被迫与他对视。“不许……尖叫，”他的疆国话说得不大连贯，“你。不许再尖叫。否则。”他扬了扬手里的东西，那细长之物缠成一堆，末端是铁制的手柄，“懂吗?”

莱娜挪动脑袋，吃力地点头。

大汉又哼了一声，放开手走掉了，靴子踏得污水四溅。途中，他用鞭子柄戳了戳一个蜷缩不动的人影，无奈地骂了句什么，然后弯下腰，拿挂在颈上的钥匙打开镣铐，又扭头喊了一声。从暗处走出的两个男人没有他那般魁梧，他们一前一后抬起那人，登上悬于莱娜头顶的梯子，从那儿透进的天光照亮了部分船舱。两人抬着尸体走上去时，莱娜从梯子的间隙里瞟见了死者的容貌，是个女人，五官松弛，面色苍白，生前似乎相当漂亮。

那个督头——莱娜凭直觉判断出他的身份——在一大堆人当中又找到两具尸体，他们挨个搬上去，很可能扔下了船。她数不清这儿关押了多少人，船舱稍远的地方太黑，目力所及之处，约有二十来人。十码见方的空间里有二十人，倭拉奴隶船一般有八十码长，因此船舱里可能装了一百五十人。

看不见的暗处，又传来钥匙开锁的响声，跟着有人呜咽。督头出现了，推搡着一个脚步趔趄的人影，是个年轻苗条的女孩，黑发遮住了面庞，走上去时，哭泣声清晰可闻。

“那个是第三次了，”光头说，“在这条船上，长得漂亮可不是好事儿。我们很幸运，是吧？”

莱娜想说话，无奈口干舌燥，发不出声。她清了清嗓子，尽量润湿喉咙，又试着说话。“多久了？”她嘶声问道，“从瓦林斯堡出来。”

“四天了，据我估计，”那人回答，“我们在伯瑞林海上走了差不多两百里。”

“你有名字吗？”

“有，以前有。名字在这儿没用，小姐。你是贵族小姐吧？看你打扮，听你说话，不像是混街头的。”

街头。逃出满是火焰和死亡的王宫时，疼痛夺去了她的一切理智，她疯狂地穿梭于街巷，厉声尖叫，不停地跑啊跑……“我父亲是商、商人，”颤抖的声音掩饰了她的谎言，“我丈夫也是。他们希望得到国王的器重，能有飞黄腾达的一天。”

“怕是没人还能升官发财咯。疆国灭亡了。”

“整个疆国吗？短短四天就灭亡了？”

“国王和宗会就是疆国，现在都没了。我被带到码头的时候，看到第五宗的城堡烧起来了。全没了。”

全没了。麦西乌斯，孩子们……达沃卡。

梯子上又有脚步声传来，她抬头望去，只见督头那个不算魁梧的手下，带了一个体形修长的年轻男人下到船舱里来，然后拿一副空闲的镣铐将他锁住，距离莱娜仅数尺之遥。

“又是一张讨人喜欢的漂亮脸蛋。”光头咕哝道。

“人在屋檐下，不得不低头啊，兄弟。”年轻人语气轻佻，刺痛了莱娜的耳朵。她承认此人五官精致，英俊潇洒，令她回想起艾卢修斯在战争和酗酒之前的样子。

“肮脏的败类。”光头说。

“伪君子。”年轻人冲莱娜一笑，“看来我们的尖叫小姐恢复了理智。”

“不是贵族小姐，”光头声音粗哑地说，“只是商人的妻子。”

“噢。真遗憾，我喜欢贵族同伴。无所谓了。”年轻人向莱娜鞠躬致意，“在下费明·艾尔·奥伦，见过夫人。听候您的吩咐。”

艾尔·奥伦。她没听过这个名字。“大人，你家、家人在瓦林斯堡有房产吗？”

“唉，没有啊。我出生前，祖父就赌得倾家荡产了，我们孤儿寡母身无分文，要想攒些家业，只能耍点聪明，招徕生意。”

莱娜点点头。看来是小贼。她转而对光头说：“他管你叫兄弟。”

阴影之中的人没有说话，费明立刻替他回答：“可怜我这位朋友被逝者抛弃了，夫人。一下子掉进了烂人堆里，就因为他企图对……”

光头突然往前一冲，锁链瞬间绷直了，借着透进来的光线，莱娜看到了此人凶狠的面容，畸形的鼻子尤其惹眼。“闭嘴，费明！”他吼道。

“不然呢，你要怎样啊？”贵族小贼大笑一声，“你现在拿什么威胁我啊，伊尔提斯？现在可不是关在地窖里抢食的时候了。”

“你们一起坐过地牢。”莱娜恍然大悟。

“正是，夫人。”费明看着颓然坐回阴影中的伊尔提斯，咧嘴笑道。“都城沦陷后的第二天早上，主人们找到了我们，杀了那些还傻待在城内的卫兵，也杀了大部分俘虏，只留下了强壮的，以及——”

他冲莱娜眨眨眼，“漂亮的。”

是奴隶，莱娜心里想着，缩起身体，察看连接锁链的铁架子。*我现在是奴隶女王了。*她这样一想，不禁发出刺耳的笑声，差点就控制不住地尖叫起来。她强行收住笑声，注意力集中到铁架子上，很快就摸到了一个半圆形的铁环和一块铁片，被两根结实的栓子固定在橡木条上。她不能指望徒手将其卸下来。唯一能打开镣铐的，只有督头的钥匙。

“你有名字吗，夫人？”莱娜靠在梯子的支柱上，听见费明问。

莱娜·艾尔·尼埃壬女王，雅努斯王之女，麦西乌斯王之妹，联合疆国的统治者，信仰的守护者。“名字在这儿没用。”她轻声说。

翌日，督头没有再发现尸体，自此开始，发给他们的食物丰盛多了，先前的清汤寡水换成了掺有浆果的浓粥。是为了淘汰弱者，莱娜推测。另外，饥饿的奴隶是没有用的。

督头巡查时，莱娜有了接近的机会。当他弯下腰察看奴隶的情况时，莱娜便直勾勾地盯着那把晃来荡去的钥匙，可惜还是太高了，没办法抓住。*而且就算我扯下来了，不等我打开镣铐，就会被他打倒。*莱娜瞟了一眼正在吃麦片粥的伊尔提斯，他用短粗的手指刮着残留在碗底的食物，津津有味地塞进嘴里吮吸。第四宗的，她心想。滕吉斯的守信徒爪牙。没那么容易被打倒。

这时，督头走到了身边，莱娜赶紧低下头。他弯腰从铁架子上解开锁链。“起来！”他命令道，同时用鞭子柄戳了戳。

她摇摇晃晃地站了起来，痛得两腿直打颤。督头把她拉到光亮处，捏住脸左右转动，眯起眼睛仔细察看，最后嫌弃地撇了撇嘴。“毁得太厉害了，”他用倭拉语咕哝道，“怕是连船员也不愿意操你这种货色。”话音未落，他直接掀起莱娜的裙子，粗暴地上下其手。莱娜拼命克制住呕吐的冲动，直直地站在原地。“搞不好他们会愿意的。”督头若有所思地说，又起身解开她的胸衣，手眼并用地检查她的双乳。

不要叫，莱娜心里想着，闭上眼睛，牙关紧咬，任由对方揉搓乳头。不要再叫了。

“而且还不蠢。”督头扳过莱娜的脸，强迫她看过来，“我很好奇，你以前是什么人？富贵人家养的妓女？有钱人家的宝贝女儿？”督头说话时，目光在她脸上游移，看她能否听懂。莱娜瞪大了眼睛，一半的恐惧是装出来的。

督头哼了一声，退后几步，手里的鞭子一指。“坐下！”

莱娜跌坐到木板上，慌忙整理起胸衣。督头锁好镣铐，登上梯子出去了。达沃卡会切开他的肚子，大笑着看他的肠子流出来。斯莫林一转眼就会砍下他的头。索利斯兄弟会……

他们都不在！

她深深地吸了一口气，强行稳住颤抖的双手，弯下腰，仔细地系好胸衣。这儿没人保护你。也没人侍奉你。你必须自己照顾自己。

夜晚的时间最难熬，俘虏们时常夜惊，在睡梦中大喊大叫，不是因为失去亲人，就是乞求重获自由。莱娜的睡眠却是断断续续的，常常因为疼痛和回忆而惊醒。这一晚，她又梦到了倭拉女人，但从掌心喷出的不是火焰，而是奔涌的洪水，灌满了王座厅……

她爬起来，换成惯常的蹲坐姿势，等待心跳缓和下来。梦境很真实，这是因为她再三强迫自己回忆在王座厅看到的所有细节，同时她头一次意识到，惊人的记忆力是天赋也是诅咒。她一丝一毫也不放过，弗伦提斯兄弟说的每一句话，每一个细微的表情，每一次火舌的舔舐。

他的表现毫无破绽，莱娜心想。无论怎么看，都堪称完美，根本不像是演戏。一个受过重创的人，举止谦卑，亦有几分傲气，历经千难万险终于回家。那女人也是，胆怯不安，彻头彻尾的落跑奴隶的模样。*我哥哥一死，全都变了。我杀了弗伦提斯之后，她勃然大怒，似乎也不像是演戏。*莱娜仔细回忆那女人的面孔，那伴随鲜血从她眼里流露的悲痛和狂怒。是意外，莱娜心想。她没料到弗伦提斯会死。这件事不在计划之中。由此，又引出了另一个问题。她还需要弗伦提斯做什么呢？或者是因为痛失所爱而愤怒？玛莱萨的话浮现于脑海，每当莱娜思考这个谜题时都会如此。他们有三个……他的姐姐……最好永远别遇见那个女人。可能吗？她是不是遇见了玛莱萨提到的第三个邪恶奴仆，最终幸免于难？

头皮又起了一阵痉挛，痛得她连呼吸都屏住了。或许幸免于难这个词用得不准确。各种疑问堆积如山，却没有答案。没有证据。*可我一定要找到，无论花费多少年……无论我要流多少血。*

她忽然留意到左侧有什么动静。费明正弓背弯腰，伸手对着地板，左右摇晃一根指头，同时面带笑容，望着两脚之间。莱娜循着他的视线，发现地板上有一只小小的黑老鼠，正仰头盯着摇晃的手指，脑袋随之摆动，节奏分毫不差，似是有无形的绳索操控它的动作。

莱娜探过身，试图找个更好的角度，链子却哗啦作响。费明猛地抬起头，脸上没有一丝笑意。他的手指微微抽动，老鼠突然窜进阴影之中。莱娜没有挪开视线，他却扭头望向别处。此时此刻，玛莱萨的话在脑海中回响，犹如胜利的号角：*当你身负枷锁之时，莫忘了魅兽者。*

“请问大人，”第二天早晨她问费明，“你是哪种贼？”

费明头一次不愿意搭话，避开了她的目光。“搞不到啥东西，穷贼呗。”

“他们带你……上去的时候，”她不肯罢休，“你肯定注意到了船上有多少船员。”

他抬眼与莱娜四目相对：“你怎么对这个感兴趣啊，夫人？”

锁链哗啦作响，身后的伊尔提斯挪了挪身子，正合她的心意。“你想当奴隶吗？”她问费明，“一辈子就为他们干这种事？你觉得去了他们的帝国，等待你的是什么命运？”

“比扔进海里强。我愿意吮吸他们伸到面前的每一根阳物，我愿意撅起屁股让一千人轮着来。我这人不害臊，只害怕。我想要活下去，无名夫人。”他别过头，“不管你想了什么鬼点子，别算上我。”

“别理他，”伊尔提斯轻蔑地粗声说道，“胆小鬼对我们没用。”

莱娜回头看他：“你刚才是说‘我们’吗，兄弟？”

“别耍我，女人。我注意到了，你的眼睛扫来扫去，把船舱看了个遍。你看到了什么？”

她转过身子，往前挪了挪，尽可能靠近伊尔提斯，虽然压低了说话的声音，但确保费明还能听见。“我家里人经商，这你知道了。我们和倭拉商船做过生意。这种尺寸的船，大约有四十个船员，最多五十个。”

伊尔提斯皱起眉头：“所以呢？”

“而船舱里至少有一百五十人。如果他们能自由活动，胜算是三比一。”

“很多人太弱了，没法打，而且一半是女人。”

“女人要是有了合适的理由，打一百个男人都行。而且，一旦叫恐惧与仇恨点燃了，弱者也能变强。”

伊尔提斯身边的人动了动，抬起头来。伊尔提斯恶狠狠地瞪着他：“敢说一个字，你再醒来的时候脖子就断了。”

那人摇了摇头，坐起来，挪近了些。尽管不如伊尔提斯块头大，但他身体很壮实，下巴突出，两边脸颊都有伤疤，看来不是匪徒就是士兵。“没了链子，”他说，“我徒手就能对付一打杂种，撕了他们的喉咙。”

是匪徒，莱娜心想。

见那匪徒满脸热诚，伊尔提斯打量了他一阵子，沉默片刻，又问莱娜：“督头的钥匙，你有办法弄到吗?”

没有。“有。但我们要有耐心，等待合适的机会。把这话告诉周围的人，轻点声，提醒他们做好准备。”

“我们怎么知道能不能相信所有的人?”伊尔提斯问，“有人也许会出卖我们，以此换取优待，甚至换取自由。”

“我们别无选择。”莱娜瞟了一眼费明，看见他缩着身子，背朝他们，但握紧了拳头，“这是非冒不可的风险。”

一整天，消息在俘虏之间挨个转告，各种疑问也来来回回地低声传达。他们都很害怕，但除了费明，没人拒绝，也没人把他们出卖给督头。内心依然渴望自由，莱娜心想。还没有真正变成奴隶。

莱娜的问题也传递给了那个窈窕少女，她被带上去的次数最多。船员有多少人？多少人有武器？当她又一次被带上去时，头发捋到了耳后，双眼仍然含着泪水，却闪烁着坚毅的光芒。等她回到船舱后，答案传递了过来。三十个船员。十五名卫兵，守在舱口附近，每五人一组轮岗。

等伊尔提斯睡着后，莱娜又找费明说话。他坐在地板上，身体半转，面对船外，双目紧闭，微微皱眉，似乎因为听到了什么声音而紧张。莱娜仔细倾听，有一种抑扬起伏的嗡嗡声远远传来。

“鲸歌。”她说。

费明扬起眉毛，嘴角掠过一丝残酷的笑容：“就快没了。”

鲸歌戛然而止，片刻之后，船外回荡起血肉撕裂的巨响。“红鲨鱼，”费明说，“它们永远都是饥饿的。”

“你能听出它们是饥饿的？”

他回头看了看莱娜，脸上又没了表情。

“我知道你是什么人，”莱娜说，“魅兽者。”

“我也知道你不是什么商人的女儿。督头猜对了没有？富贵人家养的妓女？我知道你能听懂他说的每一个字。”

“妓女有钱赚。奴隶不行。”

“你想要我做什么？”

“做你的本行，偷窃。准确地说，让你的小朋友替你偷。”

“督头的钥匙。”

“正是。”

“我们释放所有人，然后夺下这艘船。这就是你的伟大计划？”

“如果你还有别的计划，我洗耳恭听。”

“我倒是有个计划，是关于我自己的。听着，这条好船的主人要我。他家财万贯，在倭拉城附近有大片地产，宅子的侧楼全都用来安置从世界各地搜罗来的年轻人。我将是他带回的第一个疆国人，我能过上养尊处优的生活，而你只能年年生孩子，直到你的肚子再也生不出来。”

“这就是你的志向？当人家豢养的宠物，直到人老珠黄，失去魅力。”

“那时候我早就跑了，别担心。有那么大的帝国可以游历，那么多的宝贝可以偷窃。”

“为此愿意抛下一切？包括你的城市，你的母亲？”

这句话似乎击中了要害，他嘴角抽动，说明正在极力控制情绪。

“她怎么样了？”莱娜接着刺激他，“你知道都城沦陷的时候她的情况吗？”

他抱紧膝盖，前后摇晃，忽然间像个孩子。“不知道。”他低声说。

“你说你为了养她才偷东西，不是吗？为了她。你不想知道她是死是活吗？”

“我们怎么知道那里的人是死是活？我们怎么知道还有没有人是自由的？”

“我知道。我认为你也知道。”

“戍卫军抓住我后，她买通了管地牢的老爷，让我能吃饱肚子。如今国王也容许地牢里稍稍舒适些，只要给得起钱。至少，老爷这么办了。”他闭上双眼，紧紧地抱着膝盖，“她死了，我知道。”

“你真这么想吗？因为我真的相信，在我们疆国之内，还有自由的人，我们在这里深受折磨，而他们仍在反抗。”

他睁开眼睛，莱娜看见了闪烁的泪光。“你不是妓女，”他哑着嗓子说，“没有妓女会说这样的话。”

“帮助我们。我们要夺下这条船，返回疆国。我一定帮你找到她，我保证。”

他咬紧牙关，嘶嘶地吸气。“我每次都用鼬鼠，”须臾，他开口说道，“老鼠不适合偷东西。我需要时间，这么艰难的任务，必须先建立强大的联系。”

“多久？”

“至少三天。”

三天。莱娜不希望拖这么久，但此去倭拉，路途尚远，如果利用三天时间改善饮食，到时候也有好处。她点点头：“谢谢你。”

费明无力地笑了笑：“但愿这帮人里头有水手，不然我们孤零零地漂在茫茫大海上，那麻烦就大了。”

老鼠把浆果扔到费明面前，坐下来，抬起亮晶晶的眼睛望着他，胡须微微抽动。费明面带怜爱的笑容，眨了眨眼，老鼠飞快地跑开了。不一会儿，它又带回一颗浆果，放在费明脚边，浆果越堆越高了。

“我不喜欢这种事。”伊尔提斯低声说。他面色阴沉，莱娜知道他因为疑虑重重，心里特别紧张。“使用黑巫术是背弃信仰的行为。”

莱娜很想告诉他，最早的教理根本没有提及黑巫术，直到掐脖红爆发后，疆国律法才出现了非难黑巫术的条款。问题是，伊尔提斯不大可能是那种能够理性讨论的人。“我们别无选择。”她轻声道，“没有其他办法能拿到钥匙。”

“她说得对。”疤脸匪徒说，“只要能离开这个鬼地方，我愿意把灵魂献给库姆布莱的神。”

伊尔提斯重重地哼了一声，怒气冲冲地挺起壮硕的身躯。“信仰不坚定，很容易变成异端。我的信仰就从不动摇。”

“我们要是拿不到钥匙，你以后当奴隶的日子长着呢，足够考验你宝贵的信仰会不会动摇。”匪徒讥讽道，伊尔提斯气得怒吼一声，冲了过来。

“不要害了我们。”莱娜说。

伊尔提斯咬牙切齿地退回去，靠在舱壁上，再次隐没于阴影之中。

“你明白自己的任务吗?”莱娜问匪徒。

他点点头。“去操舵室，干掉舵手。我带三个最强壮的一起去。”

“很好。”她扭头问伊尔提斯：“兄弟，你呢?”

“镣铐打开后，等着夜间巡查的卫兵们下来，用我们的链子勒死他们，拿走武器。再带五个人，去甲板上杀他们。督头的舱房在船尾，旁边就是主人的舱房。先杀督头，再杀主人。”

“我带领其他人对付船员，”莱娜说，“把他们赶到船舷边，死死地堵在那儿。我们需要你们帮忙解决掉他们，所以你们的动作一定要快。”

“我们的人要是能活下一半，就算撞大运了。”匪徒说。

四分之一就算走运，她心想。“我知道。其他人呢？”

“他们知道了。”匪徒吞了吞口水，挤出一丝笑容，“站着死也好过跪着活，对吧？”

费明宣布，他的老鼠今夜即可行动。小家伙已经完全处于他的控制之下，正坐在他的掌心，一动不动地望着魅兽者，安静得可怕。“它挺聪明，”费明说，“不如鼬鼠聪明，但足以实施今晚的逃跑计划。”

莱娜感到头顶有一阵剧痛袭来，疼得龇牙咧嘴。这两天，疼痛的方式有所改变，越来越集中在特定的部位，当时火焰肯定就是从这些部位烧进皮肉里的。除了疼痛，还有一种反胃的感觉。罗纳语有一个专门的词，Arakhin，形容这种战前的胆怯。“那我们就开始吧。”她说。

费明把老鼠放到甲板上，它立刻蹿向梯子，一级一级地往上跳，最后消失在视野中。费明仰着身子，紧闭双眼。时间一分一秒过去，莱娜缓慢而平稳地呼吸着，尽力压制在肚子里翻涌的呕吐感。众人默默地等待，四周静得可怕。她仔细观察费明的脸，见他始终闭目坐在原地，偶尔皱起眉头，身子微微抽动，不知道有何意味。他能透过老鼠的眼睛看见外面的情况吗？她正想着，小贼的嘴边露出一丝笑意。

“拿到了。”他低声说，吓得莱娜的心脏猛地一跳，“就是这样，跳下来，然后回到下面——”他突然睁开双眼，从头到脚剧烈地抽搐，然后往前一扑，干呕起来。

“费明！”莱娜喊他，“怎么了？发生什么事了？”

甲板上传来沉重的靴子声，回荡在船舱里，惊动了众人的目光。脚步声忽然停住，须臾，有一样小小的东西落下来，掉进梯子底下那一摊映着月光的污水里。黑毛，断背，触目惊心。

费明不再干呕，他坐直了身子，盯着船舱的木板，眉头深锁。

督头慢悠悠地走下梯子，手里的鞭子刮着木头，不慌不忙地进了船舱。他沐浴在月光里，用靴子踢了踢那只死老鼠。“真有趣啊。”他用倭拉语咕哝道。

费明痛苦地呻吟了一声，呼吸也渐渐沉重，周身汗水涔涔，目光却始终不离舱板。

“魔法，”督头抬起头，用疆国语说，“这里有一个人，会魔法。是谁？”他一甩手，鞭子松散开来，犹如一条毒蛇溜到了地板上。“这儿所有的，换一个会魔法的。”他走到匪徒面前，盯着对方的眼睛问：“懂吗？”

匪徒抖如筛糠，那害怕的样子，眼看就要吐露一切秘密。但他还是闭上眼睛，摇了摇头。站着死也好过跪着活。

督头耸耸肩，退开几步，转过去，突然迅疾回身，手里的鞭子犹如电光火石般甩了过来，只听一声脆响，匪徒那张结了疤痕的脸颊再度皮开肉绽。

“是谁？”督头又问了一次，扫视着众人。只有匪徒痛苦的呜咽声。

这时，费明喘了一口气，身体瘫软下去，后背汗水淋漓，吸引了督头的注意。他正要朝那边走去，只听链子哗啦作响，莱娜勉强把身子抬高了几英寸，用倭拉语说：“是我！我有魔法！”

督头眯起眼睛，嘴角掠过一抹笑意，继而走到莱娜面前。“我早该猜到，”他用倭拉语说，“找一个不容易，可一旦找到，往往就是最聪明的那个。”他提起挂在颈上的钥匙。“派你的小朋友来拿这个。很聪明，差点就成了。可惜，我现在要杀掉十个人以儆效尤。不杀你，你值一千个人。但是，选择权交给你。”

他走回洒满月光的地板上，哈哈一笑，摊开双手：“选吧，你这个烧毁了容的婊子！你希望看到他们当中谁——”

船体突然倾斜，他打了个趔趄，只见舱外的木板裂开一条口子，海水犹如喷泉，猛灌进来。督头失去平衡，向伊尔提斯和匪徒扑倒。那一瞬间，他满脸震惊，张大嘴巴，冲着大块头兄弟而去。伊尔提斯的方脑袋往前一顶，撞上督头的鼻子，鼻骨当即断裂，鲜血四溢。等督头摔倒，匪徒一拧身子，双腿绞住倭拉人的腰部，按得对方动弹不得，伊尔提斯接着用头猛撞，骨裂声声，血流不止。

“钥匙！”莱娜大喊。

伊尔提斯满脸污血地抬头瞪着她，眨了眨眼，怒火这才消退，恢复了理智。在匪徒的协助下，他翻过督头的身体，四处摸索钥匙。

“我没法……”费明有气无力地说道。莱娜回头一看，见他颓然倒地，鼻孔和眼睛流出了血。“我现在没法……阻止它了。你们动作要快。”

“拿到了！”伊尔提斯用短粗的手指捏着钥匙，企图塞进锁孔里。

船体再次遭到撞击，木板的裂口更大了，越来越多的海水涌进来，淹到了他们的脚背。伊尔提斯大骂一声，只见钥匙脱手而出，在空中飞旋，落到莱娜脚边。她伏下身子，双手在水中摸索，恐慌差点令她失去理智……找到了，指头摸到了一片光滑的金属。她紧紧地抓起来，拿到镣铐前，扭过锁头，对准钥匙，极力稳住颤抖的双手。慢慢来，别急……钥匙插进锁孔，一拧，镣铐开了。

她顾不上浑身剧痛，立刻站起身，看到了几张暴露在亮处的面孔，无一不充满恐惧和绝望，眼神饱含哀求。梯子就在旁边，船不久便会沉没……

她先解开伊尔提斯的镣铐，然后是匪徒。“守住梯子！”

“那怎么夺船呢？”匪徒问。

莱娜看了看破裂的船体，走向旁边的俘虏，这个女人与她年纪相仿，正感激涕零地望着她。“很快就没有船可夺了。”她说着，扶起那个女人。

莱娜又给旁边的男人松开镣铐，然后把钥匙递给他。“解开他们的镣铐，要快。”

她来到费明身边，发现流血已经止住，人却精疲力竭，昏死过去。“醒醒！”莱娜拍打他的脸，“醒醒，大人！”

见他眼里恢复了些许神采，莱娜将其拉起来，他不满地呻吟了一声。“怎么回事？”她问，“你干了什么？”

“它们永远都是饥饿的。”费明轻声说道。

在俘虏们的惊叫声中，似乎有什么东西贴着船身游过，船身倾斜，越积越多的海水四处激荡。这时，一名卫兵慢慢地走下梯子，可能是奉命查看督头的情况。他一眼看到伊尔提斯和匪徒，不禁大吃一惊，正要扭头招呼甲板上的同伴，还来不及张嘴，匪徒手里的链子甩过去，缠住了他的腿，再猛地一扯，卫兵面朝下跌倒，被匪徒拖下了梯子。伊尔提斯将卫兵死死地按在海水里，直到他不再挣扎。

“看看他身上还有没有钥匙。”莱娜说。

伊尔提斯搜查了一番，无奈地举起双手。

莱娜看了看船舱内，已有二十个俘虏获得了自由，然而海水仍在疯涨。

“你能不能暂时困住它？”她绝望地问费明，“坚持到我们解开所有人的镣铐。”

他笑了，露出血迹斑斑的牙齿：“能给的，我全给了……”

甲板突然破开，海水奔涌而入，只见当中冒出一颗硕大的三角形脑袋。它张开血盆大口，露出参差不齐的利齿，一口咬住两个俘虏，犹如巨镰割草，轻而易举地咬断了他们的身体，涌进来的海水顿时染得血红。硕大的脑袋左右摇摆，木板随之纷纷断裂，力度之强，震得整条船都在颤抖，然后它就不见了。

“我叫它相信了我们是鲸。”此时海水已经快淹到了费明的肩膀，他盯着莱娜的眼睛说，“我母亲名叫特蕾拉。记住您的承诺，女王陛下。”

伊尔提斯的巨手抓住了她，拉向梯子，与此同时，海水没过了费明的头顶。伊尔提斯推着她走上梯子，来到甲板。这儿一片混乱，几个重获自由的俘虏四处乱窜，船员们有的惊呆了，有的只顾着放下小船，无人理会一个高个子黑袍男人的命令。

“我们需要一条船。”莱娜说。

伊尔提斯点点头，舞起铁链，大步走向距离最近的小船，匪徒和他一起，杀出了一条血路，其余的俘虏挤成一团，紧紧跟随。有的船员奋起抵抗，有的掉头就跑，但大多愣在原地傻看着。

莱娜看到一名跪在甲板上的卫兵，额头显然遭受了伊尔提斯的撞击，还在用颤抖的双手摸索着渗血的伤口。她从那人的剑鞘中抽出短剑，疾步走向高个子黑袍男人，他仍在原地扯着嗓子下达毫无意义的命令。男人背对着莱娜，因此当短剑刺进身体时，他完全没有反抗。他痛叫一声，跪倒在地。

“我要让你知道，”莱娜凑到他耳边，用倭拉语说，“从今日起，我人生的每时每刻，都将用来撕裂和焚毁你的帝国。等我烧掉你家的宅子时，一定代你问候你那些收藏品，主人。”

她拔出插在那人背上的剑，向小船飞跑过去。船员们此时只顾着自保，没人去管俘虏，于是他们顺利地把船掀下了海。这活儿干起来挺省事，因为海面已经接近了船舷。匪徒一跃而下，跳进小船，然后伸手接后面的俘虏上船，正是那个深受船员喜爱的窈窕少女。莱娜注意到她的指甲断了，血肉模糊。

船身又是一震，海水没过了甲板。莱娜被伊尔提斯提了起来，扔向小船，她一把抓住了系缆绳的墩子，匪徒他们七手八脚地把她拉了上去。伊尔提斯跃过船舷，摔在这群幸存者当中。莱娜数了数，只有五人，个个衣衫褴褛，精疲力竭，全都望着她。

王国不算大，她心里想着，随小船在海浪中起伏。她回头看去，只见大船的桅杆滑进了波涛，一大堆漂浮物绕着桅杆打旋。“我们有桨手吗?”

第四章　弗伦提斯

他们在北边的大路上伏击了一支自由剑士组成的骑兵巡逻队，当时那四名骑手下马方便，正好距离他们藏身的草丛不远。达沃卡用长矛解决了一个，弗伦提斯用剑干掉了两个，最后一个企图上马逃跑，贼猫和公鸭将其按在地上，棍子和小刀一顿伺候，完了开始争吵那双靴子归谁。达沃卡扯下对手血迹斑斑的短装，穿在自己身上，弗伦提斯只要了剑带和剑鞘，他抽出倭拉骑兵爱用的长刀，扔到一旁，把阿斯莱剑插了进去。他还在马鞍包里找到了一些绷带，拿来包扎身上的刀伤——现在情况不妙，伤口的烧灼感持久不退，眉头滴汗不止，视线也逐渐模糊。

天很快就亮了，他们策马西行，地势一路升高。艾伦迪尔与达沃卡共骑一匹马。贼猫和公鸭跟在后面，一颠一摇，显然缺乏在马背上的经验。弗伦提斯原以为他俩绕到山崖另一侧的海滩就会逃之夭夭，结果他们居然没走，或许是担心他报复，不过更有可能是因为倭拉人，如今敌人无处不在。仅仅一个钟头之内，他们又遇见了两支巡逻队，但彼此相距甚远，不至于形成威胁，随后就看到半英里远的山坡上驻有一整支骑兵团。

“没希望了，兄弟，”贼猫说，“这条路给那帮混蛋封死了。”

确实，他们不能抄近道前往宗会，意味着只剩一个选择。“尤里希森林，”他掉转马头，面朝北边的大片树林，“走六英里地，我们就能到河边，然后顺着河岸到宗会。”

“不喜欢树林，”公鸭咕哝道，“里面有熊。”

“总比那帮杂种强，”贼猫狠狠地踢着马腹，“快走啊，你这该死的畜生!"

忽然从倭拉骑兵团的方向传来一声尖啸，类似贵族狩猎时吹的号角，弗伦提斯立刻策马疾驰。他们被发现了。树林越来越近，路面坎坷难行，他们被迫放慢速度，最后下马步行。弗伦提斯紧张地搜寻追兵的迹象，却只听见森林之歌。或许他们认为不值得为我们浪费力气。

他取下鞍包，一掌拍上马屁股，催马跑进树林深处。"我们接下来步行。"他对众人说。

"感谢信仰!"公鸭呻吟着爬下马鞍，不停地按摩腰背。

"我们要去的房子，"达沃卡问，"是蓝斗篷的家吗?"

"正是。"我的家。

"那些新来的梅利姆赫好像知道不少，"达沃卡接着说，"他们肯定知道你的房子，你的宗会。"

"是的。"弗伦提斯提起鞍包，挎在肩上，向北走去。

"那他们肯定会进攻你的房子，"她说着，大步跟上，"也许已经攻打下来了。"

"那我们更不能耽搁了。"伤口的阵痛再度袭来，疼得他嘶嘶吸气，脚步却一刻不停。

正午时分他们来到河边，暂作歇息。公鸭和贼猫瘫倒在岸上，嘴里不干不净地连声咒骂。弗伦提斯脱下上衣，着手更换绷带。达沃卡走过来看了一眼，立刻皱起鼻子，用她的语言说了句什么。

"什么?"弗伦提斯问。

"伤……"她寻找着合适的词，"病了，病重了。"

"化脓了。"他轻轻地翻开伤口，见其仍在渗血，但已经肿胀发炎，周围的皮肉红得泛紫。"我知道。"

“我会治伤。”她说着，环顾附近的灌木丛，“要找对植物。”

“没时间了。”弗伦提斯把换下来的绷带扔到一边，从鞍包里抽出一条新的。

“我来。”达沃卡拿过绷带，紧紧地缠在他腹部，“不能这样放着不管。不久你就会死。”

死于公主之手。他心想。应有的下场。“我们该走了。”他站起身来。

他们离开河岸，借助林木的掩护，顺着河流往西行去。过了一会儿，河上出现了一条驳船，随着波浪起伏，绳索和碎木块散落在水中，垮掉的船帆盖在甲板上，不见船员的影子。

“这代表什么?”艾伦迪尔好奇地问。

“我们接近宗会了，”弗伦提斯说，“驳船很少驶到上游这么远的地方，除非是给我们送补给。”

他们又走了一英里，看见林子里升起一股黑烟，弗伦提斯立刻全速冲过去。达沃卡在身后高喊，可他毫不理会，也不顾伤口犹如炭火灼烧，眼前金星直冒。第一具尸体出现时，他踉踉跄跄地止住脚步。那人身披蓝色斗篷，背靠树干，面色犹如大理石一般苍白。弗伦提斯走过去，看清了对方的容貌，却并不熟悉。太年轻，可能最近才正身。这名兄弟右手可及之处有一把剑，剑刃乌黑，沾满了干涸的血迹。他的胸前插着自己的剑，身下的泥土湿润了一大片。

“死亡为何物?”弗伦提斯低声道，“死亡乃通向往生、得见逝者之途。死亡既是终结，亦为起始。须敬畏之，欣然受之。”

他晃晃悠悠地站起身，擦去滚落到眼皮上的汗水，跌跌撞撞地向前走去。他看到了许多尸体，全是柯利泰，至少有十二具，散落在林子里，有几个身负重伤，仍未断气，很快一一死在他的剑下。走了一百码，他又看到一名兄弟，高个儿，胸口插着两支箭。斯蒙提宗师，哑巴园丁。“你总是赶我走，”弗伦提斯回想起当年去果园里偷苹果的任务，“吃起来好香甜。”

一幕怪异的场景吸引了他的目光——又是一个死去的柯利泰，但不是躺在林地上，而是被钉在一截断掉的树枝上，离地至少十英尺之高，鲜血不断滴落，汇聚成一汪血池。

弗伦提斯浑身一颤，又一波剧痛和灼烧感席卷而来。他强行从那血腥的场面中挪开视线，踉跄了几步，却实在疼痛难忍，颓然跪倒在地。不！他拼命往前爬去，发现前面还有身披蓝色斗篷的尸体。*我要回家。*

“兄弟？”有人小心翼翼地轻声问候，听起来很耳熟。

弗伦提斯翻身躺平，胸脯剧烈地起伏着，只见阳光刺眼，透过簌簌抖动的树叶，晃得他头晕目眩。光线忽然暗淡下去，一个巨大的人影出现在眼前。“假若我生性多疑，”格瑞林宗师说，“看到你在这么特别的日子回归宗会，我一定会浮想联翩。”

影子消失了，弗伦提斯感到脑袋耷拉下去，身体被抬了起来。

有人在触动他的伤口，他猛然惊醒，发现天色已黑。“躺着别动，”达沃卡说，“不然就弄散了。”

他松弛下来，感到身子底下垫的是软绵绵的蕨草，抬头又看到一块布做的顶棚。“胖子的斗篷很好挡风。”达沃卡擦了擦手，席地而坐。弗伦提斯看了一眼伤口，发现那儿覆盖了一大团蠕动的白色蛆虫，不禁厌恶地咕哝了一声。

“森林里到处都是死物，在慢慢腐烂。”达沃卡说，“白虫子只吃死肉。再过一天，它们就能清洁好你的伤口。”她说着摸了摸他的前额，满意地点点头。“不烫了，很好。”

“我们，”弗伦提斯清了清嗓子，问道，“我们在哪里？”

“森林深处，”她说，“这儿的林子很密。”

“那个胖子呢？只有他一个人？”

她面无表情地点点头：“我去告诉他你醒了。”

格瑞林宗师挪动着硕大的身躯，在弗伦提斯身边坐下来。岁月几乎没有改变他的腰围，但他脸颊瘦削，眼窝深陷，颧骨突出，皮肉已然松垮。

“宗老呢？”弗伦提斯开门见山地问。

“死了，或者被抓了，据我推测。他们来得太快，兄弟，兵团又远在库姆布莱捕风捉影……”他摊开双手。

“您见到还有谁死了？”

“豪恩林宗师和胡提尔宗师都死在了墙外，但他们肯定也没让对手好过。敌人的营队冲进大门的时候，我看见马克里尔宗师带着猎犬杀了过去，可那时宗老命令我们逃跑，我便去了地窖。里面有条密道通向尤里希森林，是几百年前修建的，专为应对紧急情况。我、斯蒙提宗师和几个兄弟过来了，结果他们在出口堵住了我们。”

格瑞林平平淡淡地讲述着事情经过，令弗伦提斯吃惊的是，他嗓音清亮，态度冷漠，仿佛是在讲述他肚子里装的无数历史故事。“他们连孩子也不放过，”听他的语气，与其说是愤怒，不如说是困惑，“小家伙们打起来活像野猫，宁死不屈。”他肥厚的嘴唇掠过一丝慈爱的笑意，继而沉默不语。

“照现在的状况，您成宗老了？”须臾，弗伦提斯问道。

“你知道，宗老一职并不是论资排辈。我自认为不能很好地体现本宗的特质，你觉得呢？但现在确实如你所说，在我们与北方的兄弟们会合之前，此时此地，本宗仅剩我们二人。”

“您说得对。”弗伦提斯还没说完就咳了起来，然后接过格瑞林递来的水壶大口灌水。

“说得对？”他问，“我说了什么？”

“怀疑我为何于今日回归。我出现在这儿并不是巧合。”

格瑞林眼中闪过熟悉的光："我有种感觉，你要讲的是一个非常有趣的故事，兄弟。"

"罗纳女人，还有其他的人。"几个钟头后，格瑞林说道。此时森林里一片漆黑，只有临时帐篷外的火光。"你在国王遇刺一案中被迫扮演的角色，应该还没有透露给他们吧？"

"我告诉他们有个刺客，被我杀了。宗师大人，我无意洗清我所犯下的罪行……"

"这不是你犯下的罪行，兄弟。而且我认为，诚实用错了地方，未必有什么好处。等我们打赢了这场战争，你再愧疚不迟。"

"是，宗师大人。"

"那个和你一起旅行的女人，你确定她死了吗？"

她血淋淋的笑容，饱含深情的双眼，手里的战戟一转……爱人……"完全确定。"

格瑞林沉默了好一会儿，陷入浑然忘我的迷思。等他再次开口说话，却是喃喃自语："她窃取了一种天赋……"

"宗师大人？"

格瑞林眨了眨眼，面带微笑地对他说："休息吧，兄弟。你越早康复，我们就能越早制订战斗计划，对吧？"

"您打算参战？"

"难道这不是我们宗会的使命吗？"

弗伦提斯点点头。"我很高兴，我们在这件事上的想法完全一致。"

"渴望复仇吗，兄弟？"

弗伦提斯感到有一丝笑意爬上嘴角："等不及了，宗师大人。"

他知道这是在做梦，因为心跳缓慢而平稳，心里没有仇恨和愧疚，前所未有的富足。他站在一片海滩上，看浪花拍打海岸。浪花之上，有海鸥低低地盘旋，空气略带寒意，皮肤微微刺痛，却也非常舒适。有一个大约七岁的小男孩正在水边玩耍，一个身姿窈窕的女人站在很近的地方，以防孩子不小心冲进了浪里。女人背对着他，一头乌黑的长发在风中漫卷，肩上裹着一条素净的羊毛披肩。

他踩着柔软的沙子，蹑足走了过去。女人的目光始终不离小男孩，似乎没听见他的脚步声。等他走近了，正要箍住对方的脖子，女人突然转身抓住他的手，一脚把他踹倒在沙滩上。

“终有一天。”他双眉紧蹙，抬眼看她。

“但不是今天，爱人。”女人笑着说，把他拉起来。

她贴了过来，在他唇上轻轻一吻，然后回身望着小男孩，任由他的双臂温柔拥住。“我说过他会很漂亮。”

“是的，你没说错。”

女人在风中打了个寒战，紧紧地拉住他的胳膊，裹在自己身上。“你为什么杀我?”

眼泪滑过他的脸颊，内心的富足消失了，取而代之的是凶狠和饥渴。“因为我们杀死的那些人。因为我在你眼中看到的疯狂。因为你拒绝了这种生活。”

他收紧了胳膊，女人急促地喘着气，肋骨根根断裂。小男孩被卷进了海浪，在水里蹦蹦跳跳地欢笑，向父母挥手致意。女人大笑着，咳出血来。

“你有过名字吗?”弗伦提斯问她。

她的身体在怀里抽搐着，虽然看不见，但他知道那血淋淋的笑容正再次绽放。“我现在还有名字，爱人……”

吵闹声惊醒了他。他一骨碌从蕨草软床上翻起身，感到全身酸痛无比，每一块肌肉都在抗议。他看了看伤口，发现蛆虫无影无踪，绷带已经缠好，只觉得头晕脚轻，口干舌燥，但是退烧了，浑身冰凉，没有出汗。他穿上死人的短装，走出临时帐篷。

“那兄弟我认识!”贼猫冲格瑞林宗师大喊，“你我不认识，胖子。别他妈的瞎指挥我。”

弗伦提斯惊讶地睁大了眼睛，宗师居然没有当即把这个瘦巴巴的小贼揍趴下，而是双手交握，耐心地点了点头。“不是指挥你，好伙计。只是去观察一下……”

“别跟老子说这种屁话——”

弗伦提斯一巴掌拍在贼猫的脑袋上，他立刻四仰八叉地翻倒在地。“不准这样对他说话。”弗伦提斯说完，又扭头问格瑞林：“有什么问题吗，宗师大人?”

“我认为出去侦察一下比较好。”格瑞林回答，“不用太远，确定周围没有别人就行。”

弗伦提斯点点头：“我去。”他向达沃卡鞠了一躬，虽然匆促，但态度恭敬。此时罗纳女人正坐在火堆旁给刚抓的兔子剥皮。“使者夫人，你愿意出去走走吗?”

她耸耸肩，把剥了一半皮的兔子递给艾伦迪尔，提起长矛。“照我教你的做，毛皮留着。”

“任何时候都要尊重格瑞林宗师。”看见贼猫正闷闷不乐地揉着脑袋，弗伦提斯对他说，“服从他的命令。你要是做不到，随时可以走。这林子大着呢。”

"你睡得不踏实。"达沃卡说道。他们正往东边走去，除了剑，弗伦提斯还带了一把宗会常用的弓，是处变不惊的艾伦迪尔从一名死去的兄弟那里拿到的，可惜缺乏远见，只取来了三支箭矢。

"因为发烧。"弗伦提斯回答。

"你的梦话我听不懂。听起来像是那些新来的梅利姆赫的叫声。还有，你的烧早退了。"

是倭拉语。我竟然做梦说出了倭拉语。"我去过很远的地方，"他说，"战争结束后。"

达沃卡站住了，转身面对他说："我受够了这种遮遮掩掩的话。你认识那些人。你一回来，他们就庆祝，然后是死亡和大火。现在你在梦中又说他们的语言。他们干的好事也有你的一份。"

"我是第六宗的兄弟，信仰和疆国的忠实仆人。"

"我的族人有一个词，加维什。你懂吗？"

他摇了摇头，这才发现达沃卡持矛的方式不同以往，双手紧握，隔开一定距离，俨然一副战斗姿势。

"就是没有目的，胡乱杀人。"她说，"这种人不是战士，不是猎人。是杀手。在我看来，你就是加维什。"

"我有目的。"他回答。*不是我自己的目的而已。*

"女王究竟发生了什么事？"她问道，手里的长矛握得更紧了。

"她是你朋友？"

罗纳女人的嘴角微微抽动，似在克制某种深邃而痛苦的情感。她也有愧疚之心，弗伦提斯猜测。

"是我姐妹。"达沃卡说。

"那我为你难过，也为她。我讲过当时的情况。刺客用火烧伤了她，然后她跑了。"

“只有你见过刺客。”

爱人……“我杀了刺客。”

“见过刺客和杀了刺客的都是你，也只有你。”

“你认为我是什么人？是探子吗？那我带你和那男孩躲在森林里又是为了什么目的？”

她紧张的情绪稍有缓和，握着长矛的手也松开了。“我知道你是加维什。除此以外，我们再走着瞧。”

他们往东边走了五百步，然后转向北边，绕了一个大圈，林木愈渐稀疏。“你熟悉这片森林？”达沃卡问。

“我们经常在这里训练，但没有进到这么深的地方。我认为即便是御命林官，若非万不得已，也不会走这么深。有很多故事讲的就是人们闯进森林深处再也出不来，他们被林子吞噬，四处游荡，直到饿死。”

达沃卡恼怒地哼了一声：“我们山里才有这种事。这儿除了绿，还是绿。”

他们忽然听到了什么声音，不约而同地停下脚步。虽然遥远，但清晰可辨。是一个男人痛苦的惨叫。

他们当即交换眼神。“营地可能有危险。”达沃卡说。

弗伦提斯搭上一支箭，向前跑去。“战争永远有危险。”

等他们靠近了，惨叫声渐渐弱去，化作哀怨的哭号，又响起一阵浑厚而凶猛的嗥叫，勾起了弗伦提斯的回忆。他放慢脚步，紧贴浓密的灌木丛，伏身前行。忽然，他举手示意停下，抬起头，鼻孔微张。轻风拂过，带来一丝刺鼻的气味，勾起了更多回忆。逆风，他心想。很好。

他压低身体，趴在林地上，匍匐前进，达沃卡跟在他身边照做，两人悄无声息地爬近了，透过叶子的间隙观察前方的情况。那只狗体形硕大，高约三英尺，浑身长满肌肉，口鼻宽阔且粗短，耳朵小而扁平。它边吃边叫，时不时冲周围的三只狗嗥叫，满嘴鲜血淋漓。

是小花脸，弗伦提斯下意识地认为，但他很快就失望了，也明白这种想法太过愚蠢。这只狗的体形没有小花脸那么大，鼻头也没有伤疤——老朋友正是因此而得名。他时常想起小花脸，不知道它近况如何，维林在尼莱什城舍身成仁的时候，它可能跑掉了，或是被杀了。无论怎样，眼前的狗不是它。这只狗是一群奴隶犬的头领，刚刚咬死了人。

“救命！”半空中传来一声喊叫，弗伦提斯猛地抬头，透过深绿的橡树叶子，看见了一个女孩的鹅蛋脸，她面色苍白，双眼圆睁，惊骇不已。

听到有人喊叫，头领犬停止进食，好奇地咕噜了一声，抬起脑袋，鼻孔翕动。它的嘴里还叼着一样粉红色的东西，弗伦提斯盯了好一会儿才辨认出那是人耳。

“救命啊！”藏在枝叶间的女孩又喊道，头领犬吠了一声，手下的“兄弟”们立时围拢过来，冲向不到十五步远的橡树。这棵橡树颇有些年岁，树干高大而粗壮，攀爬上去对奴隶犬而言不成问题。弗伦提斯见过小花脸毫不停歇地上到一棵桦树的中间。

他从灌木丛里抬头观望。没有倭拉人，暂时没有。但他们很快就会过来查看狗儿们的猎物。

“别让它们近身。”他对达沃卡说，然后站起身来。

他等第一只狗跃上树，然后一箭射穿了它的后背，那畜生哀号一声，摔倒在地。其他几只狗立刻掉头，龇牙咧嘴地嗥叫起来，头领犬冲向他们，另外两只则分头包围。小花脸就是这么聪明，弗伦提斯记得很清楚。

他尽量做到一击必杀，等头领犬靠近了，一箭射中它的眼睛。那畜生奔跑的势头丝毫不减，直到箭头插进脑子，才四足一软，摔倒在他面前。他跃过狗尸，扔掉弓，抽出剑，猛地削向从侧面冲上来的大狗，割开了它的鼻子。奴隶犬向后跳开，狂暴地晃着脑袋，依然高声嗥叫……继而歪倒在地，达沃卡的长矛捅穿了它的胸膛。

她抽出矛尖，旋身与仅剩的大狗对峙。那畜生一动不动，困惑地眨巴着眼睛，面对达沃卡的攻击，它畏缩了。

“等等!”弗伦提斯喊道。太迟了，罗纳女人已经一矛洞穿大狗的脖子。

“奇怪，”她说着，在狗皮上擦干净矛尖，“冲过来的时候凶得像猿猴，然后又缩头缩脑的像只病狗。”

“这是……它们的天性。”弗伦提斯正说着，见那女孩顺着树干滑了下来。她重重地落在地上，光着脚跑向他们，仍是惊魂未定。女孩看样子不过十四岁，一袭污渍斑斑的华美衣裙，发型是贵族式样。

“谢谢你们，谢谢你们，谢谢你们!”女孩飞奔向弗伦提斯，紧紧地抱住他，“一定是逝者派你们来的。”

“呃。”弗伦提斯一时失语。他经历过战争、深坑，以及漫长的杀人之旅，还不知道如何处理这种情况。他轻轻地拍了拍女孩的肩膀。“好了，好了。”

她仍旧伏在弗伦提斯怀里痛哭，最后达沃卡走上前，将她拉开了。女孩瞪着罗纳女人，甩开胳膊，躲到弗伦提斯身后。“她是外族人!”她嘶声说道，“是他们的人!”

“不，”弗伦提斯说，“她是从别处来的。她是朋友。”

女孩半信半疑地呜咽了一声，依然抓紧弗伦提斯的袖子不放。

“只有你一个人吗?”他问。

“还有加菲尔。我们是从马车上逃出来的。他和一个拿鞭子的打了起来，我们趁机跑了。”

“加菲尔?”

“阿琳小姐的管家。他肯定也在附近。”她走开几步，高声叫道：“加菲尔!”达沃卡提起长矛指向灌木丛里那一堆血肉模糊的残骸，依稀还可辨认出人形。女孩当即闭了嘴。

“噢。”女孩低声叹道，当场晕倒。

“你背她。”达沃卡说。

她名叫伊莲·艾尔·杰文，卡林·艾尔·杰文的三女儿，近来他们家族因为盛产上好的花岗岩，深受国王恩宠。

“花岗岩?”达沃卡皱起眉头问。

“就是石头，”弗伦提斯解释，“用来建房子。”

“国王最喜欢建房子!”伊莲说，“父亲的采石场造的石头最好了。”

“采石场不造石头，”艾伦迪尔奚落道，他正搅动着火堆上方的炖锅，“那叫采集石头。”

“你懂什么?”伊莲反唇相讥，“你是仑法尔人，依我看还是乡巴佬。”

“你才是呢，”他回嘴说，“我外祖父是修林·班德斯男爵……”

“够了!”弗伦提斯说，“伊莲小姐，说说马车的情况。”

她朝艾伦迪尔做了个鬼脸，接着讲起来：“我当时正和阿琳小姐聊天，她常常在父亲出门的时候邀请我过去。我们看见城里在冒烟，然后那些人就来了。那些可怕的家伙，拿着鞭子，带着狗……”她抽泣着，说不下去了。

“你们被抓了?”弗伦提斯又拾起话头。

“所有的人都被抓了，除了年纪比较大的仆人和阿琳小姐……他们当场被杀死，就在我们眼前。我们被锁在一起，拉上了马车。车上已经有不少人，大多是平民，也有上等人。”

“多少人?”弗伦提斯有意忽略了她骨子里的傲慢。

“四十人，也许有五十人。他们带我们回到城里，谁敢哭出声，或是看他们的眼神凶了一点儿，就会遭到鞭打。我们旁边有个女人，是在我们之前被抓的。一个拿鞭子的摸、摸了她，她冲他们吐口水，结果喉咙被割了。锁在她身边的丈夫拼命地哭喊，最后被他们打晕过去。”

“小姐，你是怎么跑出来的?”格瑞林宗师问。

“加菲尔的靴子里藏了一根针，他拿针捅了捅锁孔，铁链就松了。”

“这家伙有点本事。”贼猫咕哝道。

“他放开了车上所有的人，说等到树林更茂密的地方再行动。看到林子越来越密，他挥起铁链打向一个拿鞭子的人，我们趁机跑了出去。一开始还有十到十二个人，很快就只剩加菲尔和我了。然后我们就听见了狗叫声。”她绷着脸，强忍泪水，没有再说下去。

“除了拿鞭子的人，”弗伦提斯说，“还有看守吗？有没有士兵?”

“还有些人骑着马，手里有剑和长矛，大概六七个吧。”

弗伦提斯面露微笑，指了指炖锅：“吃吧，小姐。你肯定饿了。”

他冲格瑞林宗师和达沃卡摆了摆头，三人走进树林里，避开其他人的耳目。

“两个贼，两个孩子，”格瑞林说，“还有一个老胖子。这支队伍不像样啊，兄弟。”

“我们需要补充新兵，”弗伦提斯说，“感谢那位小姐，我们知道去哪儿找人手了。”

“现在他们都走出好远了。”达沃卡说。

“恐怕没有。奴隶贩子绝不会扔下狗不管。”

他们把几只狗的尸体拖到北边两英里处，然后折回营地。那些循迹而来的人沿路所留的足印并不难找，但要让贼猫和公鸭保持安静，以免引起警觉，就没这么容易了。

“看到没?”达沃卡从地上捡起一根断树枝，烦躁地低声说道，“木头很干，踩上去很响。”她扔向公鸭。“注意脚底下。”

还不到傍晚，他们就在一处林木稀疏的地方发现了对方的营地。格瑞林宗师和伊莲、艾伦迪尔候在原地，弗伦提斯则带领其他人继续前进。“等看到我了再动手。”他轻声叮嘱贼猫和公鸭，示意达沃卡跟上，两人抄右路绕了过去。只见四辆马车围成一圈，里头关押着锁成一长串的俘虏。六名卫兵分守四周，五个奴隶贩子围坐在火边，有一个哭哭啼啼的。

太自信了，弗伦提斯看见卫兵们在马车外边信步闲逛。根本不应该冒险闯进森林深处。

他悄悄地出现在最近的卫兵身后，等对方的同伴消失在马车那一头，手里的猎刀无声地割开了喉咙。通过此人七拼八凑的行头，可以推断是雇佣来的自由剑士。

他的目光扫向达沃卡，示意另一名卫兵的方位。那人背朝树丛，坐在一辆马车的车轮上，正用砥石打磨短剑。不等达沃卡动手，弗伦提斯潜到马车旁，凑过去偷听奴隶贩子的对话。

“那是从小崽子养起，”有人带着哭腔说，“亲手调教出来的。”

“振作点，”一个同伴面露同情的笑容，说道，“那儿的小男孩，你挑一个上。我每次干完就来精神。”

“等我找到杀狗崽子的家伙，”好哭佬说，“我要狠狠地干他。”说着挥起长刃匕首。“就用这玩意儿干。”

从营地另一头突然传来喊叫声，跟着是混乱的打斗声——贼猫和公鸭的行动暴露了。弗伦提斯抽出长剑，左手握着猎刀，从马车后面走出来。“作为对你的补偿，”他对好哭佬说，“我最后再杀你。”

“不要动!”达沃卡说着，为公鸭缝合胳膊上的刀伤。铁针穿皮而过，大个子呜咽着，紧咬牙关，胳膊微微颤抖。

“活该，你这个笨手笨脚的混账。”贼猫说。他的脸颊上有一片青紫色的瘀伤，指节处擦掉了一大块皮，一个奴隶贩子被他揍得半死。获释的俘虏们正聚在一起处理后事。

他们一共解救了三十五人，男女数量差不多，看来都不超过四十岁，有几个尚未成年。还有一批奴隶贩子们搜刮来的武器和财物，很快就有俘虏为此争吵起来。

“这是我老妈的!”年轻女人怀里紧紧抱着一个古董花瓶，信誓旦旦地说。

“那是阿琳小姐家里的，你很清楚!”伊莲斥责道。“兄弟——”她一把拉住经过的弗伦提斯，“这个仆人企图偷走雇主的财物。”

弗伦提斯站住了，严厉的目光投向怀抱花瓶的年轻女人。片刻过后，她吞了吞口水，乖乖地把花瓶递过来。他翻转瓶身，见其花纹精美，画的是一只异域飞鸟翱翔于丛林之上，令他回想起米尔泰斯的南部乡村。“真漂亮。”他说着，扔向旁边的一棵树。

“只带武器、工具、衣服和食物。”他提高嗓门，众人立即安静下来，“否则不要跟我们一起走。疆国正值战争期间，全民皆兵。不愿意的，可以随便挑几样东西跑路，不过我相信要不了几天，你们就回到运奴车上了。这是自由的疆国，选择权在你们自己手上。”

弗伦提斯接着往前走去，看见一个人正在一堆五花八门的兵器里翻找。他很瘦，长发遮住了面容，但移动的姿态颇为眼熟，一条腿明显有点瘸。他忽然停止动作，似乎认出了什么，跪下来去拿，长发披散开来。

“简利尔!”弗伦提斯冲到曾经的奔狼号手面前，伸出手来，“信仰啊，见到你真好，军士!”

简利尔·诺林没有抬头，从杂七杂八的兵器里抽出一把剑。这是一把仑法尔剑，式样简单却耐用。简利尔坐到地上，握住剑柄，指头摩挲着剑身。弗伦提斯看到他瘦削的脸颊上有一片片瘀伤。*她的喉咙被割了……丈夫拼命地哭喊，最后被他们打晕过去……*

“简利尔，”他喃喃说道，蹲在歌手身边，“我……”

“他们来的时候，我们还在睡觉。”简利尔嗓音低沉。“我没有安排人守夜，以为在距离都城这么近的地方没有必要。这个——”他拍了拍那把剑，“就放在我们的床底，安安稳稳地裹在毯子里。我差点就摸到了，可他们还是把我们拽了出去。这把剑，是我离开奔狼那天，柯瑞尼克军士给我的。他说任何人都需要剑，无论歌手还是士兵。好像是我们夜袭凌绝堡的那天他捡来的。不知道他为何一直没有丢，样子不大好看，对吧?”

简利尔的目光转向弗伦提斯，那眼神与疯子无异。“你把他们全杀光了?”歌手问。

弗伦提斯点头。

“我还要杀。”

弗伦提斯摸了摸剑刃。“有的是机会。”

第五章　瑞瓦

“疆国禁卫军全军覆没?”森提斯伯父问。

骑兵点点头，端着酒杯的手抖个不停。这是第三杯了，仍未能安抚他的紧张情绪。“除了那些没有驻扎在海岸和边境的兵团，大人。四万人，或许再多一点。”

瑞瓦看到伯父的身体瘫在椅子里。除了她和伯父，此时领主议事厅里只有韦丽丝小姐和骑兵。

“这怎么可能?”韦丽丝问那人。

“他们人多势众，小姐。而且那些骑士……”他连连摇头，欲言又止，灌了几口酒才鼓起勇气接着说。“冲垮了我们的侧翼，不等我们反应过来，就灭了两个兵团。紧接着，倭拉大军蜂拥而上。”

森提斯伯父坐在椅子里一言不发，韦丽丝小姐似乎也不知道再问什么了，抚着额头的手微微颤抖。

“不知道我理解的对不对，”瑞瓦打破了沉默，“疆国禁卫军离开瓦林斯堡两天后，接到了敌军入侵的消息，对吗?”

骑兵点点头。

“战争大臣下令全军掉头，一天过后，当你们与倭拉大军对阵的时候，封地领主达纳尔率领骑士们出现了。”

“我们以为他是援军，只是感到奇怪，他为何行动如此之快。”

“你是说，”韦丽丝插嘴道，“封地领主达纳尔是叛徒?他率军对付国王的军队?”

“是的，小姐。提到国王，我路上遇见了从瓦林斯堡逃出来的难民。他们说国王死了。”

又是一阵沉默。瑞瓦大感意外，原以为异教徒国王死了，应该是值得庆贺的好消息。*可我居然只是害怕。*

“没有幸存者吗？”韦丽丝逼问道，“战争大臣呢？”

“最后一次看到他，他正独自一人冲向倭拉大军。”骑兵回答，“至于幸存者，领军将军凯涅斯集合了奔狼等几个兵团边打边撤，但我走的时候，他们的情况非常不妙。本兵团的领军将军派我和另外四人来给您送信，只有我赶到了。”

“谢谢你。”森提斯伯父无力地说，“请先退下吧，我们好好商量一下你带来的消息。住处很快就能安排好。”

骑兵点点头，站起身，又犹犹豫豫地说：“请您务必知道，大人。根据我一路听到的传闻，敌人的残酷本性无需怀疑。倭拉人不只是为征服疆国而来，他们还要奴隶和杀戮的快感。他们是不可能谈判的。”

韦丽丝小姐礼貌地笑了笑，向房门摆手示意，目送骑兵走了出去。“看来达纳尔大人有谈判的本钱。”等房门关上了，她开口说道。

“达纳尔是个自命不凡的傻瓜。”封地领主淡淡地说，“但我完全没有料到，虚荣心竟会导致他走到这一步。任谁都好奇，倭拉人究竟许诺了他什么。”

“我已经命令侍卫队长派人去北边探查情况。”瑞瓦说，“如果他们来了，我们可以事先得知。”

“我严重怀疑根本没有‘如果’这一说。”伯父扭头望向韦丽丝。她正捂着嘴，若有所思。“我最信赖的参事，没有什么建议给我吗？”

韦丽丝吞了吞口水，瞟了一眼瑞瓦。

“我的继承人应该聆听你明智而诚实的谏言，不是吗？”他说。

“庄园的地窖里藏有五磅重的金子，”韦丽丝说，“马厩里有快马，一个钟头就能赶到南边的繁华港口。”

瑞瓦忍不住站起来，紧握双拳，向女人逼近。

“他要听诚实的谏言。”韦丽丝连连后退，急忙辩解。

第二部

“瑞瓦！”她正要伸手揪住阿斯莱女人，森提斯伯父大声喝止，“别动她！”

“果然只是个妓女。”瑞瓦瞪了一眼韦丽丝，退了回去。

“考虑到你为封地忠心效命，而且办事得力，”森提斯对韦丽丝说，“你可以带一磅金子，挑一匹快马，离开此地，没有人指责你。”

韦丽丝气得面红耳赤：“您知道我不会干这种事。”

“可你希望我这么干？”

“我希望您保全性命。您听见刚才那个当兵的说了什么。既然疆国禁卫军都挡不住他们，我们还有什么机会？”

森提斯伯父起身离席，走到议事厅另一头的长窗边，眺望围墙外的土地和高耸的屋顶。“这座城从未沦陷过，你知道吗？当年我祖父据此抵抗雅努斯的父亲，足足撑了一个夏天。最后，围城大军忍受不了饥饿和疾病的侵袭，仅一半人返回了阿斯莱。雅努斯比他父亲明智多了，从来没想过攻城，他知道只要蹂躏这块封地，即可逼迫我们屈服。”

“我们有什么办法阻止倭拉人做同样的事？”韦丽丝问。

“没有。什么办法也没有。”森提斯伯父回过头，笑着对瑞瓦说：“你，我的好侄女，也可以随意……”

“伯父，您有什么打算？”她打断了伯父的话。

森提斯伯父看着她，表情尤其陌生，酒红色的唇边爬上一抹古怪的笑意。*自豪。*瑞瓦忽然意识到。*他为我而自豪。*

“我第一次接受雅努斯王的款待时，”须臾，封地领主说，“还没有培养起嗜酒等诸多喜好，我当时喜欢赌博，尤其是纸牌。阿斯莱有种复杂的玩法叫做虚张声势，赢钱主要靠的是如何下注。赌注下得太大，对家就知道你有一手好牌；下得太少，对家就知道你是虚张声势。我赌过上千局，而且赢了好多钱。最后，找不到人愿意陪我玩了，我只好转而寻找别的乐子。”

“那么，”韦丽丝问，“您现在打算下多大的赌注？”

“‘虚张声势’这个名字取自其中一手牌，也就是利刃之主和另外五张牌的组合。即使对家手里有更大的牌，只要你拿到‘虚张声势’，就赢定了。”伯父走向韦丽丝，抱住了她，瑞瓦看见她在伯父怀里捏紧拳头，指节泛白。森提斯撤回身，亲了亲她的脸颊。“我打算押上一切，小姐，因为我怀疑利刃之主就捏在我们手里。”

埃尔托城戍卫军司令昂首站立，身姿挺拔，胸甲闪亮，灰色胡须修剪得干净整齐。他身后是六百名列队林立的戍卫军士兵，个个盔甲锃亮，站得笔直。戍卫军旁边另有四百多人，是封地领主的家族侍卫队，依照惯例，身高全都不低于六英尺。一千人守一座城。瑞瓦目送伯父登上一辆马车，心里想着。人数肯定不够。若论战斗，她经历了很多次，战争，却从未参加过。毫无经验可言，本不应妄下论断，但根据骑兵所描述的状况，她根本乐观不起来。

集结令是不到一个钟头前下达的，全军在兵营旁铺满碎石的练兵场上集合。流言早已传得沸沸扬扬——很多人目睹了那名骑兵通过城门的情形，在场的士兵也肯定知道有麻烦来了，但他们常年服役，纪律严明，脸上只有坚毅的表情。风势很大，扬起尘土，吹得斗篷狂舞，旌旗猎猎招展，伯父被迫提高嗓门，确保众人都能听见他的声音。

“战争找上门来了！”他喊道，“不请自来，也不讲公义！而把战火引到我们海岸上的，是这世上前所未有的邪恶族群。我不求你们忠心为国，也不打算说服你们。我只想告诉你们，你们必须坚守在此，对抗即将到来的敌人，否则，幸运的话，你们丢掉性命，不幸的人则沦为奴隶。除此之外，我们的敌人没有别的礼物送给你们！今天一整天，你们可以自由行动。回家去，和家人们在一起，看看你们妻子的脸，想象她惨遭强奸，看看你们的孩子，想象他们无辜死去。再看看我们这座城，想象它燃起大火，烧成废墟。明早回来，决定你们是否愿意与我以及我英勇的侄女一道，保卫埃尔托！”

他转身欲走下马车，却又惊讶地站住了——队伍里响起了一阵欢呼，刚开始只有几个人，很快，所有人都高声呐喊，拳头和佩剑指向天空。瑞瓦扫视着那一张张面孔，发现大多数人神色恐惧，满脸汗水，但还有别的。不是勇气，是孤注一掷的绝望，或者应该说是希望？他们在醉鬼的一席话里找到了希望。

戍卫军司令大步上前，向刚刚走下马车的封地领主举手敬礼。

“阿伦提斯大人，何事？”伯父问。

“我可以代表我的弟兄们说话，大人。”他一本正经地说，身姿仍是那么挺拔，“我们不需要时间考虑。城防工作必须立即着手。”

“依你所言。到时候你肯定还有很多问题需要请示。”封地领主伸手示意瑞瓦，“瑞瓦小姐全程陪同你们开展城防工作，一切问题交由她裁定。”

老兵飞快地扫了她一眼，瑞瓦无法判断他的反应，但等他回应伯父时，可以听出语气颇为生硬：“听凭大人吩咐。”

森提斯伯父倾过身子，亲了亲她的脸颊，耳语道：“替我盯着那老秃鹫。”

“我希望阿肯来协助我。”等伯父退了回去，她说。

“我派他过来。”森提斯说完走向自己的马车，只剩下瑞瓦和司令大人。

“我打算去巡视城墙的状况，小姐。”老兵说，“不知你是否愿意同行。”

城墙由巨大的花岗岩堆砌而成，每块石头都比她高，凭借自重牢牢地压在原地。“四百年来从未破裂过，小姐。”阿伦提斯回答她的疑问，“底层的部分石头有少许裂缝，但我敢说，城墙结实得很。”

瑞瓦回想起艾尔·索纳在沙漠之战中的一次壮举，具体细节却不甚明了。关于那段战火纷飞的岁月，不论她提出什么问题，艾尔·索纳要么置之不理，要么摆摆手拒绝回答。不过，她知道与阿尔比兰人的巨大攻城器有关。

“不会有攻城器吗？”她问，“那种可以打垮城墙的庞然大物。”

阿伦提斯放肆地笑出声来。他们正顺着城垛走过，一路上看见许多戍卫军士兵忙着堆放武器。“我们的城墙是打不垮的，我向你保证。攻城器打垮一座城堡，或许只是时间问题，但埃尔托的城墙抵挡住了阿斯莱人绞尽脑汁设计的最强攻城器。不可能，我们赢定了。”他一掌拍在垛口上，“要想夺城，他们必须翻过城墙，等他们爬上来的时候……”他眯起眼睛，轻蔑地哼了一声。“他们就会发现，我们可不是阿斯莱人。”

“我是阿斯莱人，”阿肯说，“而且城里还有大约两百个阿斯莱人。”

“那么，年轻人，我真心希望他们在战斗中的表现，要强过保卫自家封地的疆国禁卫军。”

阿肯吸了口气，正要反驳，瑞瓦却摆手制止了他。“据说倭拉军队数量庞大，”她说，“而我们只有区区一千人。”

“是的，”阿伦提斯叹道，“我打算请求你的伯父大人，凡达到作战年龄的人，一律参与守城战。在时间允许的情况下，我们尽可能从封地各处召集人手。”

“他们的家人呢？也要带来吗？”

“那可不行。围城战的关键是，不仅要能打，还要能挨饿。城里吃饭的嘴越少越好。”

“那我们就任由她们面对奴役和死亡，而她们的男人还在为我们战斗？”

“这就是战争，瑞瓦小姐。库姆布莱人非常清楚如何承受战争的代价。”

“您又不用承受。”阿肯一针见血，“您可以安安稳稳地躲在这坚不可摧的城墙后头。”

阿伦提斯脸色一沉：“小姐，这么一个目无尊长的阿斯莱平民，大人居然容许你带在身边，我好生不解。”

真是个傲慢自大的傻瓜，瑞瓦心想。她颔首笑道：“抱歉，大人。我们接着巡视吧？”

黄昏时分，韦丽丝小姐手头的名单上增加了三千人，半数拥有长弓或各式兵器。信使们已前往封地各处，要求所有达到作战年龄的男性，于三周内到埃尔托城报道。在瑞瓦的强烈要求下，信里加了一段话，表明为所有进城避难的人提供保护。韦丽丝提出反对，原因与先前阿伦提斯大人所说的一样，但封地领主否决了她的意见。“如果我们连自己的人民都不能保护，那我们于他们而言还有什么价值？”他反问道。尽管伯父说话时神色笃定，似乎早已深思熟虑过，但瑞瓦禁不住怀疑是自己的言行影响了他。

每一天，一群群樵夫从周边的林子里带回刚刚砍伐的桦木和柳树，用以制作箭矢，铁匠们则炉火不熄，制作数以千计的箭簇。大量的粮食存储起来，商贾区的库房很快堆满了谷子，庄园内的空地也派上了用场。封地领主派人给诵经者送信，请求贡献出大教堂的地库，对方的回答极其简短：“圣父之家并非棚屋。”

实际上，这场迫在眉睫的围城战，对诵经者的日程几乎没有影响。他和主教们依然每天穿行于广场，但没有那么多人下跪了，众人忙着完成韦丽丝小姐指派的繁重任务。诵经者的仪式也不曾间断，只是台下的座位空了一大半，据某些人说，他的布道辞比以往更有激情和感染力。

“完全不提战争。”一名家族侍卫告诉瑞瓦，她和阿肯正帮忙搬运箭矢到城垛上，“这些天来最喜欢念《第六经》。”

《牺牲经》。“有没有特别提到哪一段?”她问。

“噢，上次说什么来着?”侍卫提起一大捆箭矢，堆放在大门前，“当暴徒来找埃尔托时，孩子们拒绝离他而去。”

“‘失爱者之剑在月亮底下闪耀，’”瑞瓦背诵，“‘却不敌殉难者的血光。’”

“就是这一段。其实我也没那么喜欢听，可妻子非要我一起去。比起前一个诵经者，如今这个完全可以听上一整天。他简直让经书唱起歌儿来了。”

第一周结束的时候，新兵开始大批抵达埃尔托城。最初每天大约一百人，十天后暴增到了每天四百余人，很多都拖家带口。一般而言，年纪偏大的背挎长弓，年纪轻的则带了祖辈传下来的剑或战戟，不过很多人只有钩镰之类的带刃农具。少数人甚至赤手空拳，森提斯伯父只好贡献了收藏在庄园练功房的剑。

“这一把我还是留着吧。”伯父拿起他祖父的剑，其余的已经搬出庄园，分发下去了。“砍几个倭拉人如何?”他当着瑞瓦的面，笨拙地挥了几下。

“我相信，我砍死的倭拉人足够算上您的份儿，伯父。”她说。

“噢，不。”他语气强硬，“围城战期间，你不准离开我和韦丽丝小姐。”

瑞瓦目瞪口呆：“我才不要……”

“不行，瑞瓦!”伯父头一次提高嗓门这样说话，见他满脸怒容，瑞瓦不由自主地退了一步。伯父看到她惊慌失措，表情立即柔和下来。“对不起。”

“战斗，”她说，“是我的本事。我只会战斗。我能为您和这些人做的，也仅此而已了。”

“不。你能做的远不止如此。你能带来希望，那是面临绝境之时，封地仍然可以存在下去的希望。这样的希望是不能死的。我见过战争，瑞瓦。战争是无情的，它一视同仁地夺去人们的性命，无论强者还是弱者，武艺高超还是低微，”伯父伸出手，她拉住了，“老人还是孩子。我要你发誓，你必须留在我和韦丽丝小姐身边。”

他的手掌温柔而坚定地握拢。“如您所愿，伯父。”

森提斯伯父捏了捏她的手，转身走回庄园。

“利刃之主，”她说，“您确定他会来吗?”

“你不相信吗？你比我更了解他。”

“北疆远在千里之外，天知道我们之间有多少阻隔。而且，这块封地上所有的人对他只有恐惧和憎恨。他为何要来?”

伯父揽住她的肩膀。两人走过花园，左右堆放着一排排高高摞起的谷袋，修剪成动物形状的灌木丛几天前就砍掉了。“凌绝堡沦陷那天，我看到艾尔·索纳蹲在你父亲的遗体旁边，背诵他们的教理。不知为何，他似乎深为不安。他还妥善地安葬了你父亲的手下，因此他们得以在圣父的注视之下歇息。无论我们的人民有多么仇恨他，我认为他不会以怨报怨。他会来的，我毫不怀疑。我们需要确保的是，等他来的时候，这儿还有救。”

到了下午，她常常与家族侍卫对练。面对两三个人手持木剑同时进攻，她跳起独有的舞步，一一化解攻势，招招击中对方。没人因为败给一个十几岁的少女而恼羞成怒，反而个个为她的精湛剑术大受鼓舞，有人甚至视其为天赐神力。

“圣父指引你的剑，小姐。”一名高阶军士赞叹道。瑞瓦刚刚略施小计，他手下的两人收势不及，撞到了一起。此人名叫莱克林，是个体格健壮的老兵，有抓捕匪徒和讨伐叛乱的丰富经验，也是绿水滩之战的幸存者。除了诵经者以外，他也是瑞瓦遇到的第一个熟悉《十经》的库姆布莱人，甚至与她不相上下。“‘爱众不必畏惧战争之潮汐与恶人之利剑，因圣父使他们不败。’”

*亦不许他们将战火延及失爱者。*瑞瓦知道下一句经文，但感觉最好别说出口。

她的目光被吸引到了练兵场的尽头，一队新兵正在向满面倦容的韦丽丝小姐报名。城里各处时常可见她的身影，不停地代表封地领主签署许可令，以及记录人数和补给。两名助手跟在后面，怀抱无数卷轴和账簿。到了晚上，所有记录都要仔细誊抄到一大本皮册子里。瑞瓦不止一次在藏书室见她趴在册子上，轻轻地打着鼾。此时，瑞瓦看到她疑虑重重地打量面前的人，那弓手带了一支三十来人的队伍。是布伦·安提什，瑞瓦想起来了。他信守了诺言。

她向军士鞠了一躬便退开了，向练兵场的另一头走去。韦丽丝小姐正死死地盯着安提什。“没有别的名字吗？”她显然话里有话。

安提什摇摇头，似乎完全摸不着头脑：“小姐，我还能有什么名字？”

“我可想到了好几个。”韦丽丝回答。

“安提什队长，是你吗？”瑞瓦说，“我伯父肯定很高兴看到你信守承诺。”

弓手匆匆打量了她一眼，然后深深地鞠躬：“你是瑞瓦小姐吧。”

“正是。如果韦丽丝小姐这边完事了，我带你上城墙，看看你负责的地方。”

韦丽丝一扯她的胳膊，拉到了旁边。“别相信这人，”她低声说，

“他的身份没那么简单。”

瑞瓦皱起眉头，大惑不解：“他信守誓言，响应封地领主的召唤。这种人不会靠不住吧。”

“多留个心眼，亲爱的。”韦丽丝紧紧拉住瑞瓦的手，失去了以往悦耳的音调，“你知道的不少，但还不够多。一半都不到呢。”

她紧张的眼神和话语令瑞瓦的心剧烈跳动起来。“我知道这人是为封地上的人民请战，”她说着抽出了手，“不光是他，还有几千人都一样。他们可没有金子和快马。”

“你知道我为何那样说。”

“我知道我们没时间任由你胡乱猜疑。你给他们安排的是哪里？”

韦丽丝叹了口气，从随身携带的一捆信件里抽了一封出来，上面封了蜡，尚未拆开。“看来你伯父早就等这位队长践约归来，所以任命他为弓手总兵。他自己挑地方。”

“我成了安提什大人。”弓手若有所思地说，此时瑞瓦陪他走上了城墙，“至少，我妻子肯定很开心，或许我有钱买下她常念叨的那块牧场了。”

“你妻子没跟你一起来？”瑞瓦问。

“我送她和孩子取道霜港，去了尼塞尔。万一埃尔托城沦陷了，他们再去北疆，我有理由相信，那边是会欢迎他们的。”

“守塔大臣欠你一份情，我知道。”

“守塔大臣会欢迎他们，是因为他们需要庇护，而提供庇护是他天性使然；我和他的人情债，随着战争结束，早就一笔勾销了。”

“我伯父相信他会来援助我们。”

弓手轻轻地笑了一声：“那我可要怜悯即将面对他的倭拉人了。”他走到齐胸高的垛口前，望向自城门延伸出去的堤道，双目出神，默默地估算。“不难看出这地方从未沦陷的原因：只有一条进军路线，而且过于狭窄，外加四周环水，一年到头深不见底，无法徒涉。”

“阿伦提斯司令确信城墙可以解决一切问题。”

“你似乎并不确信，小姐。”

“据说，瓦林斯堡一夜之间就沦陷了。疆国最大的城市被攻占，国王被杀，他的军队数天内几乎全军覆没。我对军队和战争所知不多，但如此惊人的战果，必须经过精心准备，需要好几个月甚至几年的时间谋划。”

他看了瑞瓦一眼，目光中有讶异，也有一丝欣慰。“很高兴看到封地领主在选择继承人的问题上有过深思熟虑。小姐，你认为倭拉人也针对我们进行了长时间的谋划吗？”

“这件事知道的人不多，就发生在你找伯父请愿的那天夜里，有人企图谋害我伯父的性命。一旦刺客得逞，如今封地必定大乱，也不会有人出面组织守城。”

“那些刺客没能得逞，肯定是一帮蠢货。”

“的确如此。”

“如果小姐判断正确，那么倭拉人的计划失败了，他们别无选择，只有围城。”

“也许吧。或者这只是他们全部计划的一部分。告诉我，关于真刃之子你都知道些什么？”

他的双眼蒙上阴云，回头望向河流。“据我所闻，他们是你先父的狂热追随者。他们在南边没有什么号召力，那儿的人对于敬神的事更讲求实际。你认为他们和刺杀案有关？”

“我认为。”瑞瓦顿了顿，注视着弓手。他敏锐的目光在两岸之间跳跃，毫无疑问是在估算距离。“为什么韦丽丝小姐对你的疑心那么重？”她问。

“不是因为我和圣子有瓜葛，我向你保证。”他回头看了一眼，注意到瑞瓦带的榆木弓，眉毛扬了起来。“圣父之见啊，小姐，你在哪里找到的？”

她取下弓，耸了耸肩：“找一个喝醉的牧羊人买的。”

安提什犹犹豫豫地伸出手：“我可以看看吗？”

她递了过来。安提什双眉紧蹙，端详着弓臂，手指抚过雕饰，又轻轻拨动弓弦，嘴角露出一抹笑容。“我还以为它们全都遗失了。”

“你认识这把弓？”她问。

“只听说过。我小时候有幸拉过它的姐妹弓，箭道前所未有的平直。”他摇摇头，递还给她，“你真不知道这把弓的来历？”

她只能摇头。“牧羊人吹牛，说是和以前的一场战争有关。我没留意听。”

“嗯，或许不全是吹牛，因为阿伦的五把弓确实是在战争中遗失的，也就是最终将封地并入疆国的战争。小姐，你拿着的是库姆布莱名副其实的传奇之弓啊。”

瑞瓦看了看手里的弓。她时常惊叹于那精美的雕花，也知道这是一把强有力的武器，但称得上是传奇之弓吗？她怀疑弓手只是随口说笑，正如老兵喜欢调侃不懂行的新兵。“真的？”她扬起眉毛问。

然而，安提什的回答没有一丝戏谑的意味。“千真万确。”他挺起胸膛，眉头紧锁，目光愈发热切，从头到脚地打量了瑞瓦一番。“穆斯托尔家的血脉带着阿伦的弓。”他柔声说道。

过了一会儿，他回过神来，忽然转身拿起自己的弓。“我要担负起总兵的职责了，小姐。”

“我还要听你说！”安提什大步走开，瑞瓦在身后喊道，“阿伦是什么人？”

他礼貌地挥了挥手，脚步未停。

次日，斥候回来了。领主议事厅里，两名疲惫的骑手向封地领主和队长们讲述他们的所见所闻。“边界已经乱成一团，大人。”较为年长的说，“所到之处，人们成群结队地逃向南边，我们问到的每一个人，都提到了屠杀和耸人听闻的事情。各种流言蜂起，但似乎可以确定，国王真的死了，瓦林斯堡和阿斯莱大部已经沦陷。”

“有莱娜公主的消息吗？”封地领主问，“我听说她为了什么和平谈判，不惜冒险去罗纳人领地。”

士兵摇摇头：“她应该是返回瓦林斯堡了，就在倭拉舰队出现的那一天，大人。据说王宫烧毁的时候，艾尔·尼埃壬家族的每一个人都未能幸存。”

“你有没有看见疆国禁卫军？”韦丽丝小姐问。

“只有少数掉队的士兵，小姐。他们形容憔悴，眼神涣散，丢盔弃甲，拼命地逃向南边。我们昨天找到了一队混编的禁卫军，他们还有点战斗力，只有一百来人。我们叫他们过来。”

“倭拉人呢？”封地领主问，“看见他们了吗？”

那人点头道：“只是先头部队，大人。那是六天前，在边界南边约十英里的地方。据我判断，有三千骑兵、两倍于此的轻步兵正快速向南行军。”

“我们现在有一万三千人了，大人。”阿伦提斯大人说，“我们暂时占据优势。”

“训练有素的战士还不足一半，”安提什说，“只有几百匹马。我们不能指望在开阔地与他们对阵。”

“当然不会。”阿伦提斯大人吸了口气正要反驳，森提斯伯父斩钉截铁地接过话头：“谢谢你们，两位好兵。”他对斥候说：“去厨房吃点东西吧。转告厨子，就说是我的要求，给你们提供莫顿谷的红酒。”

“先头部队，”等士兵走了，韦丽丝小姐说，“也许只有全军的五分之一？”

“更可能是十分之一，”安提什说，“就算从阿斯莱传出的流言只有一半是真的，能够占领整块封地的兵力一定相当可观。”

“而且多亏了达纳尔大人的叛变，他们无须提防北翼，”森提斯伯父说，“他们夺占城镇后必须派兵驻守，还要分兵劫掠周边的乡村。但我们不能自欺欺人，他们的兵力远比我们强大。”他扭头问安提什：“于是问题来了，我们有足够的箭矢对付他们吗？”

弓手苦笑道：“我估计至少需要现有存量的四倍，大人。”

“造箭师正在全力以赴地赶工，”韦丽丝小姐说，“我还召集了城里所有的木匠和木工。”

“还要找人，”封地领主说，“凡手头空闲之人，如不造箭，即断配给，等他们造箭再发放。阿伦提斯大人，派出你的一半人马去林子里伐木，争分夺秒，把能找到的树木和树苗通通砍回来。”

“不光是木头，大人，”安提什说，“我们需要铁用来制作箭镞。”

“城里不缺铁，”森提斯伯父说，“我查看过了，所有的窗户、围栏和风向标都有铁。搜索整座庄园，所有锅碗瓢盆以及装饰品全都拿走，然后全城征收。”他忽然吸了口气，面色惨白。

“伯父？”瑞瓦走过来，拉住他的胳膊。

伯父咧嘴一笑，拍了拍她的手：“你伯父老了，累了，我的好侄女。”说着握住她的手站起身来，瑞瓦感到伯父的手微微颤抖。“几个钟头没喝上一口了，”他对队长们说，众人紧张地赔着笑，“你们都有任务在身，好先生们，大人们。赶紧去办吧。”

瑞瓦和韦丽丝小姐搀扶他走上楼梯，回到房间。“蓝瓶子，麻烦了，小姐。”他说。韦丽丝赶紧拿过来。他接过瓶子，喝干了里面的液体，无力地笑笑，然后弯下身子，痛得五官扭曲，空瓶子掉在地毯上。

“我去找哈宁兄弟！”韦丽丝说着，匆匆跑出房间。

瑞瓦跪在他面前，再次握住他颤抖的手。“怎么了？”她问，“是什么使您如此痛苦？”

他往后靠去，大口大口地喘气，却面露微笑：“我的生命，瑞瓦。我的生命使我痛苦。”

哈宁兄弟神情严肃地掩上身后的房门，韦丽丝和瑞瓦候在走廊里，等他告知病情。“我加倍了剂量，”医师说，“给了他一壶红花，可以缓解他的痛苦。”

“你说过药物可以延缓几年的。”韦丽丝小姐说。

“平静的几年，小姐。不是打仗的几年。精力衰竭不利于他的身体状况。”

“什么状况？”瑞瓦说。

哈宁瞟了一眼韦丽丝，后者绷着脸点点头。“你伯父这辈子喝了太多酒，小姐。”兄弟说，“多到超乎想象，我都不敢相信人可以喝这么多，还能活到这把年纪。”

“他还不到六十。”瑞瓦轻声说。

“酒伤人的内脏，”哈宁解释，“尤其是肝。”

“如果他不喝了呢？”韦丽丝问，“完全不喝了，从此戒酒。永远不喝了。”

“那会要了他的命。”哈宁直言，“他的身体需要酒，尽管这也是慢性自杀。”

“还有多久？”瑞瓦问。

“休息好的话，最理想的情况是六个月。”

六个月……我认识他还不到三个月。“谢谢你，兄弟。”瑞瓦感到泪水慢慢地流过脸颊，“如果没事了，请退下吧。”

他鞠躬道别：“我明天再来。”

韦丽丝走过来，摸着她的手：“他不希望你知道……”

瑞瓦抽回手，擦去脸上的泪水。不要再这样。她下定决心。不要再哭了。

“粮食储备，”她的语气不带一丝感情，“可以维持多久？”

韦丽丝犹豫了片刻，然后朗声回答，声音微微有些颤抖：“考虑到城内人数在不断增加，也许可以维持四个月。还必须定量配给。”

“派出家族侍卫队，方圆五十英里以内所有的食物，每一头牛、每一头猪、每一只鸡全部带回城。烧掉来不及收割的庄稼，给所有的水井投毒，任何可供敌方使用的物资全部销毁。”

“农田里还有人在劳作……”

“他们愿意的话可以进城避难，封地领主答应了的。他们也可以选择碰碰运气，自行面对倭拉人。”

她走到封地领主的房门前。“我想跟我伯父单独谈谈。”

他坐在桌旁，一杯酒搁在手边，他祖父的剑斜靠在一旁，手里的鹅毛笔在铺开的羊皮纸上游走。“我的遗嘱，”等瑞瓦关上房门，他说，“想来是时候了。”

“那些书可以留给韦丽丝。”她说。

“其实呢，她非常心仪北边的一块地。漂亮的大宅子，精心维护的花园。”

“您为什么不早告诉我？”

他叹了口气，把鹅毛笔扔到一旁，扭头面对瑞瓦。“我害怕你跑掉，”他说，“如果你跑了，我也不会怪你。”

“您现在却诅咒了我。”

他拿起酒杯，抿了一口。“你知道吗？根据韦丽丝记录的数字，我是最成功的库姆布莱领主。在封地的历史上，前任领主们从来没有生产出如此之多的酒，创造出如此之多的财富，也未能见证一个和平安宁的时代。而等我死后，我会因此流芳百世吗？当然不会，我永远是醉醺醺的好色之徒，还有一个疯子弟弟。可是你，瑞瓦，你将成为库姆布莱的救星。受圣父祝福的伟大战士，敞开城门，为人民提供庇护，对抗邪恶的无神异端。我曾以为需要花上好几年时间，人民才能真心接纳你。感谢倭拉人，现在只要几个月就够了。”

她摇摇头，沉着脸戏谑道：“我还以为韦丽丝是阴谋家，结果发现您才是。”

伯父难过地呻吟了一声。“别恨你的老伯父。我不希望带着这种想法去永恒之境。”

瑞瓦走过去，环住他的肩膀，在他头上深深一吻。“我不恨您，您这个老酒鬼。”

第一批倭拉人于三天后的正午时分抵达，是一队骑兵，徘徊了几分钟便消失不见。瑞瓦命斥候追踪敌人的动向，并派出骑手传令，催促难民进城，召回搜集食物的队伍。斥候当天即回来报告：倭拉先头部队距离埃尔托城不超过十五英里。等到天黑，当最后一批穷人稀稀拉拉地进了城，她随即下令关闭城门。

“我们去找封地领主吗？”安提什问。他们正站在城门上的棱堡顶部，眺望堤道以及暗藏凶险的夜色。

“让他睡吧，”她说，“恐怕明早还有很多事要忙。”

日出东山之时，他们来了。先是骑兵，列着整齐有序的队伍稳步推进，开向堤道前方的平地。随后是步兵，阵型紧密的营队在前，举手投足惊人的一致，后面的队伍则稍显松散，步伐也有些凌乱。倭拉军队的阵型始终不变，两翼是骑兵，中间是纪律严明的步兵，松散的队伍置于后方，推进起来既快又稳，这必然是多年苦训的成果。

“前排是奴隶战士，”韦丽丝说，“他们称之为瓦利泰。后面是征募来的自由剑士。我在一本书里读到过。”见瑞瓦疑惑地皱眉，她补充了一句。

“他们军队里有奴隶？”瑞瓦问。

“倭拉帝国建立在奴隶之上，”伯父说，“他们也是为奴隶而来。”他披着厚厚的斗篷，扶着瑞瓦的肩膀，呼吸异常沉重，然而通红的双眼闪亮如往常。

“没有攻城器，”安提什观察了一番，“也没有攻城梯。”

“迟早会来，毫无疑问。”森提斯伯父说，“不过他们可能打算先试试，看能不能吓死我们。”

瑞瓦循着他的目光，看到一名骑兵从队伍中出列，沿着堤道策马疾驰。他在城门前一百步处扯住缰绳，抬头望向他们，长长的斗篷在风中飘动。此人个头很高，外罩黑漆胸甲，手里捏了一份卷轴。他目光扫过，找到了封地领主，嘴角爬上一抹轻蔑的笑容，然后浅浅地鞠了一躬，展开卷轴。

“封地领主森提斯·穆斯托尔，”他用疆国语念道，口音虽重，咬字还算清晰，“命你就此投降，将土地、城市和财产献与倭拉帝国。如奉命归顺，你和你的人民可享受我国公正而慷慨的对待。如你在我军监督下，自愿将权力移交给倭拉帝国统治者，作为回报，你将……”

“安提什大人，”森提斯伯父说，“我看不见白旗的影子，你呢？”

安提斯抿着嘴摇头：“我也没看见，大人。”

“那好。”

“……尽快转移到你所选择的土地，”倭拉人手持卷轴，目不斜视，“另赠一百磅黄金——”念诵声戛然而止，安提什的箭矢穿透卷轴，扎进胸甲。他翻身落马，躺在地上一动不动，卷轴钉在胸前。

“好了，”封地领主转身走开，“等余下的来了，再通知我。”

第六章 维林

俄尔赫妇人盘腿坐在火堆对面，他发现很难估摸对方的年纪，只能说介于五十到七十岁之间。她一头铁灰色的长辫子，满脸皱纹，嘴唇干裂，但又精瘦有力，生气勃发，身姿挺拔，赤裸的胳膊上肌肉鼓胀。妇人身后聚集了一大群俄尔赫战士，有些下马等候，大多仍稳坐于鞍上，他们有一万多人响应了守塔大臣的召唤。通过英莎·卡·佛纳的翻译，这个妇人的名字在俄尔赫族当中非比寻常，仅有一个意思：慧明。

“你要得太多，守塔人。”年轻的俄尔赫人告诫过他，“与兽人作战时也没有这么多。而且他们认识老守塔人，不认识你。慧明自会裁定。”

那天下午，他们就这样面对面坐着，妇人透过火堆上袅袅升起的青烟盯着他。血歌并未奏响，说明对方没有天赋，至少是维林所无法识别的。经过十天的行军，他们抵达了俄尔赫人称为银泪湖的地方，一泓池水镶嵌在茫茫平原之上，犹如闪亮的珍珠，而俄尔赫人已经全员候在此处。

“艾尔·默纳希望过平静的生活。”慧明操一口地道的疆国话，忽然打破了沉默，维林闻声一惊。“那人过去打了很多仗，厌倦了战争。我们信任他，正是基于他厌战。他曾拥有巨大的热情，无比渴望战争，而你，维林·艾尔·索纳，你的热情有过之而无不及。”

“或许吧。”他回答，“但我也受够了战争。带领这么多人再次参战，我很痛苦。”

“那为何要去呢？”

“任何一个有理性的人参战的原因是什么？保卫美好的事物，摧毁邪恶的力量。”

“倭拉人要毁灭你的家乡，可你的家乡远在千里之外。”

“你的森林姐妹见过那些人的心。他们绝不仅仅满足于摧毁我的家乡。我看见过他们对冰原人的所作所为。他们要夺走一切，无论瑟奥达人、罗纳人，还是你们，都难逃此劫。”

“若我将我族战士交付于你，那些前途光明的年轻人，能有多少人回来？”

“我不知道。很多人会牺牲，这一点我并不否认。但我知道的是，俄尔赫人无法避免与倭拉人交战，不在我们的疆国，就在这里的平原。”

“要抵达你们疆国，我们必须穿过森林。你指望瑟奥达人允许我们这么做吗？”

“我指望他们听从盲女的指引。”

慧明神色一凛，眯起眼睛：“你见过她？”

“还与她对过话。”

俄尔赫妇人的嘴角微微抽搐，显然是在克制恐惧。她站起身，喃喃道：“我们给你起错名字了。”然后她昂首阔步向族人走去，回头抛出一句话：“我们跟你走。”

“慧，明。”维林一字一顿地读出来。

“好，”达瑞娜说，“这个呢？”她的手指移向下一个词。

“赞——同？”

她笑了。“很好，大人。再过几周，您就不需要我了。”

“恐怕没有你说的这么乐观，小姐。”他靠着椅背，打了个哈欠。夜间训练非常艰苦，太多士兵步伐错乱，本身对左右就缺乏概念，白天行军本已疲惫不堪，夜间训练就更是雪上加霜。但面对训练有素的敌人，若要求取一线获胜的希望，他们别无选择。

离开湖泊后，俄尔赫人负责打前哨和护卫侧翼，大部队向南走了四天，距离森林仅剩不到一周的路程了。达瑞娜有些焦急，目前他们还没有遇到一个瑟奥达人，维林叫她不必担心，语气相当肯定，但其实他内心没有十分的把握。*只要说出你见过几百年前的一个盲女，他们就会敞开胸怀欢迎你吗？*他自问。*你真以为有这么简单？*

但血歌仍未变调，前往疆国的路线就在森林之中。于是他领军前进，早晚各训练两个钟头，其间饱受队长们的抱怨和猜疑；睡前则有一个钟头的幸福时光，由达瑞娜小姐教他识字。

他认识的字词越多，就越能体会其中的快乐，母亲试图教给他的诗歌不再云山雾罩，写在纸上的空洞教理也语义渐明，闪耀光彩。他不禁深深地羡慕哈力克兄弟，一个人的脑中拥有一整座图书馆，这种天赋的力量与美感该是何等惊人。

此时，达瑞娜和他坐在一起，正在修改与俄尔赫人正式联盟的协议书，添加最后的条款，包括俄尔赫人尚未提出的请求——北方平原的永久所有权。协议书需要联合疆国最高统治者的批准，前提是他们还能找出一位来。维林早已命令哈力克兄弟列出一份王位继承人的名单，以确认艾尔·尼埃壬家族是否仍有血脉在世。名单上只有四人。

“雅努斯王的很多亲属都因掐脖红丧命。”哈力克解释。“余下的幸存者又有不少在统一战争中死亡。据我所知，疆国之内——”他拿起名单，“仅剩一个健在的血亲，当然我有好些年不在疆国生活。”

“有名望吗？”维林问。

哈力克若有所思地说：“艾尔·珀尼尔大人是负有盛名的养马人，假设他还活着的话。大人，您必须提前设想联合疆国的王位没有继承人的情况。一旦发生那种情况，就要考虑别的选择。”

“什么选择？”

“没有君王，疆国就不成其为疆国。乱世之中，无关血脉和地位，强者为王，方是民心所向。”

维林端详着哈力克的脸，以为对方又在策划什么阴谋诡计：“兄弟，这也是出自诚实和无私的动机吗？”

“只是饱读史书之人的见解，大人。”

“那么，请你在我划定的范围内提出见解。”

他走向地图桌，目光掠过埃尔托城，血歌忽然奏响，和每次想到瑞瓦时一样。最近音调有所改变，急迫之中夹杂了不祥的旋律。倭拉人冲她而去了，维林心想。她是不会逃走的。

“埃尔托城有多少人？”他问哈力克。

“根据十年前国王的调查，总数是四万八千人。”兄弟不假思索地回答，“不过，围城战期间的人数可能会翻倍。”他顿了顿。“我们要去那里吗？”

“尽我们的最快速度。”

“可是距离……”

维林摇摇头。“不是问题。我们去埃尔托，即便看到的只是废墟。暂时就这样，兄弟。”

四天后，远方出现了一条参差不齐的黑线。他们越是接近，黑线就越粗，逐渐变成了参天大树组成的高墙，向两边延伸开去，一眼望不到头。维林下令在树林外半英里处扎营，然后向达瑞娜鞠了一躬：“请允许我护送你回家，小姐。”

诺塔策马上前，雪舞如影随形。“我们也去，”他说，“看见战猫，他们或许不敢对你们动怒。”

“更有可能激怒他们。”达瑞娜对他说，“不管怎样，我的族人不会伤害我们的。我可以肯定。”维林见她神色戒备地望向森林，知道她内心并没有那么自信。

“如果你们没回来呢?”诺塔问。

维林本想敷衍一句,但见达瑞娜也焦虑不安,便一本正经地答道:“那我的职位由你接任,兄弟。你带领军队返回高塔,准备应战守城。”

“你认为这些人愿意跟随区区一个老师?”

“带了只战猫的老师。”维林微微一笑,催促赤焰前行。

他们靠近森林边缘时,血歌越发高亢,不是警告,而是欢迎。林木围拢过来,血歌渐渐平息,奏起柔和的调子,空气阴冷,有一股奇异的霉味,混杂了森林里千百种不同的气息。达瑞娜收紧缰绳,翻身下马,她抬头仰望遮天蔽日的枝丫,闭上双眼,嘴角掠过一抹笑意。“我想念你们。”她轻声说。

维林下了马,任由赤焰吃起一丛草,他则扫视着周围的树林,忽然看见一个人站在两棵榆树之间,眉头深锁,正注视着他。

“赫拉!”达瑞娜兴奋地喊道,冲向那个瑟奥达人,跳起来拥抱他。

等达瑞娜抽身退后,可见那人并没有她那般兴奋,却也微微一笑,面带欢喜。那一头夹杂灰丝的长发披在脑后,惹眼的鹰钩鼻子唤起了维林的记忆。

“赫拉·达基尔,”他说着走了过去,“守塔大臣艾尔·默纳的朋友。我……”

“我知道你是谁,”赫拉·达基尔说,他口音浓重,但吐字清晰。“伯纳尔·沙克·乌尔,我曾经希望回到梦幻年代猎杀,就在你的影子降落于森林之时。”

“我为友谊而来……”

“你为战争而来,迈厄利姆一贯如此。”瑟奥达人亲热地摸了摸达瑞娜的脸颊,然后转过身,“来吧,石头在等你们。”

等待他们的是十二位瑟奥达人酋长，五女七男，与坐在他们中间的赫拉·达基尔年纪相仿。先前，赫拉·达基尔领着他们走到几英里外的一处林间空地，一根石柱矗立其中。石柱的形状和高度，令维林回想起曾经在马蒂舍森林见过的场景，当时的石柱埋没在茂密的野草和藤蔓里，而眼前的石柱并没有被植物覆盖，精雕细琢的花岗岩也没有经历岁月和自然的侵蚀。远处的树林里可以看到很多瑟奥达人，面容掩藏于阴影之中，但长弓和战棍依稀可辨。是战士，他心想。他们在等待着什么。

维林和达瑞娜坐在十二位酋长面前，看对方的眼神，显然没有欢迎的意思。有人说了句什么，那是一个头上插有乌鸦羽毛的女人。

“我们不许你进入森林，”达瑞娜翻译，“可你依然来了。她要一个不杀你的理由。”

“我来寻求你们的帮助。”维林回答，由达瑞娜翻译给酋长们，“强大而可怕的敌人袭击了我的人民。很快他们就会杀到这座森林，给你们带来烈火和痛苦……”

赫拉·达基尔抬起手，维林闭嘴了。瑟奥达人用他们的语言说了一句话。“你的族人没能夺走我们的森林，”达瑞娜翻译，“他们试过。我们不害怕你们，为什么要害怕新的来者？”

“我的人民拥有和平共处的智慧，我们的敌人则没有。问问你们的姐妹，她看见过他们的心。”

酋长们的目光转向达瑞娜。她点点头，用瑟奥达语详细地讲述起来，肯定是说她利用天赋看到了瓦林斯堡的惨景和倭拉人的残酷本性。

“你们确实遇到了可怕的敌人。”她翻译了一位酋长的话，那人身形瘦长，颈上围有狐狸尾巴，“但那是你们的敌人，不是我们的。

迈厄利姆的战争与我们无关。"

维林稍事停顿，思考如何措辞才能打消他们的疑虑。"勒苏丝·希尔·霖称我为伯纳尔·沙克·乌尔。说实话，我见过盲女，也曾与她对话。她祝福过我的人生道路。这儿谁有过同样的经历吗？"

他看到酋长们面带疑虑，却既不震惊，也不恐惧，更未改变心意。

"如果你受到过盲女的祝福，"达瑞娜翻译赫拉·达基尔的话，他指着维林身后说道，"她现在可以听到你的话。"

维林回头望着石柱，过了一会儿，他站起身来，走了过去。"你不用这样。"达瑞娜走到他身边。他低头看着平滑如镜的石台，中间有个圆形的浅池。"我去跟他们谈。只要有足够的时间，我一定可以说服他们。"

"他们要看一场好戏，我岂能拒绝？"他问，"或许他们为这一刻已经等了很久。"

"你不明白。瑟奥达人祖祖辈辈都来这里，通常是老弱病残，还有疯子。他们都来摸这块石头，寻求盲女的指引。绝大多数人摸了石头，等了一会儿，就失望而归，但有些人，极少数人……被带走了，只剩空空的躯壳。"

"你没有，"他说，"你说你见过她。"

"那是在我丈夫死后……"她的视线移向石头，眼里满是哀伤，"我非常难过，也不在乎自己的生死。我来到这里，寻找一个答案，一个理由。如果不能如愿，我也乐意接受死亡。盲女……给我看了值得我为之活下去的东西。"她伸出手，悬在石台上。"我回到了自己的身体里，因为她希望如此。"

"那么，"维林踏步上前。"但愿她也为我找到这样的意义。"

手掌底下的花岗岩冰凉刺骨，但他没有异样的感觉，歌声也没有变调。当他抬头望向达瑞娜和瑟奥达人时，发现他们都消失了。此时已是深夜，一个女人坐在火堆前，背朝着维林，但他立刻就认出来了。“勒苏丝·希尔·霖，”维林喊出她的名字，走到火堆边。她比记忆中苍老了许多，红色石眼周围密布深深的鱼尾纹，满头白发，不见一根青丝。盲女眨了眨眼，抬头看着他。

“你年纪大了些，”她说，“歌声更强了。”

“你说过我应该熟悉歌声。”

“是吗？那是很久以前了。在你之后，又有过很多次幻象。”她从脚边的柴火堆里捡起几根树枝，扔进了火里。“还在效忠信仰吗？”她问。

“我的信仰是谎言。不过我相信你早就知道了。”

“谎言若有人诚心笃信，那真的还是谎言吗？你的族人希望通过信仰，理解世上诸多神秘之事。或许受到了误导，却也只是因为真相并未完全显露。”

活在巴库斯体内的怪物，残酷的笑声。“灵魂可以受困于往生。”

“并非所有灵魂，只是拥有天赋的灵魂。这种力量，燃烧在你我体内的这种火焰，等我们生命消逝，也不会熄灭。”

“再就滑进虚无之中。然后呢？”

她苍老的面庞绽放微笑：“用不了多久，我就知道了。”

“有什么东西，存在于虚无之中。那东西带走了那些灵魂，将其扭曲，变成为它效力的傀儡，又送灵魂重返人世，夺取其他天赋者的身体。”

她眉毛扬起，略微讶异：“这么说，它终究还是成长了。”

“什么成长了？那里究竟有什么？”

她扭过头，空洞的眼睛对着他，表情充满遗憾。“我不知道。我只知道它需要如此。它很饥饿。”

“它要什么？”

她说出了答案，那确定无疑的语气，没有留给维林怀疑的余地：

“死亡。”

“你能告诉我如何击败它吗？”

她闭上眼睛，摇摇头。“但我可以告诉你，为了我们的世界和所有的人，必须抗争到底。”

他抬头仰望，透过繁密的枝丫，看到了大剑座的七颗星星。大剑座高挂空中，表明此时正值初秋，比真实的时间早多少年就不得而知了。“现在已经发生了吗？”他问，“我的人民已经来夺取这片土地了吗？”

“到那时，我早就死了很多年。不过我看过不少那个时代的幻象，对此我深感庆幸。”

“未来呢？这片土地的未来呢？”

盲女久久地“盯”着火堆，维林以为她不会回答这个问题了，她却又开口道：“你是我能看到的最远的未来，伯纳尔·沙克·乌尔。在你之后，没有未来。我看不见。”

“那你还要我抗争？”

“我的天赋并不完美，许多事情无法看透。无论如何，除了抗争你还有别的打算吗？放弃希望，坐以待毙吗？”

“我希望说服你的族人，从而安全地通过这片森林。我应该怎么告诉他们？”

她戏谑地皱起眉头：“就告诉他们，我要求他们放行。说不定有用。”

“这就够了吗？”

她眉头舒展，大笑一声，其中带有一丝苦涩的滋味。“我根本不知道。你在森林里找到的人，也许说着我的语言，与我有共同的血脉，但他们不是我的族人。那些前来触摸石头的，是昔日伟大而美丽的暗影。他们聚为部落，与罗纳人永无止境地争斗，神话和传说取代了知识和智慧。他们遗忘了原有的身份，放任自流，自甘堕落。”

“如果他们不帮我，即便是你所谓伟大的暗影也会消逝，连重现辉煌的机会也没有了。”

“残破的随它残破，此乃万物之道。”她回头望向石柱，“这种记忆和时间的容器不是我们建的，它们的存在远远早于我们。我们只是有幸发现了它们的用途，而它们变化无常，遇到认定无价值的人，便吸走其意识。曾经有一支远比瑟奥达人伟大的族群，修建了与这片土地同样大小的城市，创造了无数奇迹。如今，连他们的名字也无迹可寻。”

她又盯着火堆，一脸倦容，久久无言。“我本来希望，我们的最后一次见面是欢乐的，你讲述的故事是你娶妻生子，幸福安稳地度过了这一生。”

维林想要拉住她的手，也知道什么都抓不住，却仍然伸出手，与她隔空相握。“让你失望了，我很难过。”

盲女什么也没有说，他感觉到幻象渐渐地消逝。维林回到石柱旁，伸出手，犹豫地定在那儿。“再会，勒苏丝·希尔·霖。”

她没有回头。“再会，伯纳尔·沙克·乌尔。如果你获胜了，回到石头这儿来。也许还有人与你对话。”

“但愿吧。”他的手掌按住石头，转瞬间天光变换，驱散了夜晚的寒意。他沉住气，面向瑟奥达人，尽可能用不容辩驳的口吻说道：“盲女说了……”

他没再说下去，因为众人都望着别处，十二位瑟奥达人酋长全部起立，瞪着他旁边的什么东西。附近的达瑞娜也好奇地睁大了眼睛。他转过头，血歌猛然奏响。

巨狼蹲坐在地，碧绿的眸子审视着他，这种目光令他记忆犹新。在维林的印象中，狼以前没有这么大，如今站起来也不比他矮。过了片刻，它舔舔嘴，抬起鼻子，一声嘹亮的嗥叫直冲云霄，盖过一切声响，震耳欲聋。

巨狼低下脑袋，嗥叫声消逝了，森林沉寂了片刻，方圆数英里之内的林中再次响起狼嗥，此起彼伏，北大森的每一匹狼都在回应，嗥叫声经久不息。巨狼站起身，跑上前，硕大的脑袋悬在维林的胸前，鼻孔翕张，嗅着他的气味。他听见了狼的歌，是一种怪异的曲调。他想起邓透斯死的那天，那陌生的歌声变幻不定，但有一个音调特别清晰，绝无弄错的可能。信任。它信任我。

巨狼用鼻子蹭了蹭他的手，又舔了一下，然后回身跳进林中，犹如一道银光闪过，转眼消失无踪。此起彼伏的嗥叫声也随之平息。

赫拉·达基尔和其他瑟奥达人走上前，在他四周站成一圈，阴影之中的战士也走出林子，将他团团围住。这些已达到作战年龄的男男女女，整齐划一地举起了战棍。赫拉·达基尔也拿起战棍，平举在胸前。“明日，”瑟奥达酋长说，“我将向旭日唱响战歌，指引你们穿过森林。”

“不准点火，不准伐木，不准打猎。任何人不得脱离队伍，不得偏离行军路线。我们严格遵循瑟奥达人的指引。”

他注意到几个队长警惕地交换着眼神，阿达尔的表情尤为不安。“大人，违反规定又如何惩罚？”他问。

“不需要惩罚，”维林说，“瑟奥达人自会按他们的规矩来，我对此毫不怀疑。”

“大人，如果不汇报士兵们的想法，那就是我失职。”阿达尔接着说，“依照您的命令，很快就没有人公开抗议了，但我们没办法管住每一张嘴。”

“又怎么了？”维林疲惫地捋了捋头发。与勒苏丝·希尔·霖的会面并不轻松，盲女所知太少，未来的不确定令他大伤脑筋。另外，他逐渐想明白了自己为何从来不喜欢领军——士兵们的抱怨无休无止。“靴子太硬？训练太苦？”

“他们都害怕森林。”诺塔说，“不怪他们。我还没有走进去就吓得不轻了。”

“知道了。”维林说，“那好，有谁胆子小到不敢走进树林的，我准许他们离队。只要他们上交武器、靴子、补给和迄今领到的军饷，他们就可以回家，等着倭拉舰队出现，然后好好欣赏壮烈的大屠杀。这样一来，他们也许会考虑考虑因为胆小付出的代价。”他一拳砸在地图桌上，牙关紧咬，吐出一口恶气。“不然你直接列个名单，告诉我谁抱怨最多，我挨个抽打。”

“我去和他们谈。”见队长们坐立不安，现场气氛尴尬，达瑞娜开口说，“减轻他们的恐惧心理。”

维林默默地点头，又摆了摆手，请霍伦兄弟照例汇报每日补给情况。

“她对你说了什么？”等会议散场后，达瑞娜问。外面的营地一片嘈杂，全军正在拆卸帐篷，准备开进森林。“导致你的情绪这么糟。”

“重要的是她没有说的。”他回答，“她没有答案，小姐。没有伟大的智慧指引我们的道路。只是一个疲惫不堪的老妇人，最后一次深受幻象之苦，那是她所痛恨的未来。”

达瑞娜沉默了片刻，目光却没有离开维林。自他们从森林回来，达瑞娜就一直这样。“那匹狼，”她说，“你以前见过。”

维林点头。

“我也是。很小的时候，父亲找到我的那一夜，狼用舌头赐福我……”她神思飘远，沉浸在回忆中，很快又眨了眨眼，摇着头起身。“我该走了，还要发表演说呢。”

最后，没有一个人拒绝走进森林，达瑞娜的演说再次发挥了巨大的影响力，留住了士兵们的心。他们爱达瑞娜，维林心想。她轻松自在地穿梭在人群中，毫不费力地记起每一张面孔和每一个名字，所到之处，欢声笑语不断。他知道自己没有这种天赋，追随他的人大多出于责任，或是因为畏惧。他只希望他们对达瑞娜的爱戴和对自己的畏惧，足以支撑他们面对倭拉人。

北疆戍卫军头一批开进森林，他们牵着马穿行在林间，四面八方有数十个瑟奥达战士冷眼观望。维林带领第一步兵团紧随其后。他以一千人为一个兵团，把军队划分为十个兵团，并编上序号。不过，他允许各兵团自行决定旌旗的图案。第一步兵团大多是矿工，旗面以蓝色作底，画了两把交叉的铁镐。带队的是来自匪徒谷的工头欧廷，当然，几名北疆戍卫军军士的协助不可或缺。

“我走进大森林了。”他瞪大眼睛四处张望，叹道，“还在老爷身边指挥一个兵团。以前我老爹说，我最大的出息就是给工头倒尿桶。”

“你离开仑法尔多久了，队长？”维林问他。

“如果您愿意的话，就叫我欧廷好了，老爷。就连小子们喊我队长时都憋不住笑。”他回头看了看身后的队伍，“对不对，你们这帮没礼貌的狗崽子？”

“滚你娘的蛋，欧廷！”前排有人骂道。维林双眼一瞪，那人面色发白，赶紧低下头。维林本想厉声呵斥，但看到对方额头上的汗水，同伴惊恐的表情，以及所有人游移在林间的目光，他还是忍住了。

“超过十五年了，老爷，”欧廷说，“自从离开那个我称之为家的破地方。我可没啥念想，那可鄙的村子靠挖矿过活，全是可鄙的人，一个可鄙的老爷，发给你可鄙的薪水。有一天，我听一个补锅匠说起北疆，那边的矿工挣的钱是这里的四倍，只要不怕冷，不怕野蛮人。我一攒齐了买铺位的钱，立刻就上了船。从那之后，再没想过回去。”

不知道还有没有家可回，维林心想。

每个兵团都有一个瑟奥达人指引。赫拉·达基尔负责第一步兵团，除了指路和举手示意停下，几乎什么也不说。比起他们第一次会面，赫拉·达基尔越发不愿与维林接触，总是避开他的视线，而且净说瑟奥达语，达瑞娜只好继续充当翻译。是狼的缘故，维林推测。他们可不喜欢在自家森林里感到恐惧。

瑟奥达酋长带领他们来到一条小溪附近的空地，在这儿扎营过夜。依照维林的命令，士兵们不能生火，只好缩在斗篷里，就着一点腌肉，吞咽既硬又冷的面包。很少有人说话，也没人唱歌，众人警觉地聆听着森林里的响动。

“那是什么？”欧廷轻声问。周围的黑暗中传来微弱的哭号声。

“野猫，”达瑞娜说，“正在求偶。”

维林在小溪中间的一块大石头上找到了赫拉·达基尔。水很浅，但泼溅声足以预告访客的到来。瑟奥达人眯起眼睛，看着维林走近，却没有问候，低下头接着打理弓弦。这把弓的弓臂相对扁平，中间包裹厚皮。维林注意到他使用的箭头并非铁制，而是某种闪耀黑色光泽的材料。“这种箭可以射穿盔甲吗？”他问。

赫拉·达基尔取过一支箭矢，举了起来，箭头映着月光，在维林看来不像燧石，倒像是玻璃。“来自山区，”瑟奥达人说，“为此打过罗纳人。距离够近，什么都可以射穿。”

“那个呢？”维林示意那根触手可及的战棍。战棍约一码长，从中折弯，犹如带抓握凹槽的斧柄，粗大的棍头酷似变形的铲刀。距离棍头不过一寸处，有一根长约十英寸的可怕长钉。“挡得住利剑的劈砍吗？”

“干吗不试试呢？”瑟奥达人打量了他一番，“可惜你没带剑。”

他把弓放到一旁，拿起战棍递给维林。维林接过来，挥舞了几下，感觉很轻，抓握舒适。这种木头非常陌生，漆黑且光滑，手指抚过，察觉不到纹理。

“黑心树，”赫拉·达基尔解释。“砍伐和制作的时候木头很软，用火烤过后硬如岩石。断不了的，伯纳尔·沙克·乌尔。”

维林微微颔首，递回战棍。“你还没有问我，盲女说了什么。”

“她说我们应该跟随你。瑟奥达人很熟悉她的幻象。”

“但你们先前并不打算听她的话。”

“你的族人不信神，我们也一样。盲女生活在很多年前，她可以看见未来。幻象大多成真，有些则没有。我们接受她的引导，但并不崇拜她。”

“那你们崇拜什么？”

瑟奥达人头一次被逗乐了，咧开嘴笑了笑：“你站立之处就是我们所崇拜的，伯纳尔·沙克·乌尔。你们称之为北大森，我们称之为瑟奥达，因为它就是我们，我们就是它。”

“要对抗我们的敌人，你们只能离开这里。”

“我曾经离开过，我跟随前任守塔大臣，去看过你们的领地。我看见了很多事，全都丑陋不堪。”

“这次你看到的，只会更加丑陋。”

“是的。”瑟奥达人把战棍搁在一旁，躺到石头上，闭了眼睛，“的确如此。”

第七章 莱娜

“又来了!”米欧尔冲到船头，惊慌地指着大海，小船随之倾斜，“你们看见了吗?”

莱娜望向海面，又看见巨大的鱼鳍一晃而过，很快潜入水中。它们永远都是饥饿的。

“说不定它喜欢咱们。”疤脸匪徒说。他名叫哈文，自称手下的帮派有三十人，因为和一位贵族出身的漂亮女人由爱生恨，遭到背叛，结果被抓入狱。伊尔提斯对此嗤之以鼻。

“更有可能是在酒馆里嫖了妓女没给钱，人家出卖了你。”他纵声大笑。

斗嘴时有发生，常常差点就动起手来，莱娜已经放弃了调解纷争的打算。如果两人当中死一个，还能省点口粮。

“撞烂船舱的时候，爱上了兄弟的漂亮脸蛋，”哈文接着说，“如今离不开了。”

“你这个罪大恶极的人渣!”伊尔提斯骂道。

争吵不可避免，越来越激烈，莱娜扭过头，在波涛之中搜寻鲨鱼的影子。他们在大海上漂了四天，唯一的旅伴就是一条红鲨鱼。奇怪的是，为何它不直接撞翻小船，悠然自得地吃掉他们呢?既然连大船都可以撞沉，对付小船能有什么难度?她不断地回想起费明临死前的笑容，那满是血痕的牙齿。能给的，我全给了……

鱼鳍再次出现，身边的米欧尔吓呆了，下意识地咬住伤口已结痂的指尖。这次的距离近了许多，鱼鳍劈开波浪，画出一条弧线向他们游来。米欧尔闭上眼睛，开始背诵信仰教理，莱娜搂住她的肩膀。鱼鳍越来越大，伊尔提斯和哈文忽然停止了争吵。游到距离小船约二十码外，鱼鳍猛地扬起，浑身布满红色斑纹的鲨鱼跃出海面，乌黑的大眼闪闪发亮。米欧尔睁开眼呜咽了一声，又紧紧地闭上。鲨鱼一摇尾巴，消失在水底。

“它走了，”莱娜安慰啜泣不止的米欧尔，“你瞧？”

女孩只是摇头，恐惧抽干了她的力气，她的身子瘫软下去，头枕在莱娜的膝上。

莱娜扫视着木船上的小王国，五个饥肠辘辘的臣民，心想或许把他们留在船舱里更为仁慈。大船沉没后的第二天早上，他们从漂浮的木桶里掏了些食物，大多是腌鱼，她第一次吃的时候差点吐出来，然而饥饿很快就战胜了胃部的不适。她最害怕的本来是缺乏淡水，不过这个担忧也打消了，大雨日日狂降，甚至有可能压沉小船，他们只能不断地往船外舀水，倒也不存在干渴的问题。他们使用大船甲板上的两块短木片作为桨，匪徒和伊尔提斯朝西边划了大半天，然后一个性格温和、名叫本顿的年轻人——他是瓦林斯堡的渔民，是他们当中仅有的水手——指着黄昏时分的星星，判断他们位于头一晚出发时的东边五十英里处。

“也就是说，我们在瓦林斯堡南边很远的地方。”他说，“这种时节，伯瑞林海的水流是向东的，无论怎么划都没有办法改变航向。”

东边。那儿就是倭拉帝国，而且他们的食物也撑不了那么远。莱娜读过很多航海故事，知道饥饿会导致绝望的人们做出各种极端的事情，海幽灵号的遭遇是她最难忘的。那是父亲第一批战舰当中的一艘，造价昂贵，有人说是疆国历史上前所未有的好船。在雅努斯统治的第二十年，海幽灵号消失在北海岸的一场风暴之中，失踪了好几个月，最后仑法尔渔民发现它漂到了南边。他们发现船上仅剩一个船员，话也说不清了，啃咬着同伴的大腿骨，还有一堆头骨整齐地堆放在甲板上。父亲下令烧沉海幽灵号，不让水手们再驾驶它。

米欧尔的头挪动了一下，莱娜发现她睡着了，嘴唇半张，发出微弱的痛苦呻吟，无疑在做噩梦，重温在大船上遭受的折磨。莱娜很想抚摸她的头发，却没有动手，因为任何触碰都只能激起一阵尖叫。*对不起。*她看着米欧尔的眼皮不断抖动，在睡梦中抽搐。*看来我没办法打垮他们的帝国了。*

船身再次倾斜，莱娜抬头看到本顿正立在船尾，手搭在眼睛上，眺望东方。

“鲨鱼吗?”莱娜问他。

年轻的渔民一动不动地观察了片刻，身体僵住了，他扭过头，神情肃穆地说：“是船帆。”

所有人都转过身，小船差点倾覆。“倭拉人?”伊尔提斯问。

“更惨，”本顿说，“梅迪尼安人。”

梅迪尼安船长靠在船舷边，俯视着他们。他毫不掩饰眼里的蔑视，还有一点儿好奇。“我挺喜欢你们陆地种当奴隶，很适合你们。”

伊尔提斯挥舞着留在身边的一条锁链——莱娜怀疑这是用来在必要时杀死哈文的。“不是奴隶了，我们解放了自己。”

“船呢?”船长问。

“沉了，连同抓我们的人一起。”

“以及所有的贵重财物。”他的目光在船上游移，先是盯了一会儿米欧尔，又看到了莱娜满脸的伤疤。“他们要你有什么用，美人?”他咧嘴笑道。

莱娜强忍怒火，她深知如果对方走了，这条小船上所有的人都会死。“我学识渊博，”她回答，如果说出真相，只能召来更多笑声，“会说很多种语言。主人想让我给他的女儿们当老师。”

“真的吗?”船长接着用阿尔比兰语说，“你读过《金与尘之诗》吗?”

“读过。”而且差点就见到作者了。

“何处有理智之心?”

“知识，但唯有与怜悯结合之时。”希望你理解这个词的含义，她暗暗地想。

船长的眼睛微微眯起。“倭拉话呢?”他又说回疆国语。

“会。”

“读和说都会?”

“是的。”

他摆手召来一名船员:“带她上船。其他人不要。”

“不!”莱娜大喊，“我们都得上船。不管你指望我做什么，带上所有的人，我才帮你。”

“你没资格谈条件，烧焦的美人!”他哈哈一笑，说道，“不过，为了显示我的慷慨，我们就带上那个美人儿吧。”

靠着船舷的一个船员忽然直起身子，手指海面，惊慌地喊叫起来。莱娜回头一看，只见鲨鱼的脑袋从十五码外破浪而出。它翻转身体，张开血盆大口，露出白森森的尖牙。梅迪尼安人立刻开始操作索具，船长一边大声下令，一边低下头，惊慌地看着莱娜。她的一只脚伸到了小船外。“我们全部上船!”她喊道，“不然我就跳下去。”

船员们把其他人押进了船舱，面对一把把出鞘的军刀，伊尔提斯和哈文无可奈何地交出了链子。船长把莱娜推进自己的舱房，里头空间狭小，堆满一卷卷地图和上锁的箱子，地板上还钉着一张矮桌。他抱起一个箱子搁在桌上，转动钥匙，打开沉重的大锁，然后抬起箱盖，取出一个封印已拆的卷轴，递给了她:“读。”

她展开卷轴，匆匆浏览一遍，很快理解了文件的内容，但她决定不要立刻翻译出来。此人眼神太尖，莱娜很不喜欢。“阿克里夫·恩崔尔议员致倭拉帝国大军第二十军统帅，”她佯装吃力地念道，“赖柯拉·托克瑞将军。向我尊敬的妹夫致以问候。尽管捷报尚未传来，但此乃必胜之战，我应当可以恭贺您。请代我向尊贵的妹妹致以最热情的问候……”

“够了。”船长说着，从怀里掏出一本皮册子递给她，拿回了卷轴，“再读。”

莱娜翻开前几页，忍住了笑意，继而皱起眉头，露出迷茫的表情。“这……没有意义。”

他的眼睛眯得更紧了。“为什么？”

“文字打散了，混杂有数字。或许是什么密码。”

“你还知道密码？”

“我父亲做生意就使用密码。他是商人，常常担心竞争对手知道他的价格……”

“你能破译吗？”他打断了莱娜的话。

她耸耸肩：“给我时间，也许可以吧……”

船长踏近一步，呼出的气喷到她脸上。“相信我，陆地种，你没有多少时间了。”

“我需要找到密钥。”

“密钥？”

“任何密码都需要密钥，这是破译的基础。很可能只有少数人掌握……”

船长一把抓住她的胳膊，从舱房里推了出去，穿过甲板，走向船舱，皮册子仍攥在她手里。莱娜在途中见到了其他人，发现大家都缩在阴影里，周围全是船员，米欧尔惊恐地抬头看她。船长走到船尾附近，在一扇紧闭的舱门前停下脚步，那儿有个人在站岗。“开门。”船长下令。

门打开了，一股强烈的恶臭扑面而来，那是粪便、尿液和馊汗混杂而成的味道。她强忍着呕吐的冲动，被船长一把推了进去。一个男人缩在舱房的阴暗角落里，头发很长，油腻腻的，身上的制服已破烂不堪，沾了不少污物，手腕和脚踝挂有沉重的镣铐。从气味判断，他被关在这儿已有好些天了。

“要是他敢动，就给我狠狠地打！”船长对看守吼道，那人抽出一根棍子，走上前来。“这家伙的动作跟蛇一样。身上居然藏着一把细剑，插了我手下的眼睛，我只有这么一个船员懂他们的猪叫。”船长抬起靴子尖，狠狠地戳向囚犯的肋骨，他当即疼得吸了口气。船长放下脚，抓住他的头发一扯，让他面对莱娜。“如果还有知道密钥的活人，那就是他了。”

莱娜蹲下来，向囚犯挪近了些，她知道看守也靠了过来，那人的靴子里插有匕首，黄铜刀柄露在外头，闪着微光。囚犯斜着眼瞅她，莱娜有种感觉，在肮脏污垢和干涸血渍的面具底下，他有一张英俊的脸庞。“现在又派怪物来折磨我了。”他咕哝道。

“你是怎么落到这步田地的？”莱娜用他的语言问。

“看来他们找到了个聪明的怪物。”他回答，“告诉这条海盗狗，赶紧杀了我为好，一旦我们的舰队找到他……”

“如果你想活命，就闭上嘴，照我说的做。”莱娜尽量用平静的口吻说，“相信我，你的性命对我毫无价值，他们把你扔下去喂鲨鱼，我也只会看热闹。但是，如果我不能让海盗相信你愿意合作，他们很可能接着就把我扔下去。说吧，你是怎么落到这步田地的？”

囚犯歪着头冷笑，默默地思量着，莱娜感觉到对方颇有心计。有脑子的达纳尔，她心想。这可不大好办。

“背叛，”他说，“欺骗。一个奴隶的谎言，也只有傻子会相信奴隶。一整座岛上都是财宝，他向我保证，全是有史以来最伟大的梅迪尼安海盗抢来的。长久以来人们只当是传说，可他有地图，希望拿地图换自由。无非偏离几天航线，我以为没什么问题。”

“等你到了岛上，发现等待你的是这帮家伙，而不是传说中的宝藏。”

他疲惫地点点头。

“你说得对，”莱娜说，“你是傻子。”

他扑向莱娜，锁链哗啦作响。看守走上前，用棍子架起他的下巴，他渐渐安静下来。

“我什么都不说。”倭拉人的目光越过棍子，恶狠狠地射向她。

“他说他要去阿尔比兰的港口，”她用疆国话对船长说，“以此交换密钥。”

船长用胳膊肘顶了顶看守，那人拿开棍子，退了回去。“我自认为非常慷慨，”他捋着胡子说，“我就从他的左手开始，每次一根指节。告诉他，这是唯一的报酬。”

“你什么也不用告诉他们，”她用倭拉话说，“只要让他们以为你说了就行。”她又挪近了些，举起皮册子。“他们想要密码的密钥。如果他们以为你说了，我就可以假装我能破译。但是需要时间，或许需要很久，足以等到你的舰队发现我们。”

“等不及做奴隶吗？”

“做过，比跟他们在一起强多了。倭拉人不会碰我，因为我的脸，但这群狗没那么讲究。”

“我要是玩这么一出，又怎么阻止他们杀我？”

“我会告诉他们，必须保住你的命，因为密码非常复杂，我还需要帮助。”

“我凭什么相信你？”

“因为我不会告诉他们，他们抓住的是议员的儿子。”她锐利的目光扫向囚犯身上破破烂烂的红衣，胸前还有金线刺绣的纹章，样式与先前卷轴上的印章一样。“这么有价值的战利品，一定要带回群岛。

你认为如此奇耻大辱，你父亲的仕途还有戏吗？你的仕途呢?”

他抬起头，急切地打量莱娜：“你这个怪物女人究竟是谁?”

“只是一个逃跑的奴隶，想要活命。”

他瞪着莱娜，半天没说话，面有怒色，却神情漠然。“把册子拿给我看。”他最后说。

莱娜打开册子，挪了过去，指点着里面的文字。“我听说，”她低语道，“在倭拉帝国，拥有的奴隶达到十万人，才可以穿红衣。”

“这话没错。”囚犯轻声应道，当莱娜凑近了看那些文字，他故意点点头表示同意。

“你这么年轻，就积累了如此巨大的财富。”她眉毛一扬，假装理解了对方的意思。

“是我父亲送我的成年礼物。”囚犯的语气极为勉强，“他三分之一的财产。他给了我最好的床奴。”他斜着眼，看了看莱娜脸上的烧伤。“对不起呀，可能令你失望了，亲爱的。我恐怕不能要你。”

莱娜点点头，合上册子，席地而坐。“感谢你告诉我。”她说。

“我履行了承诺。”囚犯淡淡地应道。

“不，我是说动起手来更容易。”

他皱起眉头：“什——”

莱娜一扭身，从看守的靴子里抽出匕首，刺进倭拉人的胸膛。正中。达沃卡说过。永远瞄准胸膛的正中，你一定能找到心脏。

那一瞬间，莱娜喘不过气来——船长狠狠地把她摔在地上，然后手持寒光闪闪的匕首逼近。“你这个狡猾的婊子!”船长一手提起她，按在舱房的墙壁上，匕首抵住喉咙，莱娜拼命地吸着气。“他们都说我的人靠不住。”

“你……”她咳嗽着，呼吸粗重，“你可以相信我。”

“我相信你会捅了我和我的船员，只等我们背过身去。”

“你可以相信我能破译这本册子。”

“你有何证据让我相信？我只看到你和那臭东西猪叫来猪叫去，然后就捅了他。”

她盯着船长的眼睛：“你的目标是他的船。”

他慢慢地凑近，刀尖刺疼了莱娜的皮肤。“你说什么？”

“为了拿到册子。船王们派你抢走他的船和那本册子。”

他面部的肌肉微微抽搐，欲言又止。船长退了一步，匕首却没有动。“你知道的太多了，烧焦的美人。”

她连珠炮似的开口了：“二十八根印有恩崔尔家族纹章的金条，十二桶埃斯克希亚产的葡萄酒，一把仪式用短剑，刻在剑上的诗是统治议会为表彰托克瑞将军的胜利……”说到一口气出完了，她看见对方犹犹豫豫的，没有下手。“这些是你在他们的船舱里发现的，不是吗？”

“你怎么……”

“就列在册子里，第一页。”

“你不过看了几眼。”

“足够了。”

“那是密文。”

“一种基于递减数字序列的置换密码。只要清楚原理，就不算特别难。现在我是船上唯一的，可能也是这半个世界唯一能读懂册子的人。”

船长把先前塞在腰间的册子抽出来，递了过去：“那就给我读。”

她挺起胸膛，等呼吸平缓下来。“不。”

“我已经告诉过你，你没资格……”

“谈条件？”她笑了，“噢，我觉得我有。”

来自小船的男人们在船舱里有了指定的角落可以歇息，外加新衣服和食物。莱娜和米欧尔、奥瑞娜三个女人同住大副的舱房。

“你确定吗？”米欧尔轻声问道。

女孩企图藏起一面小镜子，莱娜却伸手拿了过来。“是的。”

镜子的背面是银质的，其繁复的雕花是阿尔比兰北部港口的工艺，造型则是一个男人与一头狮子搏斗。她用手指摩挲着雕花，然后把镜子翻了过来。

她也不明白，当时为何没有尖叫，没有流泪，也没有绝望到极点，歇斯底里地发作。其实她全都感觉到了，痛苦的风暴在心底疯狂肆虐，但她只是坐在那里，安安静静地盯着镜子里的陌生脸孔。大部分头发都没有了，裸露出粉色和鲜红的头皮。上半边脸惨遭火焰舔舐，疤痕起始于鼻梁处，从左脸颧骨斜至下巴右侧以上的皮肤全部烧焦了，像是在瓦丁之夜用来吓唬孩子们的可怕面具。

我不是女王，她盯着镜子里那个陌生人的眼睛，心想。哪个画师愿意描摹如此丑陋的肖像？再者，我究竟在钱币上铸什么图案呢？想到这儿，她不禁笑出声来，米欧尔肯定以为她精神失常了。

莱娜把镜子还给她：“谢谢你。”

“刚才发生了什么事？”奥瑞娜问。这个女人身材苗条，有深棕色的头发和眼睛，脖子上有不少瘀伤，显然遭受过虐待，但精神创伤没有米欧尔那么严重。不管怎样，她还知道害怕。

“我杀了一个倭拉人。”莱娜认为没必要隐瞒。

“为什么？”

“确保我们留在船上。”

“船开往哪里？”

“梅迪尼安群岛。到了那儿，我们就可以回疆国了。”

“拿什么交换?”

莱娜拿起放在床上的小册子，从中间翻阅起来。“帮他们一点小忙。不用担心，船长答应了，只要我表现好，就不会有人碰我们。”

“这可说不准。”女人嘀咕着，抱起胳膊在舱房里踱步，“那些海盗……我不喜欢他们看我们的眼神。奴隶贩子就够糟的了。真没料到，我竟然想我丈夫了，那个胖傻瓜。”

米欧尔瘫倒在床上。“既然他又胖又傻，你为什么嫁给他?”她问。

奥瑞娜面露嘲弄的表情:“他有钱。”

她俩聊了起来，莱娜则全神贯注地研究小册子。大多是无趣的军情往来、物资清单，以及预期的路线。她注意到了一个问题，倭拉人的计划囊括了所有的封地，唯有仑法尔除外，她想起了上次见面时，达纳尔说的最后一句话。信仰保佑，我非试不可。

我终于有理由吊死那个披盔戴甲的傻子了吗?她想了想，觉得这个问题可以留待日后决定。船王为此派出了最得力的干将，其中必有原因。

写文章的人非常聪明，并未完全依赖密码，某些地名使用了暗语:她判断出怪城代表瓦林斯堡，因为提到了街头计划;鸦巢明显是埃尔托，还有哪座城在岛上?其他的则没有这么容易猜到，海鸥岩无从推测，渡鸦阁也一样，但提及了矿场，令她联想到北疆。我很同情被派过去的人，她心想。不过，最费笔墨的莫过于蛇窝，地形复杂，港口和海峡不计其数。随之附有大篇幅的进攻计划。

“此事迫在眉睫，”她读道，“在成功封锁并平定怪城之后，集结最大数量的舰船，攻击蛇窝。发动进攻的时间必须在冬季风暴到来之前。各支舰队由卡里夫司令指挥，首要任务是封锁敌人的港口……”

她起身离床，走到门口，刚刚拉开舱门，外边的看守就按着刀柄走上前。此人正是先前看守倭拉人的船员，似乎不敢靠得太近。“我要见他。”莱娜说。

“我相信你会遵守我们的约定。”她在船长的舱房里说，“关于密码的事情，我最好现在就告诉你。”

说服船长并不难，莱娜有种感觉，他似乎早已有所怀疑了。他下令打开所有的船帆，扔掉所有的超重物品，包括从倭拉人那里抢来的金条。根据目前的海水流向，他们需要先航向南边，再转向东边，船长催促船员们全力以赴，不可松懈。

“发生了什么事?”伊尔提斯问。几个逃亡者围住了莱娜。

“倭拉人朝着梅迪尼安群岛去了，”她说，“我们要赶回去警告他们。”

“我们到了那儿会怎么样?”哈文问。

“船长答应释放我们。我有理由相信他。”

“为什么?”匪徒追问。

“他需要我去说服船王。”

两天后，风云突变，海浪翻涌，船长尽可能地调整航线，狂风几乎要把操作索具的船员刮走。船一刻不停地摇晃，大多数人都吐得昏天黑地，只有她和本顿安然无恙。

“以前坐过船吗，小姐?”趁着风暴稍息的当儿，年轻的渔民问她。此时，其他人全都趴在船舷上，哈文一会儿呕吐，一会儿破口大骂，全是各种花样的脏话，莱娜闻所未闻。

“婊子生的操猪仔!”他吼道。船员们听了只觉得有趣。

“我不是贵族小姐，”她对本顿说，“在此之前，我坐过几次布宁沃什河上的驳船。”最后一次是和我的侄儿侄女们，我那时还没去北方。小雅努斯看见了一只爬上河堤的水獭，它嘴里叼着刚刚抓到的鲑鱼，鱼儿还在扑腾，他拍着小手，高兴得手舞足蹈……

“小姐?”本顿关切地问道。

莱娜擦了擦眼睛，发现有泪水。“是妇人，”她纠正，“我是寻常商人的女儿。”

“不。”他缓慢而坚定地摇头，“绝对不是。”

风暴肆虐了整整六天才渐渐停歇，船帆全部回归原位，截住西来的海风。阳光晒干了甲板，却也晒得伤疤生疼，于是莱娜拿围巾盖住了斑驳的头皮。这条围巾险些酿成大祸。当时一个船员嘲弄地向她鞠躬，将其递了过来。“拿去遮脸吧，女人。”他说。

伊尔提斯笑了，笑声格外洪亮，他大步走过去，友好地向梅迪尼安人伸出手，对方傻乎乎地跟他握手，结果倒了大霉。

“他两只胳膊都折了，还怎么干活?”过了一会儿，船长责问。斗殴的时间很短，但相当激烈，被伊尔提斯打残的船员在甲板上扑腾，活像一条刚刚蹦上岸的鱼。与此同时，哈文和本顿也跟船员们过起了招。当一个船员抽出军刀时，船长厉声喝止了双方。

“我们有一个是水手，”莱娜回答，“可以接替他。”

她感觉到船长发起火来不大正常，对伤员的处理相当敷衍，明显没心思管这种事。“不如他好用!”船长吼了一句，却没再多说，走过去骂起了舵手，责怪他大大偏离了罗盘所指的方向。

她看到米欧尔正在船舱里照料伊尔提斯，女孩的纤纤玉指捏着一块染红的布，轻轻地擦拭兄弟身上的瘀伤。莱娜什么都没说，在他满是发茬的脑袋上轻轻一吻。令她高兴的是，在伊尔提斯低吼着扭过头之前，他的嘴角掠过一抹笑意，尽管转瞬即逝。

每当夜幕降临，她就到甲板上待着，这已经成了习惯。奥瑞娜和米欧尔喜欢在睡前叽叽喳喳地聊几个钟头，聊的尽是鸡毛蒜皮的小事。莱娜怀疑她们选择无关痛痒的话题，只谈论旧日的爱情故事和少女时期的各种劣迹，是为了回避此前所遭受的苦难——多亏了毁掉的面容，她不用感同身受。她倒不是嫉妒她俩如此闲散安逸，只是感觉需要到甲板上来，在一个相对安静的环境里，接着琢磨搜集到的证据。

最初，所有的思绪全都围绕着王座厅内发生的惨案，这种恐惧主宰了她的一切念头，推导出来的结论令人不安。这是一个密谋多年的计划，她心想。准备了一个完美无缺的杀手。谁会想到艾尔·泰纳死得那么英勇？她稍感愧疚，毕竟这位大人多次示好，全都遭到断然回绝。看来他的为人没有想象中那么差，面对黑巫术造出的火焰，这位大人竟然毫不畏惧，不顾性命地拯救她。但是，就算他是英雄，也只能当一个糟糕的丈夫，她对这一点深信不疑。

她慢慢意识到，仅仅专注于王座厅惨案，只能导致一叶障目，忽略掉其他证据。她想起《瑞尔泰慧论》里的一句话："要提防仓促定论的诱惑。切不可执迷于你渴望的答案，知悉全局为先。"

征服瓦林斯堡那么大规模的城市，需要数千人的军队，她盘算起来。即使疆国禁卫军不在……疆国禁卫军的开拔，距离倭拉人入侵不过几天时间，运气糟糕到令人发指。而这一切又是因为南岸守塔大臣遇到了刺客……她回忆起有关守塔大臣遇刺案的报告，尽量还原每一点细节。两个刺客，库姆布莱狂信徒……*两个刺客*。

她缺乏证据，只能说是怀疑，但内心非常确定。两个刺客就是弗伦提斯兄弟和倭拉女人。他们一直没闲着。她竟然对弗伦提斯的死感到些许遗憾。如果他活了下来，我还可以问出多少证据来呢？但倭拉女人还活着，肯定还在杀人，她的同胞还在践踏我的国家。

莱娜低头看着自己的双手，发现手已握拳，和刺死倭拉人的时候一样。她回想起从匕首传到掌心的震动，那是倭拉人的心脏被刺穿后的最后一次抽搐。*倭拉女人可以杀人*。她暗暗地想。*现在我也可以了*。

第八章　弗伦提斯

自由剑士举起兵刃。借着月光，欣赏锐利的剑锋，看到凝固于其中的灰焰，他不禁微微一笑。真正的宝贝，不虚此行。“不是你的。”弗伦提斯说着，纵身跃过城垛。

柯利泰或许有机会挡开这一剑，但此人的反应达不到超常的程度。猎刀直接割开喉咙，他什么声音都来不及发出，身体瘫软下去。弗伦提斯一手扶住，轻轻搁在地上，等待尸体完全停止抽搐。他伏着身子向下望去，庭院里只有几个倭拉人活动着，在熟悉的门廊之间走来走去，全是自由剑士。柯利泰太珍贵，站岗实属大材小用，他心想。

他望向宗会主楼，一时间挪不开视线，那屋顶和砖瓦，还有每一处角落，都与记忆中相同。唯一的区别是，今夜在城墙上巡守的不是蓝斗篷，而是泛滥成灾的倭拉人。

他换上自由剑士的斗篷，拿起宗会的剑，轻手轻脚地走向最近的卫兵，等两人近到看得清面目了，他甩出飞刀，杀死了对方。不到一个钟头，他在城墙上走了一圈，见人就杀，只有一人稍作抵抗，那是一个面容黝黑、肤色古铜的军士，大抵来自帝国南方，正在守卫室里执勤。他勉强挡开了一两剑，高声呼叫那些死掉的同伴帮忙，星银剑从他短剑旁边掠过，破开胸甲，插进了腹部。弗伦提斯用猎刀结果了他，然后躲在暗处，等人过来回应军士的呼救。没有人来。

他溜出阴影，拿起固定在墙上的火把，站到城垛上来回挥动三次。很快，树林里有了动静，一百多个人影冲向宗会大门，领头的是人高马大的达沃卡。弗伦提斯下到庭院里，抬起闩住大门的橡木板。

他并未接应众人，而是找到了通向地窖的走道，飞快地逐级而下。宗会物资仓库的大门由两个柯利泰看守，表明倭拉人在此存放的东西颇有价值。弗伦提斯认为已经无须遮掩，索性甩下自由剑士的斗篷，一手执剑一手握猎刀，走上前去。不出所料，柯利泰并未惊慌失措，他们直接亮出兵刃，摆好了合击阵型——他在坑里见过，一人蹲伏在前，一人直立在后。

区区六个回合，战斗就结束了，比他在坑里最好的表现还少用一个回合。先佯攻前者，实则纵身跃起，劈砍后者，逼其挥剑格挡，继而一脚踹向前胸，令其下盘不稳，再封住前者的剑招，回手划开脖子。此时后者撞上墙壁，反弹回来，猎刀随即飞旋而出，插进其眼窝。

他拔出猎刀，从钩子上取下钥匙，打开门锁。地窖和记忆中一样漆黑，深处隐隐有火把的光亮。他小心翼翼地往前走，压低身子，耳听八方，只听见痛苦的喘息声。

他们被铐在墙上，胳膊吊起，手腕被扣。第一个人已经死了，皮肉松软，毫无生气，宽阔的胸膛满是严刑拷打的痕迹。是耶斯廷宗师，他再也不能铸剑了。弗伦提斯强忍悲伤，接着往前走，发现了更多受尽折磨而死的尸体，大多是宗会兄弟，当中还有耶克林宗师，不知道宗会的狗舍命运如何。

他原以为旁边的人也死了，那人中等年纪，体形瘦削，耷拉着脑袋，赤裸的身体沾满干涸的血迹。锁链忽然哗啦作响，那人猛地抽搐了一下，吓得弗伦提斯差点尖叫出声。“死了，”壬希尔宗师抬头看着他，眼神狂乱，“马厩烧了。我所有的马儿都死了。”

弗伦提斯半蹲下来，迎上他迷乱的目光：“宗师大人，我是弗伦提斯兄弟……”

“是那小子。”壬希尔肯定地点着头，“我早知道他会等着。”

“宗师大人?”

壬希尔神经兮兮地晃着脑袋，扫视周遭的黑暗："谁知道往生居然这么黑？"

弗伦提斯站起身，挨个试过钥匙，最后打开了宗师的手铐，紧紧搂住他的腰，扶他站了起来。"这儿不是往生，我是来带您走的。您知道宗老被关在哪里吗？"

"走了，"壬希尔呻吟着说，"到阴影里去了。"

弗伦提斯忽然看到一丝隐隐的光亮，在黑暗之中画出了一扇门的轮廓。那是格瑞林宗师的房间。满架子的武器，怕是早被洗劫一空了吧，但还是看一眼为好。他扶着步履蹒跚的宗师走到墙边，任由其瘫软在地。"稍等，宗师大人。"

他拔剑在手，走过去用靴子一顶，房门大开。一个瘦弱的男人跪在地上，旁边的桌上搁着一具尸体，鲜血犹如一条条小溪，顺着桌边流到地面。"饶命啊。"跪着的那人用倭拉语轻声说道，弗伦提斯看见他的双臂沾满了新鲜的血迹。

他没理会那个不断求饶的家伙，走到尸体旁。此人身体健壮，胸毛茂盛，只是体无完肤，面庞布满铁青色瘀伤，头皮尽是三角形烙印，从残存的部分可知原有的头发非常浓密。弗伦提斯回忆起来，他的脸原本很宽，还有几分粗野，只在追踪的时候，五官才有了活力。如今他的眼窝空落落的，犹记得那锐利的眼神可与野狼匹敌。

"看来他们攻破大门时，他还没有死。"弗伦提斯喃喃道。他环顾四周，格瑞林宗师曾住在这儿，一丝不苟地记录宗会的每一件武器、每一颗豆子和每一块布料。账簿全都不见了，取而代之的是摆放整齐的铁器，闪闪发亮，锋锐无比。

"饶命。"双手染血的男人呜咽着，他跪的地方有一摊浓稠的液体，慢慢地流过石头地板，向外扩散。"我只是服从命令。"

"为何这样对他？"弗伦提斯问。

"因为这个人，营队损失了很多自由剑士，营尉的侄子也在里面。”

“你是奴隶。”弗伦提斯说。

“是，我只是服从……”

“是的，你刚才说过了。”打斗声传进地库，倭拉人终于反应过来了。

弗伦提斯向门外走去：“营尉住在哪里？”

原来营尉占用了豪恩林宗师的房间，从这儿正好可以俯瞰庭院。弗伦提斯打开了百叶窗，好让俘虏们听见奴隶正在干的活儿。他们跪在院子里，两百多自由剑士仅存十二个，大多受了伤。弗伦提斯先去检查了一番狗舍，任由俘虏们受尽煎熬，回来再看他们的表情，恐惧的程度令他颇为满意。

“你们的营尉不太愿意说话，”听到弗伦提斯使用倭拉语，有的人惊呆了，“我们宗会的首领是阿尔林宗老。我知道你们打进来的时候，他就在这儿。第一个说出下落的人，可以饶他不死。”

上头传来一声惨叫，弗伦提斯在坑里听见过——阉割时的叫声格外高亢。

有一个俘虏浑身发抖，呕吐起来，他吸了口气正要说话，旁边的人却抢了先：“你说的是那高个子？”

“对。”弗伦提斯说。俘虏们立刻七嘴八舌地发言，直到周围的战士举着剑逼近，才安静下来。他走到最先开口的人前面：“就是那高个子。”

“将、将军手下的一个军官把他带走了，回、回到城里了。就在我们占领要塞之后。”

“这儿不是要塞。”弗伦提斯把那人拉起来，向大门外推去。他们经过了简利尔·诺林，曾经的歌手等在那儿，仑法尔剑倚在肩上。

“不要耽搁太久。”弗伦提斯命令道。

院子里突然惨叫连连，与此同时，他拽着那人走出大门，用小刀割开绳子。“回城里去，把这儿发生的事告诉你的同胞。”

那人惊骇地瞪了他一会儿，然后转身飞跑，跌跌撞撞地摔了好几跤，终于消失在视野里。弗伦提斯不知道该不该告诉那人，他跑反了方向。

返回营地的路上，达沃卡不怎么说话，有意避开他的目光。加维什，他心里叹道。

“我知道罗纳人是怎么对付俘虏的。”他忍不住打破了难挨的沉默。

“有的罗纳黑姆是，”她反驳道，“我不是。”她扭头一看，那个瘦弱的奴隶脚步蹒跚，双眼圆睁，一脸等死的表情。“你带着他又是玩什么花样？”

弗伦提斯轻轻一笑：“不是玩，是干活。”

“你不是加维什。”他快步走到前面，听见背后的达沃卡说，“你比加维什还要坏。”

格瑞林宗师热情地张开双臂，满面笑容地迎接他们，然后一把抱住神志不清的壬希尔。

“我的马都被烧死了。”疯子宗师认真地对格瑞林说。

大胖子露出悲哀的笑容，放开了兄弟：“我们再给你找马来。”

“杀了两百多人，”稍后，弗伦提斯向格瑞林汇报，“缴获了大量武器，以及各种盔甲、食物和几把弓。当然了，这次还有不寻常的新人加进来。我们损失了四个。”

“永远不要低估突袭的威力。”宗师说。

他们正坐在距离营地不远的河堤上。如今营地已有三百多人，过去几周，他们接纳了不少难民和获得解放的奴隶。当这些人搞清楚了他们是要与倭拉人作战，有的选择了离开，大多数人仍然决定留下。即便如此，他们的战斗力量也不到一百人，其余的都是老弱病残，以及未经训练者，不能拿起武器对付倭拉人。昨晚之前，他们的战果微不足道，仅限于偷袭运奴车和倭拉人的补给队。

“他们会来的，”宗师说，“现在我们不是小麻烦了，我们证明了这一点。”

“我们都知道他们会来。宗师大人，关于宗老……”

格瑞林摇了摇秃脑袋：“不行。”

“我知道怎么去……”

“就为了一个人找遍全城，而据我们所知，他应该在奴隶船上受苦，恐怕已经漂洋过海了。抱歉，兄弟，你不能去。这些人需要强者的带领，比什么时候都需要。”

奴隶坐在弗伦提斯安排的位置，不说话，也不动，旁边就是达沃卡和伊莲共用的帐篷。女孩一脸好奇地盯着他，同时还在搅动吊在火堆上的一钵汤，闻到那股味儿，弗伦提斯断定她绝对没有烹饪的天赋。

“兄弟！”她兴奋地喊道。弗伦提斯正解下背后的剑，往自己的帐篷走去。“又打胜仗了。整个营地都沸腾了。你真的杀了十个畜生吗?”

“我不知道。”他老实回答。

“下次带上我，”艾伦迪尔闷闷不乐地用棍子戳了戳火堆，“我可不止杀十个。”

“你连老鼠都杀不死。”伊莲哈哈一笑。

“我是在班德斯家族受过训练的侍从，”男孩回嘴，“战友们都去打胜仗了，我却留在这儿陪着你，真是太可耻了。”

“营地需要有人看守。”弗伦提斯加重了语气，表示他已经不想再讨论这个话题了。

他拿了一个碗，从锅里舀了些汤，走到奴隶身边坐下。“吃。”他递到奴隶面前。

奴隶接过碗，拿到嘴边，顺从地吃了起来。味道肯定不怎么样，但他面不改色。

“你有名字吗?”等他吃完了，弗伦提斯问。

“有，主人。三十四号。”

有编号的奴隶是某方面的专家，从小就针对专项任务进行特训。此人不超过二十五岁，但我敢说，他杀的人远远比我多，而且没有一次是速战速决。

“我不是主人，”他对三十四号说，“你也不是奴隶。你自由了。”

听到这个消息，奴隶脸上并未流露出喜悦之情，只有茫然。他语气呆板地说了一句话：“自由，一旦失去，就不能再有。那些出生即无自由之人，缘于其软弱的血脉，即因自身的软弱而放弃自由、接受奴役之人。”

“是你读过的什么文字吧。”弗伦提斯听出来了。

“《统治议会》第六卷附录。”

“好吧，忘了议会和帝国，你现在离它们远得很。这儿是疆国，没有奴隶。”

三十四号谨慎地瞟了他一眼：“您带我来不是为了报仇?”

“你只是服从命令办事，从你记事起就是这样。我说得对吗?”

三十四号点点头，从怀里掏出一个小玻璃瓶，就挂在他的项链上。“我需要这个，可以麻痹痛苦……我的痛苦。我就是这样办事的。”

弗伦提斯看着瓶子里的浅黄色液体，感到胸口有束缚之力的阴影闪过。“如果不喝呢?”

“我……疼。”

“你现在自由了，喝或是不喝，随你。跟我们一起或是离开，也随你。”

“您需要我做什么?”

“你有技术，对我们很有用。”

达沃卡从宗会里扛来了一袋粮食，扔到火堆旁。看到奴隶，她面色一沉，然后接过伊莲递来的汤，刚喝一口就吐了出来。“你别再做这个了。”她对伊莲说，顺手取下钵子，通通倒进了蕨草丛里。她又走进帐篷，拿出一把缴获的倭拉小刀，扔给了女孩。“你学打猎。艾伦迪尔，快去炖汤。”

伊莲欣赏着手里的小刀，喜悦之情溢于言表，然后得意洋洋地朝艾伦迪尔挥舞起来。

“走，我们去看陷阱。”达沃卡说着，提起长矛。她经过弗伦提斯身边时站住了，冲着三十四号皱起眉头。“给他另找一个地方，”她轻声说，“我不希望他靠近孩子们。”

她大步走开，伊莲蹦蹦跳跳地跟了上去。“我不是孩子了，”女孩说，“再过一年半，我就可以嫁人了。”

艾伦迪尔照着汤锅踹了一脚，抱怨道：“搞清楚啊，我有仑法尔领主的血统呢。”

弗伦提斯站起身，招手示意三十四号：“我带你看样东西。”

简利尔坐在俘虏对面，正拿着砥石磨砺剑锋。这个倭拉人块头很大，肌肉异常发达，双臂扭到背后，被粗绳子牢牢地捆在一棵榆树上。他脸上布满割伤和瘀青，有只眼睛肿得睁不开，嘴唇也裂了，这是最近受的伤。

“说什么了吗?”弗伦提斯问简利尔。

军士无言地摇摇头，看到三十四号，他眯起了眼睛。

“他也许能帮上忙。”弗伦提斯说。

简利尔耸耸肩，起身踹了那人一脚。他猛地抬头，没肿的那只眼睛紧张地四处张望，等回过神来，又眯成一条缝，挑衅意味十足。

“我们抓住他的时候，他戴着这个。”弗伦提斯指向挂在简利尔颈上的银盘，上面刻有锁链和鞭子的浮雕，“我们认为他很可能有点来头。”

“行会之主的标志，”三十四号说，“他可以指挥五十个督头。我以前见过这人，是在舰队集合的时候。我认为他直接听命于托克瑞将军。”

“真的?”弗伦提斯让到一旁，如此一来，俘虏可以清楚地看见三十四号。“那就太有趣了。”

他看到奴隶，没肿的眼睛陡然睁大。“我们的新人有话要问你。”弗伦提斯对行会之主说。

弗伦提斯让他俩独处了一阵子。三十四号蹲在旁边，那人翕动破裂的嘴唇，絮絮叨叨地招供，不带一丝犹豫。而施虐者压根没有碰他。

“三天后将有一支运奴车大队从北边的领地开过来。”过了一会儿，三十四号向他们汇报，“那里的领主提供了一份名单，列出了他认为有价值的奴隶。”

弗伦提斯翻译了施虐者的话，格瑞林宗师直起腰问道：“达纳尔大人和他们合作了?”

面对弗伦提斯的提问，三十四号微微地耸了耸肩：“我不知道那人是谁。”

这是一个相当长远的计划，弗伦提斯苦涩地想。“还有吗？有我们宗老的消息吗？”

三十四号摇摇头。“他不知道什么宗老，他只关心奴隶和生意。”

“他对我们还有什么用处吗？”

“他知道运回帝国的奴隶数量和价格，以及主人此番投资的大致收益。”

“尽量套他的话，尤其是和那个将军有关的事。等你确定已经榨干了，就交给诺林军士。”

“我答应给他一个痛快的了断。是他求我的。”

“对畜生说的话是不算数的。”听过弗伦提斯的解释，简利尔回答。这么多天来，他说的话就数这句最长。

“你愿意留下吗？”弗伦提斯问三十四号。

瘦弱的男人掏出挂在颈上的小瓶子，拔出瓶塞，双手微微发抖。他犹豫片刻，然后倒空了。“我愿意，但有条件。”

“奴隶贩子交给你处置。”

三十四号摇摇头。“不。我想要个名字。”

“你们的角色，”弗伦提斯对身边的伊莲和艾伦迪尔说，他们三人正躺在茂密的草丛里，“再给我说一次。”

艾伦迪尔不耐烦地翻起白眼，伊莲却认认真真地说：“我们一瘸一拐地走在路上，假装受伤了。等车队出现，我们就坐下来等着。”

弗伦提斯又检查了一遍他们的形象，沾满兔血的破衣烂衫足以瞒过倭拉人。“进攻开始之后呢？”

艾伦迪尔抢先开口，惹来伊莲狠狠的瞪视。“把马车里的俘虏放出来。”他举起其中一把钥匙。根据以往的经验，奴隶贩子懒得换锁，他们缴获的钥匙可以打开绝大部分镣铐。

“进攻一开始，达沃卡会尽快跑到你们旁边。不要离开她。”

他瞥了一眼几码开外的罗纳女人。达沃卡绷着脸，扭头望向别处——她不赞成带上年轻人。

“我以为罗纳人的孩子从小就学打仗。”先前在营地里达沃卡就表示反对，弗伦提斯如是回应。

“他们不是罗纳黑姆。”她回答，“这两个孩子除了享受，根本一无所知。”

弗伦提斯知道原因不只如此，当达沃卡看到孩子们，尤其是伊莲的时候，想到的是另一个养尊处优的人。“战火很快就会烧到森林里来，”他说，“我们不能再玩捉迷藏的游戏了。他们必须做好准备。”

一声短促而尖厉的口哨声自北边传来，战士们深深地伏进草丛里。弗伦提斯回头看着两个即将以身犯险的年轻人：“是时候了。”

他们演得不错，只是伊莲的蹒跚脚步略显做作，艾伦迪尔则稍嫌呆板。车队出现在北边数百步开外的山坡上，负责护送的是一队自由骑兵。打头的军官一看到两个年轻人，立刻举起手，车队停了下来。弗伦提斯看见倭拉队长扫视着四周，仔仔细细，不慌不忙。过了一会儿，他向一个军士发令，四名骑手策马向前冲去，在浑身是血的难民面前扯住缰绳，相距仅数英尺之遥。两人外貌俊美，绝无当场杀掉的可能。

弗伦提斯紧握着弓，从草丛中现身，一小队弓手随之站了起来。这是一次并不熟练的齐射，好在箭矢够多，四名骑手纷纷跌落马下。达沃卡跳将起来，向前猛冲。弗伦提斯则带着二十名弓手杀向车队。

倭拉队长显然经验丰富，先命令骑兵队摆出小规模战斗的阵型，然后发起冲锋，三十多人平举长剑，策马疾驰而来。

弗伦提斯刹住脚，又搭上一支箭，继而抬起手，盯着早先放在路边的白色大石头。等一马当先的骑兵到了标记点，他的手往下一挥。

道路两边的草丛里，忽然跃出二十多头怪兽，向骑兵队狂冲而去，吠叫声犹如滚滚惊雷。对方一时间人喊马嘶，乱作一团，怪兽跳将起来，一口咬住骑手，将其从马鞍上拽了下来，利齿刺破皮肉。尽管有刀光剑影间或闪过，但也只是垂死挣扎而已。

等到惨叫声完全平息，弗伦提斯才慢慢地靠近。现场血流成河，仿佛铺了一张猩红的地毯，有几名弓手连连作呕，扭过头不敢看各种可怖的死状。

一头猛兽蹲在倭拉队长的残骸上，正舔着血淋淋的爪子。看到弗伦提斯，它呜咽了一声，伏下身子，舔了舔他的手。“大砍，”弗伦提斯跪下来抱住他的老朋友，“真是个好小子，我的老伙计。”

马车四周爆发了一场短暂而残酷的战斗，雇佣兵和殿后的骑兵拼死抵抗，依然敌不过达沃卡带领的战士，但他们也损失了五人。他看见达沃卡抱住伊莲，女孩挣扎着，朝一具尸体又踢又吐口水——那个督头的胸口插了一把飞刀。女孩骂出一连串脏话，弗伦提斯不禁怀疑她的教养没有想象中那么好。最后，她精疲力竭地倒在罗纳女人怀里抽泣。“对不起，”她低声说，“他碰了我，你看见没？他不该碰我。”

艾伦迪尔正在路边忙碌，给一队俘虏打开镣铐。他的额头上有一小道割伤，除此以外安然无恙。弗伦提斯看了看俘虏，与往常一样，都是年纪轻轻的男女，要么漂亮，要么强壮。倭拉人挑选奴隶的标准反倒为他日渐壮大的军队保证了上好的兵源。

“厄蒙德！”乱哄哄的俘虏之中，艾伦迪尔盯着一个人喊道。那人肩宽体壮，鼻梁带疤，背上有新鲜的鞭痕。他走过去时，对方一脸茫然。

“艾伦迪尔？我没做梦吧？”

“不是梦，好先生。你怎么到这儿来了？我母亲和外祖父……？”

那人摇摇欲倒，弗伦提斯和男孩一起扶住他，带到马车的轮子旁靠着，弗伦提斯又递过水壶。

“这位是厄蒙德·鲁因，”艾伦迪尔对弗伦提斯说，“我外祖父的首席骑士。”

“达纳尔的狗跑到家里来了，”骑士喝饱了水，说道，“五百人都不止。太多了，我们打不过。经我再三催促，你外祖父带上你母亲跑了。我们……挡了一阵子，那场面真壮观……”骑士眼眉低垂，疲惫地耷拉着脑袋。

“我给他找匹马。”弗伦提斯一按艾伦迪尔的肩膀，走开了。

经历了猎犬的突袭和先前的激战，仅有几匹马幸存下来。弗伦提斯下令把它们集中到一起带回营地，壬希尔宗师亟需精神寄托。疯子宗师每天不是发呆，就是随便找一个人背诵他驯过的每一匹马的名字。然而，他偏偏想不起弗伦提斯的名字，只是喊“小子”。

弗伦提斯牵了一匹俊美的公马，毛色黝黑，光滑如绸缎，鼻孔一翕一张，原来是闻到了不远处狗儿们啃食尸体的血腥味。他一边轻声安抚，一边领着它走向昏迷不醒的骑士，却看到简利尔·诺林手里耍着剑，正在一排六个倭拉人面前踱步，嘴里问道：“你们有人会唱歌吗，有没有？我们的营地没有音乐，老子晚上要享受享受。”他站住了，转身面对俘虏们，剑尖趋前，戳进了打头那人的脸颊。“唱！”

弗伦提斯走过去，看见那人茫然不解地望着简利尔，惊惧的泪水流出眼眶。

“我叫你唱，婊子养的烂人。”简利尔低声说着，手里的剑指向那人的耳朵，“我以前经常唱歌，我妻子跳舞……”

“军士。”弗伦提斯说。

简利尔回过头，表情隐隐有些恼怒：“兄弟，怎么了？”

“没时间磨蹭了。”他示意排在第三个的俘虏，“那人是少尉，也许知道点什么。带他回去问话，其他人都杀了，动作要快。”

简利尔盯着他瞧了一会儿，和往常一样面无表情，然后缓缓地点头。“听你的，兄弟。”

“我们搞不清楚的是，为什么达纳尔选择那个时候采取行动。”厄蒙德说，他苍白的脸颊在火光的映照下微微泛红。艾伦迪尔坐在骑士身边，担忧地蹙起双眉。在他的旁边是伊莲，正抚摸着膝上的狗脑袋。之前大砍带着一群猎犬来到火堆边，一只体形比同伴略小的母狗把头搁在女孩的腿上，抬眼看着她，显然是期待爱抚。伊莲一时间有些紧张。

“她喜欢你。”弗伦提斯解释。他左边蹲着大砍，右边是大砍的后代之一。据格瑞林说，业已牺牲的耶克林宗师将这些狗儿命名为信仰猎犬，比起失踪多年的祖先小花脸，它们的体格只是略小，腿更长，口鼻更狭细。但是，奴隶犬的绝对忠诚和顺从依然一脉相承，而且它们还更容易管束一些。

“我被抓了之后，才听说倭拉人打进来了，”厄蒙德接着说，“路上看到的惨烈景象可不少。达纳尔一口气清算了所有跟他有过节的人。”

“他的手下也一起叛变了吗？”格瑞林宗师问。

“关在马车里面打听不到消息，兄弟。”厄蒙德回答，“他带的骑士肯定很忠诚，因为他挑的人都一个样儿，全是没良心的蠢货，不讲荣誉，贪得无厌。可我知道我们那儿的人心。达纳尔从来没有好名声，现在又跟侵略我们的异国人搞到一起，难以想象还有人支持他。”

“我的外祖父去了哪里，”艾伦迪尔说，“你知道吗？”

“不知道，孩子。但是，换做我的话，应该北上到司盖伦关，寻求宗会的庇护。”

“那里的驻军已经没有从前的规模了，”格瑞林说，“近年来阿尔林宗老被迫缩减了编制。我们不能指望索利斯兄弟带来强大的援军。”

“没人帮我们。”达沃卡说。

“有人，”弗伦提斯说，“北疆的守塔大臣一定会来。等他来了，我们就能夺回疆国。”

火堆旁的人纷纷赞同，达沃卡不禁皱起眉头：“北边的废物们离我们太远了。这个守塔大臣带来的人马也不可能多过倭拉人。”

伊莲笑出声来：“维林大人就算单枪匹马过来，一天时间也够打赢这场仗了。”

达沃卡扬起眉毛，未再就此争论下去。

“我们必须坚持下去，”弗伦提斯说，“在疆国内抗争到底，等到他来。”

“而且杀的人越多越好。”简利尔接道。他站在外面，昏暗的火光中，犹见他坚定的目光投向弗伦提斯。“对吗，兄弟？”

大砍扬起脑袋，或许是感觉到了歌手的杀气，喉咙里发出低吼。弗伦提斯挠着耳朵安抚它。“对极了，军士。”

三十四号从黑暗中现身，吓了伊莲一跳。施虐者似乎拥有一种神出鬼没的能力。他还没有选好名字，倒也不碍事，因为营地里很少有人能够，或者说愿意跟他讲话。“少尉很顽强，”他说，“但也不算夸张，创伤很小。”

“你挖到了什么消息？”弗伦提斯一伸手，示意他坐下。

三十四号选择了达沃卡和弗伦提斯之间的地方，罗纳女人表现出明显的不安，可他似乎全不在意。“他们知道您了，知道您这支队伍。自由剑士称您为红兄弟。他们正在计划把您逼出森林。将军悬赏一万个方币要您的脑袋。”

“意料之中，”弗伦提斯说，“还有呢？”

“占领城市和击败您的军队所付出的代价，超出了他们的计划。他们等待新的援军从倭拉过来。大部分军队向南进军了。南边的领主拒绝谈判，他们要围攻他所在的城市。”

“达纳尔叛变了，穆斯托尔是硬骨头，”等弗伦提斯翻译过来后，格瑞林宗师叹道，“战争一来，黑白颠倒。”

弗伦提斯看到了达沃卡急切的表情。“有女王的消息吗？”他问三十四号。

“他认为国王及其家人全都死了。没有接到追捕女王的命令。”

“就这些吗？”

“他想念妻子，他们的第一个孩子将在冬天出生。”

“太遗憾了。”弗伦提斯扭头对简利尔说，“他和囚犯已经说完了。”

歌手微微一笑，消失在黑暗中。弗伦提斯挠着大砍颈上的毛，摸到了底下厚实的肌肉。我们早就是怪物了，老伙计。他心想。可如今我正在亲手改变他们……

第九章　瑞瓦

堤道上铺满了尸体，黑压压的一片，令瑞瓦回想起村民们每年围捕麻雀后的场景，谷仓旁的田地里全是死麻雀。梯子也在尸体堆里，没有一个人靠近到二十码之内。她数了数，大约死了四百人，统统丧命于安提什大人指挥的强弓利箭，就在倭拉先头部队抵达的第二日。之后，他们未再直接发起进攻，只是闷头修建防御工事，在周围的村庄巡逻。

“他们在等。”伯父说。他坐在藏书室的壁炉旁，膝上搭了一条厚毯子，蓝瓶子和红花放在伸手可及之处。“他们有什么不能等的？反正我们无处可逃。”

正如哈宁兄弟预料的一样，他的身体每况愈下，面颊越发凹陷，肤色日益苍白，透过包裹手背的皮肤，依稀可见骨头和血管。但他的眼睛，瑞瓦心想，还是那么明亮。

迄今为止，她始终信守承诺，留在伯父身边。尽管第二天号角吹响时，她极其渴望爬上城墙，但还是克制住了，活像一只困守笼中的野猫，在庄园里四处游荡，直到轻松退敌的消息传来。不过伯父今日没有强求，因为倭拉人的大军兵临城下，他没有力气亲自察看军情。

“大人们。”瑞瓦走上守卫室顶部的城墙，问候安提什和阿伦提斯。两人向她和韦丽丝鞠躬致意。

“知道他们的人数吗？”韦丽丝问。

“我认为不知道为好，小姐。”安提什说，“众寡悬殊可能令人们丧失勇气，尤其是敌军不断来袭的时候。”

瑞瓦走到城垛前，观察倭拉大军。营地的帐篷密密麻麻，延伸至晨雾之中，远远望去，不像营地，倒像一座城池。至少有两千步兵正在横穿平原，西面的丘陵还有军队源源不断地开来。不过最吸引她目光的，还是位于敌方防御工事后面的高大木架。

“那就是他们的攻城器吗？”她问。

“我们没见到什么攻城器，小姐。”阿伦提斯大人回答，“那是攻城塔，通过底部巨大的轮子向城墙推进。”

“我准备了火焰箭，”安提什说，“还有充足的油罐。”

“他们好像建了很多那玩意儿。”阿肯说。他现在喜欢和安提什一样穿短猎装，背挎自己的长弓和箭袋。

“那我们就有足够的靶子了，年轻的先生。”安提什对阿肯说。尽管这话很有底气，但瑞瓦听出他不甚乐观。他不是傻子，瑞瓦心想，恐怕这位弓手总兵谨慎估算过倭拉人的兵力。

“他们何时发起攻击？”她问。

“据我估计，就在攻城塔到位之时。”安提什回答，“我怀疑他们并不想延迟攻城。他们还要占领整个疆国，不希望太多兵力受此拖累，从而耽搁计划。”

她的目光又投向高大的木架，感觉就在刚才爬上守卫室的这当儿，攻城塔又有升高。她脱掉斗篷，露出一身轻型锁子甲——那是在几近搬空的庄园武器库里找到的——剑带扣于胸前，兵刃挎在背后，右肩上方露出剑柄，便于拔出，这是艾尔·索纳教的。她向阿肯一伸手，对方立刻递上那把榆木弓和满满一袋铁头箭。

“瑞瓦……”韦丽丝张开嘴。

“你该回到我伯父身边了。”瑞瓦对她说，“从现在起，我的职责在这里。”

韦丽丝望向倭拉大军，又看着她说：“你答应过他……”

“他会理解的。”瑞瓦看见韦丽丝抱着胳膊，强忍泪水。她走上前，握住参事小姐的手。“陪着他。等守住了城，我再回去。”

韦丽丝深吸一口气，抬起明亮的眼睛，强颜欢笑："又是一个承诺?"

"这个承诺，我一定信守。"

韦丽丝紧紧握住她的手，拉到唇边，献上轻柔而温暖的一吻，然后转身走下楼梯，再也没有回头。

"大人们。"瑞瓦扭头对安提什和阿伦提斯说，"我希望再巡视一遍城墙。"

那天夜里，他们来了，或许是希望借着夜色的掩护赌一把，少挨些箭矢。若果真如此，那么事实证明他们想错了。安提什准备了成捆的浸了沥青的柳条，从城墙上扔下去，用火焰箭点燃，熊熊大火照得四周一片亮堂，只见攻城塔正缓缓地通过堤道。每一座塔台后方都有长长的遮盖板，底下的倭拉人踩着某种听不见的节奏，用力推动攻城塔向前。安提什按兵不动，等到第一座攻城塔距离城门五十码之时，他一声令下，数十个陶罐抛了出去，砸碎在塔台前，紧接着一波火焰箭齐射而出，灯油迅即燃烧起来。

攻城塔又前进了几码，瑞瓦伸长脖子望向后方的遮盖板，可以看见无数条腿仍在整齐划一地用力蹬地。她拿起弓，搭上一支箭，拉开来，瞄准了。箭矢飞出，射向遮盖板后半部下方，几秒钟后，她满意地看见有人卧倒在地。那家伙抓着腿，痛苦地翻滚，随后的几支箭矢将他钉死在原地。周围的弓手立刻有样学样，攻城塔后方很快出现了一串伤兵，此时，火焰已经吞没了塔台的上半部。攻城塔停在二十码开外，听得见里面的人被烧得连声惨叫。塔台剧烈地晃动起来，犹如受伤的巨兽，里面的人纷纷逃窜，大多跑不出几码，就成了长弓下的冤魂。攻城塔死透了——大火吞噬了木架，上半部垮塌落地，四周火焰缭绕。城墙上响起一片欢呼。

“晚些再庆祝！”安提什大喊着，指向另一座攻城塔，它正努力绕开熊熊燃烧的兄弟，“给那家伙上油罐。”

第二座塔台的命运不比之前的强，没抵达城墙就烧垮了，全队士兵尽殁于箭雨之下。瑞瓦看见有几个人为躲避铁头箭跳进了河里。第三座攻城塔走得最远，火焰和箭矢逼停它时，距离城墙仅十码之遥。

“梯子！”左边某处有人大喊。瑞瓦望向堤道，只见几百人绕过塔台冲来，手里高举攻城梯。等抵达堤道尽头，他们兵分两路，沿着城墙的方向跑了一百步，然后掉头冲过来，架起攻城梯。这段时间，至少数十人死于箭下。这群人完全不顾自身安危，也不管身边有多少战友濒死挣扎，或是摔下梯子。他们是瓦利泰，瑞瓦想起韦丽丝的话。奴隶战士，没有自我意识。

忽然有什么东西搅动空气，呼啸而来，她立刻低下头，一支箭矢擦过头顶。旁边的一名弓手就没有这么好的运气了，箭矢扎进他的脸颊，他身子一仰，向后翻倒。瑞瓦探头瞟了一眼城墙外，只见堤道尽头密密麻麻全是强弓手，一波又一波箭雨射上城墙，放箭的速度和准头十分稳定。他们和梯子上的人一样悍不畏死。

安提什大人召集了几十名弓手聚成一组，躲在墙垛后搭箭上弦，然后起身齐射，铁头箭犹如暴风骤雨，撂倒了一片倭拉弓手。齐射接连不断，直到敌人全部倒下。瓦利泰也很快被解决了，他们最多爬到一半就摔了下去，攻城梯也被推翻，倒在城墙底下的尸山之上。

余下的四座攻城塔在尸堆里磕磕绊绊，企图强行挤开仍在燃烧的兄弟残骸，结果发现道路受阻，只好嘎吱嘎吱地停下来。“稳住，伙计们！”火焰箭飞射而出，安提什大人高呼，“不要浪费。”

不到一个钟头，四座塔台全都燃起大火，幸存的倭拉人沿着堤道逃回去了。城墙上一片欢呼雀跃，人们高举弓箭，尽情地辱骂城外的倭拉人，瑞瓦感到有人猛拍她的后背。

“不是很难啊，对吧？”阿肯说。他脸上脏兮兮的，沾满了汗水和烟灰，箭袋也空了。瑞瓦走到墙边俯身看去，只见城外的窄路上横七竖八地躺满了尸体，还有几名伤兵仍在爬动，欢呼声盖过了他们的呻吟。他们是奴隶，她心想。不过是一次豪赌中花掉的几个铜板。她抬头望向倭拉营地里不可计数的火光，不管是他们当中的谁指挥了这场败仗，那人一定正凝视着血腥的战场，谋划第二天如何改变攻城策略。

她感到手背刺痛，正是韦丽丝吻过的部位。其实那儿一直在疼，只不过她刚刚注意到。“我回庄园了，”她对阿肯说，“等他们再来，你就去找我。”

她回到庄园的领主议事厅，发现森提斯伯父闹了脾气，但似乎并不是由于自己不守承诺，而是因为站在他面前的断鼻子牧师。“这是什么意思?”封地领主瞪着牧师，粗声粗气地问道，手里挥着一张羊皮纸。韦丽丝的手搭在他的肩上。

“诵经圣者的意思非常清楚，大人。”牧师警惕地看着大步走到伯父身边的瑞瓦，“他的洞察力来自圣父的恩赐，可以看透如今我们悲惨遭遇的源头。是我们深重的罪孽，招致了圣父之怒，城外那群渎神的野兽就是他的惩罚。”

“‘世界之父全知全见，大慈大悲，’”瑞瓦引用经文，“‘弃爱于你，是他唯一的惩罚。’”

牧师没有看她，仍对封地领主说：“我们的解决之道很明确，大人。为求得圣父宽恕，我们必须剥离自身的罪孽。”他锐利的目光扫了韦丽丝一眼。“所有人的罪孽。这座城是为纪念圣父最伟大的先知而建，但我们竟然容许渎神之人进城……”

“你那位诵经者，”森提斯伯父打断对方的话，他的下嘴唇挂了一丝涎水，“只顾着坐在他的大教堂里面乱涂乱写，拒绝全城人危难之际的吁请，而人民正在抵御奴役和屠杀！”他突然住嘴，一阵疼痛席卷全身。瑞瓦抚着伯父的后背，轻轻地从他颤抖的手里接过羊皮纸。

“‘城内所有的异教徒必须集中起来，接受圣父的审判，’”她一边读，一边缓步走向牧师，“‘诵经圣者将亲自验证他们是否受圣父之爱的眷顾。任何不能或不愿放弃异端邪说之徒，通通移交给他们在城外的异教徒同伙。’”

瑞瓦抬头看着牧师，发现对方不敢直视她的眼睛，畸形的鼻子微微上翻。“这样做就能救我们吗？”她问。

“诵经者的话是给封地领主……”

不等牧师说完，她把羊皮纸撕成两半，甩到地上。“出去，”她说，“如果你胆敢再来转述那个老糊涂的胡说八道，打搅我伯父休息，我们就看看城外的异教徒怎么处置最虔诚的信徒，比如说你们两个。”

他正要反驳，却又不敢说出口，转身走了。

“跟他说，”瑞瓦冲着牧师的背影说，“等这件事完了，他最好招出那混蛋的名字。把这话原封不动地告诉他。”

“可怕吗？”韦丽丝问。她们坐在藏书室里，伯父在楼上睡觉。他先前冲牧师发了一顿脾气，耗尽了体力，于是喝过红花便歇息了。韦丽丝一直陪在身边，等他睡着。

瑞瓦脱掉了锁子甲，不过几个钟头，气味竟已如此难闻。她躺在壁炉边的一张软椅里，韦丽丝坐在对面，专注地打量着她，似在搜寻受伤的迹象。“我们打退了敌人，”瑞瓦回答，“他们损失惨重，不过明天还会来的。”

“流血见过不少，”韦丽丝说，“我以前也流过一点血。但我从没经历过战争。”

瑞瓦想起受伤的瓦利泰四处蠕动，而上千人正在庆祝他们的死亡。“很可怕。”

“你不用参加战斗，瑞瓦。人民需要你，万一有闪失……”

“我必须参战。我也一定要参战。”瑞瓦端详着韦丽丝沮丧的面孔，感觉她还是笑起来更好看。“我以前对你说的话，”她说，“有些太过分了……”

“我听过更过分的话，相信我。婊子、妓女、骗子……探子。况且说的也没错。所以不用担心我的感受，亲爱的。”

“你为何留下来？你本可以离得远远的，而且很有钱。”

“我不能丢下他，尤其是这种时候。”

瑞瓦站起身，摩挲着酸痛的胳膊。拉开榆木弓十分费力，但等到兴奋的劲头过去了，她才感到肌肉酸胀。“你跟了他多久？”她问韦丽丝。

“我们是好些年前在瓦林斯堡认识的，当时他还是国王的朝中贵客。对我来说，他是出手阔绰的常客，所以当他回到这里坐上领主宝座，我很难过。又过了几年，我因为……某种紧急的情况，离开了瓦林斯堡，心想也许在这儿能找到容身之处，或者至少可以拿一笔钱再远走高飞。出乎意料的是，他非常欢迎我，而且听得进我的建议。”

“到时候，你愿意同样待我吗？”

韦丽丝迎上她的视线，柔声说道：“我认为你是知道的，只要你开口，什么事我都愿意做，亲爱的。”

瑞瓦扭过头，专心捏揉胳膊。

“你伯父和我，”韦丽丝说，“我们没有……很长时间没有那个了。饮酒不仅伤害了他的肝脏，而且我的，呃，个人爱好又在其他方面，他并不阻拦我，任由我自行考虑。所以，不存在什么背叛。”

为圣父所不齿的肮脏的罪人……“《理经》当中，”瑞瓦说，“提到了圣父使男人和女人彼此相爱，是他博爱众生的表现。《法经》规定婚姻是男人和女人的结合。《审判经》中写道，亵渎男女的结合，便是犯下违逆圣父之爱的罪孽。”

“几行文字罢了，亲爱的，”韦丽丝说，“而且是那么古老的文字。我看到了，瑞瓦，我看到你的眼睛在何处徘徊，尽管你试图隐藏。”

手背忽然又有些刺痛，瑞瓦摩挲起来，希望有所缓解。“他要打掉我身负的罪孽，”她闭上眼睛，低语道，“可是埋得太深太深，就像无法洗掉的污点。”

“污点？”瑞瓦感到她走过来，坐在身边，她的手抓住自己的手，手背仿佛在灼烧。“这不是污点。是美好，是天赐的礼物。”她的气息喷到瑞瓦的脖颈上，轻柔而温暖，她的嘴唇又刺痛了肌肤。

忽然传来一阵撞门的声响，她慌忙站起来，挣脱韦丽丝的怀抱，转身面对冲进藏书室的阿肯。“他们又来了！”

这次他们使用了盾牌，其实是钉在一起的大木板，四角各有长杆，可以举过头顶，大小足够遮挡十个瓦利泰。他们向城墙跑来，步伐惊人的一致。朝阳正在升起，整个倭拉战阵一览无余，按瑞瓦的估算，他们第一波进攻的人数超过了三千。安提什布置弓手从侧面射击，不打算在盾牌上白白浪费箭矢。这支攻城大军在通过堤道时至少损失了五分之一，弓手们箭无虚发，倭拉人纷纷倒地，或是掉进河里。

抵达城墙后，他们同时从三处进攻，架起攻城梯，城墙上间或有大石落下，砸向盾牌。瑞瓦不断地起身射箭，命中那些脱离了盾牌防护的人，等他们开始爬梯子，她又转而攻击梯子上的人。瑞瓦等他们爬到距离地面二十英尺左右再送出箭矢，希望他们摔下去可以砸到自己的战友。她只数到第六个就停了。

“大人！”有人从西城墙跑过来，呼叫安提什，“河上有情况！”

瑞瓦和阿肯跟着安提什去查看险情。西城墙的守军正在指指点点，目不转睛地望着冷铁河，只见五十多条大木筏劈开黑水而来，载满了带有盾牌的倭拉人，他们使用长篙撑动木筏。通过这些人的动作，瑞瓦判断他们不是瓦利泰，可能是自由剑士。很快就会成为自由的尸体，她冷冷地想。

“你的手下要分散开，”安提什命令家族侍卫队长，他负责守卫西城墙，“分成十个组。每组负责一条筏子，叫他们瞄准篙手射击。”

当木筏进入射程，他立刻下令放箭，一支支箭矢划过天际，飞向移动中的自由剑士，他们被迫举起盾牌，一刻也不敢放下。

“射中了！”阿肯大喊道。最前头的木筏上，其中一个篙手应声落水，有人正要接替，又被瑞瓦一箭射翻。

木筏越来越近，箭雨也越来越密集，弓手可以瞅着盾牌之间的缝隙放箭，打头的木筏很快失去控制，在激流中打转，尸体四散而落，被河水卷走。又有两条木筏遭遇了同样的命运，其余的抵达了岸边，不过队形已经散乱。

自由剑士们先后登陆，冲向预定地点，开始攻城。死在箭下的不少，但对方人数太多，很快就把攻城梯架上了城垛。自由剑士当中也有弓手，接连不断地向梯子所倚靠的城墙处射击。瑞瓦看见有两名弓手冲上前，企图推开梯子，结果中箭倒地。

“矛兵准备。”安提什命令家族侍卫队长，此时倭拉人已经攀上攻城梯。

瑞瓦瞄准一个爬梯子的倭拉人，射出最后一支箭后，看也没看就蹲了下来。她回到侍卫队长旁边，见他正在将矛兵布置成紧密的阵型。身边的阿肯举起了从兵器库里挑的斧头。瑞瓦虽然教过他剑术，却没有什么进展。

安提什的弓手们尽量守了一阵子，给攀爬攻城梯的敌人造成了不少死伤，但也被城下的倭拉弓手射死了几个。“好了，退后！”他喊了一声，走到瑞瓦身边，小心翼翼地把自己的弓放在内墙的顶上。“该跳舞了，小姐。”他说着，抽出了剑。

瑞瓦把榆木弓放在他的长弓旁边。“我还有疑问。”她拍了拍弓臂上的雕花。

“明天再问我。”他微微一笑。

第一个爬上城垛的倭拉人个头挺大，肤色黝黑，戴着厚厚的铁头盔，五官狰狞。他发出如雷的怒吼，翻过城墙而来。瑞瓦冲上前，伏地一滚，闪开倭拉人的猛砍，随即起身拔剑，刺中那人的下颌。剑刃一推，贯穿舌头，破骨而入，直抵大脑。她抽回剑，转身劈向又一个正在翻墙的倭拉人，剑刃划过面部，他瞎了双眼，惨叫一声跌落下去，撞上仍在攀爬的人，把他们一并带去了地狱。

越来越多的倭拉人出现在两边，矛兵们高呼一声，发起冲锋，一时间矛尖如林，死伤无数，城垛上爆发了一场恶战。有一个倭拉人立刻吸引了瑞瓦的注意，他先是砍翻了冲过来的矛兵，然后双手短剑上下翻飞，杀出一条血路，接连撂倒了三人。他身披的盔甲不似其他人那般笨重，虽有护腕，但双臂裸露在外，也不戴头盔，脑袋剃得锃亮。战斗之中，他面无表情，闪转腾挪，招招致命，速度之快犹如电光石火。

阿肯大喊一声，不顾瑞瓦的警告，高举战斧，冲向了那人。对方双剑交叉，向上一抬，封住了凌空劈下的战斧，紧接着踹向少年的腹部，阿肯当即四脚朝天地摔倒，战斧脱手而出。倭拉人正要使出致命一击，瑞瓦冲过去，一剑弹向对方的眼睛，逼退了他。那人站定了打量瑞瓦，眼底的伤口渗出鲜血，脸上却不见讶异之色。他身形一动，一剑扫向头部，另一剑刺向腹部。瑞瓦一旋身，长剑上扬，接连弹开对方的两剑，随后单膝跪地，剑刃画了一道弧线，咬中了那人踝骨上方的小腿。他配有厚实的护胫，这一剑不足以造成伤害，面色也依然如故，无所谓痛楚或震惊。他举剑刺下，剑尖却撞上坚石，应声碎裂——瑞瓦再一次旋身避开，再起时，剑刃直透对方颅骨。

两把短剑“咣当”坠地，武艺高强的倭拉人沉膝跪倒。瑞瓦抽出剑来，他浑身抽搐，然后趴在地上，不动了。

她吸了口气，寻找阿肯的身影，却见他和守军们站在一起，捂着胸口，目瞪口呆地望着她。翻过墙头的倭拉人已经无影无踪。她走到墙边，看到他们纷纷逃窜，有的缩在盾牌后面，慢慢地退向堤道，有的乱跑一气，四处寻找掩蔽，大多被箭矢放倒。

“我们可以松口气了……”话未说完，瑞瓦转过身，看见众人全都跪在地上，垂首致意。她环顾四周，正要斥责伯父为何上了城墙，却发现哪里有伯父的人影。他们是向她跪拜，连安提什和阿肯也在其中。

“别这样。”她小声说。

上午余下的时间，瑞瓦帮着搬运伤兵去临时治疗室，那是哈宁兄弟将城门附近的一家酒馆改建而成。哈宁兄弟带的两名医师也来自第五宗，是一个年长的女人和一个中年男人，他们不知疲惫地缝合伤口、处理断骨，偶尔还要抢救奄奄一息的伤兵。

“这个你也许有兴趣，小姐。”哈宁举起一件器械走到伤员身边，正是头天晚上脸颊中了一箭的那个弓手。箭杆已经取下来了，但箭头仍死死地卡在骨头里。兄弟给他用了很多红花，但他还是疼得直哼哼，满脸惊惧地盯着哈宁手里的玩意儿。“这叫穆斯托尔枪，以纪念你去世的父亲。”

哈宁俯身检查他的伤口，弓手吓得缩成一团。他的面颊上有一道深深的裂口，刚清理过，但还在渗血。瑞瓦抓着他的手，紧紧地捏住，挤出一丝笑容鼓励对方。“纪念我父亲？”她问哈宁。

“是的，他著名的箭伤和这个不幸的家伙非常相似。箭头插得太深，直接挖出来的话，可能导致伤员死亡。治疗他的医师被迫设计了新的工具。”哈宁兄弟拿起长长的探针，递到她眼前。“看到尖端的形状了吗？非常细，可以伸到箭头的底部，然后这样。”他用拇指轻轻一推，探针一分为二，“我打开后，夹住箭头，就可以既快又轻松地取出来。”

“不疼吗？”她问。

“噢，当然不可能。”他说着弯下腰，慢慢地把探针伸进伤口，“据说极其痛苦。替我按住这家伙的胳膊，好吗？”

她在酒吧间找到了阿肯，年长的医师正用绷带包扎他的胸部。“肋骨断了，”他咧开嘴，伤心地笑了笑，“还好就两根。”

“你的行为太蠢了，”她说，“下次挑个容易点的。”

“没一个容易的，除非是你来。”

“好了，”医师打紧了结，“本来我应该给你一瓶红花止疼，但现在必须限量供应。”

“庄园里还有，”瑞瓦说，“我派人拿来。”

“你的伯父需要红花，小姐。”

他无福消受那么多红花，瑞瓦心想。这念头过于残酷，她不禁皱起眉头。“他……肯定不愿意看到人民受苦。”她扭头握住阿肯的手，“休息吧。”

她出去找安提什大人，发现他正在守卫室的房间里，与阿伦提斯大人争论如何分配人手。“他们现在已经知道了，集中兵力攻打一两处，对他们没有好处。”他耐着性子说，“下次他们就会多点开花，考验我们的实力了。圣父知道他们有足够的兵力这样做。”

“我们必须挺住，”阿伦提斯嗤之以鼻，“而且保留精兵强将，一旦城破，还可以反击。”

“一旦他们突破城墙，埃尔托是无论如何也会失守的，大人。”

她走过来时，两人同时闭嘴。安提什仍是那副异样的表情，与众人向她鞠躬的时候一般无二。阿伦提斯则有些疑虑，或许是不愿相信传遍城墙的神奇故事，但她倒是挺喜欢这样子的。“大人们，有问题吗？”

“弓手总兵希望支配我的手下，小姐。”阿伦提斯说，“调遣家族侍卫队和我麾下的戍卫军。我已经分出了太多精兵去进行……无谓的防御，再这样分割兵力，我们将无以应对敌军的猛攻。”

“敌军现在的进攻还不够猛吗？”安提什奚落道，他的耐心几近耗尽，“小姐，埃尔托城能否守住，取决于我们安置在城墙上的兵力。如果我们同时遭到多方进攻……”

她抬手打断了安提什的话：“大人们，其实两位的观点各有所长。”她走到两人之间的地图桌前。*为何这地方如此之大？*“我冒昧地提个建议。”她指向靠近城中心的军营，“布置这么多兵力在这里似乎没有意义。假如倭拉人真的夺占了一部分城墙，他们很难及时到达敌占区发起反击。但是，如果把他们一分为四，各控制一部分城区，在最危急的时刻，他们就可以及时施以援手。我建议家族侍卫队驻扎在这里，也就是城门后。戍卫军分成三拨，由阿伦提斯大人安排他们的驻地。”

安提什看着地图思考了片刻，然后朝阿伦提斯扬起眉毛。老司令捋着尖尖的胡子，缓缓地点头。“这个策略……或许有点用。”他从桌上拿起头盔，匆匆地鞠躬道别，“我最好这就去办，告辞，大人，小姐。”

“我觉得他喜欢你。”等阿伦提斯离开了，安提什说，“你一来，他眼睛都发亮。”

“说话注意点，大人。”瑞瓦的语气还算平和，“我们今天损失了多少人？”

“三十五人死亡，二十多人受伤。考虑到城外的那么多尸体，敌我伤亡比还不错。”

“那些奴隶贩子简直拿人命当草芥。如此带兵，为何军队还这么忠诚？”

“忠诚和恐惧往往是一回事，尤其是打仗的时候。”他顿了顿，严肃地问道：“我可否打听一下封地领主的身体状况？”

瑞瓦觉得没有隐瞒的必要。“他不行了。若圣父慈悲，或许还有一个月。”

“我知道了，请节哀顺变，小姐。他……在最后时刻证明了自己。”

“最后时刻尚未到来。”她拿起榆木弓，“你还欠我一个故事。”

“阿伦是库姆布莱有史以来最好的弓匠。”安提什说。他们走在城垛上巡视东区，众人见到瑞瓦，纷纷恭敬地致意，她只能耐着性子颔首回礼，忍受人们饱含敬畏的注视和交头接耳的赞颂。“搁到全世界也许都是。他手艺出众，做出来的弓更是令人惊叹，有人甚至说他在制作过程中使用了黑巫术。其实，我觉得他只是技术超凡，又传承了古代的伟大工艺。从很早开始，他就制作出了威力强大，同时造型精美的弓。”

安提什举起自己的弓，展示其粗壮的弓臂，由于经年使用，木头已光滑可鉴。“长弓极具威力，造型也朴素，但阿伦赋予其美感，以某种方式装饰弓臂，却又不降低威力。自然而然，他造的弓价格不菲，不过受到库姆布莱的领主召唤后，他相当明智，愿意免费为其造弓。”他说着，目光投向瑞瓦的弓。

“这把弓是他为我曾祖父做的？”

“正是，还有四把弓与其类似，刻有反映领主诸多爱好的雕饰，譬如文学、音乐等等。看来你这把是狩猎弓。领主下令，将五把弓作为穆斯托尔家族的传家宝。可惜，没过几年，雅努斯强迫我们加入他的疆国，这些弓统统遗失了。阿伦的村子遭到突袭，他就此丧命，据说雅努斯希望活捉他，所以处死了相关人等，不过这种事情谁说得清呢?”

他站住了，靠在城墙上，困惑的神情一如当初认出此弓之时。“而你，穆斯托尔家流浪在外的女儿，华丽的武技与阿伦造弓的手艺如出一辙，还碰巧找回了家族最珍贵的宝物之一。我打了一辈子仗，从来不信运气，当然有理由怀疑所谓的圣父之见。但是小姐，你让我拿不定把握了。”

瑞瓦走到他身边，眺望远处的河岸。一支车队正向倭拉营地驶去，公牛拖着庞大的货车，黑衣人骑马护卫。过了一会儿，车队停止前进，一名骑手下了马，走到最后一辆货车旁。他钻了进去，再次现身时，拉出了一个年轻男人。那人双手被缚，似乎在求饶，骑手强迫他跪下来。紧接着寒光一闪，年轻男人扑倒在地，隐约可见脖子处有红色的细流。骑手弯腰解下锁链，重又上马，车队继续辘辘向前，尸体被留在岸边。

“我也怀疑过圣父之见，”瑞瓦坦承，“我见过太多丑陋、残酷、谎言……还有背叛。但我也见过美丽、善良和友好。如果埃尔托城沦陷，我将再也无法看到这一切，我们都看不到。我有种感觉，圣父之见降临在此地。我没法解释，但我就是知道。”

她目送着那支车队停在倭拉营地的边缘，并未驶进哨兵的警戒范围。

“他们没有加强东岸的防御，”她对安提什说，“我们有船，对吧?”

安提什不赞成她去，甚至不惜威胁说，要是她再坚持，他就放弃总兵身份，自降为普通弓手。他派出三十个精兵，驾驶十几条小船，午夜过后，从北岸出发。这一夜，倭拉人没来骚扰，四下寂静无声，直到他们返程。奴隶贩子的营地燃起熊熊大火，他们拼命地划桨，驾船驶向东城墙，船上载满了解救出来的俘虏。此时风平浪静，不必与激流抗争，但倭拉人追击而至，射出一片片箭雨，情况极其凶险。好在大多数船已经驶出弓箭的射程，唯有最后一条船没能逃脱。他们解救了四十来人，将近一半是疆国禁卫军，其余是库姆布莱人，大多年纪较轻，女人们则面色惨白，目光呆滞，显然遭受了虐待。

突击队还给瑞瓦送来了大礼。此人个头很高，身着黑色皮衣，手掌奇大，肯定喜欢握鞭子，而非戴上自家的镣铐。

突击队将其拖上岸，他一眼看到瑞瓦，当即吓得缩成一团，惊恐地睁大眼睛，嘴里抖抖索索吐出几个字：“艾尔维拉！”

“小姐，您打算怎么处置这家伙？”突击队的首领问道。这个眼神凌厉的老兵，是安提什在沙漠之战中认识的。

“把他带到守卫室顶上，”她说，“明天上午，确保他们全都能看到的时候，割了他的喉咙。”

第四部

你们将认出他，因他所佩之剑以及使剑所用的黑巫之力，无人知晓圣父之爱能否击败黑刃，但你等必须与其为敌。

——《十经》之第四经

预言，第七卷，少女之梦

佛尼尔斯的记述

又是漫长的一日，埃尔托城依旧没有沦陷。浓烟更甚，又有伤兵逃离战场，将军越发怒气冲天。后来我为此深感内疚，但我必须承认，我当时和将军一样，极其痛恨这些库姆布莱人。假如他们直接投降——因为战败在所难免——那我便不必留在这艘可憎的船上，忍受他别出心裁的残酷折磨。

我逐渐认识到，将军并非真正的聪明人，他确实阴险狡诈，控制欲极强，伺机而动，但很多孩子也是这样的。不，我越来越确信，他其实是蠢人，只不过出身权贵，有机会接受教育罢了。一个接受过教育的施虐狂，尤其知道如何惩罚学者。我受命牢记柯佛尔·德拉肯所写的全部诗歌——无疑是倭拉文学当中最糟糕的作品，或许放眼各语种也找不到更差劲的——还要不顾廉耻地拿这些多愁善感、毫无韵律的傻话污染人耳。我只有短短一个钟头，要记住全部四十首诗，然后一字不差地背诵给将军解闷。当我站在船头背诵歪诗的时候，脸颊和后背汗水淋漓，因为他警告过我，一旦出错，当即处死。

“爱人的唇犹如玫瑰花蕾，盖着我的唇似烈火燃烧，我擦去欢喜的泪，又觉伤悲，如今我们的爱逝如流水。”

“好极了！”将军鼓掌喝彩，又举起酒杯致意，“再来！”

“英雄仗剑而来，剑锋闪亮不虚……”

这时，一个信使从岸边乘船过来，他摆摆手，示意我闭嘴。信使攀上甲板，递来一份卷轴。“有进展?”他对信使说，“也是时候了。”

“是的，将军大人。长官建议，只要有足够的援军，日落前即可攻占全城。”

“不行。不能动用预备军，到时候还要守住这坨湿漉漉的粪堆。告诉他，停止多点攻击，集中突破。还有，如果日落前未能献上埃尔托，我希望他可以英勇战死，因为我可给不了他那份光荣。”

他挥手示意信使退下，回头望向我：“你瞧，奴隶，我忘了刚才背到哪儿了。从头开始吧，好吗？”

他要我完完整整地背诵了三遍，每一行都是那个毫无文采的倭拉笨蛋所写。即便到了现在，多年以后，德拉肯的诗歌我依然倒背如流。这虽不是我遭受的最严重的创伤，却也是牵引痛苦回忆的线头。

到了下午，他终于允许我回到底下的舱房，他则一边玩弄床奴，一边等待胜利的喜讯。我瘫倒在小床上，浑身战栗，因为精疲力竭，也因为极度恐惧，如果不是肚子里空空如也，我一定会呕吐。然而可怜如我，连喘口气的时间也没有。舱门打开，女主人的奴隶向我招手：“传你过去。”

她在自己的舱房里。与我狭小的牢狱相比，这儿相当宽敞，轻纱幔帐，软垫暖床，舒适无比。她一袭白色长裙，从领口到腹部的曲线极其优美，而当她走过来时，衣衫半透，尽显曼妙身姿，只是脚步蹒跚不稳，还有一杯酒举在唇边。“你应该听说了吧？”她小心翼翼地问我，“激烈的围城大战快要结束了？我的夫君大人即将获得胜利？”

“我听说了，女主人。伟大的一日。”

她笑出声来，脚步踉跄，酒水也喷回杯中。“伟大的一日！是啊，年迈的孩子拿到了新的玩具，多么伟大啊。”她皱起眉头，双目直眨，面露苦相，“我有五十多年没喝醉了。理由我很清楚。”

五十年？她看出我的困惑，又笑了起来，这次只是咯咯轻笑，就像心里有秘密的小女孩。“比我的外表看起来老多了，大人。你觉得我多少岁呢？”她凑上前，我忍不住想躲开，却又不敢。“老实说，你觉得我多大年纪?”她伸出一根手指，狠狠地戳着我的胸膛，“我命令你说真话!”

我深吸一口气，真不知道一个人如此恐惧，怎么还能保持理智:“我不敢相信女主人超过三十岁。”

“三十岁?”她退后一步，假装受到了冒犯，“我告诉你，我做交易的时候还不到二十八岁，那是三百多年前的事情了。”

她眯起眼睛，无言地观察我，仍举杯喝酒，我不禁怀疑她并没有醉到刚才所表现的地步。“没什么想说的吗?”过了一会儿，她问我。

“请原谅，女主人，但是这不可能。”

“是啊。”她喃喃自语，又走近了，贴着我的身体，头靠在我的胸前。“可我就在这儿，拥有那么多记忆。我还是那么美，对吗?你不想要我吗，大人?还是说，你满脑子想念的仍旧是那个死去的女诗人?”

我重燃怒火，却又强压下去，言不由衷地说:“女主人美极了。”

“没错。可你不想要我，我能感觉到。而且我知道原因。”她抬起头，端详我的脸，“你看到了，不是吗?你感觉到了吧?”

“感觉到了什么，女主人?”

“疲惫。谁料我竟然会如此倦怠?彻头彻尾的疲惫。你想象不出，我消耗了多少才活了这么多年，浪费了多少生命，就为了保住一个疲惫的老女人存留于世，倒霉地嫁给一个凶残的蠢货，看他没完没了地屠杀。你瞧，那就是我们做的交易。跨越时间的力量，只给红衣人，当然，即便在红衣人当中也只挑选极少数。从而我们拥有了真正的力量，议会不过是幌子罢了。我们啊，永葆青春、越来越疲惫的我们，是真正的掌权者，如今他们乞求我们的垂怜。那些红衣白痴渴望有机会做同样的交易。我们以为自己是奴隶主，其实是傻瓜。我们就是奴隶。我们交易来的伟大礼物，是最沉重的枷锁。”

她单手举起，快如闪电，我感到刀刃抵在颈上，冰冷刺骨。“你鄙视我。”她似乎很受伤，“你本可以要我，却只想要某个死掉的书呆子。你知道我有过多少情人吗？多少男人拜倒在我裙下，只求亲吻我的玉足？”

“我非常愿意亲吻女主人的玉足。”我柔声说道，刀锋越压越紧，我感到有一滴血顺着脖子流下去。

“可你并不想。你只要你的阿尔比兰婊子。或许我应该送你去见她。你想不想？”

多年以后，每每回忆这一幕，我仍对当时的反应感到困惑不解。那一刻，所有的恐惧都消失了，我体味到了她的感觉，那种无边无尽、沉重不堪的疲惫。我只记得，当时我知道难逃一死，或是死于她丈夫的暴怒，或是死于督头的鞭子，如果不是明天，运气特别好的话，就是后天。

我退开一步，张开双臂，颈上浅浅的刀伤渗出了鲜血。“没有女诗人，”我说，“不是女人。但我确实爱过，我爱的男人死了，死于另一个男人。而我发自真心地希望，那人立刻来到这里，杀死你，还有那个你称呼为夫君的卑鄙之徒。这是你赐我的礼物，女主人。我很欢迎，因为我不用再与你同处一室，呼吸同样的空气。”

她盯着我看了很久，而我竟然面不改色心不跳。这就是勇气吗？我心想。希望杀手驰骋战场之时，就是这样的感觉？如此异样的平静。

“我常常在奴隶身上找乐子，”她说，“可以消除疲惫感，至少缓解一阵子。而你这么有才华。”“当啷”一声，她把刀扔在地板上。“退下吧，多写些阿谀奉承的废话，”她瘫坐在软垫里，疲倦地摆了摆手，“没准还能多活几天。”

不到两个钟头，我又被召上了甲板，平静的心绪已然消失。佛奈娜坐在她丈夫身边，显然已经清醒了，此时换了一身红黑相间的雪纺绸长裙，颇为得体，尽显优雅。她赤裸裸地看了我一眼，又回头对将军说：“督头都接受过正规的教育吧？”

将军神色忧郁，与床奴厮混似乎没能缓解他的焦虑。“实际问题交给我处理，爱人。”他咕哝道。

“不管我们找到什么，必然给你们家族分一杯羹，向来如此。”他盯着我，看到了我手中的卷轴，“是你新写的文章吗，抄写奴隶？”

“是的，主人。”

“那就拿过来，让我瞧瞧你还有没有资格受我纵容。”他刚刚展开卷轴，一名卫兵报告说有信使抵达。“终于来了。”他把卷轴扔到地图桌上，起身迎候，摆出坚毅而沉稳的神态，这是将军接受来之不易的胜利所应有的威仪。

“抓住女巫了吗？”信使尚未走到面前，他就迫不及待地发问，“或是战死了？这对她是好事。说来奇怪，我倒是有点儿佩服这样的人……”

“请原谅，将军大人！”信使脱口而出。他身披自由骑兵的将官盔甲，神色紧张，满脸是汗。“我带来了重大消息。今早我们的斥候队发现了一个骑手，是自由剑士第十二营唯一的幸存者。看来他被俘过，然后又被放了。据他所说，有一支军队正向我们快速开进。”

将军瞪着他：“军队？什么军队？”

“估计有五万多人。”军官从腰间抽出一张叠好的羊皮纸，递给将军，“那人还有封信带给您，将军大人。”

将军朝我一摆手：“读。我不懂他们的鸟语。”

我从军官手里接过羊皮纸，展开了。“是用倭拉语写的，主人。”我说。

“快读。”

我飞快地扫了一眼，心脏狂跳不止，重如鼓锤。我忍不住偷偷瞟了一眼刚才给他的卷轴，盘算着等读完这封信之后，如何趁乱拿回来。

“致当前围困埃尔托城的倭拉军队指挥官，”我读了起来，但愿他没有注意到我先前的犹豫，“本人在此要求您解除武装，交出所有俘虏，准备接受对您多项罪名的审判。如果您依令而行，除您以外，军中将士可免死罪。奉旨签名，北疆守塔大臣，维林·艾尔·索纳。”

第一章 维林

森林在白天展现出其壮美的一面，树影斑驳的林间空地、年深日久的参天古木，还有淙淙流淌的溪水，先汇成一道道薄如绸缎的瀑布，再聚为一池池清澈透明的水潭，而阳光抹亮了这样一幅变化万千的画卷。维林感觉到，在森林里行进的途中，全军的紧张情绪多少有些缓解，大自然的威严战胜了恐惧感，甚至有人唱了几首进行曲，尽管许多歌词在森林里唱出来有亵渎之意，犹如在阿尔比兰神庙里骂骂咧咧，实在不合时宜。从他走进森林起始，血歌再未高声喧嚷，旋律始终轻柔悦耳，却又带有庄严的音调，但不是警告，而是敬畏。这片森林实在太古老了，他心中惊叹。比膜拜它的民族还要古老得多。

走了四天后，赫拉·达基尔告诉他们行程已经过半，这里是疆国和北疆之间最狭窄的地段。维林彻底放弃了清点随行的瑟奥达人的数量，询问向导也没用，瑟奥达人根本不关心数字。“很多，”鹰脸男人耸耸肩，“很多很多。”

虽然士兵们逐渐适应了在森林中行军，但有一批新兵明显没那么喜欢。“还要走多久？”洛坎问话的时候，连往常热情洋溢的敬语也忘了。由于持续不断的疼痛，他深锁眉头，眼眶也凹陷下去。马肯和卡拉则没有他那么备受干扰，但坐下来吃冰冷的早饭时，都有些焦躁不安。只有韦弗似乎毫不在意，忙着摆弄瑟奥达人提供给他的麻料。不知为何，他不再编篮子，转而编起紧致结实的绳索，如今已长达十英尺，仍在日益增长。

“四天而已。”维林安慰洛坎。

“信仰啊，真不知道我能否坚持住。”他按摩着太阳穴，“您感觉不到吗，大人？”

“感觉什么？”

“重量，”卡拉向来沉默寡言，却也开口了，“伟大天赋的重量。”

“谁的天赋？”维林问。

看她的表情，似乎不知道该不该对守塔大臣抱有敬畏之心。“森林啊，维林大人。森林有天赋，覆盖了每一棵树、每一根枝丫和每一片树叶。”她十指紧扣，无力地笑了笑。“也许我们会习惯的。看来瑟奥达人就应付得很好。”

为何他们可以感觉到，而我没有？后来他琢磨起这件事。为何我只能感受到欢迎？

“因为它欢迎你，”晚间的识字课结束后，达瑞娜说，“它认识你，看透了你的灵魂。”

“听你这么说，好像它有生命似的。”

她的表情犹如卡拉的翻版，却更为严肃。“它当然有生命。围绕在我们四面八方的，是远古的生命，方圆数百英里，别无其他，全是生命，它在呼吸、感受和观察。它看见了你，并为之喜悦。”

“它看见过你吗？你第一次来的时候。”

“父亲找到我的时候，我年纪很小。不管是狼还是森林的欢迎，我都以为在做梦。”她沉默了，然后继续给箭矢上翎。和瑟奥达人一样，她自己制作箭矢，技艺相当娴熟。几天前，达基尔给了达瑞娜一把弓，和他自己那把很像，但是弓臂上刻有符文，乍看不过是描绘林中野兽的简笔图，再仔细看，线条极其洗练而明晰。通过她接受武器时的虔诚表情，维林推测这对于他俩都具有重要的意义。

“你记得以前的生活吗？”他问，“你在族人当中度过的童年时光？”

“罗纳人不是我的族人。他们的语言，我只记得寥寥几个字。有一座小村庄，是在大山里的某个地方。还有一群女人，抽起耳光来既快又狠，但也有和善的时候。我记得有天夜里，到处是大火、尖叫和鲜血，可能她们都死了吧。有个男人拿着刀，慢慢地走向我，他背朝火光，看不清面目……然后狼出现了。它可能杀了拿刀的人，尽管我完全没有印象。它走到我面前伏下来，我感觉到它在催促我爬到背上。

“我紧抓着毛，骑着狼跑了很久，冷风犹如刀割。我并不害怕，反而满心喜悦，最后它停在一个很黑很暗、树木环绕的地方。我从它背上翻下来，接着它祝福了我，舌头舔过我的脸，驱散了恐惧。之后它就走了。早上，父亲发现了我，那是瑟奥达人第一次允许迈厄利姆走进森林，而我是他看见的第一个活物。”

听她的语气，维林刚刚得出的结论，她早在很久以前就想通了。这并非意外。我们都是狼的孩子。

“你见过它几次？”他问。

“只有两次，包括我们走进森林的那天。你呢？”

“四次。”可能还有一次，当时它在雕像里面……“每次都救我于险境，正如当年救你。”

达瑞娜忽然住手，维林看出了她的恐惧，和他们最初面对智熊时一样紧张：“什么险境？”

“我不知道。也许就是眼下的事情吧，需要我们去打的这场仗。”

“它祝福我的时候，我年纪太小，直到现在才慢慢意识到那种感觉，作为一个如此古老的生命，它的思维，我永远也无法真正理解。对它来说，我们不过是只有两条腿，却满世界乱跑的无毛怪物，它肯定见过我们不计其数的纷争和战乱。这一次又有何特别呢？”

他回想起阿尔林宗老关于疆国命运的一番话，当时他问及支持雅努斯王的战争行为是否明智，宗老回答：疆国必然遭到毁灭。不是四大封地烽烟再起，而是彻头彻尾的灭亡，土地枯萎荒芜，森林焚化成灰，所有的人，疆国人、瑟奥达人和罗纳人全都难逃一死。我们还有别的选择吗？

“因为这场战争不仅要夺占我们的世界，还要夺占它的世界。”他说，“我们都很清楚，除了倭拉人，还有别的敌人。”

“所以这位好兄弟还在这儿。”她回头看了一眼哈力克兄弟，艾罗妮丝正在和他进行愉快的谈话。妹妹深深地着迷于学者无穷无尽的知识，甚至连续几个钟头提出各种刁钻古怪的问题，但依然难不住他。

“他还有很多没有说出来的知识。”达瑞娜说。

“他会说的。”维林信誓旦旦地说，“如有必要，我一定榨干他肚子里的墨水，直到他断了气说不出来。”

第二天早晨，他与俄尔赫人同行，马背上的民族牵着坐骑穿过林间，看样子和天赋者们一样难受。“马儿们看不到天空，”赛恩李希·珀塔说着，轻抚公马的脑袋，那畜生的耳朵不断抽动，眼睛瞪得老大。“不喜欢。我也不喜欢。”

“森林不欢迎俄尔赫人吗？”维林问。

走在战酋身边的慧明轻轻一笑。“我们没有理由进来。虽然俄尔赫人和瑟奥达人说的语言相似，也相互交换毛皮和武器，但我们不是同一类人。他们属于森林，我们属于平原。”

“俄尔赫人有故事吗？”维林问，“在去平原之前，在迈厄利姆到来之前？”

赛恩李希和慧明愉悦地对望了一眼。“不存在平原之前的时代。”赛恩李希解释，“俄尔赫人一直在平原上骑马，以后也是。从前，瑟奥达人在森林的人数没有这么多，那是我们的祖先提及他们的祖先时所说的。可我们不知道迈厄利姆的存在，直到他们来丘陵挖石头。”

“可你知道盲女？”维林问慧明。

两个俄尔赫人立刻沉默不言，赛恩李希牵着他的马走开了。

慧明久久没有答话，神色肃穆而阴沉。等她开口时，语气极为勉强："曾经有一座古城的废墟，位于罗纳人领地的边界。俄尔赫人不喜欢那地方，离得远远的，祖辈们说，谁胆敢进去，轻则噩梦连连，重则神志不清。但我那时还是年轻姑娘，充满好奇，好奇是智慧通明之源，不过当时我还未获此名。于是我独自一人去了那里，发现只有某个辉煌文明的遗迹。我在废墟之中露营，火堆边来了一个女人。她是一个双眼空洞的瑟奥达人，却还能看见我。我并没有特别害怕，因为论及天赋者，瑟奥达人比俄尔赫人更多。她自称也经历了长途跋涉，专程来看这些废墟，我们当晚就这座古城的来历进行了有限的交流。她在碎石堆里挑了一块石头指给我看，石头很小，双手就能握住，方方正正，表面光滑，完好无损。我问她是不是想要，她只是摇头，'这是给你的。'她说。于是我捡了起来。"

"它带你去了别处。"见老妇人沉默不言，维林提起了话头。

慧明摇头道："不。它给了我……知识。很多很多知识，一瞬间的工夫。你的语言，罗纳人的语言，甚至我们如今的敌人的语言，还有很多。我可以一字不差地背诵你们的信仰教理，背诵世界之父的《十经》，说出阿尔比兰的所有神祇和罗纳人的神话传说。并非洞彻其理，也没有来龙去脉，只是单纯的知识。感觉……很疼。我疼得昏死过去。等我醒来时，盲女已经走了，但知识还在。"

"这么说你是天赋者？"

她轻叹一声，摇头道："有人或许称之为受诅咒者。无与伦比的迷茫。那块石头，小巧而完美的石头，装满了世上所有的知识，却又那般古老，早在那些语言出现之前就已经存在了。是谁造的？又是为何？"

"你还留着它吗？"

她抬起头，目光在树冠之中梭巡，无疑是希望瞥见天空。"不，"

头顶那一抹湛蓝，令她微微展露笑颜，“我找了一块更重的石头，把它砸碎了。”

又过了一天，林子明显稀薄了不少，空地也越来越多，尽管与尤里希森林相比，树林仍算浓密。士兵们的心情也有所改善，相对宽敞的地带可以容纳不少人同时扎营，也带来了久违的安全感。许多人纵然惊叹于森林的壮美，但本能的恐惧始终挥散不去，因为他们不属于这里。维林在空地之间穿梭，视野的开阔，也有助于他了解瑟奥达人的数量。

“他们肯定超过八千人。”诺塔在当晚的将官会议上说。

“一万零八百七十二人，”霍伦兄弟汇报，“这只是看得清、数得着的瑟奥达人。现在全军人数超过了三万。”

“我一直在想，是不是该给军队起个名儿。”诺塔说，“北疆大军，诸如此类的。”

维林看了一眼阿达尔队长，后者点点头。“有一个共同的名字，对军队的士气有利无害，大人。”

“很好，”维林说，“我叫妹妹设计一面军旗，要有点气势。”他低头查看地图。“瑟奥达人说再走一天就到尼塞尔了。奥文队长，带人去东边侦察。阿达尔队长，派一队北疆戍卫军往西，你亲自带一队人向南。三十英里以内只要有成建制的倭拉军队的踪迹，尽速派人回报。”他看向达瑞娜，“当然了，我们还要深入敌后侦察。”

“今晚就办，大人。”

“感谢，小姐。”他离开地图桌，对所有人说道：“明早，全军整顿武器装备，我们以作战阵型开进疆国。务必使你们属下的每一个人明白，我们正在行军打仗，很快就会开战。如果有人企图逃军，这是他们最后的机会。当然，我不建议他们从森林里原路返回。”

"好地方。"赛恩李希·珀塔再次骑上马背，心情尤其欢畅。尼塞尔北部确实适合骑兵驰骋，到处是绵延起伏的草地和向南延伸的低矮丘陵。"有多少麋鹿在这儿游荡？"

"据我所知没有。"维林回答，"不过往南边走，你可以看到鹿和野山羊。"

"山羊，"赛恩李希一脸嫌恶，"十只山羊的皮只够一座帐篷。一头麋鹿就是两座。"

全军以紧密的阵型开出森林，尽管步调不完全一致，但军容壮盛，队列整齐。十个步兵团组成庞大的纵队，每两个兵团齐头并进，俄尔赫人分守侧翼，负责殿后的一大群瑟奥达人来自不同部落，对于编制和阵型毫无概念可言。北疆大军的军旗飘扬在步兵纵队的最前头，由欧廷工头亲自掌旗，今早维林将旗子交予他时，他凶狠地挡开了一双双伸过来的手。艾罗妮丝请来军中的裁缝，实现了她的设计：一只雪白的巨鹰，俄尔赫人的长枪和瑟奥达人的战棍分饰两边。鹰的下方有一块碧蓝亮泽的椭圆形青石。

"也许太简单了点。"妹妹把草图拿给他看的时候说。

"对当兵的来说，"维林抱了抱她，说道，"再简单也不为过。"

他等到最后一个瑟奥达人走出来，目光久久地在森林里徘徊，不知道能否看到一双碧绿而明亮的眼睛。然而什么都没有，除了林木以及深不可测的黑暗。但血歌开始低吟浅唱，那音调孤独凄凉，飘忽不定，却蕴含了古老的力量，传递出一线希望。

"也祝你好运。"维林轻声应道，掉转马头，跨骑赤焰向南而去。

他带领全军南行十五英里后扎营，安置的岗哨是往常的三倍之多。俄尔赫人无拘无束地策马狂奔而去，有人发出了喜悦的呜呼声，一扫受困于森林的沮丧心情。等夜幕降临，各支战队先后返回，有的还带回了打到的几头鹿。瑟奥达人则靠北边扎营，尽量挨近森林。他们安静地围坐在火堆边，修整箭矢，磨砺小刀，无论男女，人人面色冷峻，默然认命。

他看到达瑞娜坐在赫拉·达基尔的帐篷外，双眼紧闭，面容沉静。瑟奥达酋长坐在她身边，和维林一样满脸关切之情。

“曾经有个孩子失踪了，”等维林坐到火堆旁，他说，“我们担心是野猫抓走了他。艾祖·杜若尔就像这样坐了整整一夜，然后带我找到了他。他在河里的石头上滑了一跤，撞伤了脑袋。他活下来了，但至今记不住自己的名字。”

“艾祖·杜若尔?”维林问。

“高飞之灵。还有更适合她的名字吗?”

达瑞娜轻声呻吟，睁开了眼睛。寒意袭来，冻得她脸色僵硬，她赶紧朝火堆挪近了些。维林给她披上了毛毯。“你去了太久。”他说。

“需要看的太多了。”她气喘吁吁地说，“关于埃尔托城，你说中了。他们还在抵抗，而且城墙上有一个非常耀眼的灵魂。”

“路上有多少障碍?”

“大批倭拉人在阿斯莱和库姆布莱移动。尼塞尔那边比较少，但有很多从瓦林斯堡过去了。都城北边的森林里还有灵魂，相当耀眼，但也非常黑暗，有的比倭拉人还要黑暗。我感觉那里发生了大屠杀。”她停顿片刻，拿起水壶大口灌水。“残余的疆国禁卫军正在向灰峰北部前进，看来是打算穿越尼塞尔边界。我估计他们有三千人。他们的灵魂是黑暗的，承受了战败的沮丧和恐惧。我看见有一大群人从尼塞尔西边接近，但我不能再停留了，没有辨明他们的身份和意图。”

“你所做的已经超出了我的要求，小姐。”

营地东边忽然响起号角，代表有骑手接近。维林站起身，只见阿达尔队长策马奔进营地，扯住缰绳，神情严肃地举手敬礼：“大人，我们找到了一座村庄。”

尸体堆在村子的空地上，衣服全被扒光，惨白的肉体暴露在清晨的空气中，已然僵硬。大多被割开喉咙，有的进行过殊死搏斗。

“老人和孩子，”诺塔说，“大部分都是。”

“卖不掉的一律杀死。”达瑞娜说。看到如此惨景，她的语气虽平静，泪水却奔涌而出。“就像牧民处理掉没用的牲口。”

村子已被洗劫一空，贵重物品全被带走了，只剩下空荡荡的房子。这儿的景色原本很美，墙舍鲜亮，篱笆环绕，屋顶盖满茅草，附近的山丘矗立着高高的风车房，叶片仍在转动，对其修造者的命运一无所知。“建一个火葬堆，”维林对阿达尔说，“叫凯兰兄弟送他们上路。”

“雪舞闻到气味了。”诺塔指着战猫说。它伏在地上，双耳平贴，瞪着东边，那儿有一道车辙从村庄里延伸出去。

“他们一天前就离开了。”阿达尔说。

“我只要一天时间。”诺塔回答，询问的目光投向维林。

“你还需要什么？”

“一队北疆戍卫军就够了，再带上洛坎。”

“还有我，兄弟。”维林拉过赤焰的缰绳，翻身上马，“我要见识一下看不见的人。”

“我不知道行不行。”洛坎握着小刀的手抖个不停，双眼在渐暗的天光中异常明亮，“我从没……”

维林看到诺塔的头微微一沉，知道他心里也非常纠结。“我们要求过你什么吗?”他对年轻的天赋者说,“这么多年来,你有家可住,有饭可吃,有学可上,还有大伙的接纳,我们要求你回报过吗?”

“老师,我……”

“来。”维林从他手里拿过小刀,收回刀鞘,刀身在前,递了回去。“这样握紧,用刀柄打他们,使出全力照耳朵底下打。如果第一下对方没倒,那就再来一下。”

洛坎犹豫了片刻,接过小刀,转身向倭拉营地的火堆走去。他走了几步又停下来,回头对诺塔说:“老师,如果我死了,告诉卡拉……”他顿了顿,勉强笑笑。“告诉她,我是英雄。她不会相信的,但至少可以逗她笑。”

他接着向前走去,橙红的火光映出瘦削的黑影,不过他步态如常,没有一点儿偷偷摸摸、遮遮掩掩的意思。他走了大约十五步,维林听见阿达尔和其他北疆戍卫军士兵轻声惊叹,似乎看到了不可思议的场面。维林皱起眉头,只见那个年轻人依然在旷野上穿行。

“应该不用多久。”诺塔抽出一支箭,准备跟上洛坎,“我们去保护奴隶。听到动静你就赶快过来。”

“他会被发现的。”维林示意洛坎越走越远的身影。

“是吗?”诺塔扭头笑道,“我看不见他。”他弓着腰往前走去,雪舞溜进他身边的草丛。

“他说得对,大人。”阿达尔小声说,“那小子突然就……消失了。”

他们等到地平线完全没入黑暗,繁星透出无云的夜空,半轮明月给摇曳的野草抹了一层浅蓝。

“大人。”维林回过头,看到阿达尔递上一把剑,剑柄在前,剑身倚在臂上。

“谢了,不必,队长。”帆布包拴在鞍上,束口的绳子仍未解开,“我感觉今晚用不上。”

不久，尖叫声惊起，却又戛然而止，唯余雪舞的咆哮。维林驱策赤焰疾驰过去，北疆戍卫军紧随其后，转瞬之间，他们已经冲进了倭拉人的营地。他在营地当中扯住缰绳，看见一只奴隶犬飞过半空，撕裂的喉咙拖曳着一道血水，雪舞将其扔到一边，又去寻找下一个猎物。尸体凌乱地倒在马车之间，有几人身中箭矢，大多数显然死于战猫的爪下。还有几个倭拉人企图用鞭子和短剑对付北疆戍卫军，但旋即便被砍倒，有人扔掉武器，举手求饶——然而，见过了村子里的惨状，来自北疆的士兵已无仁慈之心。

他看到诺塔正帮着洛坎解救马车里的奴隶。他们至少有一百人，说明奴隶贩子去过不止一座村庄。有人刚刚摆脱枷锁，立刻发了狂，见到倭拉人就打，无论死活，但大多脚步踉跄，惊魂未定。有一个人认出了维林，当即双膝跪地，呼天抢地，泪流不止，很快就有十几个衣衫褴褛的人也照做起来。他翻身下马，走了过去，抬手止住众人的哭号。

“他们回应了，”认出他的人依然跪地不起，说道，“我们向逝者祈祷，求他们派您过来，他们真的做到了。”

维林伸手拉起那人。“没有人派我……”他未再说下去，因为对方眼中满是虔诚。此时，大多数重获自由的俘虏已经围拢过来，一双双灼热的眼睛盯着维林，仿佛他刚刚从梦境跨进现实。“我来解疆国燃眉之急，”他说，“愿意跟随我的人，我唯有血战和杀戮提供给诸位。不愿意的人可以自行离开。”

“我们除了跟随您，哪儿也不去，大人。”那人哭哭啼啼地说，其他人立即随声附和。他狂热地抓住维林的胳膊：“尼莱什城那时我就跟随您。我知道您绝不会弃我们于不顾。”俘虏们纷纷围上前，满怀敬畏，七嘴八舌地说了起来：“您一定能带我们重获自由……逝者祝福守塔大臣……为我们讨还公道，大人……他们杀了我的孩子……”

“好了！”诺塔挤进人群中，用手里的弓推开他们，“威猛无敌的大人也要有点空间，你们这帮只知道拍马屁的蠢货。”

最后多亏了北疆戍卫军，维林才摆脱众人的疯狂追捧，阿达尔队长牵着赤焰走过来，他终于可以骑马离开了。“护送他们回营地，”他对队长说，“愿意参战的人，给他们分发武器。”

“女人也一样吗，大人？”

维林想起先前有个女人用锁链反复抽打倭拉人的尸体，眼神饱含仇恨，杀气腾腾。“女人也一样。不愿意或者不适合参战的，可以做饭或是帮助凯兰兄弟。”

他和诺塔以及洛坎一同返回，雪舞向前猛扑，在草丛里翻滚跳跃，尾巴甩来甩去。“打完猎就喜欢这样。”诺塔解释。

“你还……好吗，兄弟？”维林斗胆问道。他注意到兄弟异样的眼神，一如从前。

“本以为这次轻松些，”诺塔勉强笑了笑，“可即便是这种人渣，杀起来也和过去一样难受。”

“还行。”洛坎说着，举起拔了塞子的酒壶递到嘴边。听他含糊不清的咬字，维林怀疑这不是第一口。“最后一个混蛋就是按您教的打法，大人。照他耳后猛敲两下。可他没像其他人那样倒下，只是晃了一晃，然后伸手拿剑。”洛坎又举起酒壶时，维林看到了他手上的红棕色污渍。“他看见我了。每次都是这样，我一碰他们，他们就能看见我。”

“但只对非天赋者有用，”维林说，“我们无论怎样都能看见你。在别人看来，你好像消失了。”

“推断得好，大人。”洛坎鞠躬致意，“但我并不是真正地消失了。应该说我溜进了他们注意不到的盲区，比如苍蝇的嗡嗡声，或是鸟儿投在地上的影子。小时候，我走在南塔的大街小巷，好些年都是想偷就偷。他们看到我，其实又看不到我，所以我能够偷他们身上的东西，除非我碰到他们，如今我却要杀死他们。”他再次举起酒壶，猛灌一口，差点从马鞍上翻倒，幸而诺塔伸手扶住。“别告诉卡拉，老师。”年轻人说，“我做的事情，不想叫她知道。”

他们早上继续行军，正午歇息时，奥文队长骑马归来，确认了达瑞娜早先的警告——有一支军队正从西边接近。“今早距离我们还有十二英里路，大人。”他向维林报告，“除了前排的骑手，我们只看到扬起的尘土，说不清有多少人。”

维林命令各兵团面朝西边，沿一座低矮的丘陵列队迎战，两翼是俄尔赫人，诺塔带领的弓手在前方百步之外松散地站成一排。瑟奥达人自然担负了后卫的角色，以部落为单位围住辎重车队，搭箭上弦，严阵以待。维林位于正中，北疆戍卫军在左，奥文的队伍在右，欧廷工头带领的矿工兵团在前。达瑞娜在他身边，全然无视阿达尔不悦的神情。

队列之中几乎没人说话，维林回想起大战之前，士兵们总是自然而然地闭嘴。他跨坐在赤焰背上，眺望西边丘陵处扬起的烟尘，血歌奏响温和的曲调，并未提出警告。片刻过后，他们终于现身，一群群阵容松散的轻装步兵走出烟尘，几队骑兵呈扇形护在侧翼。他们在三百步开外排出了一条并不齐整的阵线，当中竖起一杆猎猎飘扬的旌旗，旗面绘有六辐车轮，一把战斧居于轮内。

“放下武器！”维林下令，“原地不动，稍息。”

他骑着赤焰向前走去，等到矿工们让出通道，随即策马慢跑，同时举起手，迎向从尼塞尔军中出列的一名骑手。此人脸颊瘦削，左耳残缺，一头短发。“希望你不止带了这么些人马，大人，”马文伯爵说，“恐怕远远不够啊。”

封地领主达瓦斯·埃祖厄可能是维林所见过的最老的人，他坐在领主专属的高背椅上，瘦骨嶙峋的双手紧抓扶手，仔细地打量维林，令人回想起雅努斯那猫头鹰一样的眸子。此时他们在尼塞尔营地中央的大帐里，维林和达瑞娜站在年迈的领主面前，左右两边则是他的孪生外孙，两人似乎尽力与对方区别开来，盔甲和披风大为迥异。不过，他们都是高个儿，满头金发，容貌更是一般无二，维林还发现，他们都有眨巴眼睛的不良习惯。马文伯爵站在帐篷的角落里，摆出一副事不关己的表情。

“你瞧，这趟小小的旅行简直要了我的命。”封地领主达瓦斯的嗓音相当沙哑，但发声洪亮，咬字清晰，“还有给我抬轿子的可怜虫。”

“战争主子向来不好伺候，大人。”维林回答。

“战争？”老人咯咯一笑，“你凭什么认为我来这儿是为了战争？”

“我们的国土受人践踏。不然您为何率军而来？”

“谈判的同时，展示力量尤为重要。当年我向雅努斯屈膝，也做了同样的事情，虽说那时僵硬得像块木板，可他还是逼我跪了，那个阿斯莱混蛋。”

“我理解得对吗，大人，您打算和倭拉人谈判？”

维林感觉到旁边的达瑞娜身子一僵，便轻轻地拍了拍她的胳膊。他与雅努斯多次交涉，知道怎么跟老奸巨猾的家伙周旋。*这不过是作戏罢了，真正的价码还在后头。*

“有何不可呢？”达瓦斯回答，“达纳尔就那样做了，他的封地完好无损。”

维林极力掩饰内心的惊惶。*仑法尔的封地领主是叛徒？*

“居然不知道，哈？”老领主又咯咯一笑，轻易看透了他的想法，

“你离开太久了，小子。达纳尔领着他的骑士团对付疆国禁卫军。据探子回报，倭拉人赏了他半个阿斯莱，我们现在说话的工夫，他正在统治瓦林斯堡。”

“叛徒可不是好榜样，大人。”维林回答。

达瓦斯那张沟壑纵横的老脸顿时失色：“我的人民指望我提供保护，而我老了，心有余力不足，这么多年来，你的国王们强加给我的所有屈辱和羞耻，我哪一次不是硬生生地咽下！”

“倭拉人不会带来屈辱和羞耻，这是没错。他们带来的只有死亡和奴役。昨天我们找到一座归您管辖的村庄，老人和孩子全被杀掉，其他人披枷带锁被掳走。我们解放了他们，他们已经是军中的一员，所有人都希望参战，誓死保卫您的封地和疆国的自由。如果您需要榜样，我建议您不必看得太远。”

当他讲述村庄的遭遇时，注意到孪生兄弟不约而同地交换眼神，握紧了剑柄。不是他们的主意，维林心想。他们只是认为老人说的是肺腑之言。

“祖父大人，”左边的兄弟说，“关于我们今早讨论的……”

“闭嘴，梅泽尔，”老人厉声说道，“还有你，凯泽尔。你们亲爱的亡母在世时总有良策献上，可你们俩整天扯什么骑马打仗啊，刀枪棍棒的。”他瞪圆了眼睛，直到小少爷挪开视线。“他们的母亲嫁给了一位大名鼎鼎的仑法尔骑士，”他对维林解释，“那时我还有儿子，所以也没当回事，结果那蠢货染了花柳病，早早进了坟墓，未留子嗣，我就只有这俩小子了。”

“恕我冒昧，大人。”维林说，“您到底要什么？我认为我们都很清楚，您无意拱手把人民交给敌人处置，而且时间紧迫，我不想和您讨价还价。”

达瓦斯靠在椅背上，唇齿之间探出粉色的舌头。雅努斯是猫头鹰，维林心想。这家伙是蛇。

“出去！”封地领主冲外孙们大吼，两人同时鞠躬，退出帐篷，举手投足一模一样，就像是事先排练好的。“你留下，马文。”伯爵正要离开，达瓦斯叫住了他，“我需要一位可靠的见证人。”

老领主的目光投向达瑞娜，说道：“我有个探子，最近偶然结识了一个来自北疆的家伙。是某个冷得要命的矿石镇的镇长，好像最近遇到了麻烦，还遭受了无情的对待。”

维林听到达瑞娜轻叹了一声。是伊迪斯。

“遗憾的是那家伙不知道怎么就喝醉了，掉进了霜港的深水。”达瓦斯接着说，“但死之前，他讲了一个有趣的故事。”

“我说了，大人。”维林说，“时间紧迫。”

“金子。”老人慢慢地说，目光仍旧停留在达瑞娜脸上，“你很能保守秘密，小姐。”他俯身向前，舌头又探出嘴唇。“活了一大把年纪，我明白了一个道理：发财的机会来了又去，如同无法预知的潮汐，可惜尼塞尔人每每错过。这次不一样。这次我们要分一杯羹。”

“我们有充足的理由保守这样的秘密。”达瑞娜说，“为北疆好，也为您的封地好。”

“情况变了。”封地领主应道，“如今我们门口饿狼成群，而且维林大人也急需军队。”

“你究竟要什么？”维林的耐心快要耗尽了。

“我亲爱的亡女、白痴双胞胎的母亲脑子灵光极了，她常说金子如水，容易溜过指缝。富有的并非挖金子的人，而是卖给他们镐头的人。”他那瘦骨嶙峋的手指在椅子扶手上敲打了一会儿，“从北疆挖掘的所有金子必须送到尼塞尔港口出售。”

“这就行了？”达瑞娜问。

老人笑了，微微颔首：“这就行了，小姐。”

每一盎司的黄金都在他的封地上出售，维林心想。任何有意购买的商人只能到此，随行的还有他们的文书和货船，而船上载满了用来交易金子的货物。区区一代人的时间，这条蛇就能让尼塞尔成为全疆国最富有的封地。如果雅努斯还活着，也要对此人刮目相看。

“我们接受你的条件，大人。”他对达瓦斯说，“但需要国王批准。”

“国王?”老人再次咯咯发笑，他伸出一根枯瘦的手指，稳稳地戳向维林。“如今只有一个人的脑袋有资格戴上王冠。远在天边，近在眼前。”

第二章　莱娜

船长贝洛拉斯是斗智棋高手，对于这种游戏的诸多微妙之处理解到位，同时讲究策略，可以算作棋艺出众的对手。莱娜用二十步战胜了他。本来十五步足矣，但她认为，围观的船员那么多，还是留点面子为好。

棋盘对面的船长瞪着她，飞快地移走了余下的棋子。“再来一盘。”

“奉陪。”莱娜说着，也移走自己的棋子。尽管船长棋艺尚可，但他对斗智棋最关键的步骤——摆子——存在错误的认识。摆子貌似走走形式，实则关联了其后的每一步。当他没有在棋盘左区放置足够的矛兵，以对抗莱娜于六步之内发起的枪兵攻击，这一局就已经输了。*游戏从你落的第一枚棋子开始*。这是很多年前父亲教给她的，当时她只有五岁，而大多数成年人都玩不懂斗智棋。不到一年，她在某次棋局中，历经一百二十三步，最终击败了父亲，假如有人旁观，这场惊心动魄的对决完全有资格载入斗智棋的史册。从此以后，他们再也没有下过棋，不久，棋盘和棋子也从她的房间里消失了。

船长执皇帝从第一排左边冲到第三格，这是标准的进攻打法，或是以攻为守的战略。作为回应，她在第二排中间摆了一个弓手，接着摆出标准阵型，应对船长貌似复杂的布局。皇帝先手，她暗自叹了口气。这时，船员们和疆国人正围着他们下注，赔率似乎更看好她。这一次，十三步即可解决对手。

但她尽量拖到了十七步，再放水就太明显了。

“黑巫术。”当她从棋盘上拿掉船长的皇帝时，一名船员小声说。

“不管是不是黑巫术，”哈文笑着说，“你欠我两杯朗姆酒，朋友。”

面红耳赤的船长又开始移走棋子，莱娜望向风平浪静的大海。三天了，竟然一丝风也没有，她心里想着，随即看到了熟悉的场景——巨大的鱼鳍划破水面，继而潜入海底，留下一道长长的波纹。

风停时，船长命令船员们去划桨，但这一带气候炎热，他们被迫频繁休息，避免因为力竭而晕倒。疆国人也轮流划桨，包括莱娜在内，不过他们不熟悉节奏，经常帮倒忙。上次休息期间，船长取出了斗智棋，要求大副与他对弈，结果只用四十步就打败了对手，据说是船上的新记录。

“我们小姐可以打破记录。”本顿胸有成竹地说。

“是这样吗？”船长浓密的眉毛拧成一团，莱娜此时正靠在桨上，按摩酸胀的手臂。

莱娜瞪了一眼年轻的渔夫。关于斗智棋的事，她从未提过一个字，可本顿的直觉相当了得。

“我会玩。”她耸耸肩，回答。

第三局，船长更加孤注一掷，他不再从棋盘左边精心布局，玩一些虚虚实实的招数，而是不惜一切代价，拼死掩护向中间靠拢的三个盗贼。

“恭喜，船长。”三十步后，她鞠了一躬。

“恭喜什么？”他瞪着莱娜手里的皇帝吼道。

“陪我玩了如此特别的一局。”她扬起脸，察觉到有一阵轻风拂面而来，依然敏感的伤疤微微发痒。感觉不到风拂动头发，真是不习惯，她心想。“我认为我们可以接着航行了。”

西风渐强，越刮越猛，梅迪尼安人管这个叫葡萄丰收，因为常有满载货物的商船沿这条路线航行。不过如今海面空荡荡的。

“只有在打仗的时候才能看到这么空的海面。”莱娜照例夜登船头，船长走到身边说。

“我以为至少能看到阿尔比兰的船。”她回答。

“聪明的话，他们要在港口里躲好一阵子了。战争把所有的水手都变成了海盗。”他踱到船首雕像旁，这是一尊凶神恶煞的女人像，挺着一双豪乳，张牙舞爪地面对汹涌而来的海浪，“知道这是谁吗？”

“应该是司盖尔瓦，灵魂偷窃者，这是她的真实形态。她奉鲸神玛津提斯之命，惩罚那些对大海犯下罪行的人。据说她就在我们当中，伪装成美丽的少女，寻找最英勇的男人，以享用他们的灵魂。”

他抚摸着司盖尔瓦的木头肩膀：“你有没有忘过事？”

“据我所知没有。”

“你让我的船员紧张不安，他们越来越好奇，怀疑你就是她，只是困在了两种形态之间，等待着下手的时机。”

“那就是说，需要英勇的男人来填饱我的辘辘饥肠了？”

莱娜看见他掩在胡子底下的嘴角露出笑意，然后船长又望向大海：“你的朋友吓死人啊。”

海水汹涌，但依然能看见鲨鱼的背鳍正在船头一侧劈波斩浪。“这件事情我真的没法解释。”她诚恳地说。

“船舱里有那些陆地种传出的流言，他们提到了什么魅兽者。”

费明被海水淹没前的微笑……记住您的承诺，女王陛下。“他为了救我们而送命，”她说，“不知道怎么召来了鲨鱼。也许是召唤的影响尚未消除，所以它一直跟着我们。这种事情，超出了我的理解范围。”

船长嘲讽道：“总算有你不知道的了。”然而欢乐转瞬即逝，他换了一副严肃的神情。“距离群岛只有不到一周的航程了。”

“船王在等我们。我说到做到，保证让他们心服口服。”

“船王是一回事，海盾是另一回事。”

海岛之盾。哥哥的探子带回不少有关他的消息，那人是著名的剑客和海盗，负责防卫群岛。“他不会相信我吗?”

“重要的不是他相信与否，而是关心与否。”船长抬手示意船上的甲板和索具，“海刀号是他的船。他在船坞里亲眼见证它的诞生。每一块木板、每一颗钉子、每一条绳索，他都摸过，甲板上还有不少他流过的血。多年以来，我们驾驶着海刀号追波逐浪，群岛任何一条船带回的金子和货物都没有我们多。现在我成了船长，他却躲在一块成天风吹浪打的岩石上。要是由他亲手掌舵，我们早就到家了。还有，我怀疑你只用二十步拿不下他。”

“十五步，我留了面子。这位伟大的船长为什么躲起来?”

贝洛拉斯回头望向大海，柔声叹道：“因为伟大的人物难以接受失败，就连想死却死不成这样的失败也不例外。”

“‘预计抓获奴隶约两万五千人，’”莱娜背诵，“‘从总人口来看，产奴值很低，必须考虑到超高的劣种屠宰率。蛇窝真正的价值在于其港口以及我们所能俘获的船只，岛民尽是未开化的野蛮人，但在这一领域的技能出奇的高超。’”

与此同时，坐在一起的船王们寂静无声，大多数人惊得目瞪口呆，还有些人，比如坐在最中间的那位，越听越恼怒。那是一个面如狐狸的瘦子，戴有手套的双手反复握拳。

“‘众所周知，蛇窝在附近海域保有一支舰队，用于护卫群岛，预计该地区的抵抗会非常激烈。因此推荐调虎离山的策略，由一个师引开敌军，另一个师登陆进攻。表七针对登陆部队的伪装提供了详细建议……’”

瘦子抬起手，莱娜立刻闭嘴。“贝洛拉斯，”船王问船长，“你担保这女人说的都是实话？”

“是的，埃尔－努林大人。”

船王又看向莱娜：“你准备了翻译的文本吗？”

“有的，大人。”她走上前，递过一捆羊皮纸。

“你还写得一手好字，”埃尔－努林扫了一眼，说道，“作为商人的女儿。”

“我父亲指望我替他写信，他的手因为痁疾不中用了。”

“我非常熟悉瓦林斯堡的商人。和我的大多数同胞不一样的是，我没当过海盗，在那儿人缘不错，当然了，是看在我的船舱里装满新鲜茶叶的分上。告诉我，你父亲叫什么名字？或许我认识他。”

“特拉弗·胡尔廷，大人。他主要经营丝绸生意。”确有其人，而且确有其女，巴结了她父亲很多年。

“我听过这名字，”埃尔－努林说，“你呢，小姐？”

“珂拉，大人。我不是贵族小姐，只是普通妇人。”

“的确。你希望回到疆国，是吧？”

“是的，大人。还有和我一起逃出来的人。”

“谈好的交易，岛民从不赖账。”他冲着船长点头，“等我们完事了，你负责送他们回去。现在，商人之女，请你退下，我们要私底下商讨此事。”

她鞠躬道别，走出房间。大门将关未关之时，有几句话漏了出来。“你给他送信了吗？”埃尔－努林问。

“我一到就派了条船去，大人……”

其他人正在码头上等候，身上全是七拼八凑的梅迪尼安人服饰，模样和带他们过来的海盗差不多。她走近的时候，他们纷纷起立，眼里夹杂着希望和担忧。

“船长会给我们安排一条船。”她说，“等下次潮起，我们就出发。”

哈文如释重负地大叫一声，抱住了本顿，莱娜第一次看到奥瑞娜露出笑容。就连伊尔提斯也快要笑出来了。

“为什么？”有人低声问。莱娜扭过头，发现米欧尔站在一旁，眉眼低垂。

“什么为什么？”奥瑞娜问她。

“为什么要回去？”

“那是我们的家啊。”哈文说。

“我的家被烧光了，我的父母也在里面。”米欧尔回答，“如今那里对我来说还有什么呢？”

“疆国遭到了侵略，”莱娜说，“人民需要我们的帮助。”

“我能帮上什么忙啊？”女孩问，“我又不能打仗，除了针线活也做不来别的，而且连这个也做得不大好。”

“我在船上看见你挖了一个人的眼珠子，”哈文说，“在我看来，你挺能打的。”

“她有一点说得对。”奥瑞娜说，“在疆国，等待我们的只有战争和死亡，而我已经受够了这两样。”

“那怎么办？”伊尔提斯回答，“你们就在这儿等倭拉舰队来吗？”

“可以去别的港口，”米欧尔说，“阿尔比兰帝国，极西之地。”

“有件事你们忘了。”伊尔提斯脸色一沉，厉声说道，“我们欠这个女人一条命。如果不是她，我们所有人只能葬身在鲨鱼的肚子里。”

“我感激不尽。”米欧尔的声音有些哽咽，她抓住莱娜的手，“我真的很感激。可我只是一个年轻姑娘，我不想再受伤害了。”

联合疆国的女王，莱娜心想。却不能劝说五个穷途潦倒的人为她效命。看到米欧尔吸溜着鼻子，她想起在倭拉人的运奴船上，他们从船舱里带女孩上去，发丝遮住面庞，啜泣声犹在耳畔。“非常抱歉。”

她捏紧了女孩的手，“我不会要求你们跟我走，你们必须自行选择。但我一定要回到疆国，无论有没有人一起去。”

“我去。”伊尔提斯说，“我还没有杀够倭拉人。远远不够。”

“我跟你走，小姐。”本顿说，“我父亲肯定盼着我回去，他一个人摆弄不来渔网。”听他的口吻，莱娜知道他的父亲已不在人世。

伊尔提斯扭头问哈文：“你呢，匪徒？有胆子偷东西，有胆子打仗吗？”

“我有没有胆子，你早在船上见识过了，兄弟。”哈文冷冷地瞪了他一眼，然后回过头，满怀歉意地望向莱娜，同时拉起奥瑞娜的手：“可我如今……要负起责任了。”

看来还有我没注意到的事情，莱娜心想。

“你没有必要去。”米欧尔依然拉着莱娜的手，“跟我们走吧。有了你，我们可以做任何事情，去任何地方……”她声音渐弱，眼睛瞪大了，直勾勾地盯着莱娜身后。

莱娜转过身，看到船王埃尔－努林迈着坚定的步伐走过来，左右两边带了至少二十名全副武装的水手。他在莱娜面前几码处站住了，水手们呈扇形排开。三个男人紧紧地护住女人们。

“关于你们在航行途中的细节，贝洛拉斯讲得有点迟，”船王说，“尤其是你非凡的棋艺。特拉弗·胡尔廷也喜欢斗智棋，他确实主要做丝绸生意，但他走私茶叶，而且女儿很胖。另外，他每每说起唯一一次进宫的经历就没完没了，他见过国王的女儿，对于公主在斗智棋上的造诣赞不绝口，而据我所知，他的棋艺很烂。”

埃尔－努林单膝跪下，目光始终不离莱娜：“我在此代表船王议会，欢迎您来到梅迪尼安群岛，陛下。”

他们用来安置莱娜的房间位于一座高楼的顶层，临窗可以远眺港口，房内各种生活所需一应俱全。当时，伊尔提斯上前一步，不让人带走她，哈文和本顿也紧随其后。但她伸出手掌，坚定地按在伊尔提斯胸前。“不用，兄弟。”

“是真的吗？”他轻声问道，目光在莱娜脸上游移，“陛下？”

莱娜拍了拍他宽厚的胸膛，笑道：“不要留在这儿。带他们走，照米欧尔说的那样远走高飞。这算是我的第一道，也是最后一道命令。”

整整四天，没有人来打扰她。先是仆人送来食物，鞠躬，一言不发地退下。随后，同样沉默不语的女仆送来衣服。上好的布料，但样式简单，颜色素雅。是行刑用的吗？她心想。

第四天傍晚，船王埃尔－努林独自登门。此时楼下的海港华灯初上，镶嵌在诸多塔顶的神像也隐没了面目，犹如灰暗的枪尖。船王再次深深地鞠躬，毕恭毕敬的态度似是发自真心，并无戏谑之意。为此，她竟有几分感动。

“您还缺什么吗，陛下？”他问。

“自由。”

“我们很快就会谈到这个显而易见的问题。您或许愿意知道，您的子民拒绝离开。按照我们的约定，我们提议送他们返回疆国，但他们拒不接受。”

“我相信他们都安然无恙。”

“他们就在楼下，我保证没人找他们麻烦。”他走到阳台，侧身以待，示意莱娜也过去。他们望着夜色中的城市，埃尔－努林的目光不断瞟向她的脸。须臾，她摘下头巾，走近两步，歪着脑袋，完全暴露在船王眼前。“请吧，大人。愿意看多久都行。”

“我……非常抱歉。”他说。莱娜退了回去，重又包好头巾。“我不过是想确认……”他顿了顿，极其痛心地皱紧眉头，“我见过您一次。那是在战争结束后，您亲临瓦林斯堡码头迎接您王兄的一艘船，好像是执行了一次漫长的探险任务。”

“燕翅号，”她回忆道，“是疆国第一艘远航至南方冰墙的船，花了五年时间。”

“惊人的壮举，不过梅迪尼安的水手早在二十年前就做到了。”他回头望向城市，夜色中亮起的灯火越来越多。“您觉得景色如何？”

“很漂亮。”莱娜斜睨了他一眼，“你想说的是，我父亲犯下过可怕的罪行，而你们从废墟和灰烬之中重建了美丽的家园。”

“您果然聪明睿达，名不虚传。不过我想问的是，您能否合理地解释他的行为？”

“你们对商船的劫掠已经不容忽视，”莱娜直言，“他不能接受疆国的贸易长期受到影响，况且事关他梦寐已久的战争计划。”

“这么说，他那时候就有战争计划了？把我们的城市夷为平地，就为了十年内都不可能爆发的战争？”

“我怀疑他早在建立联合疆国之前就有计划了。那是他统治时期的辉煌顶峰。”

“一败涂地也算辉煌？”

一败涂地再贴切不过。“青年的宏图大志变成了暮年的孤注一掷。好心的大人，或许你可以解开我长久以来的疑问：他是如何说服船王运送军队登陆帝国海岸的呢？”

“很多很多金子，一整船青石，外加一个承诺：等打赢了战争，乌恩提什城归我们所有。那是艾瑞尼安海最富裕的港口之一。船王议会认为值得冒风险，即便失败了，看到你们全军覆没也是乐事一桩，毕竟这支军队摧毁过我们的城市。另外我要说，船王议会做决定的时候，我还没有如今的身份。”

他沉默片刻，那张狐狸脸混杂了悲伤和忧虑。“你们打不打？”莱娜问。

“我们还有选择吗？”

“有几个。群岛不缺船只，带你们的人全体逃亡，到阿尔比兰境内寻求庇护。你们的舰队如此庞大，必有可用之处，皇帝或许愿意既往不咎。不然，你们还可以航向更远的地方，寻找新的大陆。燕翅号的船员提到过，南边有绵长的海岸线以及大片的无人地带。那也是我哥哥的伟大抱负之一，如果国库充盈，足够挥霍，他打算建立新的居住地。”

“等您回家了，您会这样对人民说吗？背井离乡，远走高飞？”

“听你的意思，你们打算释放我？”

“我们挑拣同盟的好日子已经过去了。您父亲犯下罪行之后，我们一直没有闲着，最好的防御莫过于可靠的情报，于是我们在全世界的各个港口都有了耳目。”

“因此贝洛拉斯船长的任务是去截获密码本。”

“正是。在议员儿子的身边安插探子可不是件容易的事。幸好他贪得无厌，可供我们利用。我们在您的疆国也有眼线，相信您不会觉得意外，他们传来消息说，倭拉人还没有得逞。埃尔托城仍在抵抗，奴隶贩子不敢走出瓦林斯堡的城墙，他们的军队所到之处，全是烧毁的庄稼、死去的家畜和下毒的水井。看来您仍有疆国可以回，陛下，尽管我说不好你们还能坚持多久。”

“那就送我回去。等我夺回疆国，我们的铁拳也为你们所用。我向你保证。”

“我相信您的话，不过时间似乎与我们作对。”他从袖子里抽出一张小纸卷。又是密文，但比倭拉人的简单多了。

“VF 从瓦林斯堡启航。”她读道。

“这是今天下午的飞鸽传书。我们有探子，我说过。信是两天前发出的。”

VF 就是倭拉舰队。“他们多久能到？”她问。

“顺风的话，两周。”

“大人，如果有什么我可以做的……”

“有的，陛下。”他目光如炬，斩钉截铁地说，“您可以为您父亲赎罪，为我们寻回海岛之盾。”

“那就是温瑟尔岛啊，”哈文眺望着半英里之外那块高出海面的岩石，“看起来不大像啊。”

“放尊重点！”伊尔提斯厉声说，“你有幸见到了信仰的起源地。”

“不尽然，兄弟。”莱娜说，“只是最初书写教理的地方。”

伊尔提斯立即鞠躬致歉：“受教了。请原谅，女王陛下。”

别这样，她很想说，而且兄弟以前大大咧咧的样子更可爱。自从她暴露身份，他们的表现都变得不正常了。米欧尔最严重，结结巴巴的说不出话来，莱娜恨不得抽她几个耳光。

“我什么都没看见。”女孩靠着船舷张望岩石。

“宗会主楼和岩石浑然一体。”伊尔提斯解释，“那是信仰历史上最古老的宗会，原始教理之库。就连梅迪尼安人也满怀敬畏，从不打扰宗会的兄弟们。”

海刀号从群岛启程，航行了两天，海面一直非常平静，今早接近温瑟尔岛时，风浪忽然变大。贝洛拉斯船长提醒过他们，这座岛屿周围的海水动荡不定，暗礁和急流不计其数，在此驾船的难度众所周知。所以他选择在这儿避世？莱娜望着拍打岩石的浪花，心想。如此一来，登门拜访的人自然少了。

贝洛拉斯大步走来，鞠躬致意：“小船已经准备好了，陛下。”

“谢谢你，船长。我们讨论过的那件事怎么样了？”

他点头，向一个船员招招手，那人拿来一个帆布包和一只小木箱子，放在莱娜脚边，笨拙地鞠了一躬。莱娜抬起头，看着面前患难与共的五个人，心里明白彼此之间已经永无成为朋友的可能。一向如此。我们不可能拥有这样的关系，莱娜。父亲说，当时她正羡慕地看着别的孩子在王宫里嬉戏追逐。我们成不了他们，他们也成不了我们。他们为我们效力，我们给他们下令，也反过来为他们效力，只不过是用命令的方式。

她蹲下身解开包裹，露出三把阿斯莱剑，旋又站起，招手示意男人们来拿。“这个仪式通常没这么简单，也许以后我们再安排正式点的场合走一遍。不过现在，好先生们，我只问你们一个问题，你们务必自行做出回答，不必考虑责任轻重，更不必担心受到非难——你们愿意用手里的剑为联合疆国效命吗？”

话还没说完，他们已经单膝跪地。令莱娜吃惊的是，伊尔提斯举起剑时，双手竟然微微颤抖，然后他低下头。“我愿意，陛下。”他说，本顿和哈文立刻随声附和。

“这是我的荣幸，”她说，“我在此任命你们为疆国之剑。女王有令，你们先前所犯罪行和不端之举既往不咎。”她走向仍跪在地上的伊尔提斯。“平身，兄弟。”

他慌忙起身，僵硬地立正站好，吞了吞口水。“伊尔提斯……”莱娜卡住了，因为不知道他的姓氏。

“埃卓尔，陛下。”大汉说。

“谢谢。伊尔提斯·艾尔·埃卓尔大人，我任命你为女王的御前护卫，若你有意返回宗会，届时再解除这一职务。”

“我永无此意，陛下。”

她微微一笑，走向哈文。“没有姓，女陛下。”他说，“反正我不知道是啥。”

“明白了。既如此，我便称你为破枷者哈文大人，若你想到更喜欢的名字，届时再改换。”

“我觉得这个好，女陛下。”

“称呼陛下即可，大人。”

“灰鸥，陛下。”本顿见她走过来，说道，“渔民用家族的船起名字。船可能沉没，或者报废，但名字永远不改。”

“那便是本顿·艾尔·灰鸥大人。从现在起，你和哈文大人听伊尔提斯大人调遣。你们唯一的任务就是保护我。疆国的王冠必须戴在头上，你们要确保我不掉脑袋。”

她从甲板上拿起小箱子，走向女人们，两人已经跪下。莱娜打开小箱子，递到她们面前。“这不是我希望的样式，但眼下也能凑合。”两枚指环一模一样，银质的戒圈上镶嵌有一颗小小的青石，如此仓促的时间内，梅迪尼安的珠宝师已经尽了全力。“女王要有女官。但选择权在你们手里，前路漫长，而且危险重重，所以考虑好再回答——你们愿意留在我身边吗？”

米欧尔立刻接过戒指，奥瑞娜稍有犹豫。“女王陛下，”她说，“我以前的生活……并不检点。我不希望因为我的名声，辱没了您的好意。”

“区区小事，从此不必再提了，小姐。”莱娜说。

奥瑞娜眨眨眼，挤掉泪水，接过了戒指。“邓撒是我亡夫的姓，但我想用我自己的，瓦德里安。”

“奥瑞娜·艾尔·瓦德里安小姐。平身，请就位。”

米欧尔接过莱娜伸来的手，亲了亲指尖，泪水肆意流淌。“哈、哈滕，女王陛下。”

“米欧尔·艾尔·哈滕小姐。”莱娜抓住女孩的胳膊，温柔地拉起来，撩开挡在面前的发丝，又在她额前轻轻一吻。“你真的不要再哭了。”

温瑟尔岛的守岛人在码头迎候，所谓码头，其实就是一块削平的岩石。这位第一宗兄弟上了年纪，斗篷原本是白色，因为常年穿着，如今已变成灰色，大把胡子犹如散开的绳索。

“确实是重大消息，陛下。”听莱娜讲述来此的缘由后，他说道。在他看来，女王的容貌和疆国的麻烦，似乎还不如天气转坏更值得担忧。

他自报家门说是勒肯兄弟，然后带莱娜登上通往宗会主楼的石阶，这些石阶大约是七百年前开凿出来的。有几位兄弟候在主楼内，向她鞠躬致意，但显然没有什么特别的兴趣。多数人很快回去读卷轴，或是坐下来冥想。他们大多与勒肯兄弟年纪相仿，莱娜颇为好奇，不知道他们怎样在如此艰苦的环境下生存。

“岩石里的小池子有螃蟹和蚌，”勒肯解答了她的疑问，“另外我们在退潮时收集海藻。只要烹饪得当，味道非常好。如果您船上缺乏食物，我可以给您拿一些。”

“怕是不必了，兄弟。”她扫视着周围的房间，里面住的全是年迈的兄弟，“他在这里吗？”

“阿瑟兰·埃尔－奈斯特不跟我们住在一起，陛下。他来这儿有好几个月了，我们见他的次数屈指可数。来，我带您去见他。”

她跟着老兄弟，穿过宗会主楼，出来就是一条崎岖小路，沿着狭窄的山脊，通向两百步之外的海角。“您走的时候最好压低身子，陛下。”勒肯建议，“有时候海浪会打到山上。”

陪在莱娜身边的只有伊尔提斯，他走上前劝道：“走过去太危险，陛下。我去带他过来。”

“不用，大人。”莱娜走上小路，发现岩石比她预料的更为湿滑，“我认为这事儿最好由我亲自来办。你等我回来即可。我相信勒肯兄弟可以给你展示教理的原本。”

“当然可以。”勒肯忽然来了兴致，“大人，您是学者吗？”

伊尔提斯面色僵硬，犹如周围的花岗岩。“我曾是第四宗的兄弟。现在不是了。我就在这儿等女王回来。”

看到老兄弟异样的表情，莱娜强忍着笑，顺着山脊走上去，按他的建议压低身子。走到半路，一个浪头打过来，猛地拍上岩石，溅起冲天的水花，力道之大，直接压趴了莱娜，她只好四肢着地，紧紧地攀住岩石。等海浪余威散尽，她才浑身湿漉漉地站起来，深一脚浅一脚地继续前行。抵达海角之前，她又经历了两次这样的折磨。

这条依山而上的小路是在凸凹不平的花岗岩上开凿的，终点是一个石洞，一道炊烟自洞中袅袅升起。路上铺满苔藓，极其难走，她摔了好几跤才走到洞口。从此处极目远眺，波澜壮阔的海面可谓叹为观止，风起云涌之间，大地的弧度依稀可见。底下的海刀号如同玩具一样在波涛上摇晃。阳光透过云层，洒在这块巴掌大的高地上，晒得伤疤刺痛，于是她拧干头巾——先前因为浪头太大被迫摘下——又戴了回去。忽然有什么声音传来，她扭头望向石洞，迎着昏暗的火光，看见了一个黑黢黢的人影。

“你挑的小窝不怎么舒服啊，海盾大人。”她说，“但视野不错。”

那人走出岩洞，默默地打量着莱娜。他个头很高，肩宽体阔，长长的金发在风中飞舞。

探子们所言不虚，果然漂亮，莱娜看到了他掩在胡须底下的英俊面容。

“你知道我是谁，”过了许久，海盾说，“那么你是谁？”

“联合疆国的莱娜·艾尔·尼埃壬女王。”她鞠躬致意，“特来拜访你，大人。”

那双浅蓝色的眼睛在她脸上搜寻了片刻，然后海盾转过身，一言不发地钻回洞里。莱娜正犹豫着要不要跟着进去，他很快又出来了，端着一个热气腾腾的陶杯。“我刚泡了茶，”他说着递了过来，“这是我唯一割舍不掉的享受。”

“感谢。”她抿了一口，不禁扬起光光的眉头，赞叹道：“好香。是阿尔比兰南部的茶吧？”

“正是。我做海盗的时候，有几个地方的商船享有免遭劫掠的特权，那里便是其中之一。作为回报，他们每年送一些物资到群岛来，都是给我的。”他抱起胳膊，瞧着莱娜喝茶，强劲的海风揉皱了那身破烂的衣衫。“我要兄弟们赶走了船王的信使，”他说，“现在他们又把你送来了。你是不是篡夺了你哥哥的王位，现在要来占领群岛了？”

“我哥哥死了，是倭拉刺客干的，就在倭拉人进攻疆国的那天晚上。如你所见，她用黑巫术之火烧伤了我。”

“真可怕。我深表哀悼。”

“你很快就要为你的岛民哀悼了，此时此刻，倭拉舰队正驶向他们的群岛。”

“他们不是好惹的，船也够多。我相信战斗场面肯定很壮观。”

“埃尔－努林船王确信一点，如果你不去带领他们，他们必败无疑。贝洛拉斯船长也一样。为了警告船王们，他驾驶海刀号以前所未有的速度跨越伯瑞林海。”

“我的大副是最棒的水手，请代我问候他。”

见他神色冷漠，莱娜不禁勃然大怒。“艾尔·索纳大人是疆国有史以来最厉害的战士，”她说，“败在他手下无损荣誉。”

“既是失败，就意味着有过较量。”他平静地回答，然后转身走向石洞，“好好品茶。走的时候把杯子留下，我只有这一个。”

海盾正要进去，杯子忽然“啪啦”一声砸碎在洞边。他回过头，眯起眼睛，看着满脸狂怒的莱娜。

“看来，”莱娜说，“我经历了那么多考验，好不容易来到这儿，只为请求一个人出手相助，可他不顾即将遭受毁灭和奴役的人民，仍然沉浸在过去的耻辱之中，只知道自怨自艾。”

“耻辱？”他笑了起来，“您认为我是因为这个才来的？您的人民有没有回避过您，陛下？他们有没有看到您就掉转视线，却因为自己胆子太小不敢说什么，教会孩子如何羞辱您？有没有见过与您多年航海的同伴，冲着您的影子吐唾沫？这一切都因为您的失败，没能杀死他们整整一代人都想杀死的人。我不是自我放逐，我是被放逐了。我之所以来这儿，是因为我无处可去。从这儿到倭拉，每一个港口都认得我这张脸，都能找到等着给我用的绞索。”

“在我的港口不会，”她说，“你过去劫掠商船、抢夺财宝的一切罪行，乃至谋杀，我可以统统赦免。”

“我从不谋杀，除了公平决斗造成的死伤，我一个人也没杀过。”他往前走去，海面上似乎有什么东西吸引了他的目光。莱娜回过头，看到了熟悉的景象。红鲨鱼又来了，而且头一次显露全身，它缓缓地摆动尾鳍，绕着海刀号游走。

“从未见过离船如此之近，却不发起攻击的。”海盾说。

“如果你跟我走，我答应给你讲一个有趣的故事，或许可以解释你的疑问。”

他们并肩而立，望着红鲨鱼看了一会儿，海盾的表情难以捉摸。“贝洛拉斯说你因为没死成而自责，”等鲨鱼消失在漆黑的海底，莱娜开口说道，“所以你来到这儿，等待被剥夺的死亡降临在你头上。”

“我不是被剥夺了什么，我是受到了惩罚。艾尔·索纳非常清楚，留我一命，比直接杀掉我要残酷得多。”

“我认识艾尔·索纳大人，他没有这么残忍。他只是饶过一个无助的人，仅此而已。”

埃尔－奈斯特的笑声几不可闻。“我看过他的眼睛，陛下，听过他说话。他看透了我的灵魂，他知道我理应一死。”

“跟我走，也许你能找到真相。活下去，我要南塔的造船场给你打造梦寐以求的好船，船舱里全是青石，满满当当。”

“青石和船就不必了。我要别的。”

“什么？”

海盾的动作太快了，一把抓住她的胳膊，猛地拉近，两人的嘴唇贴在一起。她张口喊叫，却感觉对方的舌头伸了进来。她怒不可遏，狠狠地咬下去。海盾放开手，大笑着吐了一团血到石头上。莱娜瞪着他，心脏狂跳不止，惟愿飞刀还挂在颈上。然而，她什么也做不了，只能嘶声吼道：“你还说艾尔·索纳残忍！”

“不是残忍，陛下。”他有点口齿不清，舌头仍在流血，“是好奇。而且还没有得到满足。”他熟练而优雅地鞠了一躬。“请允许我收拾一下那点破家当，即刻就跟您走。”

第三章　弗伦提斯

事实证明，伊莲当弓手比做饭靠谱多了。她的胳膊没力气，拉不开弓，于是达沃卡给了她一把弩。营地的炖锅很快就受益于她新学的本事，每天都有林鸽、野鸡或是兔子带回来。自从头一晚在火堆边相识之后，宗会的母猎犬几乎和她形影不离，伊莲给它起名为黑牙，因为它一咆哮就露出色泽暗沉的尖牙。

“今天收获不多。”她说着，扔了一只野鸡在火堆边。“我觉得这片林子的猎物都打光了。”她傲慢地瞧着艾伦迪尔，“小子，你来杀鸡，怎么样？”

“你自己杀，傲慢鬼。”

“乡巴佬！”

“臭丫头！”

他俩一来一回吵个不停，弗伦提斯起身走开，顺便巡视营地。简利尔·诺林在向一群年纪较轻的新兵教授基础剑术，他们大多是不满十五岁的男孩。达沃卡正与厄蒙德过招，自打这位年轻的骑士恢复了气力，两人成天切磋武艺。他们使用的武器是铁头棒，彼此翻转腾挪，林间回荡着木棍相击的闷响。弗伦提斯对罗纳人的风俗略有耳闻，见达沃卡神情专注，不禁怀疑她这是在考验新的丈夫。

格瑞林和三十四号坐在一起，施虐者仔细地模仿宗师教他的每一句疆国话。“我的名字叫卡维尔。”他说疆国话的语调非常古怪，几乎没有重音。自从他倒掉了止疼药水，日子就特别难熬，常能看到他在小帐篷里浑身颤抖，满头冷汗，有时嘴里咬一根棍子，忍着不叫出声来。每天夜里，他睡着的时间很少超过一个钟头，弗伦提斯陪在旁边，看着他辗转反侧，痛苦呻吟，甚至剧烈抽搐，用倭拉语连连哀求。弗伦提斯不知道求饶的是他，还是他所折磨的那些人。

“这是你选的名字？”弗伦提斯问曾经的奴隶。

“暂时用用，”他回答，“我不知道取什么名字。您愿意的话，还是可以叫我三十四号。”

他接着往前走去，看到壬希尔宗师在马圈里忙活，尽管马匹的数量还不多，但仍在与日俱增。宗师把它们拴在远离营地的一小块空地里，每天寸步不离——除了睡觉以及艾伦迪尔或伊莲给他送饭来的时候。事实证明，他也记不住两个年轻人的名字，正如记不住弗伦提斯的名字一样。

“需要玉米，小子。”他一边检查母马的蹄子，一边对弗伦提斯说。这匹高大健壮的猎马是几天前带回来的，前主人是一个锦衣华服的倭拉人，带了区区几名卫兵，就莽撞地闯进森林打野猪。经过三十四号的讯问，得知此人是倭拉帝国某个末流权贵的儿子，仅供出了一条有价值的消息：瓦林斯堡如今在达纳尔大人手里。

“这对我们是好事，”格瑞林宗师说，“封地领主的脑子不大灵光。”

“最好别低估他，兄弟。”厄蒙德说，“野猫没道理可讲，杀人可不眨眼。”

面对壬希尔的请求，弗伦提斯的答复和前几次一样：“我们缺玉米，宗师大人。”

“玉米长肌肉。”疯子宗师快活地说着，走向另一匹马。这匹久经战场的公马是从自由骑兵那里搞到的，尽管口鼻灰白，但肌肉厚实，腿脚强健，脖子也相当有力。“战马要吃玉米。草没营养。”

“我尽量弄一些来，宗师大人。”弗伦提斯不止一次这样说了，“您还需要什么吗？”

“问问耶斯廷宗师，请他多打几块马蹄铁，有三匹马的蹄子秃了。

然后你把饭食清理干净。”

弗伦提斯见他打理起公马的毛皮，眼里饱含热情。“遵命，宗师大人。”

他走到附近的岗哨，执勤的卫兵原是都城戍卫军的一名下士，现在负责警戒南面。“还是没有迹象？”

“没有，兄弟。去了有半天了。”

公鸭和贼猫清早出发，去执行一次侦察任务，而且是他们破天荒主动请战。弗伦提斯怀疑他们是去取回以前埋在城郊的财物，很有可能不打算回来了。其实令他吃惊的有两件事，一是他俩居然这么久都没有离开，二是他俩总能在千钧一发之际逢凶化吉。

但愿他们走运，他等到黄昏依然不见盗贼们的影子，心里这样想着。现在可能已经在去尼塞尔的路上了吧。

“上周的伏击战搞到了不少白兰地，还有剩的。”他从掩蔽的岗哨里钻出来，对下士说，“等你换了班，就去喝两口。”

忽然有短促的哨声响起，这是可能存在危险的信号。他立即伏下身子，观察着昏暗的林间。不久，一阵粗重的喘息声传来，公鸭跌跌撞撞地闯进了视野。几周以来，由于配给贫乏、生活艰苦，匪徒的体重轻了不少，可他跑起来仍旧非常吃力，无论路程远近。他一看到弗伦提斯现身，立刻瘫倒在地，大口喘气，时间掌握得不迟不早。

“有埋伏。”他吐出几个字。弗伦提斯递来水壶，大汉接了过去，先浇了一脸，然后猛灌几大口。“我们被抓住了。那些混账奴隶士兵，还有几个仑法尔人，看样子是做买卖的猎人。”

“贼猫呢？”下士问。

“被他们杀了，不然呢？他们慢慢地对付他，要我在旁边看着，但我跑了。”

"怎么跑出来的?"弗伦提斯问。

"我解开了绳子,不然呢?混江湖的都会这套把戏。"

"绳子?他们没用链子铐住你?"

公鸭无言地摇摇头。

弗伦提斯抬起头,竖起耳朵聆听森林之歌,搜寻最细微的动静……有了,虽然极轻极弱,但确定是狗叫声无疑。仑法尔人的猎狼犬,不是奴隶犬。

"回营地!"他一把拉起公鸭,命令道,"去南边摆开阵型。我们没时间逃跑了。"

"你这该死的笨蛋!"下士冲着跌跌撞撞跟上来的公鸭骂道,"直接把他们引过来了。"

弗伦提斯飞快地跑过营地,不断地高声呐喊,命令各支战队就位。他们做过演习,却没料到真有这种情况发生,他原本指望有充足的预警时间,可以在敌人进攻之前逃掉。战士们先是大惊失色,继而回过神来,迅速拿起武器,摆出参差不齐的阵型。

"艾伦迪尔!伊莲小姐!"他们跑了过来,艾伦迪尔长剑在手,伊莲提着十字弩和箭袋。"敌人当中有很多武艺高强的家伙,"弗伦提斯对她说,"那些人训练有素,悍不畏死。你躲到树上去,能杀多少就杀多少。艾伦迪尔,你负责保护她。"

少年稍一犹豫,正欲开口争辩,却见伊莲跑开了,他只好跟了过去。

"您最好到后方去,宗师大人。"弗伦提斯对格瑞林说。身躯庞大的兄弟走到他身边,也拔出了剑。"您可以作为我们的集结点,以防队伍被冲散了。"

格瑞林乐呵呵地扬起眉毛,却站在原地未动。很快,厄蒙德和达沃卡也来了。"孩子们呢?"她问。

"我安排他们去了相对安全的地方,"弗伦提斯回答,"你们跟紧我，一起对付柯利泰。我们必须扳回劣势。”

公鸭呼哧带喘地走过来了，手里提着那根沉甸甸的木棒，一副追悔莫及的表情。“对不起，兄弟……”他欲言又止。

“迟早的事。”弗伦提斯说，“有没有找到你们藏的东西?”

公鸭悔恨交加地耸耸肩：“他们就是这样抓到我们的，埋伏在我们藏东西的地方。满满十袋红花。我们觉得医师可能用得上。”

弗伦提斯盯着盗贼的脸，没有发现撒谎的迹象。公鸭已经不是贼了，他心想。是战士。“为我殿后，如何?”他说。

公鸭举起木棒敬礼：“荣幸之至，兄弟。”

弗伦提斯拿起弓，搭上一支箭。营地里寂静无声，所有人的目光都射向浓密的树林。“也许他们没找到我们。”公鸭低声说。

弗伦提斯忍住笑，目光不离树林。此时此刻，他们正稳步靠近，很快就到。没有号角，没有战号，只是百余个面无表情的战士手执利剑，冲杀而至。代价不菲，弗伦提斯心想。集合这么多柯利泰，就为了解决我们。

“弓手上!”他大喊，弓手们立刻从藏身之处站起，射出一阵箭雨。箭矢疾飞，柯利泰们左右闪躲，翻滚跳跃，等冲到战士面前时，倒下的只有区区六人。弗伦提斯又射倒两人，这才丢掉弓，拔出剑杀过去。

他看见一个柯利泰冲进一群战士之中，双剑狂舞如风，杀得血肉横飞，战士们拼尽全力也无法招架。弗伦提斯跳过一个倒地的战士，扫开柯利泰的左手剑，随即递出长剑，插进他的眼睛，速度快到对方来不及格挡。又一个柯利泰攻了过来，双剑交叉犹如剪刀，直取弗伦提斯的首级，身子却突然一折，原来是达沃卡的长矛刺进了他的肋部，厄蒙德紧跟着跨步上前，抡起双手巨剑结果了对方。

后方有人大喊，吸引了他的目光，只见公鸭和一个柯利泰对上了，大汉挥起木棒，对方矮身躲过，剑随人动，向前突刺。格瑞林宗师以弗伦提斯难以想象的速度冲过去，宗会之剑咬中了奴隶的大腿，令其摔倒在地。公鸭怒吼一声，一屁股坐上去，棍棒大起大落，溅起一片血雾。

弗伦提斯扫视战场，只见到处尸横遍野，却仍有很多柯利泰没有倒下。他寻找最激烈的战场，发现有一群男女挤在靠近营地中间的位置，四面八方都在遭受攻击。

“跟我来！”他朝达沃卡大喊，同时手腕一翻，飞刀射向距离最近的柯利泰，扎进对方赤裸的上臂。那人脚步趔趄，伸出手正欲拔刀，却被生生斩断。弗伦提斯接连干掉两人，手中长剑犹如铁鞭，不断地在敌阵中格挡砍杀。战士们集结在他周围，一边嘶喊，一边挥舞着各种武器。达沃卡和厄蒙德也在其中，他们背靠着背，长矛和利剑不知疲倦地突刺挥砍。

不够，弗伦提斯意识到，周围的战士们抵挡着从四面八方攻过来的柯利泰。他们解救出来的人不足以建立一支真正的军队。

雷鸣般的蹄声引他回头一望，只见壬希尔宗师骑着那匹久经沙场的公马，伏在鞍上，长剑在手，冲出了树林。他一剑捅穿了一个柯利泰的后背，疾驰而过的同时又抽剑斜劈，切进另一个柯利泰的肩膀，要了对方的命，继而策马撞翻了第三个柯利泰。公马长啸一声，铁蹄如雨，落在垂死挣扎的柯利泰身上。

一个柯利泰冲过来，跪在昂首嘶鸣的公马前，另一个加速狂奔，双脚在前者的背上借力一蹬，向疯子宗师跃了过去，双剑高举过头。壬希尔和往常一样面无表情，轻松地带领马儿跳到一旁，柯利泰扑了个空，双剑凌空劈下，却错离数寸之遥。他落地翻滚，正要再次进攻，一支弩箭从斜上方飞来，穿透了脖子，柯利泰倒地而亡。达沃卡和厄蒙德冲上前，长矛与利剑配合默契，取了另一人的性命。

壬希尔宗师空洞的目光在弗伦提斯身上停留了片刻，然后他走了，骑马冲向一群柯利泰，长剑画出一道道完美的银弧，弗伦提斯在训练场上从未使出过如此流畅的剑招。他看到又有三个柯利泰倒下，然后宗师消失在视野中。

壬希尔的猛攻冲散了柯利泰的队形，也为众人赢得了喘息的机会，幸存的战士们立刻聚拢到弗伦提斯身边。太少了，他心里想着，与此同时，柯利泰重整旗鼓，又一次包围了他们。我不该等这么久。他含住手指，吹响尖锐的哨声，立刻就有了回应。有人打开狗圈，疯狂的咆哮声陡然响彻林间，信仰猎犬纷纷冲向柯利泰。他们意识到了危险，马上摆出防御阵型，以惊人的效率化零为整，一排人跪在前，其余人立于后，短剑如林，指向前方。这是血肉与钢铁的壁垒，固若金汤，势难攻破。

大砍高高跃起，半空中一拧身子，越过柯利泰的头顶，落在圆形壁垒的正中央。转瞬之间，骨肉横飞，敌阵立刻出现了一道缺口，猎犬们蜂拥而至。见柯利泰队形已乱，弗伦提斯举起剑，跟着狗儿杀进去，战士们紧随其后。他一剑撩起，砍中一个柯利泰的腿，剑刃翻转，再回手劈下，刺透了对方的胸膛。与此同时，战士们纷纷冲过他身边，乘势杀敌。柯利泰自然奋战至死，无论是面对冰冷兵刃还是尖牙利爪，他们毫无畏惧，绝不退缩，不断地杀伤战士们和猎犬，直到最后一个柯利泰死于乱剑之下。

屠杀结束了，战场上到处是步履蹒跚的幸存者。弗伦提斯数了数，活下来的不超过五十人，至少有三分之一身负重伤。

简利尔也没有阵亡，他正拿着那把剑，接二连三地砍向一丛蕨草，动作缓慢而坚定。他忽然停手，弯腰捡起战利品，举在半空中，只见鲜血从斩断的脖子里汩汩流出。曾经的歌手笑了起来，上下抖动那颗头颅，任由死人的嘴巴开开合合，仿佛在发表某种诡异的演说。弗伦提斯心里有愧，因为先前还希望简利尔活不过今天。他这样的人再也找不到过去的安宁了。

突然有一声尖叫从后方传来，达沃卡立刻举起长矛狂奔过去。是伊莲。

弗伦提斯紧随其后，却见格瑞林宗师跑在前头，庞大的身躯穿行于灌木丛中，速度快得惊人。不远处，艾伦迪尔正与两个柯利泰缠斗，手中长剑挥舞如风，不断扭身闪避，躲开四把短剑的进击，同时不给对方近身的机会。弗伦提斯看到伊莲站在一棵橡树的枝丫上，望着脚下的这场恶斗，却束手无策。弩箭已经射光了。

柯利泰的攻势陡然加强，上下两路同时进击，逼得艾伦迪尔连连后退。少年不小心绊到了一截树根，顿失平衡，四仰八叉地摔倒在地，柯利泰迅速上前，举剑欲刺。

格瑞林宗师在二十码开外站住了，剑尖放低，抬起无剑之手，五指张开……柯利泰飞了出去。

仿佛有一只无形的巨拳，从柯利泰的脚底猛地勾上去。一人撞上橡树，强大的冲击力导致他的肢体裹住树干，脊骨当即粉碎。另一人飞了起来，擦过伊莲所在的枝丫，伴随着女孩的尖叫声，在半空中翻了几个跟头，重重地摔到十码开外。

达沃卡立刻收住脚，盯着格瑞林看了一会儿，恐惧和厌恶显露无遗。"Rova kha ertah Mahlessa."她低声说道，然后跑过去察看少年的状况。

弗伦提斯走到格瑞林身边，见他神情阴郁，肤色湿白，仿佛承受着巨大的痛苦。"有一个倭拉人钉在树枝上，"弗伦提斯说，"我当时还以为是烧糊涂了，产生了幻觉。还有什么惊喜带给我吗，宗师大人?"

格瑞林微微一笑："说真的，我是宗老。"

他派简利尔和幸存者当中最能干的十个战士前去追击仑法尔猎人。按照他的要求，他们杀了对方所带的猎犬，以免敌人循迹而来，还抓了一个猎人回来问话。在三十四号的陪伴下，猎人没坚持多久，很快就一五一十地招了。

“我们领主认为他儿子就在这片森林里。”此人中等年纪，体格精瘦，一副饱经风霜的面容，证明其具有丰富的野外追踪经验。他左手的指头不断地滴血，三十四号在他的指甲缝里插了几根玫瑰花刺。“领主许诺，谁能带他儿子回去，就赏十枚金币，如果还活着，就赏二十枚。那些奴隶是他自个儿掏钱从倭拉将军那里买来的。”

“你为了金子追杀同胞?”简利尔淡淡地问道。

“我只是服从命令。”那人呜咽道。他被绑在一截树根上，抬头望着他们。“从来都是如此。要想保命，可不能得罪封地领主达纳尔。”

“也不能得罪我。”弗伦提斯说，“等你见到他，替我转告。”

“你打算放他走?”弗伦提斯走向艾伦迪尔照顾伤员的地方，简利尔跟上来问。

“先不管他，等我们转移营地的时候再说。”弗伦提斯说，“他们这次行动失败了，我相信达纳尔大人自有打赏。”

“他是叛徒，理应处死，兄弟。”简利尔斩钉截铁地说，语气异常狂热。

“今天死的人太多，你还没看够吗，军士?”

“如果都是他那种人渣，我永远不嫌多。”

弗伦提斯站住了，与简利尔四目相对：“有用吗？这么多杀戮和折磨，可以带走那些痛苦的记忆吗?”

简利尔压低眉头，眸子明亮而灰白。“无论怎样也带不走。我以她之名杀人，我用鲜血祭奠她。”

“以她之名？她叫什么？我从未听你说起过。”

军士没有回答，只是瞪着他，眼里掠过一丝犹豫，但转瞬即逝，疯狂迅速滋长。“不要动那个猎人，我们收拾东西准备走。”弗伦提斯下令，“如果你不服从我的命令，请你自行离开，只要不让我看见，你想怎么杀人就怎么杀人。”

艾伦迪尔正在帮达沃卡给公鸭的胳膊缠绷带，罗纳女人是他们当中唯一会治伤的。“我以为可以打死那混蛋，结果他刺了我一剑。”大汉咬牙切齿地说，“但我还是打死他了，打到脑浆子都流出来。”

达沃卡系好绷带，等他们走开，轻声对弗伦提斯说：“今晚会死十个。其他的，只要有充足的时间，就能康复。”

“我们正缺时间，”他回答，“我们一个钟头后就出发。”

她神色阴郁地点点头，然后警惕地瞟了一眼格瑞林。宗师独自一人坐在小火堆边，缩在斗篷底下，似乎冷到了骨子里。“他也跟我们走？”

“他是我们信仰之宗的宗老，这支队伍的领袖。丢下他可不行。”

她扬起眉毛：“领袖？”

弗伦提斯没有理会，扭头望向艾伦迪尔，示意他过来。“你对你父亲有多少了解？”

“二十枚金币？”艾伦迪尔大吃一惊，“外祖父总说封地领主太小气，玩了酒馆妓女都不给钱。”

“他要你做什么？”弗伦提斯问。

“我是他的继承人。他播下的野种。”少年明显很难受，目光游移不定，脚下也躁动不安，“我从没见过他，但我老是能感觉到他，那讨厌的影子挥之不去。我清楚他的想法，他特别渴望收我回去，这件事已经不能用常理来解释了。有时候，我发现母亲皱着眉头看我，眼神怪怪的，我就知道她看到的不是我，而是他。”他站稳了，抬头迎上弗伦提斯的目光。“我不要被他带走，兄弟。宁死都不要。”

切下一根手指，叫猎人带给封地领主，刺激对方采取更加轻率的举动。这不是他的想法，他知道。是女人的。他们一起作恶太多，影响过深，渗透了他的灵魂。“我发誓，绝对不让这种事情发生。”他按住艾伦迪尔的肩膀，说道，“你今天打得很棒。去帮小姐收拾武器吧。”

少年的脸上掠过一丝骄傲的神情，然后他跑去找伊莲了。

“维林知道吗?”弗伦提斯坐在第七宗宗老面前，问道。

“他去北疆之前，顺路回了一趟宗会，那时候才知道。”宗老回答，“我们进行了一次……有趣的交谈。”格瑞林苍白的肤色有些发灰，不过丰满的脸颊又泛起红光。弗伦提斯想起了女人，她每次使用偷来的天赋时，总是伴随流血和极度疲劳。

“您使用这种能力时会很痛苦吗?”他问。

“不只痛苦，还会使我枯竭。瞬间释放太多力量，当然有严重的影响。我保持身材肥胖是有原因的，兄弟。承受起来相对轻松一些。”

“我们去哪里找您的宗会?”

“第七宗没有地盘。四百年来都没有。我们如同覆盖在信仰和疆国之上的蛛丝，行事秘而不宣。”

“正如您隐藏在我们宗会里?”

“没错。我以为第六宗是万无一失的藏身之所。”格瑞林挤出一丝嘲讽的笑容，“智者千虑必有一失，只是教训太残酷了。”

“那天我看到了不少兄弟，是阿尔林宗老派去保护您的。”

“是的。他们也因此牺牲了。”

“您当时要去哪里?”

“往北，去司盖伦关。如果走不通，就向西行，先到尼塞尔，再去北疆。结果我居然和你还有我们英勇的反叛军在一起了。到时候又是一个好故事，你觉得呢？但愿还有人活下来讲述这个故事。”

宗老已经一蹶不振了，弗伦提斯望着格瑞林松弛的五官和呆滞的眼神，心想。“这些人还指望我们带领他们，”他说，“给他们希望。身为信仰之宗的宗老，这是您可以做到的。”

“我唯一给他们的就是恐惧。他们看清了我是什么人，他们害怕了。只不过罗纳女人比其他人诚实些。拥有天赋，必然体味恐惧和孤独。光天化日不属于我们，深沉的暗影才是我们的家园。唯有避人耳目，我们方能为信仰效力。这是我们宗会学到的残酷教训。”

“如今已是时过境迁，宗老大人。一切都改变了。倭拉人摧毁了原有的秩序，如何重建，全由我们决定。”

“你要重建这个世界吗，兄弟？你希望以如此崇高的理想，洗掉手上沾的血？”

“洗不掉。但不代表我永远无法自拔。”

“那我们还抵抗什么？明知必败无疑，我们为何还要坚持？这些人终究难逃一死，这片森林里毫无胜利可言。”他眉眼低垂，神思渐渐飘远，“不管去哪儿都没用。我们当时还以为胜券在握，你知道吗？艾尔·索纳拆穿伺伏者的伪装，逆转了局势，结果我们所看到的只是其中一个危险罢了，却没有发觉另一个危险的靠近。整整一支大军跨海而来，杀得我们七零八落。谁能料到他要了几百年的阴谋诡计，竟然使出如此露骨的招数？”

“他？”

格瑞林抬起眼睛：“我相信，你那位死去的女士称他为盟友。倭拉人喜欢自欺欺人。他们可能很久以前就放弃信仰，不再敬神，却也丢掉了理性，甘愿为奴。”

“他是谁？”

“‘他曾经是谁’，这样问也许更为恰当，因为他以前还是凡人。一个有名有姓、活在世间的人，也许还有相亲相爱的家人。可惜，一切都是谜，连本宗最具天赋的占卜师也无从窥见。我们不知道他的名字，只知道他的目的。”

“什么目的?”

“毁灭。尤其是毁灭我们，他的仇恨似乎与这片土地有关。他做到过一次，那时有一群远比我们智慧的人建起了伟大的城邦，创造了无数奇迹。他想方设法将其夷为平地，但并不彻底，有漏网之鱼。如今他要斩草除根。”

格瑞林陷入沉默，眼神暗淡无光，面容疲惫至极。

弗伦提斯站起身：“感谢您救了那孩子，我知道您元气大伤。我们一个钟头内就要出发，如果您愿意和我们同行，我感激不尽。”

宗老耸了耸厚实的肩膀。“我还能去哪里呢?”

第四章　瑞瓦

“是‘女巫’的意思，”韦丽丝翻看手里的书，“是古倭拉语中对女性‘巫师’的说法。”

“艾尔维拉，”瑞瓦反复咀嚼，“发音还挺好听的。”

“他们认为你是女巫？”阿肯说。

“不信神的异教徒，”阿伦提斯大人嗤之以鼻，“误以为圣父的祝福是黑巫术。”

瑞瓦忍住了呻吟。他这是五十步笑百步。

“很好。”森提斯伯父坐在壁炉边上，喘息声粗重刺耳，“说明他们害怕了。”

“理应如此。”阿伦提斯对瑞瓦笑道，“他们每一次攻城，小姐都降下了圣父的审判。”

“解救出来的疆国禁卫军呢？”瑞瓦迫不及待地换了个话题。

“已经和先前的一百多人会合，守在城墙上，小姐。”戍卫军司令回答，“我安排他们增强南区的防御力量。那里还是太薄弱了。”

“好。”她扭头问韦丽丝：“物资库存呢？”

“大约还剩三分之二，”韦丽丝回答，“完全是因为我们的配给非常苛刻。有人埋怨，大多是女人。看到自个儿的孩子饿得直哭，确实心里难受。”

“带孩子的妇女，配给翻倍。”瑞瓦说，“我也不想听她们哭。”

“饥饿是敌人最好的武器，小姐。”安提什大人说，“我们每吃进一口，他们就更接近城墙一步。”

“还有不到一个月就入冬了。”壁炉边的伯父说，“他们搜刮不到粮草，我们等着瞧谁先挨饿。”他猛烈地咳嗽起来，恼怒地摆了摆手。“就这样吧，”等咳嗽平息下来，他嘶声说道，“都退下，让我和侄女单独待一会儿。”

众人鞠躬道别，纷纷走向门外，韦丽丝故意擦过瑞瓦的手。她走到伯父对面坐下，看到搁在毯子上的双手微微颤抖。“你知道情况只会越来越糟，”他说，“哭闹的孩子只是小问题。”

“我知道，伯父。”

“这——”他胡乱做了个手势，“不在我的计划之内。我原本希望你在位期间不用打仗。”

“这不是您的错。”

“昨晚我做了个梦。非常奇怪的梦。有你父亲，还有我父亲和你祖母。全都在这间藏书室里。真是太奇怪了，我父母竟然同处一室……”他没再说下去，眨巴着眼，神思悠然飘远。

“伯父？”

他的眼皮颤动着，慢慢阖上，瑞瓦走过去拉起毯子，盖住他的胳膊。等她靠近，伯父猛然抬起头，明亮的眸子满怀喜悦。“他们说为我骄傲，”他轻声叹道，“因为你，瑞瓦。看来我终于做了一件正确的事。”

瑞瓦坐在他身边，头枕在他的膝上，任由那双颤巍巍的手抚弄头发。“太长了，”她听见伯父喃喃道，“库姆布莱女人不留这么长的头发。”

当天夜里，他们又来了，正如安提什所预料的，敌人同时袭击了好几处。营队排着紧密的阵型开过堤道，四面八方全是盾牌，打头的是步伐整齐划一的瓦利泰，自由剑士紧随其后，尽管队形稍显散乱，但所有人都小心翼翼地躲在盾牌后。当他们抵达堤道尽头，安提什下令所有弓手暂不放箭，以免浪费。倭拉人兵分两路，各支营队慢慢吞吞地包抄城墙，盾牌组成的铜墙铁壁没有一丝缝隙。

“真是可恨，那帮混蛋学得太快了。”阿伦提斯大人说着，向瑞瓦敬礼，“我去西区指挥了，小姐。告退。”

“好的，大人。保重。”

老司令硬邦邦地鞠了一躬，大步走开。瑞瓦盯着缓慢接近的营队看了一阵子，然后拿起弓，搭上一支箭，跃上守卫室的房顶。

“小姐!”安提什伸手欲拉，瑞瓦却摆了摆手。

“我想看看他们有多怕我。”她说。

营队仍在前进，依照反复推演的计划走向指定位置，似乎并未注意到那个可怕的女巫正手执弓箭，居高临下地盯着他们。如她所料，上钩的是自由剑士。一支营队走下堤道，向左侧运动时，盾牌组成的顶棚裂开一条小缝。瑞瓦看见那黑洞中寒光一闪，立刻跨到旁边，一支箭矢从耳边呼啸而过。她动若闪电，拉弓放箭，箭矢直接扎进了小缝。自由剑士的营队犹如一头受伤的野兽抽搐起来，队形开始乱套。军士们纷纷下令，但是来不及了，一时间，铜墙铁壁上出现了无数裂缝。

“弓手上!”安提什大喊，一百名弓手冲向城墙，泼下一阵迅猛的铁雨。箭矢连绵不绝，营队拼死支撑，不断有人倒地，他们试图重整队伍，却已无能为力。短短几秒钟，受伤的野兽再次抽搐，士兵们吓得纷纷脱离队伍。有人向堤道狂奔，有人挤进临近的营队寻求庇护，但大多仍死于箭雨之下，或许有极少数腿脚麻利的躲开了厄运。

瑞瓦又引弓搭箭，依然立于城垛顶上，扫视着底下的倭拉军队，寻找下一个机会。她不知道是否真有所谓仇恨的力量，但她感觉到了，犹如汹涌的海浪扑面而来。

最后一支倭拉营队开到了正对守卫室的城墙下。他们大约有三百人，兵力比别的营队少，但是动作比瓦利泰更为训练有素。这些人是柯利泰，瑞瓦推断。

她把弓举过头顶，哈哈大笑，想到了奄奄一息的伯父。看来我终于做了一件正确的事。“好，来吧！”她向沉默的倭拉人大喊，“我等着你们！”

早晨，安提什派出了几支小队，负责回收箭矢，以及从死尸身上搜罗武器。瑞瓦决定和他们一起去，以免有人说三道四，认为她不愿干脏活。

“阿伦提斯大人清点过，死了一千多倭拉人。”阿肯说。他站住了，从一个半趴在水里的瓦利泰身上拔出一支箭矢，还拿走了那人的短剑和匕首。

“他们没给我们喘息的机会。”瑞瓦说。昨夜，倭拉人企图找到突破口，一时间险象环生，迫使她在城墙上来回飞奔。他们只接近了两次，一次是在西区，在瓦利泰使用钩爪翻墙的同时，大队自由剑士徒劳地攀爬攻城梯。等她赶到现场，阿伦提斯大人已经遏止了倭拉人的攻势，老司令的前额挂了彩，血流不止，仍扯着嗓门指挥戍卫军。他们放低斧枪，一次冲锋就驱散了倭拉人，紧接着又是一场箭雨追敌的好戏。

南区的局势最为严峻。对付猛攻守卫室的柯利泰，瑞瓦的办法很简单，就是等他们抛下盾牌冲到城墙下，正准备抛出钩爪的时候，泼他们一身灯油。火焰箭一波又一波齐射而出，很多人犹如火球坠地，但也有少数人爬了上来，不顾浑身着火，依然施展出致命的双剑之舞，造成了大量死伤，直到力竭而亡。瑞瓦正命令士兵们把尸体扔下城墙，有人赶来报信，说又有一批柯利泰翻上了南城墙。

她派人传令，让家族侍卫队赶去增援，然后带着阿肯跑了过去。柯利泰混杂在大群自由剑士之中，倭拉人的鬼点子着实令人头疼，今后要格外注意才是。他们在南城墙上摆出了紧密的防御阵型，疆国禁卫军也集结起来，准备再次发动反攻。两边的尸体堆积如山。疆国禁卫军的首领是一名年纪轻轻的军士，胳膊和脸上的大小伤口不计其数。

“再来一次，伙计们！”他向众人喊道，“这次我们非干掉那帮混蛋不可。”

“稳住！”瑞瓦下令。柯利泰依然面无表情，弓背弯腰，步步逼近，身后有一群自由剑士正笨拙地翻过城墙。

“准备——”她命令疆国禁卫军，然后上前一步，取下榆木弓。她仔细地瞄准了最近的敌人，仅仅相距十二英尺，一箭毙命，然后又射死一人，柯利泰毫不犹豫地收紧了队形。见她又杀了两人，一个柯利泰高声叫喊，随即全部冲了过来。瑞瓦扔掉榆木弓，拔出背后的长剑，疆国禁卫军也发动了反击。

后来发生的事情，她已经回忆不起细节，只记得接连不断的旋转和跳跃，还有一个柯利泰的脖子差点被砍断，但大多数画面都是一片混乱，无非是刀剑相击、血肉横飞。家族侍卫队的到来结束了这场恶战，他们手持斧枪发起冲锋，干掉了余下的柯利泰，也把自由剑士们逼下了城墙。

瑞瓦再次接受了众人的欢呼，疆国禁卫军不停地拍打她的后背。她疲倦不堪，无力挡开他们，最后还是阿肯挤进来，把她解救了出去。令瑞瓦欣慰的是，阿肯没有负伤，但是面色惨白，看来是头一回近距离杀人。

途中，她看到了年轻的疆国禁卫军军士，他正拉起一名受伤的自由剑士，那人捂着小臂，露出的伤口里可见森森白骨。“你的鞭子哪儿去了，该死的杂种？”他抽出匕首，插进伤口里一拧，那人惨叫起来，“你的鞭子去哪儿了，说啊？”

“快杀了他，别磨蹭！”瑞瓦下令，“集合你的队伍。今晚还没完。”

他们抵抗了将近四个钟头，直到破晓的第一缕阳光洒在宽阔的河面上。不断有倭拉营队跨越堤道，前来试试运气，然而屡战屡败，堆积的尸体越来越多。守城的代价很大，阿伦提斯报告说，阵亡三百多人，另有两百人受伤，但他们终究挺住了。最后，幸存的倭拉人撤退了，瓦利泰重新整队，举起盾牌，自由剑士却不顾军纪，冒着从天而降的箭雨东逃西窜。随着天色渐亮，长弓带走的冤魂也越来越多。

激动的叫喊声打断了瑞瓦的思绪，她看到有人从河里拖出了一个幸存的倭拉人。看那副惊恐万状的模样，就知道他是自由剑士，而当瑞瓦走近，他更是吓得魂飞魄散。

“没错，”她说，“艾尔维拉来了。”

那人呆住了，直勾勾地盯着她，眼中的理智几近荡然无存。这家伙再也打不成仗了。

“怎么处理，小姐？”有个弓手问道，匕首已经抽了出来。

“这里有人懂他的语言吗？”

只有韦丽丝有一定的知识，可以与倭拉人交流，还仅限于笔谈。她通过查阅书籍，翻译了瑞瓦所要表达的意思，再交给那人背诵。送一张字条固然简单多了，但瑞瓦希望他的同伴在听他说话时，可以感受到恐惧的滋味。

“艾尔维拉神通广大，凡来攻城之人，格杀勿论，但她宽仁慈爱；你们的将官稳坐后方，却指使你们徒劳攻城，视人命如草芥。凡放下武器、离开此地之人，艾尔维拉既往不咎。若不肯悔改，只有死路一条。”

“他念得对吗？”等那人结结巴巴地念完字条，她问韦丽丝。

“就我所知是对的。”

瑞瓦扭头对安提什说："叫他念十遍，然后放他走。我去陪伯父了。"

第二天晚上他们没来，第三天也没来。倭拉营地里人来人往，却没有再次攻城的迹象。如果有搭建攻城塔或者修造木筏，也不在他们目力所及之内。此外，他们仍在操练，派出一支支骑兵队出去侦察，但再未越过堤道而来。

"看来他们决定长期围城，饿死我们。"安提什说。

"该死的懦夫。"阿伦提斯大人说，"那么大规模的攻城战再来几回，我们就打赢这场仗了。"

"既然打算饿死我们，"弓手总兵走到瑞瓦身边，"我们可以主动出击，小姐。来一两次突袭。说不定他们脑子一热，还会来攻城。"

"照你说的做。"她说，"人数不要多，自愿参加。优先挑选没有家室的。"

"交给我了，小姐。"

随后的几天，她习惯了无趣的每日例行检查，训练守城军队以确保他们不松懈，以及听取韦丽丝关于补给日渐减少的报告。

"只剩一半了？"某天晚上，她问，"这怎么可能？"

"人在害怕的时候吃得更多。"韦丽丝回答，"还有，我们的鲜肉和家畜在最初几周就吃光了，现在只有面包和少量腌肉。很抱歉，亲爱的，配给必须再次减少。不光是城中百姓，连军队也不例外。否则我们熬不过冬天。"

瑞瓦看着韦丽丝写在羊皮纸上的工工整整的数字。"你是不是在哪儿学过？"她问，"这种书法？"

"我老爹是村里的书记官。他还教我做生意，不过呢，哪个少女不怀春，于是我去了瓦林斯堡，那时还没有正式做学徒。"

“他打你吗？不然你为什么离开？”

韦丽丝笑了：“当然不是。我怀疑他从来没有动过手，即便是对我母亲——那婊子真该打。他是一个纯良而朴实的小人物，无意见识村庄外面的世界。而我不一样。”

壁炉边，伯父又翻来覆去地嘟哝着什么梦话。“这段时间他老是做梦，”韦丽丝说，“醒了就念叨家里人，一说就是好几个钟头。”尽管听起来颇为不满，但瑞瓦见她满脸关切，为一个将死之人深感悲伤。瑞瓦有股冲动，想要拉住她的手，但还是忍住了，站起身来。

“地窖里的酒，留下他需要的量。”她说，“多余的全部发出去。也许可以减少药物配给。”

“也许会增多闹事的醉鬼。”

“每次少发一点。诵经者的走狗来过没有？”

“没了，那个老头似乎满足于在他的教堂里胡言乱语，但是听众确实不少。我的线人说，他的措辞越来越匪夷所思，言论绝望到了极点，说什么圣父的审判降临在我们头上，诸如此类。随着情况进一步恶化，这可能是个麻烦。”听韦丽丝的言下之意，此事不容小觑。

她瞟了森提斯伯父一眼：“他有没有想过什么办法对付那个老头？”

“你伯父喜欢凡事慢慢来。比如收集情报，尤其是有关他如何伪善或是贪腐的证据，再择机行动，要么操纵他为我们所用，要么找一个容易管教的人接替诵经者。而有了你，我们终于掌握了主动权。”

“但我们必须找到牧师。”

“正是。”

瑞瓦走到窗前，仰望教堂的那对尖顶。他不在这儿，她心想。不在城里。如果在，我闻得到他的气味。“要你那帮机灵的朋友盯着他。”她说，“暂时这样。”

一大早，阿肯急切地把她摇醒了。在守城轮岗的间隙，她就睡在藏书室的软椅上，不愿离伯父太远。有时候，韦丽丝也在藏书室里陪她。女人躺在她身边，搂着她的腰，枕着她的肩。浓密的深棕色卷发搭在她脸上，闻起来好像草莓。

瑞瓦立刻挣脱韦丽丝的怀抱，避开阿肯的目光，伸手抓起武器。不过，假如他真的发现了什么不对劲的地方，听语气却也完全不着痕迹。“河面上有情况。”

“那是什么玩意儿?”她问道。冷铁河上泊有几艘战船，船上载着某种奇怪的装置。透过弥漫在河上的晨雾，很难看清它们的真实模样，只知道体积庞大，方方正正，圆肩粗臂，像是弯腰弓背的畸形巨人。

安提什大人盯着那些战船，神色严峻，一言不发。阿伦提斯先开口了:“是投石机，小姐。但我从没见过这样子的。”

隐约有号令声飘过来，只见雾气缭绕的对岸出现了长长一条船队，每条船上都载满了又大又圆的东西。

“南边十英里外有个采石场，”安提什若有所思地说，“采石场，可惜烧不掉。”他拿起那把厚实的长弓，搭上一支箭，朝天高举，弓弦拉过耳根六英寸，然后射了出去。箭矢高高地越过河面，落到湍急的水流中，距离最近的战船不到十码。

“什么样的投石机拥有比弓箭还远的射程?”阿伦提斯好奇地问。

“看来那些就做得到。”安提什回答。他的目光从投石机移到城墙上。“石弹很可能落到守卫室和西区棱堡之间的某处。如果他们够聪明，应该会多点射击。”

“赶快撤掉那边的人手。”瑞瓦说，阿伦提斯立刻走开，高声下令，目瞪口呆的守军回过神来，纷纷跑向楼梯。

“我们应该准备城墙内部的防御工事了。”安提什说，“也就是说，需要拆掉部分房屋，构造便于杀敌的地形。”

“那就去办吧，”瑞瓦说，“请韦丽丝小姐记录各项财产损失。对了，凡是失去房屋的居民，赏一瓶领主酒窖里最好的葡萄酒。”

他鞠躬走开。瑞瓦望向倭拉人的船队，它们一路驶到三艘战船旁边，伴随着鞭子的噼啪声，奴隶们拖着石头上了甲板。这时，隐约有嘎吱声传来，投石机的双臂拉到了后方，甲板上有模糊不清的人影来回走动，石头随之就位。然后便是沉默，投石机已装填完毕，却没有下一步动作。他们在等什么？

一名弓手直起身子，指向冷铁河上游。瑞瓦走到他身边，透过雾气，只能看见一个模糊的黑影，高高的横帆逐渐显露出来。很快，这艘战船现出原形——她从未见过如此巨大的战船，乌黑的船体拖出一道长长的尾流，犹如涨潮时的巨浪拍上河岸。船舷距离水面至少有二十英尺之高，甲板上人影憧憧，当中竖了一方白色华盖。瑞瓦眯起眼睛细细观察，似乎看到华盖底下有一个高大的人影。*你是来看戏的吧？*她握紧了榆木弓，估摸着阿伦打造的神兵利器能否把一支箭矢送到对方那里。但她知道这种挑衅毫无意义，而且守军的士气已经大大降低了。

远处传来锁链的哗啦声，接着是响亮的落水声，巨舰抛锚，停泊在三艘载有沉睡巨人的战船后，大约相隔二十码之遥。一支火焰箭从巨舰的甲板上飞起，拖着一道黑烟，落进水中。巨人们开口了，轰隆一声，粗壮的双臂猛地弹动，以惊人的速度将填装的石弹抛射出去，石弹越飞越高，越来越小，仿佛是生气的孩子扔出的石子。它们悬空许久，似乎世界之父回应了城墙上数千人的祷告，将其捏在半空中。若果真如此，转瞬之间，圣父松手了。

第一块石弹射距不足，砸在岸边，撞击的力量之大，竟然撼动了她脚下的城墙，高高的水花泼溅如雨，淋湿了城垛。第二块越过城墙，刨掉部分内墙，砸中了其后的几座房屋，伴随着惨叫声，数百块墙砖倒在街道上，散落一地。

倭拉帝国的机械师正在摆弄第三个巨人，他们显然精通此道。沉重的石弹正好落在西城墙边缘的下方，巨大的冲击力导致她头晕目眩。石球滚下外墙，轰隆一声砸在岸边。瑞瓦盯着撞击处，以为石块的裂缝会立刻扩大，然后导致整片城墙垮塌。但当尘埃落定，城墙安然无恙。

她站起身，看见巨人收回双臂，准备下一轮发射，机械师在周围忙碌，校正投石机的准星。好吧，她心想。非除掉它们不可。

这一次，她坚决不理会安提什辞职的威胁，以及韦丽丝眼含泪水的祈求。“必须是我去。”瑞瓦只说这一句，并未作出解释。别人做不到。沙漠之战时，他没有另派人手对付阿尔比兰的攻城器——所以我也要亲自上阵。

小船停在通过北城墙的狭窄河道内，这是内河运输的必经之路。挑选出来的五十人分坐十条小船，船上堆满了油罐和火焰箭。和她一样，所有人都穿着黑衣黑裤，暴露在外的皮肤也涂抹了煤灰，刀剑也经过处理，掩藏住寒光。她发现阿肯坐在船头，双手紧握战斧，一言不发。看他的姿态，要想将其赶下船，必定相当费力。

“但愿你的斧子够锋利。”瑞瓦说着，坐到他身边。

“这不是问题。”他说，“只要力气够大，没有砍不倒的。”

她亲了亲阿肯的脸颊，实在喜欢看他脸红的样子，但是心中毕竟有愧。守不住的誓言切勿说出口。“跟紧我。”

午夜刚过，船队出发了。天空阴云密布，遮挡了容易暴露他们的月光。他们挥动木桨，与湍急的水流搏击，木桨的夹板抹了厚厚的油，以尽可能减小划动的声响。他们往下游划了一百码，然后掉头向西，收起木桨，伏在船内，任由水流带他们靠近战船。即便是夜里，投石机也没有停歇，船上灯火通明，以供机械师操作这几头庞然大物。石弹撞击石墙的闷响，犹如缓慢的鼓点，舵手操作小船，慢慢地靠近了。

当第一艘战船进入了射程，瑞瓦站起身来，引弓搭箭，搜寻目标。她看见左舷有一个壮汉，正挥舞木槌敲击投石机的某一处装置。在这样的状态下射箭不大容易，水波起伏以及船体不断向前运动，使她难以瞄准，但这支箭矢还是插进了机械师的大腿。那人惨叫一声，跌倒在甲板上，同伴们纷纷放下手中的活，惊讶地呆立当场，他们在火光中清晰可见。

“上！”瑞瓦大喊道，同时搭箭再射。弓手们纷纷起立，箭矢齐射而出，瞬间扫倒了船上的机械师。舵手操作小船来到战船旁边，又有三条小船靠拢过来。瑞瓦抓住一根绳索，攀上了甲板。甲板上满是死尸和伤员，有人身负重伤，不过大多伤势较轻。

“全部杀光！”她喊道，然后一指投石机，命令携带油罐的士兵们：“烧掉它！”

他们忙活的时候，她来到右舷，观察另外几条小船攻击投石机的情况。弓手们刚刚起身拉开弓，突然一阵嘹亮的号角声在水面上炸响。霎时间，巨舰的阴影彻底消退，无数根火把骤然点亮，只见甲板上、索具处，密密麻麻的全是倭拉弓手。

“趴下！”她大喊，伸手去抓阿肯。他目瞪口呆地望着箭雨从天而降，然后用魁梧的身躯护住瑞瓦。倭拉人的箭矢瞬间扎满甲板，犹如冰雹噼啪作响，阿肯惨叫一声，颓然倒地，把她死死地压在底下。透过阿肯胳膊肘的空隙，她看见同行的四人被钉在木板上，从头到脚插满箭矢。阿肯呻吟了一声，企图撑起身子。

“跳河！”瑞瓦嘶声说。

阿肯紧紧地抱住她，两人向左舷栏杆处滚去。又一阵箭雨飞来，阿肯翻过船舷，直接落进水里，但瑞瓦抓住了栏杆，当箭矢狠狠地扎进周围的木板，她吓得一缩，有支箭距离左手不足一英寸。她回头张望，发现跟随她上船的士兵全军覆没，倭拉机械师也无一幸存。投石机依然完好无损，遍体油光锃亮，那是在箭雨落下之前泼上去的灯油。

瑞瓦低头看看右手所执的榆木弓，拇指摩挲着弓臂上精美的雕饰。抱歉，阿伦大师。她将其扔进冷铁河中，然后跃回甲板，从架子上抓起一根火把，扔向投石机，瞬间点燃了灯油。她回身翻过船舷，跳进水里，无数箭矢呼啸而过的声响充斥耳际，随后，冰冷的河水裹住了她。她尽可能潜在水里，向城墙的方向奋力游去，感觉到体温一点点流失。许久，她浮出水面深吸一口气，又潜了下去。不知道游了多久，芦苇丛出现在四周，她抓住芦苇秆，借力浮出水面。她在岸边躺了很长时间，拼命地喘息，同时抬头张望，看见战船和投石机熊熊燃烧，但旁边的两个兄弟依然完好。她还看见漂浮在河面的死尸顺流而下。

“阿肯！”她挣扎着站起来，一瘸一拐地沿着河岸搜寻，“阿肯！”

仿佛是为了嘲笑她，两台安然无恙的投石机同时发射，石弹自黑暗之中飞出，砸在她头顶的城墙上，碎石如雨，她只好狼狈地四处躲避。石弹滚落在碎石堆里，城墙的裂缝深如沟壑。曾经，城墙并非高不可攀，但此时看来，犹如一座险峻的大山。

“她在这儿！”头顶有人高喊，“受圣父祝福的瑞瓦小姐还活着！”

她抬头仰望，只见城垛上有许多张苍白的面孔正俯视着她，随着她大难不死的消息传开，众人交口称颂，赞叹有加。

他们认为这是一场胜利，她明白了，然后回头看了一眼河面。战船上的火光挨个熄灭，投石机仍在燃烧，但远不如先前那么旺。《智慧经》里的一句话浮现在她的脑海：战争使我们全部变傻。

他们在堤道附近找到了阿肯，他背后插了一支箭，由于寒冷和失血过多，早已昏迷不醒。瑞瓦借助一根长长的绳子上了城墙，然后冲向治疗室。守军们聚在周围，念叨着敬畏的话语，纷纷屈膝下跪，有人公开向圣父祷告，大多数只是目不转睛地看着她。她忽然痛恨起这些人，因为她刚刚目睹了惨烈的一幕，而他们狂热的信仰是极其可耻的背叛。圣父什么都没做！她很想冲他们怒吼。我全凭狗屎运才活下来。根本没有什么祝福。看看漂浮在河面上的尸体吧，那都是我干的好事。

这种言论当然不能说出来。他们需要知道她受到了祝福，需要知道圣父关注着埃尔托城。

她走进治疗室时，哈宁兄弟正在清洗手上的血。阿肯趴在桌上，肤色惨白，背部的伤口缠了一些绷带，仍有鲜血不断流出。他双眼紧闭，但瑞瓦看到他的眼皮微微跳动。

“他能活吗？”她问医师。

“我想可以，”哈宁回答，“他年纪轻轻，壮得像头牛。”

瑞瓦松了口气，瘫软下来，顺着墙根坐到地上。不要再哭了，她提醒自己，然而泪水即将决堤。

哈宁拿着毯子走来，温柔地扶起她，又用毯子裹住她的肩膀。“不大好啊，小姐，”他摸着瑞瓦的额头说，“很不好。”

按照哈宁的安排，她坐在炉火边，裹着毯子，手拿一杯热气腾腾的黑色液体，而兄弟正在为阿肯缝合伤口。“城里传疯了，”他专心致志地盯着手里的活儿，“说你给异教徒的恐怖投石机带去了圣父的烈焰裁决。”

“你应该不会有这种想法，兄弟。”她抿了一小口黑色液体，当即厌恶地皱紧眉头，“这是什么？”

“兄弟之友。可以有效驱寒，在火上温几分钟即可。”

她回忆起在艾罗妮丝家，那个醉醺醺的诗人最爱的就是这种乳浆。瑞瓦硬着头皮又喝了一口，惊讶地摇了摇头。“喝了头晕是正常的吗？”过了一会儿，她问道。

“噢，是的。”

“那好。”她感觉到暖意在周身蔓延，只是烈酒苦涩，舌头麻了。哈宁兄弟手持两把钳子，熟练地在阿肯的伤口上穿引肠线，他身材魁梧，双手竟如此灵巧。“你技术真好，兄弟。”

“啊，过奖了，小姐。”

“其实，他跟我说了很多你们的事。”她顿了顿，又喝了两口，“第五宗。他说，拥有世上最好的医师。”

“他是谁？”

“艾尔·索纳。黑刃。还有谁呢？”她举起杯子递到唇边，发现快要见底了，“我原以为我做得到，你知道吗？他做到的事情，我也能做到。结果害死了所有人。我却没死。我有圣父的祝福。”

“我不知道什么圣父的祝福，小姐。”大个子医师柔声说道，“可我知道埃尔托城仍在挺立，全是因为你。别忘了这一点。”

门口忽然有响动，韦丽丝冲进房间，一看到瑞瓦，立刻如释重负地嘘了口气。她走过来，温柔地捧住瑞瓦的脸颊，眼里满是喜悦。

瑞瓦轻轻地打了个嗝。

“她喝醉了。”韦丽丝责怪哈宁。

“而且暖和多了。”兄弟回答。

韦丽丝望向一动不动的阿肯：“只有他们两个？”

“很遗憾，是的。安提什大人搜寻过岸边，非常可惜。”

“五十人，”瑞瓦含混地念叨，不知为何四周忽然暗了许多，“从来没有一次死这么多。”

“你只是尽了你的责任，亲爱的。”韦丽丝搂住她的肩膀，把她扶起来，“我们回家。你伯父还在找你。”

“五十人。”瑞瓦轻声说。她的所有知觉逐渐迟钝，眼皮似有千斤重，慢慢地耷拉下来。“圣父的祝福……”

她头疼得厉害，不禁怀疑圣父在她脑壳里搁了一把无形的斧子，以惩罚她那些大逆不道的念头。投石机不断扔出石弹轰击城墙，更令她难以忍受。她醒来的第一件事就是去查看城墙上的缺口，两旁的四名家族侍卫负责挡开热情的市民，但是围过来的人越来越多。当她走过街道，赞美声和惊叹声此起彼伏，甚至有人跪在路边，如同他们在广场上跪拜诵经者。一路上人山人海。

“不要这样！”她看见一对年迈的夫妇跪在羊毛铺子外，便站住了。他们并未起身，而是茫然地抬起头，满怀敬畏地望着瑞瓦。

“您是圣父派来的使者，小姐。”老妇人说，“您为我们带来了圣父的注目。”

“我只带了一把剑和一把弓，昨晚还弄丢了那把弓。”她俯身抓住老妇人的手肘，拉起了对方，“不要再向我下跪。而且，不要再向任何人下跪。”她察觉到周围聚拢了很多人，无数道热切的目光投在她脸上。“下跪者守不住埃尔托城。我们跪下，城墙就会垮掉，而那些破墙而入的人，必定要你们跪一辈子。”

人群沉默无声，每一张面孔都饱含敬畏……除了一个人。

那是一个怀抱婴儿的年轻女人，她站在人群后面，表情阴郁而绝望，双颊饿到塌陷。怀里的婴儿伸出小手，扒拉着她的脸。瑞瓦穿过人群走过去，所经之处，人们纷纷垂头退让。

“我可以看看吗？”瑞瓦抚着婴儿的襁褓，问道。年轻女人微微颔首，拨开毯子，露出一张粉嘟嘟的快活小脸，朝着瑞瓦呵呵直笑，丰满的脸颊露出一对酒窝。“他吃饱了,”她说,“你还饿着。”

“没必要两人都挨饿。”年轻女人说话带阿斯莱口音,足以说明她为何缺乏敬意。

“他父亲呢?”

“上了城墙,没有回来。据说他非常勇敢,这很了不起,我想。”

又一块石头砸中城墙,声如惊雷,震得瑞瓦一抖。城墙上那道深深的裂缝触目可见,犹如倒挂的三角形。等缺口完全打开,那就不是围城战了,她心想。这里即将成为战场。

“明日配给翻倍,”她对年轻女人说,“我保证。另外,你去庄园找韦丽丝小姐,就说我派你到厨房帮忙。”

安提什大人正在监督护墙的建造,距离缺口仅二十码之遥。周围的房屋全没了,拆下的石头用作新城墙的材料。一群泥瓦匠正加紧干活,使用铲子和灰浆建起十英尺高的厚实墙体,呈半圆形封住缺口。

“小姐,”安提什向她鞠躬致意,“再过两天,我们这里就完工了。当然我们还需要修建护墙,因为他们肯定会砸出第二道缺口。”

“我原本指望他们只专心对付一处。”瑞瓦回答。她知道,昨晚的事件提供了足够的证据,对面的将军已经不再犯错了。

“我有一样惊喜送给你。”安提什说着,走向附近的一辆马车,“我们早上搜寻河岸的时候,有人找到了这个。”榆木弓没了弓弦,除此之外,一切完好——木头光泽依旧,不见裂痕,雕花也未受损。“看来圣父并不希望你离了它。”安提什说。

瑞瓦暗自叹息。这件事很快就会传得满城风雨。圣父将这把神弓还给了受祝福的小姐。圣父慈悲,铁证如山。

最令她震惊的是,弓手总兵递来榆木弓时,眼里的敬畏与市民们一般无二。连他也这样,瑞瓦心想。他们当真看到了圣父的力量?在那些指望圣父拯救的人们眼中，真有所谓的圣父之见？“谢谢你，大人，”她说，“如果你还有什么需要，就去城墙上找我。”

十天过去，石弹撞击城墙的轰鸣无休无止，不断地提醒他们，沙漏里的沙子即将流光。如今瑞瓦喜欢盘腿坐在墙垛上，距离缺口五十步左右，望着巨大的石球砸下来。眼看它们从天而降，击中目标后，尘土飞扬，碎石四溅，是一种特别奇妙的体验。她内心有个小小的愿望，如果那位倭拉将军认准了她，说不定会浪费一两颗石弹砸过来，可惜的是，假设对方真的能看见她，也明显没有分心的意思。

每天下午，她通常在治疗室帮助哈宁兄弟，或是探视仍在养伤的阿肯。虽然兄弟尽全力医治，但箭伤还是化脓了，哈宁只好动用刀子，并涂抹大量柯尔树油。“好难闻。”第二天，瑞瓦对他说，辛辣的气味刺激得她直皱鼻子。

“这气味我完全可以习惯，”他说，“就是太疼了。”

“韦丽丝给的。”瑞瓦在他床边放了一袋蜜制坚果，“慢慢吃，再没有了。”

“答应我，”阿肯抓住她的手，眼神沉郁，表情肃穆，“如果他们来了，你一定来喊我。不要让我死在这张床上。”

你还要活很多年，她想说，却没说出口。阿肯年纪虽轻，但不是傻子。“我答应。”她说。

人们表面上仍忠于职守，配给也有所增加，但随着缺口日渐扩张，他们的情绪也越发低落。如今她走过街道，赞颂声相比以往少了许多，而且她常常看到人们毫不掩饰地哭泣，还有一个老人绝望到了极点，瘫倒在鹅卵石路面上，双手捂住耳朵，以抵挡投石机敲打的缓慢鼓点。而诵经者仍在布道。

根据韦丽丝的汇报，老人的演说越来越疯狂了。他经常激情澎湃地说上好几个钟头，完全不引用《十经》的经文，而“异教徒”和“审判”是出现频率最高的字眼。“只不过是一个老疯子在大厅里尖叫。”见韦丽丝忧心忡忡，瑞瓦这样回答。

“是的，”她说，“但大厅里座无虚席。说真的，人满为患。”

又一颗石弹砸进缺口，扬起滚滚烟尘，碎石飞溅如雨。瑞瓦扭头望向倭拉战船，发现对方忙碌非常，机械师匆忙奔走，有的拽绳子，有的推动操作杆，投石机在基座上慢悠悠地旋转起来。

她走到缺口边缘，俯瞰底下尘土覆盖的残骸。伫立了数百年的顽石，区区几周之内化作齑粉。投石机又发出熟悉的声响，它们同时射击，石弹懒洋洋地在晴空中画出一道弧线，砸进北边两百步开外的城墙。

她抬头张望倭拉巨舰。华盖之下，暗影重重，但她看到了对方，有个高大的身影也在向这边张望。或许是她的幻想，或许是光影流转导致的错觉，她似乎看到对方鞠了一躬。

“小姐……”身后有人无力地呼唤。她扭头看到一个女人匆忙跑上楼梯，怀里的孩子哭个不停。正是那个来自阿斯莱的年轻母亲，此时面色惨白，惊魂不定，摇摇欲倒。瑞瓦赶紧奔过去扶住了她。她上气不接下气，说话声不比孩子的哭声大。

“他们抓走了她，”年轻女人气喘吁吁地说，“韦丽丝小姐把我们藏起来，但他们抓走了她，还有所有的信徒。”

“谁干的？在哪里？”

“好多好多人，高喊着圣父的审判。”她顿了顿，抱紧孩子，“他们说要带到诵经者那里。”

第五章　维林

“今天又有两百人。”诺塔把长弓搁到一边，瘫坐到椅子上，“这次男人居多，个个渴望报仇雪恨，非常好。他们的妻子和女儿被另一支车队带走了，珀塔正在追踪。”

“一共有多少人了？”维林问霍伦兄弟。

“进入尼塞尔之后，我们解救了一千五百七十二人，大人。”兄弟毫不迟疑地回答，“超过半数达到了作战年龄。几乎所有人都愿意加入我们的队伍。但有个问题我必须指出，我们的武器还是不够。”

“我们缴获了奴隶贩子的剑，”诺塔说，“还有那些尸横遍地的村子里，也搜出了不少斧头和钩镰之类的农具。”

维林望向外面的营地，无数帐篷簇拥在河湾处。这条河其实是布宁沃什河，不过流进尼塞尔地界后就改名为威伦河。营地日益扩大，加上马文带来的尼塞尔军队，如今已容纳了四万五千多人。当时双方的协议由哈力克兄弟执笔成文，他们的封地领主习惯性地咯咯一笑，在封蜡上按下印章，随后挥手示意轿夫起驾，返回封地首府去了。

“这对孪生傻瓜交给你了。”他坐在晃晃悠悠的轿子里对维林说，“他们一天到晚就盼着打仗。不过，他们要是见到一丁点血就尿了裤子，你也别觉得意外。我会在整个封地征兵，然后派过来。尽量别死太多人。没有人，田里可长不出庄稼，你懂的。”

签字仪式上，艾罗妮丝忙着绘制草图，不久就开始在画布上重现当时的场景。和本瑞宗师不一样，她认为没必要进行额外的修饰和艺术加工。尽管目前还是初稿，但画作的写实程度令人发指：一个笑眯眯的老人正弯腰翻看卷轴，军官们在旁边围观，每一张面孔上都写满了不同程度的担忧和疑虑。

“我看起来真有那么恼火?”维林问。

“我不会添油加醋的，哥哥大人。”她正手执画笔，为画中的维林上色，“看到什么就画什么。仅此而已。”

维林挨个儿观察一张张闷闷不乐或是愁眉深锁的面孔，发现有一人例外：诺塔站在人群的后头，嘴角挂着一丝嘲讽的笑意。

“他们都需要训练。”他一边对兄弟说，一边走到桌边拿起羊皮纸，蘸湿鹅毛笔，一笔一画地写起字来。“特此任命诺塔·艾尔·森达尔担任北疆自由军队长一职。”他签上名字，交给诺塔，“你可以任用达文军士当副手。”

“那个爱吹牛的家伙?”诺塔奚落道，“我就不能要北疆戍卫军的人吗?”

“他剑术不错，也知道怎么教。再说我也匀不出北疆戍卫军的人了。我们只能在这儿停留两天时间，务必狠狠地操练他们。”

“听候调遣，威猛无敌的守塔大臣。”诺塔走到门帘处，又站住了，“我们真要去埃尔托?”

他们向南行进的途中，歌声充满不容置疑的意味，曲调越发急促。她仍在战斗，维林知道。敌军要摧垮城墙，而她仍在抗争。“是的，兄弟，”他说，“我们非去不可。”

两天后，他们再次启程，维林要求每日急行军三十英里，而且严厉申明，绝不原谅掉队的士兵。任何军队都有懒汉和逃兵，北疆大军也不例外。前者交给军士处置，后者则由北疆戍卫军抓捕并押回，没收武器、钱财和鞋子，先鞭打，再释放。虽说只是一小撮人，他也非常讨厌这样整肃军纪。即便如此，他们与真正的军队仍有云泥之别，若是照搬当年统率奔狼的方式，恐怕他们早已溃不成军。

第五天，他们涉过威伦河，一路向南，直到远远看见灰峰的轮廓，他下令全军扎营，休息一日，同时派兵侦察。不出所料，赛恩李希·珀塔当天傍晚带回了坏消息。

“很多骑兵，”他在将官会议上发言，“在我们的东南方向，正拼命追赶迈厄利姆的士兵。他们徒步逃亡，人数只有追兵的三分之一。他们企图跑到山里寻求庇护。”他神色肃穆地摇头道：“赶不到了。”

“我们骑马追上去，时间够不够？”维林问。

俄尔赫战酋耸耸肩：“我们可以，其他人说不好。”

维林抓起斗篷。“阿达尔队长、奥文队长，召集人手，我们即刻出发。马文伯爵，你带领尼塞尔骑兵掩护南面和西面。在我回来之前，北疆大军交给你指挥。”

他们向南狂奔，赤焰摇头晃脑，痛快地打着响鼻。它对自由驰骋的热爱，令维林想起了唾沫星。在他们四周，万马奔腾，马蹄声犹如滚滚惊雷。达瑞娜仍在维林身边，先前阿达尔队长建议她和大部队一起行军，遭到了她的严厉斥责。他们尽全力跟上俄尔赫人的速度，而北疆戍卫军和奥文的队伍已经落后了半英里之多。策马疾驰约二十英里之后，夜幕降临，迫使他们停了下来。

马上民族没有生火，只是陪在坐骑旁边，或坐或立，等待天亮。达瑞娜立即溜下马鞍，裹紧了斗篷，坐在草地上。“不用很久。”她对维林说，然后微微一笑，闭上双眼。

“有必要这样吗，大人？”阿达尔望着一动不动的达瑞娜，忧心忡忡地问道。

“我没有命令她，队长。”血歌柔声低吟，有愤怒，有怨恨，还有别的情绪，全写在队长焦虑的眼神里。这么多年都陪在她身边，却从未表白，维林心想。

达瑞娜轻轻地吸口气，眼睛蓦然睁开，飞快地眨了眨。“他们停下来了。”她小声说道，忽然向前一栽。阿达尔赶紧走上前扶她，但她摆摆手，呻吟着站起身。

“倭拉人？”维林问。

“疆国禁卫军。就在正南方六十英里外的山丘上。”

我的兄弟要和倭拉人拼了，维林心想。歌声再清晰不过，率领疆国禁卫军残众的正是凯涅斯，他们不想再逃跑了。

“上马！”维林喊道，同时大步走向赤焰，跃上马鞍，“我们连夜赶路！”

他们慢跑了一夜，等到太阳升起，又全速奔驰。维林不断地催促赤焰，当他超过俄尔赫人时，马儿的身体似乎愉快地唱起了歌。又骑行了一个钟头，他们冲进了地势起伏的平原，前方出现了一座低矮的山丘，东边烟尘滚滚。赛恩李希·珀塔快马加鞭，赶到了维林前面，手中强弓举过头顶，向东边挥舞。三分之一的俄尔赫人立刻脱离大部队，迎向渐渐逼近的烟尘。

维林已经能看见驻守山丘的疆国禁卫军了，他们列为三排，几面旌旗迎风飘舞。可惜还是太远，看不清旗面的纹章，但他知道中间那一面是高塔奔狼。

很快，倭拉骑兵清晰可见，他们身披黑衣黑甲，骑跨高头战马，长枪平举，猛冲过来。赛恩李希·珀塔再次挥动强弓，又一批俄尔赫人脱离大部队，直接杀向倭拉军队侧翼。维林紧跟战酋，带领余下的军队插进疆国禁卫军和倭拉人之间。他两边的俄尔赫战士一边全速奔驰，一边引弓搭箭，动作极其流畅。距离倭拉人不足一百码之时，无人下令，箭矢齐射而出。稠密的箭雨泼向倭拉军队的先锋，一时间人喊马嘶，骑手们纷纷倒地，自相践踏。俄尔赫人绕着倭拉军队奔袭，箭雨连绵不绝，倭拉人攻势顿挫。

维林扯住缰绳，在一旁观望。倭拉骑兵的将领显然很快意识到这一仗毫无胜算——三面都有弓骑兵阻击，况且兵力也处于劣势。混乱之中，军号响起，倭拉人撤退了，南面是唯一的出路，可惜俄尔赫人并未就此罢休。

赛恩李希·珀塔领军跟随在倭拉人右侧，另外两队人马不断攻击倭拉人的后方和左侧，箭雨一波接一波，骑手和战马死伤无数。维林看着战场逐渐向南边移动，北疆戍卫军和奥文的人马也疾驰而过，追杀逃敌。

他掉转马头，奔向那座山丘。疆国禁卫军仍列队肃立，直到看清来者是维林，他们才一哄而散，欢呼雀跃地冲过来，簇拥在他周围，每一张面孔都洋溢着获救的喜悦。维林向他们点头致意，面对众人语无伦次的赞美，他只好强颜欢笑，同时催促赤焰向前走去。山丘之上竖有一面高高的旌旗，底下立着一个孤独的身影。他挤出人群，领着赤焰顺坡而上。

"抱歉，兄弟。"他走到凯涅斯身边，翻身下马，"我本来希望早点赶到……"

看到兄弟的表情，维林没有再说下去。凯涅斯双眼圆睁，满面尘土，一望便知，他许久以来不断行军打仗，受尽了磨难。"所有这一切，"他粗哑的嗓音是维林打小就熟悉的，"都是因为你离开了我们。"

阿达尔派出的斥候带回新的消息，西边有三个倭拉步兵营。看来倭拉将军兵分两路，为的是彻底歼灭疆国禁卫军。维林命令俄尔赫人切断他们的退路，并传话给马文伯爵，命他全队出动，尽速摧毁敌军。是时候要他们付出血的代价了。

“五个兵团，”凯涅斯说话铿锵有力，明显是下级向上级汇报的语气，没有一点亲热劲儿，“或者说残众。三十五军占大部，保留了三分之一的兵力。”

“是真的吗？”维林问，“达纳尔叛变了？”

凯涅斯点头道：“当时倭拉人即将大举冲锋，我们摆开阵势准备迎战。达纳尔带领骑士团出现，我们以为是援军。没有任何预兆，他们从左翼几百步开外慢慢地接近，突然发起冲锋，我军阵容大乱。那时候我们并没有溃散。士兵们坚守阵地，所有兵团都奋起反抗，大多数战死沙场。我不知道怎么说才能还他们以公道。如果佛尼尔斯大人还活着，他或许做得到。”

“佛尼尔斯？”维林问，“阿尔比兰皇帝的史官。他当时在场吗？”

“奉的是国王的命令，收集疆国的史料。”凯涅斯与他四目相对，自从他们在山丘见过面之后，这倒是头一回，“他讲了一个有趣的故事，还提了很多问题，特别是我们在宗会的生活。”

“你说了什么？”

“我想，应该没你说的多。”

“你是怎么逃脱的？”

“我们重整队伍，向倭拉大军的正中央发起反攻。我赌的是他们的将军顾惜自己的小命，有可能暂停追击，集中兵力进行防御。很幸运，我赌对了。”

“多亏了你，他们才活下来，兄弟。”

“没有全部活下来，行军途中死了不少。”

“加利思呢？柯瑞尼克呢？”

“柯瑞尼克是在反攻时死的。加利思是在撤退途中。”

维林本想说几句悼念的话，一同追忆灰发老兵和飞檐走壁的盗贼，可凯涅斯移开了视线，又死死地盯着前方。“很抱歉，又要逼你们行军了，”维林说，“我们要尽快赶到埃尔托城。”

兄弟面色不改："听候大人调遣。"

从今往后都是这样吗？维林心想。因为失去信仰，兄弟情就变成了仇恨？

急促的马蹄声吸引了他的目光，诺塔策马奔进临时营地，雪舞一蹦一跳地紧随其后。或许他看到老朋友，心情多少会好些，维林心想。诺塔飞身下马，一脸灿烂的笑容，朝着凯涅斯大步走去。

"你死了。"凯涅斯笑着说。他一点儿也不吃惊，印证了维林长久以来的怀疑——兄弟们从来就不相信诺塔已死的故事。

诺塔哈哈大笑，热情地拥抱凯涅斯。"见到你实在太好了，兄弟。你的侄儿侄女还等着见你呢。"

雪舞凑近了，好奇地嗅了嗅，凯涅斯稍有退让。"别管它，"诺塔说，"我们今天又找到了几个奴隶贩子，它吃饱了。"

"我们解决了你说的武器匮乏的问题。"维林对他说，同时指向南边堆积如山的尸体。俄尔赫人没有战俘的概念，在他们看来，战争就是战争，不存在节制或是怜悯，不过他们还是多加小心，尽量不杀战马。

"如有可能，以后还请他们留几个活口，"诺塔说，"死人可没故事说。"

"我敢打赌，明天就能抓到几个说故事的。"

对付倭拉步兵，马文伯爵力求万全，先命骑兵封锁两翼，然后弓手连续齐射，削减对方的兵力。等他判断敌军已经损失惨重，才下令全军出击。倭拉军队由一个营的自由剑士和两个营的瓦利泰组成。不出所料，自由剑士纷纷投降，而瓦利泰奋战至死。即便如此，俘虏也很少，而且大多身负重伤。

"没有军官，"伯爵向维林汇报，"军衔最高的是一名军士，或者说相当于我们的军士。”

忽然有人痛得哇哇大叫，是封地领主达瓦斯的双胞胎外孙，其中一人正在为兄弟缝合前臂的刀伤。伯爵恼怒地瞟了他们一眼。

“他们没有尿裤子吗?”维林悄声问。

“那倒没有。他们俩全力以赴，大人，勇猛有余。”他压低嗓门，“就是脑子……”

“两位大人，”维林向孪生兄弟喊道，“请你们即刻去凯兰兄弟的帐篷治伤。”

一如既往，两人同时起身鞠躬，回答问题的是左边的兄弟。维林发现只有他一人说话，可能是为了避免两人异口同声。“还有很多身负重伤的士兵需要医师的照顾，大人。真正的骑士绝不因为一点小伤就去麻烦他。”

“看得出来，作为真正的骑士，你们的经验还不足。要是你们因为伤口溃烂而缺胳膊断腿，你们的外祖父不会因此感谢我。”他冲着门帘点点头，“快去吧。”

“我们收集的兵器足以装备自由军，大人。”等孪生兄弟离开后，霍伦兄弟汇报，“其实，装备六支自由军都足够。”

“我们的伤亡情况如何?”维林问。

“三十五人死亡，六十人受伤。”霍伦兄弟依然不假思索地回答。

“如果没有那帮解救出来的家伙，伤亡还能减少。”马文伯爵说，“看来，一旦仇恨冲昏头脑，人就连命也不顾了。”

“不管怎么说，战绩非常出色，大人。”维林对他说，“哈力克兄弟画好了埃尔托城及其周边的地图，我希望你也来看看，选定最佳的行军路线。”

尼塞尔人犹犹豫豫地鞠了一躬。维林知道，由于尼莱什城的往事，马文始终心存芥蒂，而对他来说，也信不过这位喜欢争功夺利的伯爵。不过世易时移，大敌当前，这些事情已经无关紧要了。

“我……很高兴得到您的信任，大人。”马文回答。

这些倭拉俘虏无甚特别之处，和维林这么多年见过的败兵别无二致。他们眼中满是恐惧，目光低垂，害怕引起注意，面对维林的审视，他们挪动着身子，避之不及。

“他们相当愚昧，没受过教育。”哈力克汇报，“众所周知，倭拉人的教育程度极低。他们只能学习到需要他们知道的东西。这些人知道如何打仗，以及服从命令。当然了，还知道如何烧杀掳掠。您可以想见，他们怎么也不肯说先前在疆国干的好事。”

“他们知道是谁领军吗？”维林问。

与霍伦兄弟一样，哈力克回答之前不用翻看笔记，也不用停顿。“赖柯拉·托克瑞将军。红衣阶层，这是他们的传统。他是参加过几次阿尔比兰边境冲突的老兵，也是率军多次远征北方部落的名将。另外我必须要说，此人的战绩有点夸张，有一次战役可能是他发起的，那是七十多年前的事。”

“埃尔托城有什么消息吗？”

“他们没听说过这个地方。看来在将军进攻库姆布莱之前，他们接到的命令就是追击疆国禁卫军。我……怀疑他们没有什么可说的了，大人。”

维林看着那群焦虑不安的可怜虫，有人甚至吓得浑身发抖。当他目睹敌人的恐惧之时，血歌奏响了熟悉而复杂的曲调，一个计划成形了。他扭头望向奥文，任务只能交给这位队长来办最为可靠。“带他们一起走，”他说，“给他们定量的食物和水。还有，确保诺塔队长的人不要靠近他们。”

进入库姆布莱封地后，所见到的破坏和屠杀的惨景比先前有过之而无不及。他们经过的废弃村庄一座接一座，似乎永无止境；腐尸遍地都是，维林只好命令全军不予理会，因为实在没时间将他们一一火化。与尼塞尔村庄不一样的是，库姆布莱村庄的破坏面积极大，磨坊和小教堂全被烧毁，许多尸体残缺不全，明显遭受过折磨。还有，周围的田地也烧得焦黑，庄稼化为灰烬，他们所看见的每一口井里都有绵羊或山羊的死尸，井水臭不可闻。

“这说不通啊，”经过一片荒废的麦田时，阿达尔说，“任何军队都需要补给。”

“不是倭拉人干的。”维林回答，“据我猜测，库姆布莱的封地领主不希望自家土地的物资供敌人使用。或许这也是倭拉军队残害当地人的原因。”

当天傍晚，他们见到了可怕的景象：一棵高大的紫杉树上吊了十个男人，眼珠被挖，舌头被割，嘴里塞有切下来的食指和中指。维林注意到妹妹面色惨白，身子晃了晃。

“我们来处理，”他按住艾罗妮丝的肩膀，“你不用留在这里。”

“不。”她回答，然后翻身下马，从鞍包里取出羊皮纸和炭笔。“我要留下来。先别动他们，拜托。”

她僵硬地走到附近的一截树桩旁，坐了下来，然后仔细观察这幕惨景，开始作画。

“肯定是弓手，”诺塔说，“所以切断手指。在马蒂舍，我们的人也干过类似的事情。”

艾罗妮丝的目光在悬吊的尸体和羊皮纸之间来回跳跃，维林看到她边画边哭，泪如泉涌。见她画完了，伏着身子轻声抽泣，达瑞娜走了过去，抱住她。“人民需要知道，”他听见妹妹低语道，“他们必须记住。”

这座镇子名叫双岔镇，因为河流在此分岔，两条支流将其围绕。维林来过一次，那是在远征阿尔比兰之前，带领奔狼执行追捕狂信徒的任务。他记得这里的葡萄酒生意特别好，商人们可以用最优惠的价格购得最新鲜的酒桶。当地人虽有所戒备，但对维林没有太多敌意，不像大多数库姆布莱人。镇上的牧师性情豪爽，面色红润，腰围相当可观，他端着酒杯，乐呵呵地背诵《第九经》，替维林祈求圣父的原谅。

如今那座教堂已成废墟，牧师唯一的痕迹，就是散落于其中的焦黑枯骨。找到这里的是瑟奥达人，他们站在镇子里，愣愣地盯着各种惨烈的景象，与其说是愤怒，不如说是困惑不解。镇子并非轻易地沦陷，道路上搭建了街垒，周围的河流也成了天然的防御工事，维林通过房屋里的尸体判断，他们坚持了好些天。腐烂的尸体并排而列，还缠有绷带。有余裕照顾伤员，说明抵抗的时间不短，他心想。

“孩子们都在一个地方，”赫拉·达基尔的面庞冰冷得像石头，“没有伤口，但有毒药的气味。”

“是他们父母杀的，以免敌人泄愤，使他们遭受折磨。”维林说。于是倭拉人只能找幸存的成年人泄愤。镇子中央有一堆惨遭肢解的死人，没有一具全尸，断胳膊断腿摆成圆形，头颅堆在当中，一大群苍蝇在腐尸烂肉上嗡嗡飞舞。维林很庆幸艾罗妮丝没在这里，不必强求自己记录下这种场面。

“如果你们可以将其火葬，我感激不尽。”维林对赫拉·达基尔说，他认为值得为此耽搁行程。

“我们会的。”

他点点头，走向拴着赤焰的地方，却又听见瑟奥达人叫他：“我们是对的。”

维林扭过头，不明所以。

“听从狼的召唤，”赫拉·达基尔说，“做出这种事的人，必须死。”

“我曾有机会，”维林对倭拉俘虏说，“见了阿尔比兰皇帝一面。当然了，他主持过对我的审判，但他后来独自一人去过我的牢房，与我交谈。仅此一次。”

俘虏瞪着他，眸子亮亮的，却疑惑不解。维林选择他，是因为他年轻，而且恐惧最为强烈。他的俘虏同伴们被吊在一棵柳树的枝丫上，就在双岔镇南边的河畔，几具尸体随风摇摆，绳索嘎吱作响。

“没多少人知道，”维林接着说，“皇帝是非常脆弱的人。自从孩提时代，他就饱受骨疾的折磨。他又小又瘦，只能坐在轿子上，如果走路，腿可能会断。但他有强大的力量，当他看着我，我能感受到力量在他体内燃烧。看着别人的眼睛，知道你低人一等，这是极其羞耻的体验。

“审判过后，他们把皇帝送进了我的牢房。仆人把他放在我面前，然后就退下去。牢房里只有我们两人，我未戴枷锁，他肯定知道，我一眨眼就可以要了他的命。我向他鞠躬，他叫我不必拘礼。依照他的指示，我学会了阿尔比兰语，因为根据帝国的律法，受审之人必须听懂审判期间的每一个字。他问我对于目前的境遇有无怨言，我说没有。他问我对于‘希望’的死有无内疚之意，我仍说没有。他问为什么。我告诉他，我是为信仰和疆国效力的战士。他摇着那颗枯瘦的脑袋，说我是骗子。‘歌声告诉你，’他说，‘你没有做错。’

“你瞧，他知道。不知何故，他竟然知道我的歌声，而我只能听到他体内天赋的轻微呢喃。他说，所有被挑选来继承皇帝宝座的人都拥有同样的天赋，即识别潜能。不是伟大，不是同情，也不是智慧，只是潜能。随着时间流逝，潜能的本性逐步显露，有时候，结果未必如意。战争爆发前不久，他识别出了希望潜能的走向，并为此深感忧虑。另外，朝中还有一人，前景更为光明，但若选择此人，必定召来任人唯亲的指控，在他们的国度，这是极其严重的罪名，因为任何人受到诸神青睐，都有机会登上阿尔比兰的皇帝宝座，而皇帝不过是行使神秘力量的道具。我的所作所为解决了他的难题，所以我得以保全性命，也免遭折磨。不过，他热爱国人，而他们深受疆国大军侵略家园之苦，因此对我的仁慈，也是对他的煎熬。‘若我有半点伟大可言，’他对我说，‘那一定是因为我战胜了你置于我心中的仇恨。身为皇帝，夫复何求。’

“我先前说过，我自觉低他一等，如今更甚。我希望你知道，我尽力以他为榜样，不带仇恨地参战。遗憾的是，你的同胞彻底粉碎了我的愿望。”

维林取来一个皮包，里面装的是一封由他口授、哈力克兄弟记录的信，他把带子挂在俘虏的脖子上，对方呜咽了一声，吓得缩起身子。维林微微一笑，俘虏才稍稍镇定了些。“交给你们的将军，”他回忆哈力克的话，“托克瑞。”他拍拍皮包，重复了一遍。

俘虏一眨不眨地瞪着他，惊恐不安。维林端详着对方的脸，感到歌声荡漾，将其刻进了俘虏的记忆。

“给他一匹马，”维林对奥文说，“放他走。”

第六章　莱娜

好多船。港口挤满了船，桅杆犹如随风摇曳的树林，从阳台上俯瞰，在甲板和索具上忙碌的船员小如蝼蚁。

“现在肯定超过一千条了。”伊尔提斯说。

“依我看有一千两百条，”奥瑞娜说，“如果这些船首尾相连，说不定我们可以一路走回家。”

“我宁愿游回去。”哈文咕哝道，见莱娜瞟了他一眼，慌忙直起身子，“也不是啦，陛下。”

莱娜没有应声，回头又望向海港。她决定和梅迪尼安舰队一同启程，但众人并不大赞成，伊尔提斯认为这样做太危险，而哈文还担心奥瑞娜，因为奥瑞娜和米欧尔都拒绝留下来。

“女王需要女官，”她这样说，“陛下亲口说的。”

莱娜原以为过不了海盾那一关，不料对方只是皱皱眉头。“当然可以，陛下。如果要我选择的话，我决不让您离开我身边。”他的笑容太过灿烂，莱娜恨不得命令伊尔提斯当场打翻他。

此时，莱娜又看见了他。海盾在码头上走来走去，与每一艘船的船长和船员交谈。相较于在莱娜面前表现的风流不羁，他和同胞打交道时神色冷峻，隐忍不发，而众人见到他，无不毕恭毕敬，如释重负。同胞们令他失望了，她心想。他怀疑他们配不上他即将做出的牺牲。

“我知道现在说也许太早了，我有个心愿希望陛下恩准。”哈文说，“等这件事结束了，我向您正式提出请求，不要再派我出海。我已经受够了老鼠横行、遍地脏水的大木桶。”

莱娜忍不住笑了："准了，大人。"

她看到海盾走过来，抬头望向阳台，然后深鞠一躬，伸手示意海刀号停泊的地方。

"小姐们，大人们，"她说，"我们该上船了。"

"躲开陷阱的最好办法，"海盾说，"就是在对方有机会设陷阱之前动手。"

"只要我们先找到他。"埃尔－努林船王提醒。

他们围着海刀号舱内的地图桌，面前铺有一大张群岛及其附近海域的海图。除了贝洛拉斯，在场的还有八位资历较老的船长。如今贝洛拉斯高高兴兴地做回了大副。埃尔－努林是唯一出席会议的船王，显然他是船王议会之中埃尔－奈斯特尚能忍受的唯一人选。

"托女王陛下的福，我们知道倭拉人打算佯攻。"他指着南边的航道，接着说："可能在这里，顺风的话，他们可以直达都城。同时我们估计，他们的运兵船最有可能登陆这里的海滩。"他伸手点了点最大的三座岛屿及其北岸。"虽说那边是逆风，但他们以为我们必定全力应付南边，所以问题不大。"

"你有什么想法？"莱娜问。

"他们必然在此处兵分两路。"他指着一个小黑点，在东边八十余英里外。

"米西斯之牙，"埃尔－努林说，"在那儿打仗不吉利。"

"在那儿打仗，众神肯定站在我们这边。"贝洛拉斯插嘴，"其实在哪儿都一样。"

"你打算在他们分兵之际发起攻击？"莱娜问。

"正是，陛下。"海盾回答，"我们走西北方的航线，风向于我们有利，先打沉运兵船。没了运兵船，倭拉人的进攻不足为虑。"

"要是他们看见了我们，立刻合兵一处，我们又如何阻止他们？"

埃尔－奈斯特指向一个地方，在米西斯之牙的正南边。"蛇尾。蛇神不仅留下了牙齿。"

"那是一处巨大的暗礁，陛下。"埃尔－努林解释，"倭拉人的南下之师必须绕过去，才能与运兵船会合。即便顺风顺水，这也是极其艰难的任务。"

"一切取决于他们是否执行册子里的计划。"莱娜说，"说不定他们根本没有收到册子。"

"册子不止一本。"埃尔－努林说，"据探子的情报，瓦林斯堡已经收到了。还有，倭拉将军写信慰问议员，说他儿子可能因为遇到风暴的缘故，所乘船只至今下落不明。"

"涨潮就启航。"海盾离开了地图桌。

"舰队尚未集合完毕，"埃尔－努林说，"再等两天，还能多五十艘。"

"然后把群岛拱手交给倭拉人。我们已经耽搁了太久，舰队必须全速前进，及时赶到蛇牙。"他望向莱娜，坏坏地笑道，"据我的大副说，陛下堪称斗智棋大师。航行途中，或许您愿意赏脸陪我下一盘。"

他的棋艺比贝洛拉斯高明多了，并不是照搬现成的策略，而是依靠自己的战术智慧，且富有洞察力和想象力。可惜他的好战心太强，棋局一长，就暴露出不懂变通的弱点。但是至少莱娜不用刻意拖延时间了。

"五十八步，"她从棋盘上拿起海盾的皇帝，"真厉害。"

"不容易啊。"他往后一靠，露出真诚的笑容。

"不容易，海盾大人？斗智棋本质上非常简单……"

“不是说下棋。伪装了这么多年，不露声色。毕竟，有谁希望王宫里最聪明的人是角落里的公主呢？您父王商谈国事之时，您是不是在做女红？我认为您也同样擅长针线活。”

“其实我从未学过女红，也不用耐着性子听完父王主持的会议，因为我猜得到他们要说什么。不过你说得对，在傻瓜面前装傻，不容易。”

“现在没有这个必要了。全世界都能看到您的……”他欲言又止，目光投向大海和云集于四周的舰队。

“我的真面目？”莱娜喜欢看他局促不安的样子。

“恕我失言。”

她从棋盘上拿掉剩余的棋子。“我相信等我回了疆国，还有更难听的话。”

“您认为他们会接受您吗？”他问，“您现在的样子？”

“莫非他们还有选择不成？依据血统，我就是女王。他们只用知道这一点。”

“您指望他们不假思索地臣服于您？”

“我死里逃生，为疆国受尽磨难，有伤疤为证，而在疆国最危险的时刻，我又王者归来。逝者必定对我青眼有加。”她笑了笑，手指棋盘，“大人，再来一盘吗？”

“依我看没有必要了，您说呢？”他凑近了，嘴角的笑意消失得无影无踪，“您为何要跟来？您本可以留在群岛上，假如战况于我们不利，您完全可以乘船安全离开。”

“或许我想看看你的表现。”

他瞟了一眼斗智棋的棋盘。“您告诉我的太多了，甚至超出您的预期，陛下。对您而言，看似简单的举止，常有深不可测的用意。”

“没有那么深不可测。等你打胜了这一仗，我愿意告诉你。”

“我正有此意。”他起身鞠躬，大步走向驾驶舱。

经过一天一夜的航行，他们看到了蛇牙——海平面上出现了一排黑点，时而露头，时而淹没在汹涌的浪涛之中。海盾命令舰队收帆，同时驾驶海刀号向前开进，在距离蛇牙仅半英里处抛锚。由此望去，景象极为壮观，一块块板状巨石冒出海面，四周激流涌动，海浪一波又一波拍打在它们身上。

“巨蛇的牙齿？”米欧尔听了本顿讲述的蛇牙起源，轻蔑地笑出声来，“所有的神都是谎言，还那么多人信。”听到这话的船员们纷纷怒目而视，莱娜也瞪了她一眼，她赶紧闭嘴。

“抱歉，”莱娜对他们说，“我的女官年少无知。”

“对不起，陛下。”米欧尔讷讷地垂下头，船员们接着干活了。

“对信神者而言，神是真实存在的。”莱娜拍了拍她的手，凑近了低声说，“不过，再大的谎言也是谎言。”

海盾爬到桅杆上，取出小望远镜观察海平面，一头金发在风中飞舞。米欧尔抬头仰望，满脸倾慕之情，发现莱娜在看，她立刻扭过头，羞得面红耳赤。时间一点点过去，埃尔－奈斯特仍在守望，午后的阳光驱散了雾气，海面平静而温暖。

他有可能错得离谱，莱娜望着东边空荡荡的海面，心想。或许倭拉舰队昨晚已经驶过，而我们根本不知道。她从来不大相信直觉和臆测，凡事只讲理性与证据。然而海盾如此笃定，说明他们确实找对了地方，他长年累月在海上讨生活，毕竟经验丰富。

于是为了打发时间，她开始搜寻红鲨鱼的踪影，却再也看不到鱼鳍了。或许费明的召唤终于失效了，或许是鲨鱼感知到大战在即，去捕食容易到嘴的猎物了。说来奇怪，莱娜居然有点想念它，红鲨鱼长久的陪伴，已经成为他们幸存至今的护身符。我应该给你起个名字，她心想。宠物都有名字。

“升黑旗!”半空中传来海盾的命令，他顺着一根绳索滑到了舵盘处。“起锚！弓手就位!”他操纵舵盘，锚从海里拖出来的同时，船首倾斜，转向北方。桅杆上升起一面巨大的方旗，旗面乌黑，没有图案。这是敌人现身的信号。

莱娜看到埃尔-奈斯特掌舵时的表情异常严肃，他望向女王的眼神足以说明情况有变。形势极其严峻。

他们向北航行了一英里多，开始调整船帆，与此同时，整支梅迪尼安舰队匆忙响应黑旗的指示。海盾把舵盘交还给舵手，然后走到船首，眯起眼睛注视前方。莱娜来到他身边，一言不发，他仍旧目不转睛，面色铁青，显然颇为恼火。

“我这人啊，”过了一会儿，他说道，“太傻了。”

“他们没有兵分两路?”

“分开了。此时此刻，佯攻的舰队正向南航行。五百艘船。”

五百艘。“探子说他们的战船不超过一千二百艘。所以我们面前的只有六百艘。”

“进攻瓦林斯堡的倭拉战船有一千二百艘，但我们面前有两千艘。他们加强了海上的兵力。”他闭上眼睛，咬紧腮帮，一拳打向司盖尔瓦的木头肩膀。“我怎么就没想到呢?”

“我们要怎么做?”莱娜问。

他直起身子，松开拳头，缓缓地嘘了口气，然后回头笑道：“做我们该做的事，陛下。我们有风相助，今天还有好多战利品等我们夺取。”海盾转身走向甲板，顺势碰了碰莱娜的手，在她耳边柔声说：“况且我等不及要知道您真正的用意了。”

很快，倭拉舰队出现在视野内，长长一排黑色战船全都向南航行。“希望船帆多兜点风，”贝洛拉斯解释，“也许是玩迂回战术，踹我们的屁股。”

“当着女王的面，说话注意点！”伊尔提斯吼道，贝洛拉斯却只是哈哈一笑，扔给他一面皮革大盾。

“你们这帮大人们替女人挡箭。打仗的事儿你们就别插手了。”

“该死的海狗。”伊尔提斯嘟囔着，把盾牌的皮带系在胳膊上，本顿和哈文也照做，大副则走开了。他们的装束与梅迪尼安人差不多，头盔宽大，带有扣住下巴的皮带，不过锁子甲对伊尔提斯来说太小了，必须把两件缝在一起才能遮住他的胸膛。莱娜和女官的锁子甲是特意改小的，最难受的莫过于容易出汗，极不体面，但她认为总比不长眼的箭矢插在胸前要好。另外，她还绑了一把匕首在前臂，比她惯常使用的飞刀长一点，不过上手一试，准头还在。尽管在接下来的海战中未必用得上，但有刀在手，终归令她稍感安心。永远带在身上。

梅迪尼安人的船分为数量大致相当的两队，一队跟随海刀号，另一队由埃尔-努林船王带领，他所乘的战船体形狭长。“那是红隼号，”贝洛拉斯说过。“有人说是海上最快的船。”

埃尔-努林的船犹如劈波斩浪的利剑，船帆兜满了海风，紧紧地扯住缆绳。红隼号逐渐超过海刀号，证明贝洛拉斯所言不虚。

“那不要脸的家伙还想一口全吞了！”海盾在舵盘处高喊，引来船员们一阵哄笑，“拉紧缆绳，首战之功是我的！”

在他的一再坚持下，莱娜站到了船舱入口附近，一旦甲板上过于危险，方便随时撤进去。

“那是用来做什么的？”米欧尔问。此时倭拉人越来越近，有一个水手把桶里的沙子撒在甲板上。

“血太多了，”本顿说，“脚下就打滑。在我父亲的船上，我们杀鱼时也这么干。”

“噢。”女孩声若蚊蝇。

“小姐，”莱娜说，“你可以下去。”

“谢谢您，陛下，但我希望留下。”

别哭。莱娜看到米欧尔挺起胸膛，深吸一口气。不再是小女孩了。

“射石机准备！”海盾大喊。船员们跑到甲板中间，扯下帆布，露出两个庞然大物，还有人搬来一筐筐炮弹和一桶桶沥青。

射石机的横梁上固定有投掷臂，还缠了一大卷绳索。一个船员拉动操作杆，在绳卷滚动的同时，投掷臂逐渐与甲板平行。炮弹有甜瓜大小，里面是铁球，外层用麻绳绑紧，已有两颗浸满沥青，搁在投掷臂末端的兜勺里，旁边站着一个手举火把的船员。一台射石机在左舷，另一台在右舷。

“我以为我们会撞向他们，”哈文说，“然后跳上甲板，杀死他们的船员。”

“大多数海战都靠火攻取胜。”莱娜说。不过，你今天会看到各种各样的死法。

海盾带领他们冲向倭拉舰队的正中间，红隼号则向敌军后方迂回。尚未驶进射程，弓手们就纷纷放箭，一开始只有箭矢劈空而过的嘶鸣，很快有了箭镞扎进木头的闷响，随着敌我战船越来越近，海面上形成了规模不大的漩涡。

莱娜终于看见倭拉人了，一群黑影聚集在对面那艘超宽船的右舷，剑已出鞘，紧握在手。

“放！”贝洛拉斯大喊，手举火把的船员点燃了兜勺里的炮弹，随即迅速退后；另一个船员踢开分离杆，投掷臂猛地弹回去，将燃烧的炮弹扔向倭拉战船。两颗火球拖曳着一溜青烟，悠悠地划过天际，落在倭拉士兵当中，有几人浑身着火，慌忙跳进大海。这是本场海战首次杀伤敌军，梅迪尼安人爆发出一阵欢呼。

海盾带领他们驶到距离敌船五十步处，箭矢如蝗，在两船之间交错纷飞。

“趴下，陛下!”伊尔提斯抬起盾牌，莱娜和女官们急忙伏下身子，奥瑞娜望着密集的箭雨，吓得花容失色。头顶上忽然有人惨叫，莱娜抬眼一看，一个船员翻身坠落在甲板上，发出骨骼断裂的闷响，箭矢透胸而出，他满嘴血沫，气绝身亡。

右舷的射石机再次发射，火球飞向倭拉战船上的索具，点燃了主帆，带火的碎布纷纷掉落。待火势渐大，船舱也烧了起来，倭拉人的箭雨失去了先前的威力。战船不顾一切地向他们驶来，钩爪纷飞而至，牢牢抓住海刀号的围栏，一小群倭拉人攀着绳索，企图登船。海盾猛打舵盘，船首向左摆动，与此同时，船员们猛砍爪钩的绳子。倭拉人身披轻甲，背后绑有两把短剑，顺着绳子爬行的速度奇快无比，而且动作相当娴熟。高处的梅迪尼安弓手射死了好些倭拉人，但仍有四人上了甲板。他们跃过围栏，拔剑砍倒距离最近的船员，然后冲向射石机。梅迪尼安人手持军刀乱劈，却被他们轻而易举地挡开，不消片刻工夫，操作射石机的船员尽数阵亡。

然后，海盾来了。只见他手中刀光一闪，杀了一人，继而矮身避过另一人的突刺，顺势砍中对方的小腿。其余两人协同作战，一人扫向埃尔－奈斯特的面部，另一人直取他的前胸。他招架不住，连连后退，被逼到了右舷围栏前。

伊尔提斯大吼一声，举剑冲了出去，左右是哈文和本顿。倭拉人闪身避开大汉的突刺，却来不及挡住哈文的重劈，剑刃咬进了他的肩膀。最后一个倭拉人仍与海盾缠斗，本顿挥剑砍去，对方轻松避开，反手一击，划伤了他的胳膊，眼看性命不保，埃尔－奈斯特的军刀迅疾而至，刺穿了倭拉人的脖子。

莱娜看见对面的倭拉战船随波漂荡，甲板上烈火熊熊，船帆已经破烂不堪。附近海面上密密麻麻的全是捉对厮杀的船只，许多已被大火吞噬。透过浓烟，还能看见一艘梅迪尼安船被夹在两艘倭拉战船之间，双方在甲板上刀剑相搏，斗得热火朝天。

莱娜赶紧喊来海盾，指给他看。他走到围栏前，刀刃上鲜血淋漓，滴了一路。“我们需要人手操作射石机。”他说。

她点点头，命令大人们去射石机旁拖开尸体，并收集剩余的弹药。“我可不知道怎么摆弄这玩意儿。”哈文说。

“不难。”本顿痛得龇牙咧嘴，米欧尔正用绷带包扎他胳膊上的伤口，“这根操作杆是用来拉低投掷臂的，那根分离杆用来发射。”

海盾驾驶海刀号破浪前进，一艘倭拉战船慢慢进入射程，此时，射石机已经准备就绪。莱娜用火把点燃了浇满沥青的炮弹，本顿立刻踢开分离杆，火球飞进敌船内，却收效甚微。在海刀号接近敌船的途中，他们又发射了两次，终于有所回报，在对方的甲板上烧起了一团火，但也引来了倭拉弓手的报复。

“信仰啊！”伊尔提斯咕哝道。众人躲在他的盾牌底下，见其胳膊上方的皮革破开一个洞，一枚箭镞冒出了头。

“扔钩爪！”当海刀号擦过倭拉战船，贝洛拉斯大喊。船员们纷纷冲上前扔出三爪铁钩，有人身中一箭，翻出了船舷。不过，借助滚滚浓烟的掩护，其余的船员齐心协力地拉动绳子，敌我两船很快靠在一起，中间立刻搭了一块踏板。

“他们杀人不眨眼！”海盾立在围栏上，高举军刀大喊，“我们也绝不手软！”

船员们应声怒吼，举起军刀和长矛，跟随他冲过踏板，杀进了四处蔓延的浓烟。

“陛下？”莱娜回过头，看见米欧尔站在左舷处，前方有一艘巨大的倭拉战船迎面驶来。

“快给射石机装弹！”她冲向左舷的射石机，拼命拉动操作杆，同时不断地张望逐渐逼近的庞然大物。区区几团火球根本挡不住它。

“米欧尔！”她叫道，“拿沥青来！”

女官没有回答，依旧瞪着海面。她观望的不是倭拉战船，而是飞速向战船移动的物体——鱼鳍拖曳而出的水波，犹如一道银白的火焰。

鲨鱼跃出海面，甩动巨尾，血口大张，摔在倭拉战船的甲板上，木板当即破裂。它疯狂地扑打起来，所到之处，水手和索具纷纷倒地，一时间血肉横飞，碎木四溅，好些人惊慌地跳进海里。在鲨鱼的重压之下，倭拉战船慢慢倾斜，上层甲板轰然垮塌，海水灌了进来。数十人在水里扑腾，大船逐渐下沉，涌动的涡流忽然泛出猩红——只见鲨鱼的脑袋从落水者当中伸出来，张开大嘴猛咬。一眨眼的工夫，人不见了，船也只剩几块碎甲板，以及漂浮不定的木桶。

很好，莱娜看到了波涛之下的血红纹路。再来一次。

黄昏将近，残余的倭拉舰队聚在一处，抵御四面围拢的梅迪尼安舰队，犹如面对狼群的野牛。梅迪尼安舰队不断地发射火球，偶尔有倭拉船长企图冲出来与其决斗，却一见到鲨鱼就退了回去。它三次跃出海面，凡是靠近海刀号的战船都没有放过，那些破碎的船体和猩红的海水令倭拉舰队心惊胆战，水手们的勇气也随之荡然无存。最后一艘遭到鲨鱼攻击的是大型运兵船，连同困在舱内的数百人沉入海水，惨叫声此起彼伏，而许多倭拉战船置之于不顾，掉转船头，全速向东边逃窜。日落时分，火球仍在飞射，困在阵中的只剩两百余艘倭拉战船。海盗和鲨鱼的联手作战彻底扭转了局面，但己方的损失也不小。莱娜估计梅迪尼安舰队至少损失了一半，漂荡在周围海域的船只不计其数，甲板上满是尸体。

夜幕降临后，最后一批倭拉战船企图突围，但梅迪尼安人追杀而至，兄弟战船的冲天大火照得海面犹如白昼，他们无处可藏。她看到一艘运兵船同时遭到三艘海盗船的攻击，挥舞长矛军刀的船员挤满了甲板，喊杀声和刀剑争鸣很快变成了临死的惨叫和痛苦的呼号。午夜时分，战斗结束了，海盾下令调整船帆，舰队驶向东南方。

“我们还有五百艘船需要打沉。”他说，“您要好好休息才是，陛下。”

海盾把自己的舱房贡献给了她和女官使用。两位女官已经上床，和衣而卧。她们此前一直在照顾伤员，双手满是干涸的血迹。莱娜刚刚躺下，旁边的奥瑞娜呜咽了一声，吓得瑟瑟发抖，莱娜抚着她的头发轻声安慰：“嘘，全都过去了。”

她疲惫不堪地躺在床上，希望睡意快些降临，但她知道一时半会儿无法入眠。今天目睹了太多太多，那些奇妙的、可怕的场景争先恐后地挤进脑海，令她真心希望拥有遗忘一切的能力。但当回忆来袭，那画面并非残酷的搏杀或是撕咬血肉的鲨鱼，而是一个卧床的老人……垂垂将死，暮气沉沉，她差点认不出那是父亲，更不敢相信那是国王。

她低头看着双手，发现没有卷轴……和从前不一样。她摸了摸脸，仍有烧伤的疤痕，又摸了摸头，只有少量发楂，皮肉焦枯而粗糙。

“你不是我的女儿，”床上的老人说，“她很漂亮。”

“没错，”莱娜回答，“以前很漂亮。”

他咳嗽起来，嘴角渗出了血，然后虚弱无力地哀声问道：“她去哪里了？我有话要对她说。”

“她和阿尔比兰使者说话去了。”莱娜坐在床边，拉住老人的手，“她告诉了我一件事。”

他眯起了那双疲倦却依旧精明的眼睛。“我相信她是要道歉。我苦心经营一辈子的计划可不能因为她的软弱而毁掉。”

莱娜笑了。她真的挺怀念这个阴险狡诈的老家伙。“没错，是要道歉。因为很多年前，她在斗智棋上击败了您。当时她少不经事，不懂得给您留点颜面。”

“哼。”他不悦地抽出了手，“一有机会就挖苦，和她母亲没两样。拿走棋盘是为了保护她，不能让别人知道她是那么……特别。不过从那天起，我就知道后继有人了。”

莱娜感到泪水滑落脸颊，她冲着怒容满面的老人微微一笑。“您要知道，她没有按照您的命令做。她同意了皇帝的条件，麦西乌斯回来继承王位。您的伟大计划全都泡汤了。”

“他是个好国王吗?”

莱娜强忍泪水。“他死了，父亲。他死在我面前，还有王后和孩子们。您的愿望实现了，如今我是女王，统治的是荒废与死亡的国度。”

老人的表情异常古怪，他伸出一只枯瘦如柴的手，抬起莱娜的下巴。“掐脖红过后，这里同样是荒废与死亡的国度。但因为我的努力，疆国再度崛起。我花了整整一代人的时间，把这个巨人拽了起来。”

“国人未必接受如今的我……”

“那就强迫他们。”

“我们的敌人太多……”

“那就杀死他们。”

莱娜感到头皮发凉，扭头发现窗户大开，窗帘在风雨之中扑打。她又回望老人，俯身亲了亲他的脸颊。“真希望您当初是个好人，父亲。”

“好人可没有疆国给你继承，无论荒废与否。”他微笑着说道。风越来越大，灌满了房间，冷得让人喘不过气……

她醒了，看到奥瑞娜和米欧尔正在慌手慌脚地关窗户，窗外暴雨如注，狂风大作，挂在舱顶的油灯摇摇晃晃，灯光明灭不定。“对不起，陛下。”奥瑞娜用力把窗户推紧，“我们本来不想吵醒您。”

莱娜刚刚起身，船体倾斜，她一时失去平衡，撞上了舱壁。“暴风雨吗?”

“大约是一个钟头前来的。”米欧尔说。忽然一声惊雷响彻船舱，她吓得缩起头，面无人色。“我以为经历了白天的事，今后什么都不怕了。结果不行。”

莱娜搂住她的肩膀，三人坐在床上，窗外嘶吼肆虐的风暴彻底驱散了睡意。“船员认为他们的神灵触碰了您，陛下。”米欧尔低声说，“从深海召唤来鲨鱼。他们称您为奥德诺之手。”

“乌德诺。”莱娜纠正。那是风神，最伟大的神灵。倘若真是如此，请他先止住这场该死的风暴吧。

暴风雨闹腾了一整夜，外加大半个白天。莱娜冒险出了一次船舱，只见滔天巨浪来回冲刷甲板，而舵盘处只有海盾一人，他的笑容在暴雨中一如既往的灿烂，连连打手势示意她回舱里去。她找了个不错的消遣，那便是教导女官们学习基本的宫廷礼仪，尽管大部分华而不实，但等她们回到疆国，或许有点用处——人民就喜欢这些虚头巴脑的东西。奥瑞娜学得很不错，已经掌握了屈膝礼和鞠躬的姿势，体态相当优雅，莱娜怀疑她在嫁给肥头大耳的富翁之前当过舞者。米欧尔则由于举止笨拙，越发慌张不安，而甲板不断地摇来晃去，更是雪上加霜。

“母亲常说有根看不见的绳子捆住了我的脚。”她在学习迎接外国使节的礼仪时差点摔了一跤，随即咕哝道。

临近傍晚，风暴减弱了。她们走出船舱，发现海刀号孤零零地漂在海上，但鲨鱼还在前方不远处，鱼鳍劈波斩浪，在海面上蜿蜒而行。正在掌舵的是贝洛拉斯，海盾立在船首。

“舰队呢?”莱娜走到他身边问。

“但愿和我们一样，在驶向蛇牙的途中。我说的是那些还没沉的。”他的目光始终不离鲨鱼，“您真的不知道那家伙为何服从您的命令？”

“不知道。而且也不算是我的命令。它干的事情……动物没有仇恨可言，只是填饱肚子而已。可是它有。”

“也许是那个魅兽者的仇恨。”

“他看样子是一个和善可亲的年轻人。”

一个钟头后，一艘梅迪尼安船出现了，很快又来了四艘，船员们欢呼着挥舞军刀向他们致敬，见莱娜走向船头，他们的喊声越发响亮。乌德诺之手，她心想，念起来特别顺口。不过，假如宗老们还活着的话，恐怕不大愿意听到有人如此称呼女王。

等到看见蛇牙的时候，海刀号的后面已经跟了一百多艘船，另外，在礁石西面的浅海处抛锚的或许有三百艘。伤痕累累的红隼号也在其中，船体上有一道道焦黑的印记，船首像已撞得面目全非。

海盾驾驶海刀号靠在一旁，埃尔－努林乘坐一条小筏子过来商议。

“不，”埃尔－奈斯特摇头道，语气不容辩驳，“不能再耽搁了。”

“只用等一个钟头，就有很多船过来，”埃尔－努林反对，“我们要有援军，才能对抗他们的南下之师。”

“昨晚乌德诺已经给了我们。”海盾一口咬定，“这个时节，艾瑞尼安海何曾有过如此猛烈的风暴？这是乌德诺所赐的大礼，我绝对不能浪费。再喝一杯酒，大人，然后我们就出发，结束这一切。”

位于蛇牙南边的蛇尾可谓名副其实，是一块绵延二十英里的狭长礁石。一长串失事的倭拉战船搁浅在礁石上，正是被昨晚的风暴吹来的。

只见一艘艘破烂不堪的战船随风摇摆，任由海浪拍打，船员们鸦雀无声，纷纷向莱娜投以敬佩的目光，畏惧也丝毫不少。乌德诺之手真是冷酷无情，莱娜望着那堆残骸，推测他们的想法。再好不过了。

“我数了，有两百多艘，大人。”贝洛拉斯向埃尔－奈斯特汇报，“还有不少沉到海底，或是粉身碎骨了。”

“不费一刀一箭就获胜了。”海盾若有所思，“看来您的鲨鱼要想报仇，还得等一会儿，陛下。”

高处有人大叫一声，瞭望员指向南方。海盾来到船首，举起小望远镜观察了片刻，下令全速改变航向。“看来不用等了。”

大约有二十艘战船紧紧挨在一起，由于很多船帆兜不住海风，对方的前进速度极其缓慢。发现危险后，它们纷纷调整船帆，挤得更紧了，衣衫褴褛的水手们手持刀剑，聚集在甲板上。

“这帮杂种不要命了吗？”哈文叹道。

海刀号快速迎向倭拉战船，带领舰队迂回靠拢，弓手攀上索具，射石机蓄势待发。

“我们从这儿应该打得到，”哈文站在船舷边说，“第一击的光荣请赐予我，陛下。”

“准了，大人。”

他咧嘴一笑，拍着手走过去。一根弩箭直接射中他的后背，轻而易举地穿透了锁子甲。他踉跄了几步，扬起眉毛，瞪着那枚戳出胸膛的箭头，露出古怪的笑容，然后趴在了甲板上。

“哈文！”奥瑞娜匆忙跑过去扶起他，不断拍打他的脸，绝望地哀求道，“亲爱的，快醒醒，亲爱的，快醒醒……”

“这帮混蛋！”伊尔提斯点燃炮弹，踢开分离杆，然后跑到围栏前，冲着火球的尾迹怒吼：“你们他妈的死到临头了还不知道吗？”

莱娜走到奥瑞娜身边蹲下，女官把哈文的头搁在自己的膝上，仍轻声哀求：“快醒醒……”

莱娜看着匪徒失神的双眼，咧嘴而露的牙齿，凝固在脸上的古怪笑容。他很可能是我们当中唯一笑着死去的。

她走到伊尔提斯身边，望着上百颗火球射向倭拉战船，活像倒着燃放的焰火。“请原谅，我不该说脏话，陛下。”御前护卫低声说道。

莱娜挽住他粗壮的胳膊，抱紧他结实的肌肉，头靠在他的肩膀上。火焰在麇集的战船中蹿得很快，一根高高的烟柱冲天而起，惨叫声响彻海面。不久，有人扑腾着游出了浓烟，百余个倭拉人无处可逃，竟然指望敌人救命，结果纷纷死于箭下。

我知道你在。莱娜的目光在波涛之中搜索。你还要向谁寻仇？

忽然一声巨响，鲨鱼跃出倭拉战船所在的那片火海，碎木残帆四处飞溅。它腾空而起，翻身扭动，尾巴向上一甩，然后潜进残骸遍布的海水，张开血盆大口，吞噬一切。

不知怎的，莱娜知道此生再也见不到它了。

黎明时分，他们为死者举行海葬。梅迪尼安人默然静立，哀悼他们死去的同胞，目送二十多具用帆布包裹的遗体沉入波涛之中。在把遗体抬到船舷边之前，船员们可以从堆在他们脚边的物件里选择一样。钱币和值钱的玩意儿已经被贝洛拉斯拿走，到时候交还给死者的家人，剩余的只是纪念物：一枚骰子，一颗作为护身符的斗智棋棋子，一把趁手的小刀。唯一的致辞是念出死者的名字，海盾每念一个，他的大副就在花名册里划掉一个。

船上的木工为哈文制作了一条式样简单的筏子，把他的遗体放在浸透沥青的绳子和破布上，莱娜赐给他的那把剑则塞在他交叠的胳膊底下。本顿和伊尔提斯把他送到了海上，依照女王的要求，前宗会兄弟念起了悼词。奥瑞娜站在莱娜和米欧尔当中，双手与两人紧握，不住地颤抖。她的脸颊干干的，似乎眼泪已经流光。

“我们在此见证这具躯壳的终结，它曾负载此人历经一生。”伊尔提斯说，“我们知道，有些疆国人想起他的时候，谈不上亲切，更别提敬重。但他是我们患难之时的战友和伙伴，而且从未有负于我们。他虽然曾是匪徒，但死时贵为疆国之剑，深受他的爱人、朋友和女王的尊敬。我们在此感谢他的善举和勇敢，原谅他一时的软弱。此刻，他已与逝者一道，他的魂魄与逝者为伍，指引生者为信仰事功。”

他松开牵着筏子的绳索，任由海浪将其带走。本顿拿起弓，搭上一支点火的箭矢射过去，筏子立刻变成广袤海洋上的一团火，向远方漂去，渐渐地消失在视野中。

夜晚降临，海盾又在司盖尔瓦旁边找到了她。风雨过后，夜空晴朗澄澈，繁星无数，空气凉爽，令她通体舒坦。

“陛下还欠我一个答案。”埃尔－奈斯特靠在船首像的胳臂上说，“您真正的用意。”

她点点头，依然专注地望着天空：“我小时候希望数清天上的星星，结果发现非常困难，于是我想出了一个办法。我找到王宫的一扇天窗，数清窗框里可见的星星，只要知道天空有多少块，与之相乘，就可以算出结果。”

“那您算出来了吗？”

莱娜轻笑一声：“数目太多，难以表述。但有趣的不在这里。你要知道，我时常校准星星的数目——这是优秀的学者绝不会忽视的——发现窗框里的星星增减不定。整整一年后，数字才恢复原样，但还是多了两颗星星。那是两颗遥远的太阳，一年前还不在那里。”

“您得到了什么启发？”

“既然天上的星星都在变动，那没有什么是一成不变的。永恒并不存在，万事万物每时每刻都在变动。”莱娜移开视线，与他四目相对，“没有什么是一成不变的，大人。没有哪条航线设定好了就不能改变。”

他苦笑道：“您要我们改变航线。”

“是的。”

“我可以问问要改到哪个方向吗？”

“我知道在这个时节，海船可以驶进冷铁河，一路前往埃尔托城。”

“那里被包围了，急需援救。”

“正是。”

“您命令我们这样做，是要我们报恩吗？”

“我们已经两清。我父亲破坏了局面，我将其还原。我只是提供了一个合情合理的战略方案。你要知道，倭拉人绝对不会就此罢休。这不过是大战之中的一役，除非他们彻底毁灭，否则战火断无熄灭的可能。而他们的毁灭要从埃尔托城开始。”

他靠近了，表情诚恳，没有一丝笑意。“我倒有个相反的提议，陛下。”他冲着西边点点头，“我们有最好的船，一帮忠诚的船员，还有任我们逍遥的大海。我听说，商贾国王们的舰队非常庞大。”

莱娜笑了，摇摇头：“你要我当海盗女王？”

“我要保护您的生命。因为我发现您的生命对我非常重要。”

“女王所求的不仅是生存，还要统治，而我的朝代已经开始。你能带我去埃尔托吗？”

海盾靠得更近了些，高大的身躯挺立在她面前。他双眉紧蹙，低头盯着莱娜，眸子隐没于阴影之中。“愿诸神救我，可您应当知道，我愿意带您去任何地方。”

第七章　弗伦提斯

他醒来时发现伊莲和艾伦迪尔正在分发早饭，由于补给日渐缺乏，早饭只能是稀如清水的麦片粥。频繁的转移导致没时间打猎，饥饿也就成了常事。然而他俩没有一句抱怨的话，上次与柯利泰的恶战过后，两人拌嘴的次数也大为减少。

一周之内，他们转移了两次。封地领主达纳尔不肯善罢甘休，派出了一大批带有奴隶犬的猎人和随行的瓦利泰——由此看来，他的奴隶精英已经损耗殆尽。弗伦提斯命人伪造了踪迹，并设下陷阱。夜里，他带领一小队手脚最轻的战士，到敌人的营地里暗杀并制造混乱。尽管瓦利泰不如柯利泰难对付，但战斗力不容小觑，尤其是列阵之后。他每每在凌晨发起进攻，尽量杀伤猎犬和猎人，然后迅速撤退，再进行伏击。但是追捕行动的首领很快有了应对之策，他们分为四组，每组三百余人，聚在一起严阵以待，每当弗伦提斯损失人手，他们便乘胜追击，而如今已经没有运奴车队可以补充新兵了。

这帮追捕者还有令人头疼的一招，他们放出三十多只奴隶犬，循着气味的指引在林间穿梭，发现猎物即将其杀死。昨天它们追踪到了营地附近，爆发了一场恶斗，信仰猎犬亮出尖牙利爪招呼这群近亲。弗伦提斯率领一半战士从后方迂回，达沃卡则领着另一半攻其侧翼。她似乎格外痛恨奴隶犬，动起手来毫不留情，也不知疲倦，很快在乱糟糟的狗群之中杀出了一条血路。弗伦提斯看见她挥动长矛，刺进族群首领的胸腔，然后极其厌恶地扮了个鬼脸，矛尖一拧，洞穿了心脏。

“变态的东西，”见他皱眉不解，达沃卡回答，“怪模样，怪气味。”

“我们给你留了一些，兄弟。”伊莲说着递来一碗麦片粥。

他接过来，忍住没问这顿早饭是不是她做的。“谢谢，小姐。”他喝完稀粥，扫视着营地。格瑞林宗老独自呆坐，这些天来常常如此，似乎沉浸在思考中。达沃卡和厄蒙德又在切磋武艺，这次是徒手搏击。两人缠斗的同时，他看到达沃卡时而发笑，正想着要不要提醒一下厄蒙德，却发现骑士也在笑，看来不用多管闲事了。他们哪儿来的时间？

三十四号仍然没有选定名字，他正在找公鸭练习疆国话，问题在于学到的大多是脏话的正确说法。“不对，”大汉摇了摇毛发蓬乱的脑袋，“是狗日的，不是日狗的。”

简利尔·诺林正在磨剑，面无表情，双目失神，砥石在剑刃上机械地来来回回。更远处，壬希尔宗师照料着余下的一公一母两匹马。最近他提到希望这两匹马可以生崽子，从而为宗会的马厩增加新的成员，说着说着又开始老生常谈地抱怨。“地上稻草太多，”他啧啧摇头，“墙也有好几个月没刷白了。”

“我们一直很好奇，兄弟，”艾伦迪尔打断了弗伦提斯的回忆，“对于倭拉人。”

“哪方面？”

“他们的祖国。达沃卡说你去过那里。小姐认为他们来自一座特别大的城市，而我外祖父说，他们的帝国有半个世界那么大。”

“确实很大。”弗伦提斯说，“据说倭拉城是世界上最大的城市，但我没亲眼见过。”

“可你去过倭拉帝国，对吧？”伊莲问，“你知道那些家伙为什么变成人面兽心的怪物。”

“我见过倭拉帝国的城市和街道，可以说叹为观止。我见过残酷和贪婪，但在这儿也有。我见过他们古怪的生活方式，但和其他地方的人相比差别不大。”

“那他们为什么如此冷血？”女孩一脸认真，迫不及待地想知道答案。

“我们每个人都有冷血的一面，”他说，“只是他们视其为美德。”

他又望向营地，耐着性子清点人数。四十三人，外加八条狗。*这不是军队，我也不是战争大臣。*

他站起身，手持剑与弓。“准备出发。”他提高嗓门，好让达沃卡听见。

“又要转移啊，兄弟？”艾伦迪尔的语气充满了不情愿。

“不，是离开森林。我们在这儿打不了胜仗。是逃跑的时候了。”

简利尔扛着那把古老的仑法尔剑，没打包裹，没带水壶，什么补给也没有。

“你不用这样。”弗伦提斯对他说，“我希望还能听见你唱歌，朋友。那时的生活多么美好。”

曾经的歌手只是漠然看了他一眼，转身离开。他走出几码远，又站住了。“她的名字叫艾萝娜，”他说，“死的时候肚子里怀了我的孩子。”

他头也不回，很快消失在树林里。

弗伦提斯费了很大劲儿和壬希尔解释，宗师眼含热泪，最终还是同意放走了两匹马，要它们往北边跑去，从而误导那些紧追不舍的猎人。“太容易暴露行踪了，宗师大人。”他说，“司盖伦关有马，我敢肯定，索利斯宗师需要疆国最好的马术宗师。”

他决定先走西边，再弯到北边，以混淆追捕者的判断。弗伦提斯和达沃卡殿后，厄蒙德带艾伦迪尔和伊莲探路，如今女孩耳聪目明，和宗会兄弟以及猎人一样，善于聆听森林之歌。他们天黑前至少走了二十英里，在尤里希森林里算是不错的行进速度。

营地里，众人沉默无言，也不生火，挤在一起取暖。“不要动来动去的！”伊莲嘶声呵斥艾伦迪尔，他俩正并排躺在一棵倒掉的桦树旁。

“你那条该死的狗老舔我的脸。”少年闷声回答。

弗伦提斯坐在格瑞林身边守夜，耳目全开，留意森林之歌。胡提尔宗师很多年前说过，夜晚的森林貌似黑暗，虚空无限，其实相比白天，黑暗中的森林更生动。打消你的恐惧，视其为朋友，它就是你最好的守夜人。

树梢上有只猫头鹰冲着他们叫唤，颇有节奏感。风中裹挟了森林的气味，没有人类的汗臭和狗儿的甜腻体味。月色中，不见铁器的寒光。

“北边是开阔地，兄弟。”格瑞林耳语道，“要在仑法尔地界走一百五十英里左右，才能抵达司盖伦关。危险很大。”

“我知道，宗老大人。但若不走，危险更大。”

他们第二天仍旧西行，到了傍晚，弗伦提斯下令向北前进。他带着大砍和厄蒙德接着向西走了一个钟头，踩断了不少树枝，靴子印和爪印清晰可见。他们走到夜幕降临，然后向北行至河边，沿着河岸找到一处浅滩。其他人正候在对岸，达沃卡提着长矛自阴影中现身，伊莲手持十字弩，从灌木丛里站起来。

“我们天亮出发。”弗伦提斯说完，躺在一棵松树下，一觉睡到了天亮。

早晨的风带来了新的气息，是一种刺鼻的霉味。弗伦提斯喊醒伊莲，冲着松树点头。女孩把弩弓递给艾伦迪尔，然后爬上了树，她从一根树枝跳到另一根树枝，直到抵达最高点。

“火，”她回到地面上汇报，“好多火。”

“哪里？”达沃卡问。

“到处都是。四面八方。最大的在我们南边，就在离都城不远的地方。”

弗伦提斯和格瑞林交换了眼色。*为了追捕我们，达纳尔居然烧了尤里希森林？*

“我们怎么办？”公鸭没能掩饰住悲哀的语调。

“做森林里任何活物正在做的事。”弗伦提斯挎好长弓，扔掉可能拖慢速度的累赘，“跑。”

他跑在最前面，步速奇快，而且每个钟头只准休息一次。有些战士实在跑不动了，累得趴在地上，但他仍不许一人耽搁，要求达沃卡拖着他们跑，并威胁说如果再掉队将严惩不贷。一路上，烟味越来越浓郁，透过树冠的缝隙，他们甚至看到了一股浓烟直冲云霄。可以想见，格瑞林很难跟上这样的速度，呼哧带喘地落在最后，胖脸上汗水淋漓，但他毫无怨言，不停地迈动步子，坚持到了傍晚。

日落时分，伊莲又爬上树梢观察森林的情况，橙色的天空映出了她纤细的身影。“现在南边只有一处大火，”她说，“都城那儿烈火冲天，看不清了。西边也有一处差不多大的。”

“我们前面呢？”弗伦提斯问。

她严肃地点头道：“有小火，但也越烧越大。”

“那我们不能耽搁了。大家排成一队，别走散了，遇到浓烟就拉起手。”

他们又走了一英里，终于感觉到滚滚热浪，随后是扑面而来的烟灰，呛得众人涕泪交流。他们拉起手，弗伦提斯拽着伊莲，伊莲牵着艾伦迪尔，跌跌撞撞地穿行于烟火之中。他被迫频频驻足，观望前方，搜寻没有红光跳跃的道路。偶尔有一头鹿或是野猪冲出浓烟，转眼就不见了，他原本指望依靠动物们的直觉逃出生天，如今也只好作罢。

众人顺一条林间小径而行，只听“咔嚓”一声巨响，一棵高大的松树轰然倒地，从头到尾火焰缭绕，正好挡住他们的去路。弗伦提斯正打算另寻出路，却见四面八方烈火环绕，烧得呼呼作响，异常嘈杂。他一把拉过伊莲，抵着她的耳朵大喊：“去找宗老，要他到队伍前头来！”

格瑞林很快出现了，脸上油光水滑。弗伦提斯指向那棵松树，向他投以询问的目光。宗老盯着它观察了片刻，无可奈何地扮出一副苦相，走上前去。他伸出双手，十指张开，弓腰驼背，仿佛顶住了一堵无形的墙。

有那么一阵子，什么都没发生，随即松树微微颤动，越来越剧烈，最后猛地炸开，碎木和火星四处飞溅。格瑞林跪倒在地，在浓烟中喘息作呕，鼻子里血如泉涌。弗伦提斯作势欲扶，宗老却连连摆手，示意他继续前进。

“我不会丢下你的，你这个又老又胖的傻瓜！”弗伦提斯喊着，挽住宗师肉乎乎的胳膊，把他拉了起来，“快给我走！走！”

很快，烟尘浓密到伸手难见五指，他们只好匍匐前进，鼻孔贴近地面，以呼吸到相对干净的空气。周围的林木烧得劈啪作响，橡树和紫杉发出震耳欲聋的呻吟，纷纷倒塌。它快死了，弗伦提斯心想。是我们和他们联手杀死了尤里希森林。

忽然有微风吹来，拂散了浓烟，一时间他看清了周遭的环境——前方有一处林木稀疏的宽阔地带，尚未着火。

“起来！”他大喊着，拽起了格瑞林，“我们就要出去了。快跑！”

众人乱作一团，一边猛烈咳嗽，一边跌跌撞撞地往前冲，背后热浪袭人，温度仍在升高。当弗伦提斯闯进湛蓝天空底下的一片草丛，他终于踉跄摔倒，平躺在地，拼命地喘着气，似乎这辈子都没有尝过如此甘甜的味道。

“没看出来。”他听见格瑞林喃喃自语，便一骨碌坐起来，发现宗老死死地盯着起火的森林。此时再看，仿佛整座森林都烧了起来，翻滚的黑烟遮天蔽日，他们的影子冰冷而暗淡。

“宗老大人？”弗伦提斯问。

“这种事情居然没有看出来。”格瑞林摇着头，满脸深深的疑惑，目光仍未离开垂死的森林，“任何一次占卜都未能预见。我们已经身处预言之外。”

冲出火场时，有五人迷失在浓烟之中，未能归队。弗伦提斯原以为信仰猎犬也不见了，但当他们向北行进时，大砍钻出了草丛，带着黑牙以及六只同类。它一头撞翻了弗伦提斯，亲热地舔着他的脸，呜呜直叫。“真是好小子。”弗伦提斯说着，疲惫地搓揉它的毛皮。

他们始终警惕着倭拉骑兵的动静，幸而有风相助，从尤里希森林里吹来浓烟，为他们提供了掩蔽。弗伦提斯听见远处军号嘹亮，蹄声如雷，但并未接近，不足为虑。从尤里希森林向北走了二十多英里后，地势由起伏的山丘变成溪谷峭壁，便于藏身，而且他在野外试炼中早就对地形谙熟于心。他循着记忆找到一处陡崖——上次来这儿，是在被独眼的人抓走的三天前——崖壁是高大的砂岩，崖底有风化而成的凹洞，整支队伍住在里面不成问题。洞外水流湍急，足以掩盖他们发出的任何声响，但他们还是不敢生火。

“反正今天也看够了火。”伊莲强颜欢笑，可弗伦提斯看到她瑟瑟发抖，脸颊也消瘦了。他们没有食物可果腹，只能凭借单薄的衣衫抵御夜晚的寒冷。我真不该让他们经历这种事，他想道。无休无止地杀戮，过刀头舔血的日子。

女人的声音再次回荡在他的脑海——每当他有所疑虑，便常常出现这种情况。*血腥味不是很美妙吗，爱人？*

当晚，她又出现在他的梦中，仍旧在海滩上，赤红的天空下浪花翻卷。但这一次没有孩子。她一如既往立在海边，头也不回地望着前方，犹如雕像般纹丝不动，唯有长发在风中乱舞。他走到她身边，看着她晦暗的侧脸。“太多了。”她目不转睛地说，“比我们杀的还多，爱人。”

他望向海岸，只见浪花卷来了一具具死尸。海岸线无边无际，尸体密密麻麻。

“这是我们干的？”他问。

“我们？”她微微一笑，眼中闪过一抹熟悉的残酷之色，然后歪着头端详他，握住他的手。“不。是你干的，就在你杀了我之后。”

他终于看清了，不只海岸线。从海滩到目力所及的远方，大海里漂满了尸体。放眼望去，全是死人。“怎么回事？”

“我当然残酷无情。”她回答，“我统治的是贪婪和欲望大无止境的时代，我是哀怨的女王，孤独地向整个世界宣泄仇恨。因为你那时会离开我，在反抗者毫无胜算的最后一役中阵亡。但纵然命运使我残酷无情，我也不是他。这不会是我的所作所为。我是整个世界获救的唯一机会。”

他任由她拉着手，感到她掌心温热，不似从前那般寒凉。他惊觉到一个冰冷的事实，假如她答应了当初的条件，他们必将就此度过余生，在天涯海角生儿育女，遗忘所有的仇恨和罪孽，任由外面的世界走向灭亡。愧疚令他恼羞成怒，他真想再次搂住她，勒断她的骨头，感受她临死的战栗。

她笑了，与他十指相扣，残酷的神色消失无踪。她动情地说出最后一句话："抱歉，亲爱的。现在你我必须醒来了。"

"兄弟！"艾伦迪尔的声音低沉而急促，同时使劲地摇晃他的胳膊，"骑兵来了。"

弗伦提斯带领他们爬上悬崖侧面的一条小径，然后趴在崖边观望，果然看到了骑兵。对方有一队自由骑兵，前面是一群仑法尔骑士，为首的则是一个披挂蓝珐琅盔甲的高个子。随着那人慢慢靠近，弗伦提斯感觉到艾伦迪尔的身子僵住了。

"是你父亲？"

男孩神色冷峻，面带恨意，持剑的手握得太过用力，指节发白。"他的盔甲是蓝色的，据说为此花费了半个封地的财产。"

骑手们停在三百步开外，猎人带着狗走到最前头。很快，有一只猎犬冲着溪谷的方向吠叫起来。

"他们找来的时候，我们就跑，"达沃卡说，"等他们摸到踪迹，我们早跑出几英里远了。"

而格瑞林说的话正是弗伦提斯想到的。"真要追上来，天黑前我们肯定跑不掉。"他迎向弗伦提斯的目光，"我实在不想跑了，兄弟。"

胖子站在悬崖外边，双手交握于肥大的腹部，与此同时，骑手们向溪谷疾驰而来。蓝盔甲骑士抬起手，示意全队停下，然后独自策马来到胖子跟前鞠了一躬，但毫无下马的意思。弗伦提斯和艾伦迪尔藏在溪谷另一头的岩石后，仅能捕捉到他们的只言片语，其中就有"红兄弟"和"儿子"这两个词。格瑞林回答时笑容可掬，态度亲切，骑士却不为所动，突然他拔出佩剑，催马上前，剑尖距离宗老的胸膛不过数寸之遥。“够了，兄弟。”弗伦提斯听见他说，“他们在哪里？别要花招了。”

弗伦提斯朝艾伦迪尔扬起眉毛。少年面色惨白，却依然坚定地点点头。

“达纳尔！”弗伦提斯大喊一声，引弓搭箭，走出藏身处，艾伦迪尔手握长剑，站在他身边。

骑士掉转马头望向他们，尽管他的双眼掩在面罩底下，但听他命令家丁的口气，显然自以为胜券在握。他们当即放马狂奔，却忽略了格瑞林，这是一个重大失误。

宗老任由骑士们和十几名自由剑士疾驰而过，然后走远了些，转身面向风化严重的凹洞，高举双臂，十指张开。一声惊雷响彻溪谷，气浪滚滚，大团红云腾空而起，裹住了倭拉骑兵，战马在烟尘中扬蹄嘶鸣。

格瑞林再退几步，又一声惊雷炸响，大地为之震颤，骑士们的坐骑连连受惊，止步不前。蓝盔甲骑士拿缰绳猛抽战马侧腹，阻止其扬起前蹄，再转头一看，崖壁上的裂缝犹如蛛网，转眼间蔓延开来。趁他发愣，弗伦提斯一箭射向他的腿部，箭头扎进了防护薄弱的膝盖。骑士抓住箭杆，痛苦地扭动身体，然后又一支箭钻进胸甲和肩膀之间的缝隙，他随即从鞍上翻落。

骑士身后的崖壁仍在崩裂，惊天动地的声响不仅淹没了他的哀号，也震得弗伦提斯和艾伦迪尔站立不稳。砂岩化作碎块，滚落溪谷，震耳欲聋，人喊马嘶声几不可闻。

烟尘漫天飞舞，遮没了趴在地上不动的格瑞林，幸存的自由骑兵和仑法尔骑士乱作一团。弗伦提斯起身放箭，将一名骑兵射落马下，与此同时，战士们纷纷于溪谷两边现身，弓弩铮鸣，箭如雨下——历经多日血战，他们的箭术早已精熟。弗伦提斯看到半数骑兵落马，便扔下长弓，举剑杀去，战士们也发起冲锋。

战斗很快就结束了，骑士和骑兵接连死于长矛或刀剑之下。只见艾伦迪尔高高跃起，长剑下劈，一名企图攻击达沃卡的自由骑兵躲闪不及，胳膊被生生斩断。面对一名仑法尔骑士的冲杀，厄蒙德以逸待劳，长剑平举至头部，然后瞅准时机侧跨一步，极为熟练地挥剑上挑，刺中了对方裸露在护甲之外的喉咙，那人翻身落马，喷洒的血浆在空中画了一个圆。

弗伦提斯发现格瑞林正躺在旁边，双目半闭，七窍流血。他蹲下来，按住宗老滚圆的胳臂。格瑞林的眼睛扑闪着睁开，鲜红的泪水长流不止。他无言地端详着弗伦提斯，眸子清澈而透亮，随后他笑了，眼角的皮肉挤成一堆。他企图说话，嘴里却呛出血水。弗伦提斯凑近了，听他嘶声说道：“我想……我还是喜欢……没有预言的生活。”

“宗老大人？”

然而第七宗的宗老再也无话，永远不能回应了。

弗伦提斯走向俯卧在地的蓝盔甲骑士。那人挣扎着起身，由于疼痛难忍，嘴巴在面罩里骂骂咧咧。弗伦提斯的剑尖抵在他面罩下方，骑士立刻僵住不动了，战士们纷纷聚拢过来。

“我们是不是先要审判他？”公鸭问，“毕竟他是封地领主。”

“直接宰了这混蛋，兄弟。”厄蒙德说，“不然这份荣耀归我了。”

弗伦提斯掀开面罩，露出那人消瘦的面庞，他嘴唇染血，眼神惊惶不安。

“温德斯！”厄蒙德鄙夷地说着，走上前，一脚踢向那人中箭的膝盖，引得对方哀号一声。“我们要的是主人，不是狗。是他要你披上他的盔甲出来遛的？他人呢？”他又踢了一脚，“在哪里？”

“够了，”弗伦提斯说，“你认识这个人？”

“莱克斯·温德斯，达纳尔的首席家臣和马屁精。就是他带骑士们来抓男爵，杀了我不少兄弟，没死的就交给了倭拉人。”

“我——我服从封地领主的命令，”温德斯结结巴巴地说，“我对他发过誓……”

“发你娘的誓，”厄蒙德一脚踏上温德斯的脖子，用力往下踩，“我的表亲们那天全死光了，你这个渣滓！”

达沃卡上前按住厄蒙德的胸膛，她神色严厉，显然不赞成他的举动。骑士气冲冲地瞪着她，然后郁闷地吼了一声，转身走开了，留下温德斯躺在地上大口喘气。

弗伦提斯向正在擦拭短剑的三十四号招招手。曾经的奴隶走到他身边，以惯常的那种兴味索然的目光打量温德斯。

“他以前是有编号的奴隶，具备特殊的技能。”弗伦提斯对温德斯说，“我想你见多了倭拉人，应该知道是什么意思吧。”

骑士吓得面色煞白，盔甲里散发出一股刺鼻的气味。

“信仰啊！”公鸭厌恶地叹道，转身走掉了，“还不如叫骑士杀死他。”他开始在尸体身上摸索值钱的玩意儿——毕竟贼性难改。

“很好。”弗伦提斯说着，坐了下来，“我们现在没时间让我的朋友尽情施展才艺，所以你应该明白，简洁而诚实的回答是多么重要。”

虽然有头盔的限制，骑士仍用力地点点头。

“你把达纳尔大人在瓦林斯堡的兵力布置说出来。”弗伦提斯说，“他有多少人马，在哪儿睡觉，在哪儿吃饭。还要告诉我，他把本宗的宗老关在何处。”

他们为格瑞林建起了火葬堆，由于时间紧迫，只能尽可能简洁地发表祷词，于是弗伦提斯磕磕巴巴地说了起来。仅用三言两语如何评判这样一位人物？他心想。他企图背诵信仰教理，却又卡了壳，周围的人面面相觑，不明所以。这时，达沃卡走上前来。

“我的族人害怕他这种人，”她朗声说道，话音在溪谷间回荡，“我们认为他们窃取了属于玛莱萨以及众神的天赋，因而人格扭曲，不可信赖，于部落也毫无价值。然而他的所作所为令我顿悟，我们错了。”

艾伦迪尔走过来，望着格瑞林裹在布里的庞大身躯，露出哀伤的笑容。“每到夜里，别人都睡了，他经常给我讲宗会的故事。每个故事都不一样，其中的道理各不相同。惟愿我仔细听取，铭刻于心。”

伊莲泪流满面地走到他身边，紧紧握住他的手，提高嗓门说：“他说过，血统使我成为贵族小姐，但命运使我成为猎人。他认为猎人更适合我。”

弗伦提斯举着火把上前，点燃了火葬堆，又退回原位。“再见，宗师大人。”他柔声说道，火焰猝然腾起。

达沃卡剥去温德斯的盔甲，取出箭矢，接着包扎伤口。她动作粗鲁，骑士忍不住连声惨号，厄蒙德随即一手捂紧他的嘴，一手拿匕首抵住他的喉咙，方便达沃卡做事。然后，他们让温德斯靠着一块倒塌的岩石，旁边搁了一只水壶。

“等你的领主大人问起来，”弗伦提斯说，“替我转告，红兄弟向他道喜，我们很快就回来完成未竟的事业。聪明的话，你可别说出自己提供了多大的帮助。”

“你们都是傻瓜。”骑士发现他们没打算杀他，于是鼓起残存的勇气说道，“如今这片土地属于倭拉人了。如果你们想活命，那就只能归顺他们。你们认为我是懦夫，随你们的便，可我还能再活二十年，而你们早就去见逝——”

“扑哧”一声，伊莲射出的弩箭穿透了温德斯的眼睛，牢牢地钉进他脑后的岩石。令人难以置信的是，他挣扎着还想说什么，可惜无论是何金玉良言，统统化作喷吐而出的血沫，然后他向前扑倒，魂飞魄散，永远地闭嘴了。

“对不起，兄弟。”伊莲对弗伦提斯说，痛悔的表情不像是装出来的，“我手滑了。”

他们向北边跋涉了三天。溪谷大屠杀之中，仅有两匹战马幸存，在壬希尔宗师的调教下，高大的仑法尔骏马如今纡尊降贵，为他们背负辎重。死掉的倭拉人贡献了不少补给，那些牛肉干和烤制的麦饼只需用沸水煮过，即成相当美味的稀粥。

第三天，阿斯莱北部的溪谷峭壁变成了仑法尔边界处的起伏山陵，宽阔的牧场上到处是野草茂盛的土丘，没有树林和岩石可供掩蔽。

“我们可以向东走，”公鸭建议，“去往海边。那边地形复杂。我当年走私的时候见过。”

“我们没时间了。”弗伦提斯回答，其实他和公鸭一样不愿冒险。这里是骑兵行动的好地方，除此之外，倒也没有别的坏处。

他们尽量选择低洼地带，避开道路和村庄，只在傍晚时分爬上丘陵宿营。两天过去，他们看到了安德河，艾伦迪尔向他们保证，那边的树林相当繁茂。

“感谢逝者，”伊莲说，“我在这儿有种一丝不挂的感觉。”

第二天早上，他们又走了五英里，听见远方惊雷滚滚，大地微微震颤。如今没人会天真地以为那是暴风雨的前兆。

“他们正向南移动，”达沃卡趴下去，耳朵紧贴地面，“就在我们前头。”她站起身，神色极其严峻。“很快就到这里了。”

“伊莲！艾伦迪尔！”弗伦提斯招手示意他俩来到两匹马旁边，

壬希尔宗师迅速卸下负重，把缰绳递过去。“去西边，”弗伦提斯对他们说，“快马加鞭，一周时间就能到尼塞尔……”见伊莲松开缰绳，抄起胳膊，弗伦提斯没再说下去。艾伦迪尔也两手空空地站在她身边。

“这不是闹着玩……”他说。

“我知道这不是闹着玩的，”伊莲打断了他的话，“可我不是孩子了，艾伦迪尔也不是。经历了那么残酷的事情，谁也不可能还是孩子。我们不走。”

弗伦提斯无可奈何地瞪着他们，心里愧疚得差点尖叫出声。如果你们死在这里，那就是我的错啊！

“咱们一赌到底，兄弟。”艾伦迪尔冷冷一笑。

弗伦提斯缓缓地吐气，平息了胸中的尖叫，然后扫视周围风尘仆仆的伙伴，发现没有一张面孔露出畏惧之色。他们全都满怀敬意，沉默地望着他，等他下令。我成了怪物，而他们改变了我。是他们带我找回了自己。我到家了。

他感觉到大地的轰鸣越来越强。少说也有一千人。“列阵。”他说着，指向二十步开外的一处小高地，“壬希尔宗师大人，请上马，你我守在正中。”

他翻身上马，来到高地，伫立在壬希尔身边，众人向他们俩靠拢，摆出锥形战阵，然后纷纷抽出长剑，举起弓弩。

几分钟后，第一批骑手现身了，只见未散的晨雾之中人影憧憧，二十名骑兵策马狂奔而来。没有盔甲，弗伦提斯心想。是倭拉斥候……当他看清了领头骑手的面孔，一切疑虑烟消云散。那是一个中年人，身形瘦削，短发，瞳色灰白，深蓝色斗篷随风舞动。

“放下武器。”弗伦提斯说着下了马，深一脚浅一脚地向前走去，身披深蓝斗篷的骑手扯住缰绳，立在不远处。

“兄弟，”索利斯宗师说道，他的嗓音比弗伦提斯记忆中更加嘶哑，“你们好像走错方向了。”

第八章　瑞瓦

还没到广场，瑞瓦就听见了诵经者的声音，她很好奇，一个老人的嗓门竟能如此洪亮。

“……圣父不再注视我们，是那些卑鄙可耻的异教徒窃取了……”

她飞奔过去，发现那里人头攒动，所有人都望着广场中央，全神贯注地聆听诵经者的演讲。

“……这座城市是圣父的礼物，赐给爱众的珍宝，以他最伟大的仆从命名！可我们居然允许肮脏的异教徒在此腐化……”

“闪开！”瑞瓦挤进人群，大多数围观者看清是她，纷纷避让，也有人不大愿意，但她压根没心情讲客气。“我说了闪开！”她吼道，一个企图拽她胳膊的人当即踉跄后退，鼻子鲜血淋漓。此后的路也好走了些。

“……净化此城！这番话乃是圣父亲口所说，记录在《十经》之中，然而，经我长期研读，发现还有一句。‘务要洁净我城，我必将再次注视你等……’”

她终于挤出人群，发现广场上跪满了人，个个五花大绑，周围有人持剑看押。持剑者之中有几人是牧师，其余的大多是中年人，有的年纪偏大，并未参与守城。见瑞瓦出现，有些人明显面露不安，但仍有不少人神色冷峻，向她投以轻蔑的目光。当她走向诵经者，甚至有一人站出来挡住去路。

长剑瞬间出鞘，那人当即站住了。令瑞瓦吃惊的是，对方竟然是她头一天来大教堂时，卖给她苹果的水果贩子。“滚开。”她轻声说道，嗓门不大，却不容违逆。水果贩子面色惨白，乖乖地让开了。

“她来了!”诵经者立在大教堂前的台阶上朗声说道，“正如我所预言。师从妓女，冒称受圣父祝福的野种。”

瑞瓦看到了哈宁兄弟，他满脸是血，跪在俘虏队伍的最前头。韦丽丝跪在医师旁边，双臂缚于背后，嘴里咬了一根木头。接下来是阿肯，肤色苍白，垂着脑袋，根本直不起身子。

“我有祝福送你。”瑞瓦对诵经者说着，突然猛冲过去，双眼充血，“不是言语，是铁。”

诵经者的狗腿子牧师企图阻拦，手里的细剑刺向她的胸膛，动作颇为生疏。“当啷”一声，细剑坠落在石板上，连同那人的两根手指。主教们站在诵经者左右，但讽刺的是，看到瑞瓦攻来，竟然无人上前保护，要么目瞪口呆，要么视而不见，她甚至瞥见有一两个人在窃笑。她收回长剑，一把揪住瘫软的诵经者，将其按向台阶。

“那个牧师!”她说，“他究竟是谁?我知道他听命于你。”

“罪孽啊，”老人摇着头，眼里满是疯狂和惊愕，“神圣的肉体竟然堕落至此。你本是预言中我们的救星，却肮脏不堪，充满扭曲的欲望……”

“快说!”她压得诵经者被迫弯腰，剑尖透过长袍抵住老人。

“你牺牲的光芒必将团结我等。此乃圣父的信使亲口向他承诺的……”

“瑞瓦!”

那是唯一能够阻止她的声音。她回过头，看见伯父缓缓行来，众人纷纷垂首致意，让开一条道。他形容枯槁，步履蹒跚，手里拄着一把式样古老的长剑，此情此景令人伤感。不过，他依旧凛然可畏，目光凌厉而威严，当他慢慢走到台阶前，有些人情不自禁地放低了剑。

瑞瓦松开诵经者，望着伯父气喘吁吁地站在台阶下。“我认为，”他吃力地说，“人民应该听听你带来的消息了。”

“消息，伯父？”她怒气未消，胸口仍起伏不定。

“是的。圣父的启示。是时候告诉大家了。”

启示？瑞瓦扫视着人群，发现千百张面孔表情各异——或有恐惧，或有希望，但最多的是疑虑不安。这正是他所带来的，瑞瓦低头看着诵经者，心想。迷信。蒙蔽真相的谎言。杀掉他反而无法揭穿。

“维林·艾尔·索纳大人正赶来营救我们！”她提高嗓门，放声高呼，“他带领了一支强大的军队，正向埃尔托城进军！”

“撒谎！”诵经者嘶声说着，慢慢地起身，“她企图用谎言扭曲圣父之言！竟敢口呼黑刃之名！”

“艾尔·索纳不是黑刃！”她喊道，众人开始窃窃私语，“他是来拯救我们的。我是瑞瓦·穆斯托尔小姐，封地领主的继承人，真刃之女。你们说我有圣父的祝福，你们相信我承受了圣父之见，但我要说，我们每一个人都在圣父的注视之下，而圣父绝无赞赏杀人凶手的可能。”

“他们不接受圣父之爱！”诵经者伸出瘦骨嶙峋的手，指向跪在地上的俘虏，“他们赖在埃尔托城，削弱了我们的力量！”

“削弱我们的力量？”瑞瓦指着刚才阻拦她的水果贩子，“你！你手中有剑，为何我从未见你上过城墙？”

那人紧张不安地东张西望：“我有个女儿，还有三个孙儿，小姐……”

“除非我们守住埃尔托，不然他们全都会死！”她扭头望向台阶附近的一名牧师，那人身材肥胖，肉鼓鼓的手里提了一把薄刃剑，抖抖索索的，犹如一根湿淋淋的树枝。“你，圣父的仆人，我也没见过你去守城。但这个人，”她指向阿肯，“我见过他，为了保护你们，他拼死奋战，负伤流血。而这个人——”她又指向哈宁兄弟。“不知疲倦地照料我们的伤员。还有这个女人……”韦丽丝口不能言，睁大了亮晶晶的双眼。“……多年以来，这个女人为我们封地忠心效力，劳苦功高，如今又不眠不休，殚精竭虑，确保每一个人都有饭吃。”

她目光炯炯，扫视众人。“削弱我们力量的不是他们，而是你们！你们才是弱者！敌人要我们做奴隶，你们却主动卑躬屈膝，拜倒在这个谎话连篇的老人面前，任凭毫无来由的仇恨吞噬你们的良心，而你们都知道，圣父从来只提到爱，哪有恨！”

她再次望向胖牧师：“丢掉吧，别伤到自己。”那人目不转睛地看着瑞瓦，剑从手中滑落，“当啷”坠地。她又扫视着其余的人，目光所及，他们挨个儿丢掉手里的剑，不是羞愧地别过头，就是讶异地盯着她。

广场右侧有一阵骚动，安提什和阿伦提斯挤过人群，整支家族侍卫队紧随其后，还有数十名弓手和疆国禁卫军。当他们走向那些缴械的人，瑞瓦抬手制止，然后指向俘虏：“劳烦两位大人释放他们。”

她扭头看着诵经者，见其面色苍白，不知是因为愤怒，还是难以接受眼前的局面。“大教堂关闭，开放之日另行通知。你别再出来露面了。”她收剑回鞘，走下台阶，扶住封地领主，“您需要休息一会儿，伯父。”

他疲惫地点点头，面露微笑，忽然震惊地眨了眨眼，瞪着瑞瓦背后。她扭头望去，只见诵经者龇着一口黄牙，枯瘦的手里握着一把匕首，凶神恶煞地扑了过来，事出突然，而且相距太近，既不及躲避，也无法格挡。一道寒光掠过她的眼角，匕首轻浅地划过她的胳膊，诵经者痛苦地弯下腰，继而颓然歪倒在大教堂前的台阶上，祖父的那把剑插在他的腹部。他咳了几口血，双脚一蹬，死了。

瑞瓦一把扶住瘫软的伯父，把他的头搁在自己膝上，手掌贴着他的胸膛，感到心跳逐渐减弱。“我一生……从未……杀过人，”他说，“很高兴……杀的是……他。”伯父伸出手，颤颤巍巍地抚摸她的脸颊，她紧紧地握住了。“不要……质疑圣父之爱……我的好侄女。答应我。”

“不会的，伯父，现在不会，永远也不会。”

他笑了，通红的眼睛神采尽失。“布拉多。”他低声说。

“伯父，你说什么?”

“牧师称他为大人……他的名字是……布拉多……”瑞瓦握住的手软了下去。伯父的双眼依然望着她，但她知道，它们什么也看不见了。

封地领主森提斯·穆斯托尔下葬在庄园内的家族墓窖。瑞瓦下令，葬礼只许她本人和抬棺人出席。她希望韦丽丝随行，但当天的事情令其大受刺激，韦丽丝小姐面色惨白地回到庄园后，就反锁在房里不出来了。瑞瓦打发走了抬棺人，独自坐在棺材旁直到天黑。棺材用松木制成，样式简朴，摆在祖先们雕纹精美的大理石棺材旁，显得格格不入，不过这件事可以等到日后再处理。在墓窖里，仍能依稀听见投石机攻城的轰鸣，它们正在城墙上啃咬另一处豁口。安提什报告说，再用两周时间，敌人就大功告成了。

她原以为坐在墓窖里，祖先的遗骨或许能够带来启示或是激发灵感，想出什么奇谋妙计，在城破之日赢得大战的胜利。结果她只觉得脊背发凉，心中有巨大的失落感，似乎有无形的手掏空了她的内心。

她起身走向棺材，抚摸着朴实无华的松木。“再见了，伯父。”

瑞瓦足足叩了七次，韦丽丝才打开房门。她双眼通红，面色苍白，嘴角挂着淡淡的笑意，然后扭头走回去，房门仍旧敞着。瑞瓦进去后关上门，看见韦丽丝坐在桌边，面前铺有一张羊皮纸，漂亮的笔迹已经覆盖了半面。“我正式提交的辞职信，”她拿起鹅毛笔，说道，“我还是接受你的建议，骑上马，带着金子。当然，要等这一切结束后。我听说极西之地有很多机会……”

瑞瓦走上前，双手按住她的肩膀。她没再说下去，抬起眼睛，两人的目光在镜中相遇。“我曾认为这是污点。”

瑞瓦弯腰亲了亲她的脖子，韦丽丝浑身战栗，欣喜若狂地喘了口气。“污点已经洗净。”瑞瓦拉起她的双手，拽向床边，“如今这是天赐的礼物。”

这样合适吗？第二天早晨，她扪心自问。危亡之际，她居然有这么好的心情？在作战会议上，她极力控制面部表情，生怕露出笑容，更是刻意避开韦丽丝的眼睛，担心情不自禁地咧嘴而笑，甚至羞得面红耳赤。伯父死了，诵经者也死在大教堂前的台阶上，埃尔托城濒临毁灭，可她满脑子都是昨晚的美妙时刻。

“远远不够。”安提什不同意阿伦提斯的观点，他用指节叩了叩铺在藏书室桌上的地图，“我们在豁口处最多抵挡几个钟头，与此同时，他们肯定再次对城墙发起攻击，引开我们的兵力。”

“我们还能怎么办？”老司令问道。“埃尔托的防御全靠城墙。我们没有别的办法，也没有别的作战计划。小姐——”他扭头对瑞瓦说，“如果能知道黑——艾尔·索纳大人的军队还有多久赶来，或许我们可以相应地采取措施。”

瑞瓦乐得差点失态，还好克制住了。*他相信我*。看到安提什大人热切的目光，她意识到这不是老司令一个人的想法。*他们真以为圣父向我传达了神谕*。“这个……倒没有透露给我，大人。”她回答，“我们的作战计划就是尽可能拖住敌人。”

安提什叹了口气，视线移回地图。“我们可以在这儿还有那儿修几座塔楼，就在新建的内墙后面，然后布置弓手，等他们冲进来的时候，居高临下地射击……”

瑞瓦一边听他说，一边俯身查看地图，发现埃尔托呈圆形，最中央的广场犹如箭靶的靶心，周围的街道一环套一环，向外散开。她抓起一截炭笔，在地图上勾画起来。“我们先前的思路太窄了，”她对两位大人说着，在街道上画出一个个环环相套的黑圈，“不止两道内墙，而是六道。每一道内墙都可以尽可能地拖住敌人。所有屋顶都布置弓手。街道很狭窄，他们无法大规模进攻。如果一道内墙失守，我们就撤往下一道。”

阿伦提斯盯着地图思考了好一会儿，才发表意见：“那么城里的房屋要拆掉四分之一。”

“埃尔托可以重建，人民却不能复生。”她望着安提什，“大人觉得呢?”

弓手总兵缓缓地点头。“看来圣父的祝福没有给错人。但要想在敌军破城之前准备好，我们必须付出巨大的努力。”

“那就去办吧。况且，我认为那些该死的石头太吵了，大家应该很乐意找点事情分分心。”

韦丽丝按照近邻关系组建工程队，每队配备一名熟练的建筑工。他们七小时轮一次班，夜晚也不停工，反正如今没人挨饿，因为情况紧急，不再设限配给。那些拥有数百年悠久历史的房屋也难逃垮塌的命运，拆卸的砖块用来修建路障，很快有人称其为神佑之环。较为高大的房屋则改造成小规模要塞，存放充足的箭矢和其他各种武器，并在屋顶上增加木台，以安置较多弓手。各家屋顶还有天桥相连，援军可以来去自如。

瑞瓦正在演练戍卫军和家族侍卫如何响应敌军破城。“现在还有这个必要吗?”韦丽丝问，士兵们已经第十次从城墙上跑下来了，瑞瓦则为他们计时。

“我们在城墙和豁口处多杀一个，在街道上就少对付一个。”瑞瓦回答。她走过去，家族侍卫队的军士和手下们累得气喘吁吁。“比上次好些，但还是太慢了。再来一次。”

“你很幸运，他们非常爱戴你。”韦丽丝目送那群侍卫爬上台阶。

“我发现圣父的祝福可以创造奇迹，无论真假。”

韦丽丝撇着嘴，点点头。“我，呃，再去看看地窖的库存情况。可能要一个钟头，或许更久。”

她恭敬地鞠了一躬，走开了。瑞瓦希望侍卫们看到她红扑扑的脸蛋，会以为是近来过于辛劳的缘故。自从美妙的第一夜过后，她们就是这样躲在某个昏暗的角落里，匆忙而又愉悦地办事，偷情的滋味格外刺激，妙不可言。

“很辛苦吧？”

她回过头，看到阿肯步伐僵硬地走来，他绷着脸，显然疼痛难忍。“回去躺着。”瑞瓦当即命令道。

“再在治疗室里多待，我会疯的，”他说，“哈宁兄弟是个好人，可他讲起故事来没完没了。这是他第五次参战，你知道吗？只要你不打断他，他会把另外四次参战的情况仔仔细细地讲给你听。”

见他态度坚决，瑞瓦也不再强迫。“安提什大人需要人手到东区帮忙，”她说，“有一家老酒馆的地基打得太深了。”

他点点头，犹豫不决地问：“我们不去北疆了吧？即便是我们打赢了这一仗。”

看着那张宽阔而诚恳的面庞，她知道曾经的少年已经成长为勇敢而优秀的男人了。真是伤心，因为她知道无法留他在身边。她或许可以认一个兄弟，但他已经有姐妹了。“我决定当库姆布莱的女总督，”她说，“这是我的正式头衔，你说过，封地小姐听起来怪怪的。”

“女总督，”他笑着复述了一遍，“很适合你。”他夸张地鞠了一躬，直起身体时，面部肌肉略有抽搐，他揉了揉背部，向东区走去。

石弹中止发射的时候，她正与韦丽丝在庄园地窖的阴暗角落里耳鬓厮磨，两人躺在一堆毛皮上，香汗淋漓，娇喘吁吁。“我喜欢你的手。”韦丽丝说着，鼻头轻轻地蹭她的脖子，两人的手指纠缠在一起。

“特别粗糙，结了茧，指甲也好可怕，”瑞瓦回答，“不过脚的情况更糟。”

“你疯了。”韦丽丝支起身子亲吻她，嘴唇徘徊不去，舌尖来回搅动，“你身上的每一寸肌肤都棒极了。”

她的嘴唇向下游移，瑞瓦忍不住咯咯直笑，揪住她浓密的草莓味的头发……

“等等！”瑞瓦忽然意识到了什么。

“怎么了？”韦丽丝抬起头，不满地噘起嘴巴。

“他们停了。”敲击了这么久，突然没了石弹撞墙的声响，无边的寂静反倒令人难以承受。瑞瓦匆忙爬起来，伸手取过衣服。

“我想我该去帮哈宁兄弟照顾伤员，”两人穿衣服的时候，韦丽丝说，“现在我也做不了别的事情，对吧？”

她皱起眉头，睁大眼睛，满怀迫切的希望。瑞瓦把长剑绑在背上，吻了吻她的唇。“注意安全。”她撩开搭在韦丽丝前额的凌乱秀发，“我爱你。”

当剑刃削过柯利泰的双眼，他轻轻地哼了一声，这是瑞瓦唯一一次看到他们对疼痛有所反应。尽管柯利泰瞎了眼睛，可他胡乱挥砍，依然十分危险。于是她腾空跃起，双脚蹬在对方胸前，将其踹下城墙，砸在仍在攀爬的战友头上。瑞瓦翻身站起，又躲开从三个方向攻来的剑，家族侍卫们挥舞斧枪，纷纷向她靠拢。

她飞快地清点人头，发现所带部队已经死伤过半。她看了看围住第一个豁口的内墙，只见倭拉人的尸首堆积如山，墙顶射出一波接一波的箭雨。不过敌军仍未丧失斗志，一群高举盾牌的倭拉人正步步逼近，随后涌进来的更是难以计数。是时候了。

“走!”她大喊道，同时一剑刺去，洞穿了对面柯利泰裸露在外的脖子，然后转身与侍卫们冲回城内。他们的速度比任何一次演练都快，疾步跨过台阶，跃上第一道内墙，无一人落在追兵手里。柯利泰并未停止进攻，反而加快脚步，企图攀上城墙，屋顶的弓手连连射击，瞬间杀伤了十几人。残敌寡不敌众，很快丧命于刀枪之下。

“记住信号，”她对莱克林军士说，“三声号角，你们就冲向下一环。”

“我记住了，小姐。”莱克林擦去眉头的汗珠，咧嘴一笑，“叫他们付出代价，对吧?”

“正是。我们看能不能叫他们血本无归。”

她跑向西区，此时安提什刚刚从豁口处撤回，正在集结部队。倭拉人发射的一颗火球砸在前方几码之遥，一时间烟尘腾起，碎石飞溅，热浪滚滚，瑞瓦只好伏身躲避。安提什早就料到这一手，组织了灭火队，确保内墙之间道路畅通。队员们手提木桶飞跑出来，大多年纪较老，也有几个孩子，灭火的架势堪比上阵杀敌的士兵，沙子和水轮番伺候，很快完成了任务。倭拉人的火球尺寸不小，居然未能引发大范围的火灾。

“这是石头建城的好处啊，小姐。”灭火队的领头人说道。这是一个体格壮实的中年妇人，瑞瓦认出来，当初混进庄园的时候，这人也在请愿的队伍当中。尽管她的说法有些道理，但瑞瓦发现周围的街道冒出了几股浓烟，证明某些城区仍然经不住火攻。

“不准松懈，小子们!”安提什居高临下地俯瞰西区。他的指挥部设在泥瓦行会的屋顶，这是全城最坚固的建筑，墙壁厚实，窗户狭小，极为适合布置弓手。在他们下方，倭拉人高举盾牌，挤在墙边，豁口处还有人不断涌进城内。看来倭拉人并不打算翻过来，而是专心对付城墙本身，盾牌底下时而闪现短剑的寒光，说明他们企图破坏掉这道竣工不久的防御工事。

瑞瓦取来一只装满灯油的陶罐，扔到底下的盾牌上，罐子摔碎之时，灯油洒得到处都是。随后她射出一支火焰箭，很快倭拉人就被迫扔掉着火的盾牌，大多数瞬间丧命于弓手的齐射。但涌进豁口的军队越来越多，似乎永无穷尽。

右边传来两声号角，这是敌军即将破城的信号。“守住!”她叮嘱安提什，然后冲向最近的走道。

两个营的自由剑士分头攻击北面的内墙，其中一个营未能得逞，但另一个营强行打开了缺口，一小群倭拉人高举盾牌，抵挡住头顶的箭雨和乱石，缓缓推进，涌进来的敌人眼看着越来越多了。守在此处的多是居民，配有少数弓手和戍卫军，尽管他们不会打仗，但斗志旺盛。她看见一个体格魁梧的老者，外罩木匠常穿的皮衣，手握斧头冲向倭拉人，几个年轻的学徒紧随其后。周围屋顶上的人们一边破口大骂，一边向敌人扔出石头和瓶子。

“去死吧，你们这些异教徒混蛋!”一个年轻女人尖叫着，举起一块大石头，猛地扔向倭拉人。石头落在盾牌阵中，砸出了一个缺口。瑞瓦瞅准机会，冲到屋顶边缘，飞身而下。一名自由剑士正欲举起盾牌堵住缺口，瑞瓦落在他头上，将其踩翻在地，长剑捅进他张大的嘴巴，刺透脑髓。短剑从四面八方攻来，她凌空跃起，扭腰飞旋，剑出如风，寒光划过，精准无比地掠过倭拉人的眼珠和喉咙。见瑞瓦杀进敌阵，居民们热情高涨，老木匠挥舞斧头，高声怒吼，学徒们也手持短柄斧和锤子大打出手。许多人从周围的房屋里跑出来，有的提着小刀和切肉刀，有的根本赤手空拳，就冲过去扑倒自由剑士，乱拳挥打，抠挖眼珠。

受到攻击后，倭拉人乱了阵脚，有的慌手慌脚地企图翻墙回去，结果后背立刻扎满箭矢，摔了下来；有的则顽抗到底，一名自由剑士护在受伤的同伴身边，剑术老到，招招致命，逼得众人不敢靠近。见居民们裹足不前，他冲着他们咆哮，用倭拉语高声咒骂，但一看到瑞瓦，他立刻呆住了。

“你很勇敢。”她话音未落，一剑刺去。不过眨眼的工夫，倭拉老兵咳了几口血，一命呜呼。对方胸甲底下约有寸余宽的缝隙，她的剑找准了位置。

“可以借我一用吗?”瑞瓦指着斧头问木匠。他没说话，恭敬地呈上。

“在我们的敌人看来，”她跨在老兵尸体上方，俯身取下对方的头盔，“这家伙可能是英雄。他们有必要知道，他们的英雄在埃尔托城是什么下场。”

她听见城墙外边有人高声下令，倭拉的军士和将官们正在集结队伍，准备发动新一轮进攻。当她把倭拉老兵的头颅从城墙上扔过去后，那边随即安静下来。

“你们打得很好。”面对纷纷跪下的众人，她尽量忍住没发作，强挤出一丝笑容，“搜集武器，做好迎战的准备。距离战斗结束还早着呢。”

他们在第一环坚守到了日落。缺口是在东面城墙上打开的，一个营的奴隶战士不顾伤亡惨重，使用破城槌推倒了一段城墙，柯利泰很快冲进去，保住了胜利果实。阿伦提斯大人下令吹响三声号角，演练过的撤退行动开始了。弓手在屋顶上负责掩护，先射五箭，撤退二十步，然后再射五箭。街道上，众人使用推车和家什封锁道路，暂时阻挡蜂拥而来的倭拉人，赢得无比珍贵的数秒钟时间，接着迅速跑向第二环。

瑞瓦拿着弓，站在第二道城墙后最高的屋顶上，目送最后一名守军跑过一片长约五十码的平地——这是专程打造的“屠宰场”。幸运的是，此时倭拉人脑子发热：没日没夜地玩命拼杀，如今终于有了战果，烧杀掳掠自然是夺城者应有的奖赏。所以他们热血沸腾，高举利剑，盾牌也不拿，就涌进了屠宰场。

后来，安提什称其为库姆布莱弓箭战史上最辉煌的一刻，场面壮观到无与伦比。密集的箭雨疾射而下，甚至难以看清攻击的效果，正如浓烟遮眼，不见火焰。瑞瓦五秒内射出八箭，身边的阿肯也竭尽全力放箭，每次拉开长弓都痛得挤眉弄眼。箭雨持续了整整一分钟，没有一个倭拉人抵达第二道内墙。安提什叫停后，天空豁亮，屠宰场里密密麻麻铺满死尸，最靠前的倭拉人距离城墙仍有十二码之遥。幸存者躲在场外的街道上，还有几人身上插着箭矢，跌跌撞撞地走在开阔处，看他们面不改色，是瓦利泰无疑。

瑞瓦亲手结果了他们，一箭一命。当最后一人倒下，守军们齐声咆哮，很快就变成了充满挑衅的怒吼，经久不息。

入夜后也未消停，倭拉人使用火攻替代大规模进军，他们向城墙内投掷油罐，又射来火焰箭。满城的石头又帮了忙，火势未起即被扑灭。可惜，尽管石头烧不起来，人却不能幸免，哈宁兄弟很快就在大教堂内收治了几十个烧伤的人。瑞瓦将大教堂交给他作为医疗室使用，长凳改造成了床铺，随着时间流逝，伤员越来越多。只有一位主教斗胆表示反对，那个枯瘦干瘪的老牧师，双手颤颤悠悠地拄着杖子，两眼瞪着她，口中背诵《第九经》：“‘唯有和平与爱，方可居于圣父庇佑之所。’”

“‘切莫对危难之人视而不见，’”她引用《第二经》驳斥，“‘圣父绝不如此。’滚远点，老头子。”

烧伤的人非常可怜，头发烧掉了，皮肤呈黑红色，而且惨叫不止，服用大量红花才稍有缓解。“再这样持续一天，红花就没了。”韦丽丝说。她穿着朴素的衣裙，浑身都是血迹和各种污渍，袖子卷起，秀发束在脑后，满脸烟灰和汗水。瑞瓦好想亲吻她，就在此时此地，当着愁眉不展的主教和圣父的面，其实她很怀疑圣父真有闲心关注这里发生的事。

“当心，亲爱的。”韦丽丝看出了她的意图，轻声说，“如今他们也算宽容了，超出了我的想象，但也不包括这种事情啊。”

“我不在乎。”瑞瓦说着，拉住她的手。

“先打胜这一仗，瑞瓦。”韦丽丝的指头在她的手背上摩挲，然后松开了，“再来决定我们最在乎的是什么。”

第二环坚持了一整夜，但到了早晨，南面城墙附近的一座房屋着火了。那是纺织行会的仓库，里面堆满了棉麻布料。火势太猛，无法遏制，高温令周围的守军难以忍受，瑞瓦只好下令撤到第三环。这一次撤退付出了惨重的代价，倭拉人趁乱抢攻，成群结队翻越城墙，倭拉弓手则与守在屋顶的弓手激烈交战，很多人中箭坠落，底下的街道更是拥挤不堪。守军成片地被砍倒，但还有人坚守在加固过的房屋里，给扑来的敌人造成了极大的死伤。

瑞瓦在屋顶上观察战况，只见瓦利泰反复猛攻几条街开外的一座小教堂，有的企图爬上墙，或者强行钻进窗户，很快变成一具具死尸摔了出来。最后，他们包围了小教堂，往里面扔了百余个油罐，再由一名军官甩出火把。大火越烧越旺，守军从小教堂里鱼贯而出，但他们并不惊慌，而是怒气冲冲、毫无畏惧地冲向瓦利泰。看到带领守军的胖子，瑞瓦不禁一惊，他外罩牧师长袍，手持一柄薄刃剑，砍向倭拉人。正是她在广场上见到的那个牧师。他当然未能生还，其余的守军也纷纷倒毙于街头，但在壮烈牺牲之前，他们至少杀死了两倍于己的敌人。

瑞瓦正欲走开，忽然有什么东西软绵绵地砸中了屋顶的瓦片，继而滚到她的脚边。那颗头颅五官松弛，空洞洞的双眼瞪着她。她抬头张望，咚咚声不绝于耳，无数头颅犹如下雨似地落在周围。她听见底下的街道上有女人尖叫，或许是认出了其中一颗。

她来到庄园，阿伦提斯和安提什正对着地图商议。“我们有俘虏吗?”

侍卫们把数十个倭拉人赶到庄园的角落里，他们大多身负重伤，沉默地等待死亡降临。这些人都是自由剑士——柯利泰和瓦利泰不会投降，守军们则无心对付那些伤势过重、无力再战的敌人。“全是军官和军士，”安提什说，“原以为他们能供出一些有用的消息。”

“我们在内，他们在外，”瑞瓦回答，“知道这个就足够了。”她扭头对看押俘虏的家族侍卫军士说：“有问题吗?如果有问题，我亲自动手。”

军士神色严肃地摇摇头，举起战戟。“散开扔，”瑞瓦说，“扔到自由剑士最密集的地方。”

她强迫自己留下来观看，奇怪的是，很少有人求饶，或是企图逃跑。他们清楚这里无处藏身，投降也难逃一死，只是时间早晚。面对利斧，大多数人吓得魂飞魄散，无非是哭倒在地，双目紧闭，或是呕吐不止，但有一个人，他被迫跪下之时，仍挺胸抬头，傲慢地瞪着瑞瓦。“艾尔维拉。”他说。

瑞瓦微微颔首。

“不好，”他用口音浓重的疆国语说，“不比我们好。”

“不，”她回答，“我比你们坏多了。”

她不知道怎么睡着了，醒来时在广场附近的屋顶上，阿肯坐在旁边。少年拿了一条毯子盖住她，然而夜凉如水，她仍旧冷得瑟瑟发抖。“我们或许可以喘口气了，”他说，“多亏了那些俘虏。他们有将近两个钟头没进攻了。”听他的口气，并无责备之意，只是疲惫地接受这一事实。

“他们还会来的。”她站起身，活动着僵硬的手脚，“对于你昨天为疆国禁卫军提供的帮助，阿伦提斯大人说了不少好话。看来他们打算收编你了。”

“他们连个像样的弓手都没有，”他耸耸肩，“很容易脱颖而出。”

她裹紧毯子，望向眼前毁了一半的埃尔托城。远处，倭拉人攻占的街道上仍烈火熊熊，他们在门廊之间来回闪躲，不敢在守军弓手的射程内多作逗留。下方，人们挤在第三道城墙后的狭窄街道上，围着炊火而坐，或是精疲力竭地瘫倒在地。很少有人说话，偶尔有婴儿啼哭，以及军士呵斥某个有所懈怠的士兵。

“我撒谎了，阿肯。”她说。

“关于什么？”

“艾尔·索纳。我没有预见什么，更没有圣父的指点。据我所知，他应该还在北疆。或许他根本没打算来帮助我们。他为什么要来呢？这片土地上所有的人都诅咒他的名字。”

她听到阿肯起身的动静，很快，少年用力地搂住她，他怀里如此温暖。“你是这样想的吗?”

我回来是为了寻找妹妹，现在我有两个妹妹了。“不。”她看到一群瓦利泰正在南面城墙外集结，心里哀叹一声，继而轻声说道：“不。他正在赶来。”

凌晨，倭拉人再次攻城，持续了整整一天，敌军同时向四处发起猛攻，每一次进攻之前，先用投石机送来一大堆礼物。如今不光是被俘的守军，砸过来的头颅当中，不乏女人和孩子。看到如此残酷的景象，有些人把持不住了——当一颗女孩的头颅落在守军当中，一个居民冲了出去，翻过城墙。他手持一把切肉刀，厉声尖叫，杀向正在靠近城墙的自由剑士，很快就消失在刀光剑影之中。

瑞瓦总是跑到情况最危急的地方，一阵厮杀就夺回了阵地。有时候她仅仅露面便已足够，当她现身于屋顶，或是跳到守军当中，众人立刻勇气倍增，一次次奋力搏杀。然而到了正午，太阳升到头顶之时，她知道无力再守，命人吹响三声号角。

她和阿肯冲过通向第四环的天桥，却见阿伦提斯大人仍在底下的街道上，带领一小队戍卫军奋战，周围全是瓦利泰。“稳住!”老司令朗声高喊，他们跟随号令，慢慢地退向第三环的掩蔽处。“再退一步。”

瑞瓦取下弓箭，快速射杀了三个瓦利泰，可惜远远不够。一群自由剑士集结为紧密的阵型，瞬间冲散了戍卫军的队伍。阿伦提斯挡开对方的致命一击，一剑猛劈下去，尽管砍倒了倭拉人，剑刃却也卡在那人的肩骨里。瑞瓦挎好榆木弓，抽出长剑一跃而下，落在激烈的战场上，转眼砍翻了一个冲向阿伦提斯的倭拉人。又有一个倭拉人杀过来，但阿肯从天而降，将其踩倒，挥动战斧猛砍对手。

“上城墙，大人!”她对阿伦提斯说。他们手脚并用地翻过城墙，同时守军纷纷施以援手，箭如雨下，逼得倭拉人连连退却。

她抬头一望，阿肯已经攀上墙顶，湛蓝的晴空映出他魁梧的身影，只见他晃了一晃，摔了下来。“阿肯？”

他的脸贴在鹅卵石地面上，弓着身子，双眼暗淡无神。一把倭拉短剑插在他的背部。

第四环坚持了不到一个钟头。当自由剑士翻过城墙时，她在阿肯的遗体旁大开杀戒。愤怒令她忘了时间，也不知疲倦，来一个杀一个，来一对杀一双，直到众人七手八脚地抓住她，把她拖走。此时的她，从剑尖到肩膀，无不鲜血淋漓，等她恢复了些许知觉，双眼仍死死地盯着躺在倭拉人尸体当中的阿肯，绕过一个转角后，她就看不见了——他们退到了第五环。

“小姐？”安提什盯着她的脸，重重地按住她的肩膀，“拜托了，小姐。”

她眨了眨眼，慢慢地站起身：“还剩多少？”

“不到一半。刚才我们的损失太惨重了。”

阿肯……“是的，我们的损失太惨重了。”

她低头看着手里的剑，发现断了一半，却完全不记得是怎么断掉的。她将其扔到路边，又寻了一处水槽，低头浸在水里，洗去沾满发丝的污血。“这里守不住了。”她抬起头，对安提什说。

“撤到最后一环。那里的屠宰场很多。”

安提什和阿伦提斯组织最后一次防御战的时候，瑞瓦回到了庄园。那把剑仍旧搁在原处，是她将其架在壁炉边，以纪念伯父。她拿起剑，感觉比记忆中轻一些。剑刃锋利，寒光闪闪，诵经者的血迹已经清理干净。“我并非为你而来，”她对那把剑说，“但你终究要与我并肩作战。”

第六环，即最后一道城墙，围绕着大教堂前面的广场，每隔一英尺都有守军藏身其间。凡是老人、孩子和伤员，统统躲进了大教堂。残余的戍卫军在广场上列队，准备应对破墙而入的敌人。他们显然疲倦到了极点，但当瑞瓦背着祖父的长剑走来，士兵们无不昂首挺胸。

“我想，是时候了。”她说，“感谢你们的忠诚效力。我在此解除你们的职务，你们可以光荣地离开了。”

众人哄然大笑，幸而阿伦提斯大人怒目而视，笑声才迅速止住。“可以说，”瑞瓦接着说，“我的家族配不上你们为之抛头颅洒热血。说实话，我也不配。因为我没有受到圣父的祝福。我……是骗子……”话未说完，一滴雨落在她的手上。好生奇怪，天空已经晴了许久。她抬头一看，发现天色昏暗，乌云漫卷，滚滚而来。很快，狂风大作，暴雨倾盆，城墙外的大火被浇熄了。

“小姐！”安提什在天桥上高喊，他激动地指向南边，“有情况！”

第九章 维林

卡拉的身子晃了晃。与此同时，云彩移动起来，丝丝缕缕聚为条条黑纱，形成直径约一英里的漩涡，在天上缓缓转动。

“你没事吧?”见她摇摇欲倒，维林忙伸手扶住。

“只是有点头晕，大人。”她强作笑颜，“很久没有做了。”她深吸一口气，再次抬头望天，一阵风刮过山顶的草丛。天上的漩涡慢慢变暗，云纱渐渐堆积，犹如一座灰黑色的大山。卡拉紧咬牙关，痛苦地呻吟了一声，只见乌云翻卷，飘向六英里开外、浓烟笼罩的埃尔托城，一路上雷声隆隆，闪电交加。

卡拉疲惫地跪倒在地，面色苍白，双眼神采尽失。洛坎和马肯慌忙跑了过来，年轻的天赋者怨恨地瞪了一眼维林，他未予理睬。韦弗站在不远处，他向来情绪稳定，此时却焦躁不安，攥着那根长长的麻绳踱来踱去。就维林所知，他在行军途中尚未使用过天赋，而每到战斗尾声，他所见的伤员并非少数。韦弗的目光从卡拉身上移开时，维林听到血歌奏起失望的调子，只见他眉头紧锁，深感不安，很快又坚定地挺起了胸膛。他在等什么事，维林心想。或是某个人。

维林抬起头，目送那一大团乌云气势汹汹地飘向埃尔托城，但愿蕴藏于其中的雨水，足以浇灭城墙内肆虐的大火。前一天，北疆戍卫军的斥候队带来了埃尔托城陷入绝境的消息，他立刻命令全军加速前进。他板起面孔，顺着队列策马而行，不断催促士兵们加快步伐，同时凶狠地威胁那些有掉队迹象的人。夜里也没有休息，全军走了五十英里，他才喊停。早上，诺塔带着卡拉来到他的帐篷，提出了这个建议。

“坏话说在前头，大人。”女孩说，“我无法预知会产生什么后果。我可以呼风唤雨，但接下来就……”她无奈地耸耸肩。“在我小的时候，村子遇到了旱灾，庄稼全都枯萎了，我母亲说我们熬不过冬天。那时我对自己的天赋已经有所了解，曾经召来小小的旋风，偶尔还能摆弄出千奇百怪的云朵。于是我造出一大片云，又召来了其余的云聚在一起，接着就下雨了。雨连下三天，大家都很高兴。雨停后，池塘结冰了。那时是仲夏。不久，艾林找到我，对我父母说，我还是去北方比较安全。”

“你不必这样做，”维林提醒她，“我非常清楚使用天赋所要付出的代价。”

“我千里迢迢地赶到这儿，可不是来袖手旁观的，大人。”

此时，乌云移到了埃尔托城的上空，远远可见灰色的帘幕，证明已经下起倾盆大雨。歌声极其强烈，奏响了瑞瓦的调子，其中有骄傲，也有不祥的预感。时间不多了。

“我们的胜算不到一半，”马文伯爵在将官会议上发言，“尤其是随着时间推移，他们会从埃尔托城调出兵力应付我们。鉴于敌军兵强马壮，大人，我建议采取声东击西的战略。”他指着哈力克所绘的地图中央，目前倭拉营地仅在数百步开外，成排的自由剑士和瓦利泰封锁了前往埃尔托的路线，不计其数的骑兵在两翼护卫。“我们的步兵原地待命，俄尔赫人到西岸吸引他们的注意。同时，尼塞尔骑兵和北疆戍卫军去西边。如此一来，敌军必须重整队伍，这儿便有机可乘。”他指着倭拉阵线的右侧，“我们发起猛攻，然后掉头往西，与骑兵会合，同时俄尔赫人攻其东翼。这样的话，应当可以吸引敌军不少兵力，为埃尔托城赢得喘息之机。随后，我们再撤到森林里，相信我们的瑟奥达朋友可以和敌人的步兵好好玩一玩。我们采取伏击、偷袭之类的战术，小口小口地啃掉他们。只是快不起来，几天不够，估计需要几周，但我认为这一仗我们可以打赢。”

“埃尔托城撑不了几周，”诺塔说，“几天都不行。”

“我们也没有这么多兵力，好心的队长。”马文反唇相讥，听他的口气，数周以来的巨大压力暴露无遗，“除非我军兵力翻倍，否则不可能突破他们的阵线。”

“所以我们千辛万苦地赶过来，就是钻进林子里躲躲藏藏，任由埃尔托城沦陷?”诺塔颇为不满地哼了一声。

“从河上走呢?”阿达尔插嘴，“我们可以造船。很多人有造船的本事。然后向城内运送援军。”

“等我们过了河，也没有增援的必要了。”诺塔说，“再者，能不能顺利通过他们摆在河上的怪物，还得另说。”

一声惊雷猛地炸响，维林抬头望向帐篷顶。卡拉的风暴仍在发威，很快地面就会过于泥泞，骑兵难以通行。他走到帐篷后方，看见帆布包搁在床铺上，在队长们的争吵声中，他解开绳子，拉开布袋，露出了长剑。当他握住剑鞘，血歌欣然奏响。长剑甚是趁手，绑在背后的重量更是熟悉，与此同时，争吵声戛然而止。

“大人?”当他走出帐篷时，达瑞娜喊道。他未予理会，径直来到拴马处，搬起马鞍，系在马背上，然后牵着赤焰向严阵以待的步兵团走去。

“您打算做什么?”达瑞娜微微喘着气，挡在他前面，明亮的眸子充满担忧。队长们站在她身后，大多迷惑不解，只有诺塔和凯涅斯神情肃穆，心知肚明。他们交换了眼色，走向对面，凯涅斯召来军士，诺塔带着雪舞跑向他的队伍。

“大人?”达瑞娜说。

“你飞翔的时候，可以看到别人的灵魂，”他说，“可你看过自己的吗?”

她无言地摇摇头。

“好遗憾。”维林伸手托住她的脸，摩挲着她的脸颊，“因为我看见了，非常耀眼。如果你愿意照顾我妹妹，我必将感激不尽。她是不会理解我的。”

他翻身上马，向全军最前列跑过去，看到矿工的旌旗，便扯住缰绳。“解散！”他向四周的兵团高喊，“围过来。”

军官们重复命令时略有犹豫，过了几分钟，他们松散地围在他旁边，为数众多的步兵和瑟奥达人则聚在后面。

“我们来到了路口。”他说。“我再也不能以士兵的职责为名，要求你们服从命令了。现在全军将士，无论男女，必须选择自己的道路。就我而言——”他扭身指向倭拉阵线的后方、大雨如注的埃尔托城，“我打算去那座城的最中心。因为我的朋友在里面，我很想再次见到她。”

他伸手从背后抽出长剑，高高举起。黑云压顶，天色昏暗，剑刃却依然闪亮。他扫视着众人，一张张面孔在雨水中略显苍白，却全神贯注，于是他又说：“若有人胆敢阻拦，格杀勿论。愿意随我来的，欢迎之至。”

他掉转马头，缓缓地走向前，听见身后的骚动越来越大，下令声不绝于耳，马文和阿达尔的声音尤其响亮。他调动血歌，令周围的噪声倏然消失，然后在倭拉阵线中搜寻，等待熟悉的调子奏响。或许他们早以怯战之罪名处死了那家伙。不过歌声扬起，透露出恐惧的音调，他的目光投向倭拉大军中间偏左的一个营队。

好吧，他心想。至少我能理解艾罗妮丝的感受了。

他一踢赤焰的侧腹，公马扬蹄嘶鸣，疾驰而去。

在他们冲向倭拉阵线的途中，时间的流逝异常缓慢，整个战场尽收眼底：船载投石机发射出的一颗颗火球画出低低的弧线，落进埃尔托城；城内的大火已被雨水浇灭；空中乌云翻卷，电闪雷鸣。

在他放马冲锋之时，箭雨如蝗，疾射而至，不过在血歌的指引下，躲避箭矢可谓轻而易举，如今歌声前所未有的嘹亮。维林等待着，直到歌声找到了先前的俘虏，那人的恐惧犹如惊声尖叫，从其所在营队的第二排传来。然后他开始歌唱，将所有复仇的愤怒与杀戮的欲望充斥在歌声中，随之播撒出去。他感觉到击中了目标。那个自由剑士看到他策马狂奔，长剑平举，径直冲向自己，仅存的理性瞬间崩溃。年轻人发出惊惶的呼号，拼命逃向后方，手中短剑胡乱挥舞，吓退了企图阻拦他的战友，营队的阵型微微松动，就连前排也有人回头张望。

其实不算什么，在纪律严明的队列中，这只是微不足道的裂缝，但对于今天来说足够了。

赤焰是天生的战马，毫无畏惧地撞进了敌阵，将躲闪不及的倭拉人践踏在地，然后维林的剑开始吟唱了。他向上一挑，对方从下颌到天灵盖裂为两半，力道之猛，连头盔也一分为二。赤焰向前疾驰，他手中的剑快如闪电，一刻不歇地挥舞，无人能阻。在他身后，缺胳膊断腿的倭拉人纷纷倒地哀号，而曾经的俘虏仍在狂奔，疯了似的冲向安全的地方。

前方迎来一个面容沧桑的老兵，短剑扬起，飞快地刺来，然而血歌今日无所不见，奏响警告的调子，转眼间，老兵跪倒在地，呆呆地盯着光秃秃的手腕，任由鲜血喷溅。又有一个自由剑士企图砍断赤焰的腿，结果长剑横扫而过，对方没了脑袋。

维林冲破了倭拉阵线，扯住缰绳，停在一片泥泞的草地上。前方，吓破了胆的自由剑士屈膝跪下，瞪大眼睛，一眨不眨，已是魂飞魄散。维林掉转马头，发现倭拉人围了过来，他们举起短剑，缓缓逼近，每一张面孔都写满了恐惧。

维林忽然听见笑声，随后意识到是自己发出来的。他还感觉到鼻子里流出了血，说明他歌唱了太久。他不予理会，再次发起冲锋，踏倒距离最近的自由剑士，又杀死了两旁的敌人，继而转向右边，砍倒一个发号施令的军官，另一个吓得动弹不得的倭拉人也死于剑下。

然而，并非所有人都害怕至此，十几人凌空劈砍，企图将他斩落马下，但血歌提醒了每一次攻击。他在歌声和鲜血的韵律之中格挡、闪避、杀戮，直到赤焰惊声嘶鸣，扬起前蹄，原来有一支箭矢射进了它的侧腹。战马坚持了片刻，扬起铁蹄胡乱踢踏，随即浑身一阵痉挛，跪了下来。维林滚下马鞍，起身扫开一记突刺，剑尖直指对方的胸甲，星银剑刃轻而易举地穿透了铁壳。

他抽出长剑，站在垂死的战马旁，四面八方全是战战兢兢的自由剑士，军官们咒骂着驱赶他们上前。歌声奏出刺耳的调子，闻所未闻，野蛮，凶狠，而又无比忠诚。他纵声大笑，自由剑士们站住了。

“很遗憾，你们的将军没有接受我的提议。”维林对他们说。

雪舞飞扑而至，尖牙利爪锋芒毕现，瞬间有两人翻倒在地，两颗脑袋依次被它的大嘴咬掉。它望了望维林，歌声响起温暖的调子，然后它一纵身，冲进倭拉人最密集的地方，身后鲜血喷射，断肢滚落。

此时，倭拉阵线被撕开了宽约二十码的口子，北疆戍卫军和奥文队长的骑卫们自然不肯放过。他们鱼贯而过，刀剑飞舞，口子越撕越大，最终彻底打散了自由剑士的队列。阿达尔队长砍倒了一个逃窜的倭拉人，抬头看见维林立在赤焰的尸体旁。“您受伤了，大人。”

维林摸了摸长流不止的鼻血，摇头道：“没事。集结人马，攻向左边，对付侧翼的骑兵。”

“您没有马……”见维林走向最近的倭拉营队，阿达尔队长喊道。

“我没事。”他一摆手，头也不回。

血歌犹如不熄的烈火，催促他向前冲杀，夺取一条又一条性命，格挡或是避开一次又一次致命的攻击。他从后方杀向旁边的营队，对手是瓦利泰，不为他的杀气所动，但也无力抵挡血歌指引的剑招。他从瓦利泰当中杀出一条血路，干掉了他们的营尉——此人不同于瓦利泰，吓得屁滚尿流，疯狂地抽打胯下的坐骑，又挥起鞭子乱抽一气，企图挣脱出队列。可惜无济于事。

营队四散开来，原来是欧廷工头率领矿工们从前方冲杀而至，北疆人尽情地宣泄怒火，那是一路上所见所闻积累在他们心头的怨恨。瓦利泰立刻作出反应，摆出紧密的防御阵型，准备决一死战。

“重新列队！”欧廷工头在倭拉人后方插下他的旌旗，大喊道，“向我靠拢！”

“攻其左侧。”维林见他满脸惊骇之色，不禁皱起眉头。

“您……”欧廷吞了吞口水，瞪着维林瞧了一会儿，随即眨眨眼睛，移开视线。“是，大人！”

维林察觉到面颊有些湿润，一摸眼皮，手指沾了血迹。他试图平息歌声，可警告再起，歌声随即上扬。他扭头望向右边，马文伯爵的步兵正与倭拉人激战，对方身披轻甲，人数并不多。维林冲了过去，他注意到倭拉人的动作极其娴熟，双手各执一剑，闪转腾挪，招招致命，兵力占据优势的尼塞尔人成片地倒下。他们就是大名鼎鼎的柯利泰了，他想着，矮身躲过一记横扫，翻滚跪地，反手一撩，削断了对手的腿筋。尼塞尔人狂吼着一拥而上，刀剑翻飞，干掉了残废的柯利泰。

血歌又起，维林抬头看见三个柯利泰冲了过来，前方一人，左右各有一人。他摒弃了牵制血歌的一切干扰，转眼间，柯利泰仿佛奔跑于泥水之中，协同进攻的动作笨拙而迟缓，漏洞百出。歌声渐弱之时，三个柯利泰同时翻倒在他周围，溅起了大片泥浆，三人的致命伤完全一致，鲜血从喉咙里喷涌而出。

他站直身子，看到一个柯利泰歪着脑袋，面无表情地打量他，就像孩子头一回见识神奇的魔术，围观的尼塞尔人也一样。弓弦噼啪作响，好奇的柯利泰应声倒地，一支箭矢正中胸口，他的兄弟们立刻转身面对新的敌人——赫拉·达基尔率领瑟奥达人杀来了。虽说尼塞尔人勇猛无畏，但只能以多欺少，方能取胜。而就目前所见，瑟奥达人不需要这样的优势。

维林看见瑟奥达酋长避开劈来的短剑，随后一跃而起，抡圆了战棍打向柯利泰的后脑勺，对方的脑袋登时开了花。其余的瑟奥达人对付剩下的柯利泰，战棍和小刀轮番飞舞，眨眼的工夫，柯利泰纷纷倒地。

“我明白为何森林不可侵犯了。”维林躺在地上，对走过来的战酋说。

“你需要治伤，伯纳尔·沙克·乌尔。”战酋拉起了他。

血歌再次扬起，维林一时站立不稳，他强忍疼痛，嘴里却涌起一股鲜血。瑞瓦！他扭头望向埃尔托城，循着长长的堤道看过去，只见城门大开，破败不堪。“给我一匹马。”他说。

瑟奥达人显然并不情愿，但马文伯爵来到他们身边，翻身下马，把缰绳递给维林。“反正我不骑马更能打。”他脸颊上的伤口正在流血。

“重新列队。”维林对他说着，爬上马鞍。此时居高临下，利于看清战局。倭拉人全线溃败，他所在之处已然支离破碎，而在右边，诺塔率领的队伍疯狂冲杀，将一个兵力两倍于己的自由剑士营队撕开大口，以与欧廷的矿工会合。左边，倭拉人仍在抵抗凯涅斯所率疆国禁卫军的猛烈进攻。远处，千军万马在雨幕中疾驰，看来俄尔赫人正在料理倭拉骑兵。

“从后方压过去，和疆国禁卫军两面夹击。”维林对马文说，如果不是扶着鞍桥，他差点摔落马下。“赫拉·达基尔，”他又对瑟奥达人说，“我想带你去见见城里的一个朋友。”

他掉转马文坐骑的辔头，然后纵马疾驰。堤道附近的景象令他稍作停留：那个曾经被俘的自由剑士躺倒在地，喉咙被割开，血淋淋的刀子还拿在手里，面目极其狰狞。是血歌使人疯狂若此。

根据哈力克的报告，这条堤道的长度正好是三百码，奇怪的是，他感觉走了好几英里路。他的呼吸已十分艰难，而且感觉到轻锁甲底下的衬衫有血渗出，口鼻耳目也在流血。每走几码，他就啐一口血水，然后驱策马文的坐骑加快行进。

他被迫驾着战马跃过城门的残骸，穿行于铺满鹅卵石的街道，目力所及之处，遍地都是尸体和废墟。污血从尸体身上渗出，夹杂着雨水，在沟渠里流淌。仍有倭拉人步履蹒跚地到处晃荡，但他们已然精神失常。守军在城里又修建了内墙，他只好寻找倭拉人打开的缺口，为此耽搁了不少时间，而血歌愈加高亢，令他烦躁不已。

到了距离大教堂不远的地方，他被迫下马步行，因为街道上堆满了尸体，连这匹久经沙场的老战马也不愿前进了。他越往里走，视线越模糊，忽然脚下趔趄，绊到了尸体，无力地跪在地上。身边是一个少年，苍白的手里握有一柄战斧，背上插着一把倭拉短剑。太年轻了，说是孩子也不为过。

他挣扎着起身，跌跌撞撞地前进，听到不远处有激战的声响。他走上一条大街，周围的房屋已被夷为平地，只见至少五千倭拉人正在猛攻城墙。他们打开了一处缺口，城墙内爆发血战，尸体堆积如山。血歌高唱，确认她就在那里，就在战斗最激烈的地方。她还能在哪里呢？

“交给我们了。”赫拉·达基尔出现在身边，不计其数的瑟奥达人冒出来，跑了过去。

“感激不尽。”维林回答。

瑟奥达人杀过去的同时，倭拉人发出一阵惊呼，继而是绝望的呻吟和哀叹。多日以来，他们在城墙内惨遭折磨，如今却只换来一死，死在无力反抗的强敌手下。

他闭上眼睛，激战声渐渐弱去。*平息吧。*他对血歌说，可他疲惫不堪，寒冷彻骨。

“你不用向我下跪。”

她站在前方，面带温暖的笑容俯视他，肩上扛着一把血迹斑斑的仑法尔剑。

“找到了？”他问。

她摇摇头：“没找到。”

他头晕目眩，眼前一黑。当他再度醒转，发现自己躺在地上，她的面庞近在咫尺，泪水滴落在他血糊糊的脸上。“我就知道你会来。”

他吃力地抬起手，抚过她的头发。真的留长了。“如果我不来，我还算什么哥哥？”他咳嗽起来，一口血喷到了她脸上。

“不要！”他眼前又一黑，只听到她的尖叫，“不要！求你别……”

寒冷。纯粹的、避无可避的寒冷。切肤刺骨，攫住他的心脏。但他的肢体并未颤抖，也不见呼吸凝结成雾。他眨眨眼，视线逐渐清晰，看见了一堵墙。他转过身，靴子的回音极其响亮，经久不消。没有什么回音会如此持久。

这是一间方方正正的石头房子，粗糙而简陋，唯有右边的墙壁开了一扇窗户。房子中间摆了一张黑木制成的桌子，式样简单，桌面发亮，可是他没看到灯，窗户也不透光。一个女人坐在桌子对面，半是愤怒半是认真地打量着他。前面有一张空椅子。

“我知道你是谁。”女人的说话声又引起一阵回音，异常持久。

维林走向椅子，忽然听到隐约的叫喊，是轻柔而悲哀的呼唤。有人喊我的名字吗？

“是托克瑞干的？”女人歪着脑袋，眯起眼睛，“不，应该不是。”

她一头黑发，年轻美丽，眸子明亮，充满智慧以及极深的怨念，是他前所未见的。他回忆起寄宿在巴库斯体内的怪物，但相比眼前的女人，可谓小巫见大巫。

“你知道我是谁，”他说，“你是谁？”

她笑容哀伤。“我是笼中的歌者。你现在也一样。”

他试图召唤血歌，寻求音调的指引，结果什么也没有。

“这里没有歌，大人。”女人对他说，“没有天赋。唯有他带来的一切，并且都很难消受。”

“他是谁？”

她脸上掠过狂怒的神色，猛地一拍桌子：“不要耍我！不要装傻！你清楚自己在哪里，又是谁扣留了你！”

“他也扣留了你。”

女人靠着椅背，轻轻一笑：“他的惩罚虽然残酷，但大多也无趣。这间房子，还有寒冷，除了回忆，别无消遣，还好我的回忆多的是。”她按住胸口，揉了起来，双目失神。“你爱过吗，大人？”

又有声音传来，这一次更响亮了，他确定那是喊他的名字，遥远而又熟悉。

他没有回答女人的问题，走到窗前向外张望，只见风景正在变换，高山之上波谲云诡，峭壁慢慢降下，草丛逐渐茂盛，最后化作起伏平缓的山丘。

“每个钟头都有变化，”女人对他说，“高山，大海，丛林。我怀疑是他熟悉的地方。”

“他为何把你关押在此?”维林问,“你犯了什么罪?”

她不再揉搓胸口,手又搁在桌上。“付出爱,却没有回应。这就是我的罪。”

“我见过你的同类。你们心中无爱。”

“相信我,大人。你从未见过我的同类。”她冲着桌子点头。亮闪闪的桌面上凭空冒出了一支骨笛。这件乐器式样简朴,由于年代古远,经久使用,表面斑驳而陈旧,但不知为何,他知道如果拿起来放在嘴边,吹奏出来的音调必定嘹亮悦耳。

“维林!”

这次不会听错,房子外面有人呼喊他的名字,力量之大,震得砖石微微颤抖。

“他会还给你的。”女人歪着头,示意那支笛子,“我们这样的人,没了歌声,难以生活。”

房子晃动,砖石裂开,好似外面有什么正在向他们猛攻,随着灰浆和石头分崩离析,暖白色的光线透了进来。

“拿起来,”女人说,“等他送我们回去了,我们一起歌唱。那是多么美妙的歌声啊。”

他看着笛子,痛恨自己是那么渴望拿起它。“你有名字吗?”他问女人。

“怕是有一百来个吧。但我最喜欢的一个,是在接受盟友好心的交易之前。奉我父亲之命,我灭了南边的一帮土著。他们相当烦人,而且特别迷信,以为我是女巫。艾尔维拉,他们这样喊我。”

“艾尔维拉。”他又看了看笛子,身后的墙壁咔嚓作响,破裂开来。他迎着女人的目光,微微一笑,继而转过身,背对她和笛子。“我会记住的。”

墙壁轰然炸开,光芒汹涌,驱散寒冷,这时他听见了她的叫喊。

“告诉你的兄弟！”她高呼，“他就算杀死我一千次，也改变不了任何事情！”

温暖而圣洁的光芒淹没了他，拥抱着他，引领他走出那间房子。他离开之时，光芒似乎渗进了体内，随之出现的是一张熟悉的面孔。“你也很耀眼，”达瑞娜对他说，“一眼就看见了。”

他眼中满是光芒，最后一丝寒意也散去了……但当一个声音传来，他仍旧打了个寒战。那不是女人在说话，而是一个极其古老、不带任何感情、言之凿凿的声音。“你我之间，终究要有一个结果。”

他大叫一声，醒转过来，浑身颤抖，尽管寒冷和疲惫到了极点，但他毕竟还活着。他感到有什么压在胸口，伸手摸到了柔软如瀑的秀发。达瑞娜呻吟着抬起头，面色苍白，双眼疲惫无神。“一眼就看见了。”她轻声说。

“维林！”瑞瓦跪在他身边，笑中带泪。在她身后是赫拉·达基尔和一众勇士，他鹰样的面容充满深深的忧虑。

“我以为会喊我黑刃。”他回答。

她破涕为笑，亲了亲他的额头，泪水奔涌而出。“根本没有黑刃，那只是哄小孩的故事。”

他揽住哭泣的瑞瓦，默默地在体内搜寻，其实他知道结果如何。没有了。血歌消失了。

第五部

我父亲向来不是触景生情或口出妙语之人。他为数不多的文字读来干瘪乏味，书信亦简明扼要，与其粗俗不堪的军旅生涯可谓相得益彰。但在我记忆之中，有一个场景始终难以忘怀，那是他在玛贝里斯城沦陷前夜所说的话。当时我们在山顶上，疆国禁卫军正在城内残酷地复仇，眼见火势蔓延，耳听惨叫声声，我觉得有必要问问他，为何他的情绪如此低沉，他刚刚夺取的胜利，难道不够光宗耀祖、唱咏千秋吗？你们或能理解，我那会儿烂醉如泥。

我父亲的目光一刻也未离开那座饱受摧残的城市，我听见他说："一切胜利皆是幻觉。"

——艾卢修斯·艾尔·海斯提安作品集

联合疆国大图书馆

佛尼尔斯的记述

“起航!”将军对船长大喊，音调之高，几近尖叫，“我说了起航！快叫这大蠢货动起来!”

奴隶水手们匆忙执行船长的命令，而我走到船舷边。此时，倭拉大军的残众已被逼到河边，瓦利泰死守军令，战至无人生还，自由剑士惊慌失措，纷纷跳进水里。南边半英里处，自由骑兵困兽犹斗，企图突出绿衣人的重围，指挥后者的将官极为冷静，不断调集兵力封堵敌人。事实证明，突围只是痴心妄想，自由骑兵后方出现了一大群骑手，箭雨绵绵，如群鸟归巢。转眼的工夫，不再有成建制抵抗的倭拉残军，只剩下无路可逃的乌合之众。

我扭过头，不忍心再看这丑陋的场景，却见一人一马顺堤道疾驰，数千男女紧随其后，他们手持棍棒和弓箭，无人披盔戴甲。相距甚远，骑手的面容模糊难辨，但我分明知道他是谁。

“快!”起锚的铁链哗啦作响，将军高声叫道，“要是我们的船今日没能出海，我就把船上所有奴隶的脊骨都扯出来。”

“真的吗?”佛奈娜站在地图桌边，手里端着酒杯，“我可不建议你带这么重大的消息回家。”

“我们不回家,”他厉声说道，“我们回瓦林斯堡等待援兵。只要他们一来，我就能再组建一支军队，然后要这片土地寸草不生。记下来，奴隶!”他冲我咆哮。“我，赖柯拉·托克瑞将军，在此下令，将该省一切活物斩尽杀绝……”

我正要取来羊皮纸，有一样东西吸引了我的目光。此时船帆已张开，大船终于起航，顺风而下，无人理会在河里挣扎的自由剑士。我眼角的余光忽然瞟到一张陌生的船帆，就在前方不足一英里的河湾处。如今我见过的船也不算少，一眼便认出桅杆上飘荡的是梅迪尼安人的三角旗，黑旗高挂，代表敌人现身。从桅杆上传来的叫喊使我确信，眼前的一幕并非因恐惧过度而产生的幻觉。

“弓手待命！”船长下令，“弩炮准备！柯利泰上前！”

这时，梅迪尼安战船后出现了一张船帆，随后又有两张。我瞟了将军一眼，不料看到的竟然是懦夫的面孔。恫吓和镇定的姿态消失无踪，取而代之的是不加掩饰的恐惧，他汗流满面，浑身抽搐。我悟过来了，此人从未亲临战场。他只是隔岸观火，叫别人去送死，却没有尝过真刀真枪的滋味。我忍不住想笑，却又不敢出声。不管懦夫与否，只要船还在，我的性命就攥在他的手里。

然则，我不敢发笑，他的妻子却无所顾忌，引得将军怒目而视。她站在地图桌前，拿着我先前交来的卷轴，一边读，一边纵情欢笑。

“怎么了？”他问，“你为何如此开心，尊敬的夫人？”

她朝我摆摆手，依然大笑不止：“噢，只是物有所值，好生欣慰。”

将军的目光投向我，怒火给他苍白的面庞添了些许颜色。“是吗？何以见得？”

“允许我朗诵一首诗，很有可能是著名的学者和诗人佛尼尔斯·阿利希·苏梅伦大人的遗作，题目是《赖柯拉·托克瑞将军颂——模仿德拉肯之作》。”她稍稍一顿，夸张地清了清嗓子，忍住笑意。“有人自鸣得意，惹得妻子厌弃，船上喝酒嫖妓，满口胡言乱语，却要奴隶抄记……”

“闭嘴。”将军淡淡地命令道，可她并未理会。

“要人为他卖命，幻想坐收渔利……”

“给我闭嘴，恶毒的婊子！”将军突然冲过去，一拳打得她踉跄摔倒，她正要起身，将军一脚踹在她肚子上。“一年又一年，我受够了!”他又一脚踢去，佛奈娜开始呕吐，身体在甲板上痛苦地扭动。“跟你耗了一百年啊，爱人!”再踢一脚，她嘴里流出了血。“刚开始的时候我就觉得应该杀了你——”

女主人的小刀——也就是她在舱房里扔掉的那一把，刀身不长，但极其锋利——轻而易举地插进了将军的下颌。他的呻吟尖厉而怪异，有点像孩子哭泣时的吸溜声，之后他向前栽倒，撞击甲板，发出鼻骨断裂的脆响。至今令我深感遗憾的是，他死得太快，根本不知道是谁给了他致命一击。我后来也常常思考这一问题，其实世上极少有人得到应有的下场。

佛奈娜呕出一摊鲜血，眼神呆滞，绝望地看着我：“看来……最后一吻……没可能了?”

听见仓促的脚步声，我立刻回头，看见两个柯利泰挥舞双剑冲了过来。我打算跑向船舷，找机会跳进河里，却未能得逞，一支箭矢重重地扎在旁边的甲板上，紧接着箭如雨落。我滚到桌子底下，与此同时，柯利泰中箭翻倒。我望向佛奈娜，见她惊恐地呜咽着，一支箭矢将她的长裙钉在甲板上。我倒也愿意把我的举动形容得颇有骑士气度，说我如何英勇无畏，冒着箭雨，抓住她的胳膊，把她拉到桌子底下，其实并非如此。我当时想的是，她对于梅迪尼安人应当很有价值，如果我把大活人交给他们，或许能换来对方的好感。

我们抱在一起，任凭箭矢飞射，不久又闻风声呼啸，某种巨大而沉重的东西破空而至，炸得热浪袭人，烟尘弥漫。箭矢如梭，啸声不绝，佛奈娜紧紧贴着我，以为我能保护她，其实我自身难保。很快，甲板倾斜到了危险的角度，急如冰雹坠地的箭雨射落声，变成了金铁铮鸣和狂野呼号。一个奴隶船员倒地而亡，距离桌子不过一尺之遥，脖子上的伤口汩汩冒血，不久，杀声减弱，到处是惨叫和求饶声。

随后是死一般的沉寂，不知过了多久，有人操着带有梅迪尼安口音的疆国话说：“把火灭了!”语气带有绝对的威严，“贝洛拉斯，下去干掉那些顽抗到底的。再检查船体有无破裂。这么大的战利品不拿走就太可耻了。”

一双靴子大步走过甲板，停在桌前，尽管靴子沾有血迹，却依然擦得闪亮。佛奈娜捂住肚子咳了几声，靴子随即动了，一张熟悉的面孔出现在桌子底下，容貌俊朗，满脸胡须，几缕金发遮不住那对湛蓝的眸子。

“啊，大人，”海盾说，“你肯定有故事可以讲。”

依照他的吩咐，大火很快被扑灭，大副从底舱回来了，报告说船体完好无损。“好极了！”海盾兴奋地抚摸着雕刻精美的木头围栏，“你见过这样的船吗，贝洛拉斯？万里迢迢，从世界另一头驶来。”

“她叫做暴风之恨号。”佛奈娜说的是口音浓重的疆国话。

海盾脸色一沉，回头对她说：“它叫什么，我说了算。另外，没有我的允许，你不准开口。”他的目光落到我们背后，忽然快活起来。“甚好，就以她的名号保佑这条船。”他上前迎候，只见一群装束各异的男女从旁边的梅迪尼安船上走来。

先行登上甲板的是两个男人，一人满脸横肉，虎背熊腰，另一人年轻许多，却也不像是未经沙场。他们手中剑已出鞘，扫视着甲板上的惨烈景象，毫不为之动容。大汉转过身，向随后登船的三个女人鞠躬，其中一人瞬间吸引了所有人的目光。她身姿挺拔，头裹丝巾，内穿素雅长袍，外罩轻质锁甲，步态稳健，充满与生俱来的自信，令倭拉将军矫揉造作的举止相形见绌。

“欢迎，陛下，”海盾深鞠一躬，向她致意，“欢迎来到莱娜女王号。这是献给您的礼物。”

女人微微颔首，锐利的目光环顾周围。“我王兄的舰队之中，有一条船叫做莱娜号，不知道如今它在何方。”她的视线停留在我身上，我第一次清晰地看见了她的疤痕，上半边脸的皮肉松弛而斑驳，残缺的耳朵掩在头巾里。

当她向我走来，我颔首低眉，单膝跪地，正如几个月前，我在她王兄的觐见室里所做的一样。“陛下。”我说。

“平身，大人。”她说。我抬起头，看到她面露微笑。“我记得，我们约好了要会面的。”

终章　莱娜

小船载她过去时，约有五十来人候在岸边。迎接她的场面毫无仪式感可言，只有一道道冰冷的目光。那群人衣衫褴褛，满脸疑虑和困惑，在小船慢慢靠近的同时，好奇地张望着她裹在头巾里的面容。海盾立在船头，死死地盯着人群中那个高大的身影。他的脸色好苍白，莱娜想着，心跳陡然加速，无法平息。维林旁边是一个身形矫健的年轻女人，背负长剑，一头褐色长发束在脑后，五官精致，完美无瑕，莱娜胸中顿时妒意翻涌。

别这样！她命令自己。女王不可有嫉妒之心。

可是她很难接受年轻女人与维林的亲近，还有那关切的目光和紧锁的眉头。她在人群中认出了几张熟悉的面孔：凯涅斯兄弟，神色冷峻，始终与众人保持距离；艾尔·梅尔纳，御林骑卫的年轻队长，与他牵手的黑发女人留有长长的辫子，眼睛上方新伤未愈；以及前任守塔大臣的养女，看样子也和维林相当亲近。

平底船费劲地穿过芦苇丛，抵达岸边，埃尔－奈斯特先行上岸，朝众人优雅地鞠躬致意。“本人是阿瑟兰·埃尔－奈斯特，海岛之盾。”他说着直起身子，面对维林淡淡一笑，“其实我认识你们当中的一位，至少……”

维林压根没有看他，满脸惊愕地走上前，迎向正在下船的莱娜，伊尔提斯和本顿随行左右。他在几英尺开外站住了，毫不避讳地盯着她，而她也鼓起勇气，并未躲闪。

过了一会儿，他回过神来，双膝跪下。“陛下。”他露出如释重负的表情，说起话来有气无力，莱娜甚至怀疑那不是他的声音，“欢迎回家。”

封地领主的庄园可能是埃尔托城内唯一未遭重创的建筑。莱娜所经之处，只见满目疮痍。大部分尸体已经运走，城墙外的火葬堆不计其数，还有库姆布莱人挖的坟墓。死去的倭拉人则被马车拖到了南边几英里外的采石场，堆积成山，覆盖泥土，无人致辞悼念。他们仅有五百人存活，倭拉将军的妻子是其中之一。

此时，她就站在眼前，面色铁青，手捂腹部，疼痛难忍——都拜她那个死不足惜的丈夫所赐。站在莱娜身后的是全军将官，以及瑞瓦小姐的家臣。这些人外表迥异：一名须发飘飘的老戍卫军，竟能在如此残酷的围城战中幸免于难；一名久经战阵的弓手，也是维林的熟人；还有一个阿斯莱女人，操着冒牌的贵族口音，而且若无必要，似乎极不情愿与莱娜对视。抛开诸多差异不谈，他们对新近上任的女总督可谓赤胆忠心，整个埃尔托城也是如此。*我必须留意她。*莱娜略感遗憾，冲着左边的年轻女人微微一笑。*一个国家不能有两位女王。*

她就座于领主议事厅的高台之上，身下的座椅雕饰华丽。瑞瓦小姐提议可使用领主座椅，但莱娜并未听取。“那是属于你的，我尊敬的女总督。”

右边是维林，他抄着胳膊，面色格外苍白，显得疲惫不堪，莱娜担心他随时可能倒下。但在先前持续数个钟头的请愿和审判过程中，他始终身姿挺拔，既无怨言，也不曾请求落座。

“我们使用疆国语，”莱娜对将军妻子说，“以便在场的诸位旁听。”

倭拉女人颔首应道：“悉听尊便。”

伊尔提斯瞪着眼睛，跨步上前。“犯人要称呼女王为陛下。”他说。

女人吓得一缩，按住腹部的手微微颤抖：“悉听尊便，陛下。”

“报上你的名字。”莱娜对她说。

“佛奈娜·托克瑞·恩崔尔……陛下。”

“我在此判定你为疆国的侵略者，你对我国发动了一场毫无公平和正义可言的战争，所作所为严重玷污人性二字。因此，我判决你死刑。”她端详着女人的脸，觉察出一丝恐惧，但比她想象中少多了。这是真的吗？她回想起佛尼尔斯所讲的故事。莫非此人真的活了太久，死亡已经不算什么威胁了吗？

“不过，”莱娜接着说，“佛尼尔斯大人说了你的好话。据他所言，你相当讲求实际，虽说乐于从疆国的巨大苦难之中受益，但你并未直接参与其中。为此，我有意网开一面，但有个条件，你必须如实回答我所有的问题，不许犹豫或撒谎。”她倾过身子，盯着女人的眼睛，又用倭拉语说：“相信我，尊敬的夫人，我们当中有人能轻而易举地识破谎言，即便你的脑袋被我们摘下来了，还有人能从中挖出你的秘密。”

女人的恐惧略有加深，她点点头，见伊尔提斯踏前一步，又急忙说道：“我答应您的条件，陛下。”

“很好。”莱娜靠着椅背，抓住扶手，思索片刻。“我们另找时间与你单独详谈。眼下我要问的是，据佛尼尔斯大人所言，你丈夫提及回瓦林斯堡等待援军，此话怎讲？”

“另一支军队，陛下。”佛奈娜未加思索，脱口而出，“先占领这片土地，再执行下一步计划。”

“下一步计划？”莱娜皱起眉头，“你们已经侵略了疆国，哪里还有下一步计划？”

倭拉女人换了个姿势，强忍疼痛。“夺占疆国只是庞大计划的第一步，陛下。利用疆国的地理位置作为跳板，再实现最终的目标。”

莱娜感到旁边的维林直起身子，扭头一看，只见他双眉紧蹙，全神贯注地观察女人，继而失望地叹了口气。

“大人?”莱娜关切地问道。

“请原谅，陛下，”他无力地笑了笑，“我……很累。”

她观察维林的面庞，见其双眼通红，脸颊凹陷，神色哀伤无比。莱娜知道他前一天做了什么，也希望届时将之昭告天下，但不知道他如此心绪不宁，是否缘于血腥的杀伐。她总以为维林从不受七情六欲的影响，其行为也无可指摘。可是如今……他真的只是普通人?

“直说，”她回头看着俘虏，“最终的目标是什么?”

“阿尔比兰帝国，陛下。”佛奈娜似乎略为不解，因为答案是不言自明的，“侵略疆国是夺占阿尔比兰帝国的前奏。明年夏天，一支军队将从疆国的港口登陆帝国的北部海岸，另一支兵力相当的军队同时攻打南部边界。届时，倭拉人便可实现长久以来的梦想。”女人的笑意藏得很深。“请原谅，陛下，我只能说，侵略疆国不过是一盘棋的开局。”

“没错，”莱娜沉吟片刻，回答道，“这盘棋将以我烧毁倭拉城作为结局。”

当晚举行了一场勉强可称宴会的聚餐。尽管历经战火摧残，库姆布莱的都城仍有不少粮食库存，庄园内的长餐桌上堆满了食物，以及一瓶瓶葡萄佳酿。“我伯父的收藏，”瑞瓦小姐解释，“大部分已经分发给了民众。”

她们站在庄园的空地上，距离敞开的餐厅窗户并不远。伊尔提斯和本顿分守左右，相距不过十来步。那个阿斯莱女人靠在窗前，作为领主座椅前任和现任主人的荣誉参事，她的姿势和表情似乎漫不经心，但目光灼灼，始终观察着她们俩的举动。

“小姐不喜欢饮酒?”莱娜背对虎视眈眈的参事，问女总督。

“喝不来。”瑞瓦拘谨地笑笑，微微低头，双手绞在一起。显然她对宫廷礼仪不甚熟悉，时常忘记使用敬语，不过莱娜没有一点儿受到冒犯的感觉。

“据我所知，你伯父算得上专家。”她说，“我记得他只用拿起酒杯闻一闻，就能说出是哪年装的瓶，产自哪座葡萄园，甚至种植葡萄的山坡朝向。”

“他是酒鬼。但他是我伯父，我非常想念他。”

“尤其是今晚，我想。”

瑞瓦哈哈一笑。“我……以前不这样。”她懊恼地皱起眉头，又说：“呃，陛下。抱歉。”

莱娜只是微微一笑，回头望向宴会。现场无人喧闹，宾客们轻声交谈，他们目睹了太多惨状，或失去了兄弟朋友，战争的阴影尚未散尽。不过，酒水消耗得很快，尤以诺塔·艾尔·森达尔为甚，他坐在庄园的台阶上，搭着凯涅斯兄弟的肩膀，手舞足蹈，滔滔不绝，杯中的酒晃来荡去。“漂亮得很，兄弟。视野开阔，海景迷人，还有——”他朝领军将军使了个眼色，“每天晚上都有漂亮女人陪睡，夜夜笙歌啊，兄弟！你却还待在宗会里。”

“那人好讨厌，”瑞瓦小姐说，“没醉的时候也是。”

“作为死人，他确实太多话了。”莱娜回答。她望向那些宾客，注意到有重要的人缺席。宴会开始一个钟头后，他便以疲累为由——这是毫无疑问的——回了军营。达瑞娜小姐随他一同离开，莱娜这才发现该嫉妒的根本不是女总督。

“维林大人怎么了？”她问。

瑞瓦小姐显然不愿回答，完美无瑕的面庞略显紧张。“他救了我们。”

“我知道。可事实非常明显，他拯救我们的方式给他造成了影响。小姐，请告诉我，他到底发生了什么事。”

瑞瓦轻轻吁出一口气，嘴角微微抽动，挑起了不愉快的记忆。“他带领森林来客进城，杀了倭拉人。没过多久，倭拉人全部死光了。圣父啊，真希望围城的时候他们也在。战斗结束的时候，我找到了他。他……在流血，好多血。我们说着话，他突然倒在地上。看样子……”她声音渐弱，抬头迎着莱娜的目光，“好像死了。然后达瑞娜小姐来了。她走路的姿势非常奇怪，虽然两眼闭着，可一步不错地走到了他身边。她的皮肤非常苍白……她突然倒在他身上，我以为他俩都死了。我拼命地祈祷，陛下。我尖叫着向圣父祈祷，因为这样太不公平了。然后……”她抱紧胳膊，打了个寒战。“然后他俩都活过来了。”

“还有别人看到这一幕吗?”

“只有森林人。看得出来，他们很不喜欢。”

“目前，此事最好只有我们知道。”

“听您吩咐，陛下。”

莱娜拍拍她的胳膊，两人走回庄园。“您是说真的吗?”瑞瓦问，“烧掉他们的城市?”

莱娜站住了，点头道：“一字不假。”

“在经历这一切之前，我曾经非常确信，我走的是正道。我当时肩负任务，是世界之父亲自交付的神圣使命。如今……”年轻的女总督双眉紧蹙，神色惊惶，忽然苍老了许多，“我在……在这儿做过一些事。我是为了保卫埃尔托……我做的时候，自以为秉持了公平和正义，如今我不知道了。我怀疑，我错把愤怒当做公平，错把谋杀当做正义。”

“在战争之中，它们本来就是一回事，小姐。”她回身握住瑞瓦的手，“我也做过一些事。哪怕再做一次，我也无怨无悔。”

“我想去散散步，大人们。”稍晚，她对本顿和伊尔提斯说，“去看看新的军队。”

伊尔提斯一如既往地迅速鞠躬，本顿正忙着憋住哈欠。“感觉太晚了吗，大人?”她问道。

“抱歉，陛下。”他挺起胸膛，结结巴巴地说，“我听候您的……”

莱娜摆摆手，打断他的话：“去睡吧，本顿。”

和其他宾客一样，奥瑞娜也很欣赏前封地领主藏酒的品位。“我们也去，陛下，”她含混地说，双眼有几分迷离，“我喜欢当兵的。”

“我带她去睡觉，陛下。”米欧尔说着牵起女官的手，拉进庄园里，任凭她哀声抱怨：“我想看看那些当兵的。”

“她服丧的时间还没多久。”伊尔提斯目送她们走开，沉声说道。

“每个人都有不同的方式悼念过去，大人。可以走了吗?”

“我认为有些事必须告诉您，陛下。”等走过了堤道，大汉说，“和艾尔·索纳大人有关。”

“是吗？什么事?”

“我以前跟他打过交道。其实是两次。一次在尼莱什城，当时他给了我这个——”他摸了摸畸形的鼻子，“一次是几个月前，我……”

莱娜站住了，扬起眉毛等他说完。

“我企图杀他，”御前护卫接着说，“用一把十字弩。”

她的笑声回荡在河面，伊尔提斯无言地静立不动。“所以你进了地牢，认识了费明。”她说。

“仅此一次判断失误。我向您保证，绝不再犯。我过去毫不动摇地坚守信仰。如今……我忠心已改。”

“但愿如此。”他们接着沿河岸走去，芦苇荡里还漂浮着肿胀的尸体，散发出腐败的恶臭。暴雨过后，天气冷得反常，她走路时呼出的气息凝成白雾，尸体周围的河面结了一层薄冰。

“夏天结冰。”她凑近了观察，“尽管是晚夏，还是很奇怪。”

“从没见过，陛下。”伊尔提斯附和道，他弯下腰，想要看清楚，“我这辈子——”

箭矢射中他的肩膀，他大叫一声，翻倒在地。战争造就的本能催促莱娜迅速趴下，第二支箭矢从头上擦过，射穿了河面的薄冰。她通过箭矢飞行的角度判断，对方很近。伊尔提斯躺在几尺开外，紧咬牙关，摸索着佩剑。莱娜摇摇头，伸手制止，目光在茂密的草丛中搜寻。伊尔提斯停止动作，咬住斗篷，避免疼得叫出声来。

永远带在身上。参加宴会前，她把匕首绑在小腿上了，因为女王佩带武器有失体面。她抽出匕首，翻转刀刃，贴在前臂底下，以免反射月光。然后就是等待。

二十余步开外，有两个人影从草丛中冒出来，一高一矮。高个子手持长弓，箭在弦上，矮个子握了一把斧头。他们慢慢地接近，矮个子哈哈一笑：“相信我的话没错，我神圣的朋友。我告诉过你，圣父会引导我们找到她。”莱娜终于看清他了，满脸胡子，光头。他龇着牙齿，提高嗓门，满怀愉悦地喊道：“快出来吧，陛下。我们只是向您表达敬意。”

再近一点。她沉下胳膊，刀刃滑进了掌心。

“噢，别这么固执。”大胡子叹道，“我们来帮您的忙。您真愿意带着这张脸过一辈子吗?”

伊尔提斯突然怒吼一声，跳将起来，长剑出鞘，高个子旋身面对他，弓弦拉满。莱娜瞥见一张瘦削而英俊的面孔，满脸仇恨。

这是她扔得最好的一次，小刀凌空飞旋，画出完美的弧线，一头扎进对方的喉咙，那人仰面摔倒的同时，弓弦噼啪作响，箭矢射进草丛。伊尔提斯转而杀向矮个子，只冲了几步就绝望地吼了一声，栽倒在地。矮个子逼近的同时，莱娜跑到伊尔提斯身边，从他无力的手掌中夺过长剑，双手握持，猛劈过去。只听一声金铁大震，斧刃封住剑锋，她的脸颊遭到重击，整个人翻倒在地。

“您的脑袋可真硬啊，陛下。”矮个子活动着手指，步步逼近，“也许我该找地方挂起来。”

他咧嘴一笑，举起斧子，忽然脸色惨白，有什么东西绕过他的头顶，勒紧了脖子。他叫不出声，只听见绳索嘎嘎作响。斧子脱手而出，他本能地揪住绳索，双脚乱踢，眼珠暴突。莱娜站起身，吐出一口血水，看到一个体格健硕、头发卷曲的年轻人正猛拽矮个子刺客。年轻人扭紧绳索的动作极其迅速且娴熟，矮个子不断后仰，拼命地跺脚。等刺客终于倒地，他踩住对方的脖子，继续拉紧绳索，无论做什么动作，他的脸上仿佛都戴着一张面具。不一会儿，矮个子刺耳的喘息声消失了。

莱娜走到伊尔提斯身边，发现他流血过多，脸色苍白，昏迷不醒。“多谢，士兵，”她对走近的年轻人说，“拜托，这位大人需要医师……”

对方没有应声，步步靠近，依然面无表情。她皱起眉头：“怎么……”

他的动作快得来不及闪躲，一双强有力的大手抓住莱娜的肩膀，拉到面前。年轻人空洞的目光在她的疤痕上游移，看不出有何目的。“疼。”他说着，一把抱住莱娜，将其紧贴在自己坚实的胸膛上。

接着她烧了起来。

附录一　人名表

联合疆国

艾尔·尼埃壬家族

麦西乌斯·艾尔·尼埃壬——联合疆国国王

莱娜·艾尔·尼埃壬——麦西乌斯之妹，疆国公主

欧德菈·艾尔·尼埃壬——麦西乌斯之妻，疆国王后

雅努斯·艾尔·尼埃壬——麦西乌斯之子，王位继承人

德娜·艾尔·尼埃壬——麦西乌斯之女，疆国公主

艾尔·索纳家族

维林·艾尔·索纳——前第六宗兄弟，疆国之剑，北疆守塔大臣

艾罗妮丝·艾尔·索纳——维林的妹妹，画家

北疆

达瑞娜·艾尔·默纳——北塔首席参事

阿达尔·泽努——北疆戍卫军队长

凯兰——医师，第五宗兄弟

霍伦——档案管理员，第四宗兄弟

奥文·艾尔·梅尔纳——御林骑卫第三大队队长

哈力克——图书馆员，第七宗兄弟，北塔案卷管理员

诺塔·艾尔·森达尔——教师，前第六宗兄弟，维林的朋友

瑟拉·艾尔·森达尔——诺塔的妻子

阿提斯·艾尔·森达尔——瑟拉和诺塔之子

萝伦·艾尔·森达尔——瑟拉和诺塔之女

雪舞——战猫

智熊——熊人部落萨满

赛恩李希·珀塔——俄尔赫战酋

慧明——俄尔赫贤者

英莎·卡·佛纳（月光寒铁）——俄尔赫战士

欧廷——匪徒谷矿工工头，北疆大军第一大队队长

达文——造船工，北疆大军军士

卡拉——奈因角居民

洛坎——奈因角居民

马肯——奈因角居民

韦弗——奈因角居民

信仰之第六宗

索利斯——剑术宗师、司盖伦关宗将

凯涅斯·艾尔·奈萨——第六宗兄弟，疆国之剑，三十五步兵团领军将军

弗伦提斯——第六宗兄弟，维林的朋友

格瑞林——地库总管，第六宗兄弟

壬希尔——马术宗师，第六宗兄弟

艾文——第六宗兄弟，驻扎司盖伦关

赫维尔——第六宗兄弟，驻扎司盖伦关

埃尔托城

森提斯·穆斯托尔——库姆布莱封地领主

瑞瓦·穆斯托尔——森提斯的侄女

韦丽丝——库姆布莱封地领主的荣誉参事
阿伦提斯·瓦诺——戍卫军司令
布伦·安提什——弓手总兵
哈宁——医师，第五宗兄弟，骨学宗师
阿肯——阿斯莱少年，瑞瓦的朋友
诵经者——世界之父教会的首领

仑法尔

达纳尔·林奈——仑法尔封地领主
修林·班德斯——骑士，仑法尔男爵
乌丽丝——班德斯的私生女
艾伦迪尔——乌丽丝之子
厄蒙德·鲁因——骑士，班德斯的首席家臣
莱克斯·温德斯——骑士，达纳尔的首席家臣

尤里希森林

贼猫——匪徒
公鸭——匪徒，贼猫的同伙
伊莲·艾尔·杰文——逃跑的奴隶，达沃卡的朋友
三十四号——前编号奴隶，施虐者
大砍——信仰猎犬，弗伦提斯的朋友
黑牙——信仰猎犬，伊莲的朋友

其他

艾卢修斯·艾尔·海斯提安——诗人，艾罗妮丝和维林的朋友
勒卡·艾尔·斯莫林——御林骑卫领军将军
滕吉斯·艾尔·佛尼——第四宗宗老

本瑞·莱列尔——著名画家，第三宗兄弟
简利尔·诺林——歌手，前三十五步兵团旗手
艾萝娜——舞者，简利尔的妻子
马文伯爵——北疆大军尼塞尔军团司令

罗纳人领地

玛莱萨——大祭司，罗纳人首领
达沃卡——黑河部落战士，圣山的仆人，莱娜的朋友
柯拉尔——黑河部落女猎人，达沃卡的妹妹
艾尔特克——灰鹰部落塔莱萨
马斯戴克——灰鹰部落战士

阿尔比兰帝国

阿鲁兰·麦克斯托·塞尔瑟斯——皇帝
艾梅伦·奈萨·厄勒斯——皇帝养女
佛尼尔斯·阿利希·苏梅伦——御前史官
奈力森·奈斯特·海弗伦——帝国守卫军将军

倭拉帝国

阿克里夫·恩崔尔——倭拉统治议会成员
赖柯拉·托克瑞——倭拉帝国大军第二十军将军
佛奈娜·恩崔尔·托克瑞——阿克里夫之妹，赖柯拉之妻
瓦斯特——深坑督头，受雇于阿克里夫

梅迪尼安群岛

阿瑟兰·埃尔－奈斯特——梅迪尼安船长，海岛之盾

卡瓦尔·埃尔－努林——船王，红隼号船长

贝洛拉斯——海刀号船长

瑟奥达

勒苏丝·希尔·霖（风之歌）——古代传说中的先知

赫拉·达基尔（红鹰）——长老，战酋

附录二 “虚张声势”的游戏规则

一套标准的阿斯莱牌包含如下牌面，按照等级从高到低依次为：

群狼之王（点数：12）

玫瑰之后（点数：11）

毒蛇王子（点数：10）

利刃之主（点数：9）

乌鸦夫人（点数：8）

红袍队长（点数：7）

黑袍军士（点数：7）

金袍护卫（点数：7）

绿袍弓手（点数：7）

白袍剑客（点数：7）

盲眼铁匠（点数：6）

微笑石匠（点数：6）

失恋坊主（点数：6）

快乐织工（点数：6）

哭泣少女（点数：6）

嗥叫之狼（点数：5）

翱翔之鹰（点数：5）

馋食之鸦（点数：5）

扬蹄之马（点数：5）

盘卷之蛇（点数：5）

宫殿（点数：4）

王座（点数：4）

城堡（点数：4）

王冠（点数：4）

卷轴（点数：4）

交叉之剑（点数：3）

恶毒酒杯（点数：3）

血腥匕首（点数：3）

满弦之弓（点数：3）

闪亮之斧（点数：3）

卷轴（点数：2）

书籍（点数：2）

望远镜（点数：2）

研杵（点数：2）

鹅毛笔（点数：2）

灰船（点数：1）

快活水手（点数：1）

起势风暴（点数：1）

黑暗之海（点数：1）

溺亡之人（点数：1）

“虚张声势”最多可供五位玩家游戏。游戏开始，由庄家洗牌，给每位玩家发六张牌。每位玩家可以扔掉两张手牌，抽取牌堆中的两张。

庄家左手边的玩家第一个下注或弃牌，依次进行，直到每位玩家采取过下注或弃牌的动作。第二轮，玩家需要选择加注或不加注。如果所有玩家都选择不加注，那么所有手牌翻开，点数最高的玩家获胜。如果一位或多位玩家选择加注，那么其他玩家必须跟注，方可继续游戏。继续下注，直到所有玩家在同一轮当中不再追加，所有手牌翻开，点数最高的玩家获胜。

任何抽到利剑之主和另外五张（红袍队长，黑袍军士，金袍护卫，绿袍弓手，白袍剑客）组成神武套牌的玩家，即抽到虚张声势，赢得此局。否则依照每位玩家五张手牌的点数总和判定输赢。假如有两位以及两位以上的玩家点数完全一样，那么持有高级别手牌的玩家胜出。例如：一位玩家持有群狼之王以及另外五张牌，点数总和为三十，另一位玩家持有玫瑰之后以及另外五张牌，点数总和也是三十，那么前一位玩家获胜。

独角兽书系

新版重磅出击！

绅士盗贼

卷一 绅士盗贼拉莫瑞　　卷二 红色天空红色海（上下册）

[美] 斯科特·林奇／著　马　骁、姚向辉／译

女士们，先生们，
请注意你们的荷包，从未失手的盗贼团即将前来！

顺手牵羊，招摇撞骗，这些小把戏不足挂齿，
绅士盗贼洛克·拉莫瑞与他的伙伴们巧手伪装，
将要设下重重惊天骗局。

奇诡幻变的卡莫尔城，紫醉金迷的塔尔维拉，
他们乔装打扮，混迹于此。
一毛不拔的大贵族，押上性命的赌局，最不可能失守的金库……
哪有难题，能拦住绅士盗贼们的脚步？

但这次，一场残酷的计谋正在等待他们……

引爆欧美奇幻文坛，国内最受欢迎奇幻小说之一
荣登美国Goodreads书评网站最佳史诗奇幻榜

独角兽书系

荣膺著名奇幻小说奖

“大卫•盖梅尔传奇奖” 2013年度桂冠

携光者

THE LIGHTBRINGER

卷一 光明王

【美】布伦特·维克斯 著

时雨 时青洲 译

能撷取光与色的能量，提炼出万用结晶“拉克辛”的魔法师，
被称作御光者。 这一天赋让他们在七郡王国备受推崇和敬畏。
而御光者中的绝对至尊，同时也拥有凌驾众生之上权力的领袖，
则被称之为——光明王。

十六年前，盖尔家族最有天赋的两兄弟为争夺光明王桂冠，带领御光者们掀起一场殃及七郡的惨烈内战。最终一人险胜，另一人彻底从人们的视线中消失；如今，北方小镇天降横祸。小胖子奇普痛失至亲，怀揣母亲最后的祈愿，踏上了未知的寻亲之旅。

旅途中，奇普偶遇光明王，得知对方竟然是抛弃自己多年的父亲。这对身份悬殊的父子为了避祸被迫同行，一路上摩擦矛盾不断，但亲情仍在彼此的心底慢慢滋生……

与此同时，一场针对光明王宝座而来的叛乱重燃战火，御光者们再次踏上不同的战场；而另一位被遗忘多年的继承人也在筹谋一次绝不可能的越狱行动，只为揭露他兄弟隐瞒了世人整整十六年的真相！

独角兽书系

艾尔蒙哲三部曲 卷二

废物小镇

《圣诞夜惊魂》式的奇诡想象

鬼才作者讽世佳作再出新篇！

【英】爱德华·凯里 著　金国 译

我是废物庄园的主子之一，拥有能听见物件窃窃私语的能力。
可是某一天，我被变成了半磅金币！
而我自出生起就随身携带的浴缸塞子，则变成了一个叫“詹姆斯·亨利”的人！

我被困在金币中，目不能视，口不能言。
詹姆斯·亨利把我贴身藏好，寸步不离。
我跟随他逃出庄园，迷失在诡谲的废物小镇。

小镇里瘟疫肆虐横行，凶徒“裁缝”在黑夜中神出鬼没，
神秘的杀手悄悄尾随而至，孩子们一个个消失在月桂叶工厂中……

这里发生了什么？我会变成什么样？
快来人！有谁能救救我！
我的名字叫……叫……
我……到底是谁？

- 与《圣诞夜惊魂》《查理的巧克力工厂》导演蒂姆•波顿神似的创作风格——英国鬼才作者爱德华•凯里以奇诡的想象力和娴熟的叙事技巧将读者带入充满惊奇的世界！
- 如《哈利•波特》般融合了奇幻、童话及浓郁英伦风情元素，又带有更深刻的对社会的反思！
- 封面及全书插图由作者亲手绘制，更附上完整版小镇俯瞰图，绝对值得珍藏！